岩 波 文 庫

31-169-3

放　浪　記

林 芙美子作

岩 波 書 店

目次

放浪記

第一部

放浪記以前

私は北九州の或《あ》る小学校で、こんな歌を習った事があった。

更《ふ》けゆく秋の夜　旅の空の
侘しき思いに　一人なやむ
恋いしや古里　なつかし父母

私は宿命的に放浪者である。私は古里を持たない。父は四国の伊予の人間で、太物《ふともの》の行商人であった。母は、九州の桜島の温泉宿の娘である。母は他国者と一緒になったというので、鹿児島を追放されて父と落ちつき場所を求めたところは、山口県の下関という処《ところ》であった。私が生れたのはその下関の町である。——故郷に入れられなかった両親を持つ私は、したがって旅が古里であった。それ故、宿命的に旅人《たびびと》である私は、この恋いしや古里の歌を、随分侘しい気持ちで習ったものであった。——八つの時、私の幼い人生にも、暴風が吹きつけてきたのだ。若松で、呉服物の糶売《せりうり》をして、かなりの財産をつくっていた父は、長崎の沖の天草《あまくさ》から逃げて来た浜という芸者を家に入れていた。雪の降る旧正月を最後として、私の母は、八つの私を連れて父の家を出てしまったのだ。若松というところは、渡し船に乗らなければ行けないところだと覚えている。

今の私の父は養父である。このひとは岡山の人間で、実直過ぎるほどの小心さと、アブノーマルな山ッ気とで、人生の半分は苦労で埋れていた人だ。私は母の連れ子になって、この父と一緒になると、ほとんど住家というものを持たないで暮して来た。どこへ行っても木賃宿《きちんやど》ばかりの生活だった。「お父《と》つぁんは、家を好かんとじゃ、道具が好かんとじゃ……」母は私にいつもこんなことをいっていた。そこで、人生いたるところ木賃宿ばかりの思い出を持って、私は美しい山河も知らないで、義父と母に連れられて、九州一円を転々と行商をしてまわっていたのである。私がはじめて小学校へはいったのは長崎であった。ざっこく屋という木賃宿から、その頃流行のモスリンの改良服というのをきせられて、南京町《なんきんまち》近くの小学校へ通って行った。それを振り出しにして、佐世保、久留米《くるめ》、下関、門司《もじ》、戸畑、折尾《おりお》と言った順に、四年の間に、七度も学校をかわって、私には親しい友達が一人も出来なかった。

「お父つぁん、俺アもう、学校さ行きとうなかバイ……」

せっぱつまった思いで、私は小学校をやめてしまったのだ。私は学校へ行くのが厭《いや》になっていたのだ。それはちょうど、直方《のおがた》の炭坑町に住んでいた私の十二の時であったろう。

「ふうちゃんにも、何か売らせましょうたいなあ……」遊ばせてはモッタイナイ年頃であった。私は学校をやめて行商をするようになったのだ。

直方の町は明けても暮れても煤《すす》けて暗い空であった。砂で漉《こ》した鉄分の多い水で舌がよれるような町であった。大正町の馬屋という木賃宿に落ちついたのが七月で、父たちは相変らず、私を宿に置きっぱなしにすると、荷車を借りて、メリヤス類、足袋《たび》、新モス、腹巻、そういった物を行李《こうり》に入れて、母が後押しで炭坑や陶器製造所へ行商に行っていた。私には初めての見知らぬ土地であった。私は三銭の小遣いを貰《もら》い、それを兵児《へこ》帯《おび》に巻いて、毎日町に遊びに出ていた。門司のように活気のある街でもない。長崎のように美しい街でもない。佐世保のように女のひとが美しい町でもなかった。骸炭《がいたん》のザクザクした道をはさんで、煤けた軒が不透明なあくびをしているような町だった。駄菓子屋、うどんや、屑屋《くずや》、貸蒲《ぶ》団《とん》屋、まるで荷物列車のような町だ。その店先《さ》きには、町を歩いている女とは正反対の、これはまた不健康な女たちが、尖《とが》った目をして歩いていた。七月の暑い陽ざしの下を通る女は、汚れた腰巻と、袖のない襦袢《じゅばん》きりである。夕方になると、シャベルを持った女や、空のモッコをぶらさげた女の群が、三々五々しゃべりながら長屋へ帰って行った。

流行歌のおいとこそうだよの唄《うた》が流行《はや》っていた。

私の三銭の小遣いは双児美人の豆本とか、氷饅頭《まんじゅう》のようなもので消えていた。――間もなく私は小学校へ行くかわりに、須崎町の粟《あわ》おこし工場に、日給二十三銭で通った。その頃、笊《ざる》をさげて買いに行っていた米が、たしか十八銭だったと覚えている。夜は近所の貸本屋から、腕の喜三郎や横紙破りの福島正則、不如帰、なさぬ仲、渦巻などを借りて読んだ。そうした物語の中から何を教《おそわ》ったのだろうか？　メデタシ、メデタシの好きな、虫のいい空想と、ヒロイズムとセンチメンタリズムが、海綿のような私の頭をひたしてしまった。私の周囲は朝から晩まで金の話である。私の唯一の理想は、女成金になりたいという事だった。雨が何日も降り続いて、父の借りた荷車が雨にさらされると、朝も晩も、かぼちゃ飯で、茶碗を持つのがほんとうに淋しかった。

この木賃宿には、通称シンケイ（神経）と呼んでいる、坑夫上りの狂人が居て、このひとはダイナマイトで飛ばされて馬鹿になった人だと宿の人がいっていた。毎朝早く、町の女たちと一緒にトロッコを押しに出かけて行く気立の優しい狂人である。私はこのシンケイによく虱《しらみ》を取ってもらったものだ。彼は後で支柱夫に出世したけれど、外に、島根の方から流れて来ている祭文語《さいもんがた》りの義眼《いれめ》の男や、夫婦者の坑夫が二組、まむし酒を売るテキヤ、親指のない淫売婦、サーカスよりも面白い集団であった。

「トロッコで圧されて指を取ったいいよるけんど、嘘《うそ》ばんた、誰ぞに切られたっとじゃろ……」

馬屋のお上《かみ》さんは、片眼で笑いながら母にこういっていたものだ。或《あ》る日、この指のない淫売婦と私は風呂《ふろ》に行った。ドロドロの苔《こけ》むした暗い風呂場だった。この女は、腹をぐるりと一巻きにして、臍《へそ》のところに朱い舌を出した蛇の文身《いれずみ》をしていた。私は九州で初めてこんな凄《すご》い女を見た。私は子供だったから、しみじみ正視してこの薄青いこわい蛇の文身を見ていたものだ。

木賃宿に泊っている夫婦者は、たいてい自炊で、自炊でない者たちも、米を買って来て炊《た》いてもらっていた。

ほうろくのように焼けた暑い直方の町角に、そのころカチュウシャの絵看板が立つようになった。異人娘が、頭から毛布をかぶって、雪の降っている停車場で、汽車の窓を叩《たた》いている図である。すると間もなく、頭の真ん中を二つに分けたカチュウシャの髪が流行って来た。

カチュウシャ可愛《かわい》や　別れの辛《つら》さ

せめて淡雪　とけぬ間に
神に願いを　ララかけましょうか

なつかしい唄である。この炭坑街にまたたく間に、このカチユウシャの唄は流行してしまった。ロシヤ女の純情な恋愛はよくわからなかったけれど、それでも、私は映画を見て来ると、非常にロマンチックな少女になってしまったのだ。浮かれ節(浪花節)より他に芝居小屋に連れて行ってもらえなかった私が、たった一人で隠れてカチユウシャの映画を毎日見に行ったものであった。当分は、カチユウシャで夢見心地であった。石油を買いに行く道の、白い夾竹桃《きょうちくとう》の咲く広場で、町の子供たちとカチユウシャごっこや、炭坑ごっこをして遊んだりもした。炭坑ごっこの遊びは、女の子はトロッコを押す真似《まね》をしたり、男の子は炭坑節を唄いながら土をほじくって行くしぐさである。

そのころの私はとても元気な子供だった。

一ケ月ばかり勤めていた粟おこし工場の二十三銭也にもさよならをすると、私は父が仕入れて来た、扇子や化粧品を鼠色《ねずみ》の風呂敷に背負って、遠賀川《おんが》を渡り隧道《ずいどう》を越して、炭坑の社宅や坑夫小屋に行商して歩くようになった。炭坑には、色々な行商人が這入《はい》り込んでいるのだ。

「暑うしてたまらんなア。」この頃私には、こうして親しく言葉をかける相棒が二人ばかりあった。「松ちゃん」、これは香月《かつき》から歩いて来る駄菓子屋で、可愛い十五の少女であったが、間もなく、青島《チンタオ》へ芸者に売られて行ってしまった。「ひろちゃん」干物屋の売り子で、十三の少年だけれど、彼の理想は、一人前の坑夫になりたい事だった。酒が呑めて、ツルハシをちょっと高く振りかざせば人が驚くし、町の連鎖劇は無料でみられるし、月の出た遠賀川のほとりを、私はこのひろちゃんたちの話を聞きながら帰ったものだった。

――その頃よく均一という言葉が流行っていたけれど、私の扇子も均一の十銭で、鯉の絵や、七福神、富士山の絵が描いてある。骨はがんじょうな竹が七本ばかりついている。毎日平均二十本位はかたづけていった。緑色のペンキのはげた社宅の細君よりも、坑夫長屋をまわった方がはるかに扇子はさばけていった。外にラッパ長屋といって、一棟に十家族も住んでいる鮮人長屋もあった。アンペラの畳の上には玉葱《たまねぎ》をむいたような子供たちが、裸で重なりあって遊んでいた。

烈々とした空の下には、掘りかえした土が口を開けて、雷のように遠くではトロッコの流れる音が聞えている。昼食時になると、蟻《あり》の塔のように材木を組みわたした暗い坑道口から、泡のように湧《わ》いて出る坑夫たちを待って、幼い私はあっちこっち扇子を売りに歩いた。坑夫たちの汗は水ではなくて、もう黒い飴《あめ》のようであった。今、自分たちが掘りかえした石炭土の上にゴロリと横になると、バクバクまるで金魚のように空気を吸ってよく眠った。まるでゴリラの群のようだった。

そうしてこの静かな景色の中に動いているものといえば、棟を流れて行く昔風なモッコである。昼食が終るとあっちからもこっちからもカチュウシャの唄が流れて来ている。やがて夕顔の花のようなカンテラの灯が、薄い光で地を這って行くと、けたたましい警笛《サイレン》の音だ。国を出るときゃ玉の肌……何でもない唄声ではあるけれど、い、い、い、もうもうとした石炭土の山を見ていると何だか子供心にも切ないものがあった。

扇子が売れなくなると、私は一つ一銭のアンパンを売り歩くようになった。炭坑まで小一里の道程を、よく休み休み私はアンパンをつまみ食いして行ったものだ。父はその頃、商売上の事から坑夫と喧嘩《けんか》をして頭をグルグル手拭《てぬぐい》で巻いて宿にくすぼっていた。母は多賀神社のそばでバナナの露店を開いていた。無数に駅からなだれて来る者は、坑夫の群である。一山いくらのバナナは割によく売れて行った。アンパンを売りさばいて母のそばへ籠《かご》を置くと、私はよく多賀神社へ遊びに行った。そして大勢の女や男たちと一緒に、私も馬の銅像に祈願をこめた。いい事がありますように。――多賀さんの祭には、きまって雨が降る。多くの露天商人たちは、駅のひさしや、多賀さんの境内を行ったり来たりして雨空を見上げていたものだった。

十月になって、炭坑《やま》にストライキがあった。街中は、ジンと鼻をつまんだように静かになると、炭坑から来る坑夫たちだけが殺気だって活気があった。ストライキ、さりとは辛いね。私はこんな唄も覚えた。炭坑のストライキは、始終の事で坑夫たちはさっさと他の炭坑へ流れて行くのだそうだ。そのたびに、町の商人との取引は抹殺されてしまうので、めったに坑夫たちには品物を貸して帰れなかった。それでも坑夫相手の商売は、てっとり早くてユカイだと商人たちはいっていた。

「あんたも、四十過ぎとんなはっとじゃけん、少しは身を入れてくれんな、仕様がなかもんなァた……」

私は豆ランプの灯のかげで、一生懸命探偵小説のジゴマを読んでいた。裾《すそ》にさしあって寝ている母が父に何時《いつ》もこうつぶやいていた。外はながい雨である。

「一軒、家ちゅうもんを、定めんとあんた、こぎゃん時に困るけんな。」

「ほんにヤカマシかな。」

父が小声で呶鳴《どな》ると、あとはまた雨の音だった。——そのころ、指の無い淫売婦だけは、いつも元気で酒を呑んでいた。

「戦争でも始まるとよかな。」

この淫売婦の持論はいつも戦争の話だった。この世の中が、ひっくりかえるようになるといいといった。炭坑にうんと金が流れて来るといいといっていた。「あんたは、ほんまによか生れつきな」母にこういわれると、指の無い淫売婦は、「小母《おば》っさんまで、そぎゃん思うとんなはると……」彼女は窓から何か投げては淋しそうに笑っていた。二十五だといっていたが、労働者上りらしいプチプチした若さを持っていた。

十一月の声のかかる時であった。

黒崎からの帰り道、父と母と私は、大声で話しながら、軽い荷車を引いて、暗い遠賀川の堤防を歩いていた。

「お母さんも、お前も車へ乗れや、まだまだ遠いけに、歩くのはしんどいぞ……」

母と私は、荷車の上に乗っ《つか》かると、父は元気のいい声で唄いながら私たちを引いて歩いた。

秋になると、星が幾つも流れて行く。もうじき街の入口である。後の方から、「おっさんよっ！」と呼ぶ声がした。渡り歩きの坑夫が呼んでいるらしかった。父は荷車を止めて「何ぞ！」と呼応した。二人の坑夫が這《は》いながらついて来た。二日も食わないのだという。

逃げて来たのかと父が聞いていた。二人共鮮人であった。折尾まで行くのだから、金を貸してくれと何度も頭をさげた。父は沈黙《だま》って五十銭銀貨を二枚出すと、一人ずつに握らせてやった。堤の上を冷たい風が吹いて行く。茫々《ぼうぼう》とした二人の鮮人の頭の上に星が光っていて、妙にガクガク私たちは慄《ふる》えていたが、二人共一円もらうと、私たちの車の後を押して長い事沈黙って町までついて来た。

しばらくして父は祖父が死んだので、岡山へ田地を売りに帰って行った。少し資本をこしらえて来て、唐津《からつ》物の糶《せり》売りをしてみたい、これが唯一の目的であった。何によらず炭坑街で、てっとり早く売れるものは、食物である。母のバナナと、私のアンパンは、雨が降りさえしなければ、二人の食べる位は売れて行った。馬屋の払いは月二円二十銭で、今は母も家を一軒借りるよりこの方が楽だといっていた。だが、どこまで行ってもみじめすぎる私たちである。秋になると、神経痛で、母は何日も商売を休むし、父は田地を売ってたった四十円の金しか持って来なかった。父はその金で、唐津焼を仕入れると、佐世保へ一人で働きに行ってしまった。

「じき二人は呼ぶけんのう……」

こういって、父は陽に焼けた厚司《あつし》一枚で汽車に乗って行った。私は一日も休めないアンパンの行商である。雨が降ると、直方の街中を軒並にアンパンを売って歩いた。

このころの思い出は一生忘れることは出来ないのだ。私には、商売はちょっとも苦痛ではなかった。一軒一軒歩いて行くと、五銭、二銭、三銭という風に、私のこしらえた財布には金がたまって行く。そして私は、自分がどんなに商売上手であるかを母に賞めてもらうのが楽しみであった。私は二ケ月もアンパンを売って母と暮した。或る日、街から帰ると、美しいヒワ色の兵児帯を母が縫っていた。

「どぎゃんしたと？」

私は驚異の眼をみはったものだ。四国のお父つぁんから送って来たのだと母はいっていた。私はなぜか胸が鳴っていた。間もなく、呼びに帰って来た義父と一緒に、私たち三人は、直方を引きあげて、折尾行きの汽車に乗った。毎日あの道を歩いたのだ。汽車が遠賀川の鉄橋を越すと、堤にそった白い路《みち》が暮れそめていて、私の目に悲しくうつるのであった。白帆が一ツ川上へ登っている、なつかしい景色である。汽車の中では、金鎖や、指輪や、風船、絵本などを売る商人が、長い事しゃべくっていた。父は赤い硝子《ガラス》玉のはいった指輪を私に買ってくれたりした。

（十二月×日）

さいはての駅に下り立ち
雪あかり
さびしき町にあゆみ入りにき

雪が降っている。私はこの啄木《たくぼく》の歌を偶《ふ》っと思い浮べながら、郷愁のようなものを感じていた。便所の窓を明けると、夕方の門燈《あかり》が薄明るくついていて、むかし信州の山で見たしゃくなげの紅《あか》い花のようで、とても美しかった。

「婢《ね》やアお嬢ちゃんおんぶしておくれッ！」

奥さんの声がしている。

ああの百合子という子供は私には苦手だ。よく泣くし、先生に似ていて、神経が細かくて全く火の玉を背負っているような感じである。――せめてこうして便所にはいっている時だけが、私の体のような気がする。

（バナナに鰻《うなぎ》、豚《トン》カツに蜜柑《みかん》、思いきりこんなものが食べてみたいなア。）

気持ちが貧しくなってくると、私は妙に落書きをしたくなってくる。豚カツにバナナ、私は指で壁に書いてみた。

夕飯の支度の出来るまで赤ん坊をおぶって廊下を何度も行ったり来たりしている。秋江(1)氏の家へ来て、今日で一週間あまりだけれど、先の目標もなさそうである。ここの先生は、日に幾度も梯子《はしご》段を上ったり降りたりしている。まるで廿日鼠《はつかねずみ》のようだ。あの神経には全くやりきれない。

「チャンチンコイチャン！　よく眠ったかい！」

私の肩を覗《のぞ》いては、先生は安心をしたようにじんじんばしょりをして二階へ上って行く。私は廊下の本箱から、今日はチエホフを引っぱり出して読んだ。チエホフは心の古里だ。チエホフの吐息は、姿は、みな生きて、黄昏《たそがれ》の私の心に、何かブツブツものを言いかけて来る。柔《やわら》かい本の手ざわり、ここの先生の小説を読んでいると、もう一度チエホフを読んでもいいのにと思った。京都のお女郎の話なんか、私には縁遠い世界だ。

夜。

家政婦のお菊さんが、台所で美味《おい》しそうな五目寿司《ずし》を拵《こしら》えているのを見てとても嬉しくなった。

(1)　近松秋江《しゅうこう》(一八七六―一九四四)。自然主義の作家で男女の愛欲を描いた。「別れたる妻に送る手紙」「黒髪」などがある。

赤ん坊を風呂《ふろ》に入れて、ひとしずまりすると、もう十一時である。私は赤ん坊というものが大嫌いなのだけれど、不思議な事に、赤ん坊は私の背中におぶさると、すぐウトウトと眠ってしまって、家の人たちが珍《めず》らしがっている。

お蔭《かげ》で本が読めること――。年を取って子供が出来ると、仕事も手につかない程心配になるのかも知れない。反感がおきる程、先生が赤ん坊にハラハラしているのを見ると、女中なんて一生するものではないと思った。

うまごやしにだって、可憐《かれん》な白い花が咲くって事を、先生は知らないのかしら……。奥さんは野そだちな人だけれど、眠ったようなひとで、この家では私は一番好きなひとである。

(十二月×日)

ひまが出るなり。

別に行くところもない。大きな風呂敷包みを持って、汽車道の上に架《かか》った陸橋の上で、貰《もら》った紙包みを開いて見たら、たった二円はいっていた。二週間あまりも居て、金二円也。足の先から、冷たい血があがるような思いだった。――ブラブラ大きな風呂敷包みをさげて歩いていると、何だかザラザラした気持ちで、何もかも投げ出したくなってきた。通りすがりに蒼《あお》い瓦葺《かわらぶ》きの文化住宅の貸家があったので這入《はい》ってみる。庭が広くて、ガラス窓が十二月の風に磨いたように冷たく光っていた。

疲れて眠たくなっていたので、休んで行きたい気持ちなり。勝手口を開けてみると、錆《さ》びた鑵詰《かんづめ》のかんかんからがゴロゴロ散らかっていて、座敷の畳が泥で汚れていた。昼間の空家は淋しいものだ。薄い人の影があそこにもここにもたたずんでいるようで、寒さがしみじみとこたえて来る。どこへ行こうというあてもないのだ。二円ではどうにもならない。はばかりから出て来ると、荒れ果てた縁側のそばへ狐《きつね》のような目をした犬がじっと見ていた。

「何でもないんだ、何でもありゃしないんだよ。」

言いきかせるつもりで、私は縁側の上へ屹《きっ》とつったっていた。

(どうしようかなア……、どうにもならないじゃないのッ!)


夜。

新宿の旭町《あさひまち》の木《き》賃宿《ちんやど》へ泊った。石崖《いしがけ》の下の雪どけで、道が餡《あん》このようにこねこねしている通りの旅人宿に、一泊三十銭で私は泥のような体を横たえることが出来た。三畳の部屋に豆ランプのついた、まるで明治時代にだってありはしないような部屋の中に、明日の日の約束されていない私は、私を捨てた島の男へ、たよりにもならない長い手紙を書いてみた。

みんな嘘《うそ》っぱちばかりの世界だった
甲州行きの終列車が頭の上を走ってゆく
百貨店《マーケット》の屋上のように寥々《りょうりょう》とした全生活を振り捨てて
私は木賃宿の蒲団《ふとん》に静脈を延ばしている
列車にフンサイされた死骸《しがい》を
私は他人のように抱きしめてみた
真夜中に煤《すす》けた障子を明けると
こんなところにも空があって月がおどけていた。

みなさまさよなら！
私は歪んだサイコロになってまた逆もどり
ここは木賃宿の屋根裏です
私は堆積された旅愁をつかんで
飄々《ひょうひょう》と風に吹かれていた。

夜中になっても人が何時《いつ》までもそうぞうしく出はいりをしている。
「済みませんが……」

そういって、ガタガタの障子をあけて、不意に銀杏返《いちょうがえ》しに結った女が、乱暴に私の薄い蒲団にもぐり込んで来た。すぐそのあとから、大きい足音がすると、帽子もかぶらない薄汚れた男が、細めに障子をあけて声をかけた。

「オイ！　お前、おきろ！」

やがて、女が一言二言何かつぶやきながら、廊下へ出て行くと、パチンと頰を殴《なぐ》る音が続けざまに聞えていたが、やがてまた外は無気味な、汚水のような寞々とした静かさになった。女の乱して行った部屋の空気が、仲々しずまらない。

「今まで何をしていたのだ！　原籍は、どこへ行く、年は、両親は……」

薄汚れた男が、また私の部屋へ這入って来て、鉛筆を嘗《な》めながら、私の枕元《まくらもと》に立っているのだ。

「お前はあの女と知合いか？」

「いいえ、不意にはいって来たんですよ。」

クヌウト・ハムスンだって、こんな行きがかりは持たなかっただろう――。刑事が出て行くと、私は仲々と手足をのばして枕の下に入れてある財布にさわってみた。残金は一円六十五銭也。月が風に吹かれているようで、歪《ゆが》んだ高い窓から色々な光の虹《にじ》が私には見えてくる。――ピエロは高いところから飛び降りる事は上手だけれど、飛び上って見せる芸当は容易じゃない、だが何とかなるだろう、食えないということはないだろう……。

（十二月×日）

朝、青梅《おうめ》街道の入口の飯屋へ行った。熱いお茶を呑んでいると、ドロドロに汚れた労働者が駈け込むように這入って来て、

「姉さん！　十銭で何か食わしてくんないかな、十銭玉一つきりしかないんだ。」

大声でいって正直に立っている。すると、十五、六の小娘が、

「御飯に肉豆腐でいいですか。」といった。

労働者は急にニコニコしてバンコへ腰をかけた。

大きな飯丼《めしどんぶり》。葱《ねぎ》と小間切れの肉豆腐。濁った味噌《みそ》汁。これだけが十銭玉一つの栄養食だ。労働者は天真に大口あけて飯を頬ばっている。涙ぐましい風景だった。天井の壁には、一食十銭よりと書いてあるのに、十銭玉一つきりのこの労働者は、すなおに大声で念を押しているのだ。私は涙ぐましい気持ちだった。御飯の盛りが私のより多いような気がしたけれども、あれで足りるかしらとも思う。その労働者はいたって朗《ほが》らかだった。私の前には、御飯にごった煮にお新香が運ばれてきた。まことに貧しき山海の珍味である。合計十二銭也を払って、のれんを出ると、どうもありがとうと女中さんがいってくれる。お茶をたらふく呑んで、朝のあいさつを交わして、十二銭なのだ。どんづまりの世界は、光明と紙一重で、ほんとに朗かだと思う。だけど、あの四十近い労働者の事を思うと、これはまた、

十銭玉一ツで、失望、どんぞこ、墜落との紙一重なのではないだろうか――。

お母さんだけでも東京へ来てくれれば、何とかどうにか働きようもあるのだけれど……沈むだけ沈んでチンボツしてしまった私は難破船のようなものだ。飛沫《しぶき》がかかるどころではない、ザンブザンブ潮水を呑んで、結局私も昨夜の淫売婦と、そう変った考えも持っていやしない。あの女は三十すぎていたかも知れない。私がもしも男だったら、あのまま一直線にあの夜の女に溺れてしまって、今朝はもう二人で死ぬる話でもしていたかもしれない。

昼から荷物を宿屋にあずけて、神田の職業紹介所に行ってみる。

どこへ行っても砂原のように寥々とした思いをするので、私は胸がつまった。

(お前さんに使ってもらうんじゃないよ。)

おたんちん！

ひょっとこ！

馬鹿野郎！

何と冷たい、コウマンチキな女たちなのだろう――。

桃色の吸取紙のようなカードを、紹介所の受付の女に渡すと、

「月給三十円位ですって……」

受付女史はこうつぶやくと、私の顔を見て、せせら笑っているのだ。

「女中じゃいけないの……事務員なんて、女学校出がうろうろしているんだから駄目よ、女中なら沢山あってよ。」

後から後から美しい女の群が雪崩《なだ》れて来ている。まことにごもっともさまなことです。少しも得るところなし。

紹介状は、墨汁会社と、ガソリン嬢と、伊太利《イタリア》大使館の女中との三つだった。私のふところには、もう九十銭あまりしかないのだ。夕方宿へ帰ると、芸人たちが、植木鉢みたいに鏡の前に並んで、鼠色の白粉《おしろい》を顔へ塗りたくっている。

「昨夜は二分しか売れなかった。」

「藪睨《やぶにら》みじゃア買手がねえや！」

「ヘン、これだっていいって人があるんだから……」

「ハイ御苦労様なことですよ。」

十四、五の娘同士のはなしなり。

（十二月×日）

こみあげてくる波のような哀しみ、まるで狂人になるような錯覚がおこる。マッチをすって、それで眉《まゆ》ずみをつけてみた。――午前十時。麴町《こうじ》三年町の伊太利大使館へ行ってみた。

笑って暮らしましょう。でも何だか顔がゆがみます。――異人の子が馬に乗って門から出てきた。門のそばにはこわれた門番の小屋みたいなものがあって、綺麗《きれい》な砂利が遠い玄関までつづいている。私のような女の来るところではないように思えた。地図のある、赤いジュウタンの広い室に通された。白と黒のコスチュウム、異人のおくさんって美しいと思う。遠くで見ているとなおさら美しい。さっき馬で出て行った男の子が鼻を鳴らしながら帰って来た。男の異人さんも出て来たけれど、大使さんではなく、書記官だとかっていう事だった。夫婦とも背が高くてアッパクを感じる。その白と黒のコスチュウムをつけた夫人にコック部屋を見せてもらった。コンクリートの箱の中には玉葱《たまねぎ》がゴロゴロしていて、七輪《しちりん》が二つ置いてあった。この七輪で、女中が自分の食べるのだけ煮たきをするのだということだ。まるで廃屋のような女中部屋である。黒い鎧戸《よろいど》がおりていて石鹼《せっけん》のような外国の臭いがしている。

結局よういりょうを得ないままで門を出てしまった。豪壮な三年町の邸町《やしき》を抜けて坂を降りると、吹きあげる十二月の風に、商店の赤い旗がヒラヒラしていて心にしみた。人種が違っては人情も判《わか》りかねる、どこか他をさがしてみようかしら。電車に乗らないで、堀ばたを歩いていると、何となく故郷へ帰りたくなって来た。目当もないのに東京でまごついていたところで結局はどうにもならないと思う。電車を見ていると死ぬる事を考えるなり。

本郷の前の家へ行ってみる。叔母さんつめたし。近松氏から郵便が来ていた。出る時に十二社《じゅうにそう》(2)の吉井さんのところに女中が入用だから、ひょっとしたらあんたを世話してあげようという先生の言葉だったけれど、その手紙は薄ずみで書いた断り状だった。

文士って薄情なのかも知れない。

夕方新宿の街を歩いていると、何ということもなく男の人にすがりたくなっていた。

(誰か、このいまの私を助けてくれる人はないものなのかしら……)新宿駅の陸橋に、紫色のシグナルが光ってゆれているのをじっと見ていると、涙で瞼《まぶた》がふくらんできて、私は子供のようにしゃっくりが出てきた。

何でも当ってくだけてみようと思う。宿屋の小母《おば》さんに正直に話をしてみた。仕事がみつかるまで、下で一緒にいていいと言ってくれた。

「あんた、青バス(3)の車掌さんにならないかね、いいのになると七十円位這入るそうだが……」

どこかでハタハタでも焼いているのか、とても臭《くさ》いにおいが流れて来る。七十円もはいれば素敵なことだ。とにかくブラさがるところをこしらえなくてはならない……。十燭《しょく》の電気のついた帳場の炬燵《こたつ》にあたって、お母アさんへ手紙を書く。

——ビョウキシテ、コマッテ、イルカラ、三円クメンシテ、オクッテクダサイ。

この間の淫売婦が、いなりずしを頬ばりながらはいって来た。

「おとついはひどいめに会った。お前さんもだらしがないよ。」

「お父《と》つぁん怒ってた?」

電気の下で見ると、もう四十位の女で、乾いたような崩れた姿をしていた。

「私の方じゃあんなのを梟《ふくろう》といって、色んな男を夜中に連れ込んで来るんだが、あんまり有りがたい客じゃあないんですよ。お父つぁん、油をしぼられてプンプン怒ってますよ。」

人の好《よ》さそうな老《ふ》けたお上《かみ》さんは、茶を淹《い》れながらあの女の事を悪くいっていた。

夜、お上さんにうどんを御馳走《ごちそう》になる。明日はここの小父《おじ》さんのくちぞえで青バスの車庫へ試験をうけに行ってみよう。暮れぢかくになって、落ちつき場所のない事は淋しいけれど、クヨクヨしていても仕様のない世の中だ。すべては自分の元気な体をたのみに働きましょう。電線が風ですさまじく鳴っている。木賃宿の片隅に、この小さな私は、汚れた蒲団に寝ころんで、壁に張ってある大黒さんの顔を見ながら、雲の上の御殿のような空想をしている。

(国へかえってお嫁にでも行こうかしら……)

(2)　新宿区西新宿の地名。芙美子の両親が上京してここに同居する。
(3)　戦前に東京市内を運行していた乗り合いバスの総称。青い車体をしていた。

◇

(四月×日)

今日はメリヤス屋の安さんの案内で、地割りをしてくれるのだという親分のところへ酒を一升持って行く。

道玄坂の漬物屋の路地口にある、土木請負の看板をくぐって、綺麗《きれい》ではないけれど、拭きこんだ格子を開けると、いつも昼間場所割りをしてくれるお爺《じい》さんが、火鉢の傍で茶を啜《すす》っていた。

「今晩から夜店をしなさるって、昼も夜も出しゃあ、今に銀行《くら》が建ちましょうよ。」

お爺さんは人のいい高笑いをして、私の持って行った一升の酒を気持ちよく受取ってくれた。

誰も知人のない東京なので、恥かしいも糞もあったものではない。ピンからキリまである東京だもの。裸になりついでにうんと働いてやりましょう。私はこれよりももっと辛《つら》かった菓子工場の事を思うと、こんなことなんか平気だと気持ちが晴れ晴れとしてきた。

夜。

私は女の万年筆屋さんと、当のない門札を書いているお爺さんの間に店を出さして貰《もら》った。蕎麦《そば》屋で借りた雨戸に、私はメリヤスの猿股《さるまた》を並べて「二十銭均一」の札をさげると、万年筆屋さんの電気に透して、ランデの死を読む。（4）大きく息を吸うともう春の気配が感じられる。この風の中には、遠い遠い憶い出があるようだ。鋪道《ほどう》は灯の川だ。人の洪水だ。瀬戸物屋の前には、うらぶれた大学生が、計算器を売っていた。「諸君！　何万何千何百何に何千何百何十加えればいくらになる。皆判《わか》らんか、よくもこんなに馬鹿がそろったものだ。」

沢山の群集を相手に高飛車に出ている、こんな商売も面白いものだと思う。お上品な奥様が、猿股を二十分も捻《ひね》っていて、たった一ツ買って行った。お母さんが弁当を持って来てくれる。暖かになると、妙に着物の汚れが目にたってくる。母の着物も、ささくれて来た。木綿《もめん》を一反買ってあげよう。

「私が少しかわるから、お前は、御飯をお上り。」

お新香に竹輪《ちくわ》の煮つけが、瀬戸の重ね鉢にはいっていた。鋪道に背中をむけて、茶も湯もない食事をしていると、万年筆屋の姉さんが、

「そこにもある、ここにもあるという品物ではございません。お手に取って御覧下さいまし。」

と大きい声で言っている。

私はふっと塩っぱい涙がこぼれて来た。母はやっと一息ついた今の生活が嬉しいのか、

（4）　ロシアの作家ミハイル・アルツィバーシェフの作品。一八九頁の「サーニン」が代表作。

小声で時代色のついた昔の唄《うた》を歌っていた。九州へ行っている義父さえこれでよくなっていたら、当分はお母さんの唄ではないが、たったかたのただろう。

（四月×日）

水の流れのような、薄いショールを、街を歩く娘さんたちがしている。一つあんなのを欲しいものだ。洋品店の四月の窓飾りは、金と銀と桜の花で目がくらむなり。

空に拡《ひろ》がった桜の枝に
うっすらと血の色が染まると
ほら枝の先から花色の糸がさがって
情熱のくじびき

食えなくてボードビルへ飛び込んで
裸で踊った踊り子があったとしても
それは桜の罪ではない。

ひとすじの情

ふたすじの義理
ランマンと咲いた青空の桜に
生きとし生ける
あらゆる女の
裸の唇を
するすると奇妙な糸がたぐって行きます

貧しい娘さんたちは
夜になると
果物のように唇を
大空へ投げるのですってさ

青空を色どる桃色桜は
こうしたカレンな女の
仕方のないくちづけなのですよ
そっぽをむいた唇の跡なのですよ。

ショールを買う金を貯《た》めることを考えたら、仲々大変なことなので割引の映画を見に行ってしまった。フイルムは鉄路の白バラ、少しも面白くなし。途中雨が降り出したので、小屋から飛び出して店に行った。お母さんは莫蓙《ござ》をまとめていた。いつものように、二人で荷物を背負って駅へ行くと、花見帰りの金魚のようなお嬢さんや、紳士たちが、夜の駅にあふれて、あっちにもこっちにも藻《も》のようにただよい仲々賑《にぎや》かだ。二人は人を押しわけて電車へ乗った。雨が土砂降りだ。いい気味だ。もっと降れ、もっと降れ、花がみんな散ってしまうといい。暗い窓に頬をよせて外を見ていると、お母さんがしょんぼりと子供のようにフラフラして立っているのが硝子《ガラス》窓に写っている。

電車の中まで意地悪がそろっているものだ。

九州からの音信なし。

(四月×日)

雨にあたって、お母さんが風邪を引いたので一人で夜店を出しに行く。本屋にはインキの新《あた》らしい本が沢山店頭に並んでいる。何とかして買いたいものだと思う。泥濘《ぬかるみ》にて道悪し、道玄坂はアンコを流したような鋪道だ。一日休むと、雨の続いた日が困るので、我慢して店を出すことにする。色のベタベタにじんでいるような街路には、私と護謨《ゴム》靴《ぐつ》屋さんの店きりだ。女たちが私の顔を見てクスクス笑って通って行く。頬紅が沢山ついているのかしら、それとも髪がおかしいのかしら、私は女たちを睨《にら》み返してやった。女ほど同情のないものはない。

いいお天気なのに道が悪い。昼から隣にかもじ屋さんが店を出した。場銭《ばせん》が二銭上ったといってこぼしていた。昼はうどんを二杯たべる。（十六銭也）学生が、一人で五ツも品物を買って行ってくれた。今日は早くしまって芝へ仕入れに行って来ようと思う。帰りに鯛焼《たいやき》を十銭買った。

「安さんがお前、電車にしかれて、あぶないちゅうが……」

帰ると、母は寝床の中からこういった。私は荷物を背負ったまま呆然《ぼうぜん》としてしまった。昼過ぎ、安さんの家の者が知らせに来たのだと、母は書きつけた病院のあて名の紙をさがしていた。

夜、芝の安さんの家へ行く。若いお上《かみ》さんが、眼を泣き腫《は》らして病院から帰って来たところだった。少しばかり出来上っている品物をもらってお金を置いて帰る。世の中は、よくもよくもこんなにひびだらけになっているものだと思う。昨日まで、元気にミシンのペタルを押していた安さん夫婦を想い出すなり。春だというのに、桜が咲いたというのに、私は電車の窓に凭《もた》れて、赤坂のお濠《ほり》の燈火をいつまでも眺めていた。

（四月×日）

父より長い音信が来る。長雨で、飢えにひとしい生活をしているという。花壺《はなつぼ》へ貯めていた十四円の金を、お母さんが皆送ってくれというので為替にして急いで送った。明日は明日の風が吹くだろう。安さんが死んでから、あんなに軽便な猿股も出来なくなってしまった。もう疲れきった私たちは、何もかもがメンドくさくなってしまっている。

十四円九州へ送った。

「わしたちゃ三畳でよかけん、六畳は誰ぞに貸さんかい。」

かしま、かしま、かしま、私はとても嬉しくなって、子供のように紙にかしまと書き散らすと、鳴子坂《なるこざか》の通りへそれを張りに出て行った。寝ても覚めても、結局は死んでしまいたい事に話が落ちるけれど、なにくそ！　たまには米の五升も買いたいものだと笑う。お母さんは近所の洗い張りでもしようかというし、私は女給と芸者の広告がこのごろめについて仕方がない。縁側に腰をかけて日向《ひなた》ぼっこをしていると、黒い土の上から、モヤモヤとかげろうがのぼっている。もうじき五月だ。私の生れた五月だ。歪《ゆが》んだガラス戸に洗った小切れをベタベタ張っていたお母さんは、フッと思い出したようにいった。

「来年はお前の運勢はよかぞな、今年はお前もお父さんも八方塞《ふさが》りだからね……」

明日から、この八方塞りはどうしてゆくつもりか！　運勢もへちまもあったものじゃない。次から次から悪運のつながりではありませんかお母さん！

腰巻も買いたし。

(五月×日)

家のかしまはあまり汚ない家なので誰もまだ借りに来ない。お母さんは八百屋《やおや》が貸してくれたといって大きなキャベツを買って来た。キャベツを見るとフクフクと湯気の立つ豚《トン》カツでもかぶりつきたいと思う。がらんとした部屋の中で、寝ころんで天井を見ていると、鼠《ねずみ》のように、小さくなって、色んなものを食い破って歩いたらユカイだろうと思った。夜、風呂《ふろ》屋で母が聞いて来たといって、派出婦にでもなったらどんなものかと相談していた。それもいいかも知れないけれど、根が野性の私である。金持ちの家風にペコペコ頭をさげる事は、腹を切るより切ない事だ。母の侘し気な顔を見ていたら、涙がむしょうにあふれてきた。

腹がへっても、ひもじゅうないとかぶりを振っている時ではないのだ。明日から、今から飢えて行く私たちなのである。あああの十四円は九州へとどいたかしら。東京が厭《いや》になった。早くお父さんが金持ちになってくれるといい。九州もいいな、四国もいいな。夜更《よふ》け、母が鉛筆をなめなめお父さんにたよりを書いているのを見て、誰かこんな体でも買ってくれるような人はないかと思ったりした。

（五月×日）

朝起きたらもう下駄が洗ってあった。

いとしいお母さん！　大久保百人町の派出婦会に行ってみる。中年の女の人が二人、店の間で縫いものをしていた。人がたりなかったのであろうか、そこの主人は、添書のようなものと地図を私にくれた。行く先の私の仕事は、薬学生の助手だということである。――道を歩いている時が、私は一番愉《たの》しい。五月の埃《ほこり》をあびて、新宿の陸橋をわたって、市電に乗ると、街の風景が、まことに天下タイヘイにござ候《そうろう》と旗をたてているように見えた。この街を見ていると苦しい事件なんか何もないようだ。買いたいものが何でもぶらさがっている。私は桃割れの髪をかしげて電車のガラス窓で直した。本村町《ほんむら》で降りると、邸《やしき》町になった路地の奥にそのうちがあった。

「御めん下さい！」

大きな家だな、こんな大きい家の助手になれるかしら……、戸口で私は何度かかえろうと思いながらぼんやり立っていた。

「貴女《あなた》、派出婦さん！　派出婦会から、さっき出たって電話がかかって来たのに、おそいので坊ちゃん怒ってらっしゃるわ。」

私が通されたのは、洋風なせまい応接室だった。壁には、色褪《いろあ》せたミレーの晩鐘の口絵が張ってあった。面白くもない部屋だ。腰掛けは得たいが知れない程ブクブクして柔《やわら》かである。

「お待たせしました。」

何でもこのひとの父親は日本橋で薬屋をしているとかで、私の仕事は薬見本の整理でわけのない仕事だそうだ。

「でもそのうち、僕の仕事が忙しくなると清書してもらいたいのですがね、それに一週間程したら、三浦三崎の方へ研究に行くんですが、来てくれますか。」

この男は二十四、五位かとも思う。私は若い男の年がちっとも判《わか》らないので、じっと背の高いその人の顔を見ていた。

「いっそ派出婦の方を止《よ》して、毎日来ませんか。」

私も、派出婦のようないかにも品物みたいな感じのするところよりその方がいいと思ったので、一ケ月三十五円で約束をしてしまった。紅茶と、洋菓子が出たけれど、まるで、日曜の教会に行ったような少女の日を思い出させた。

「君はいくつですか？」

「二十一です。」

「もう肩上げをおろした方がいいな。」

私は顔が熱くなっていた。三十五円毎月つづくといいと思う。だがこれもまた信じられはしない。――家へ帰ると、母は、岡山の祖母がキトクだという電報を手にしていた。私にも母にも縁のないお祖母《ばあ》さんだけれどたった一人の義父の母だったし、田舎《いなか》でさなだ帯の工場に通っているこのお祖母さんが、キトクだということは可哀想《かわいそう》だった。どんなにしても行かなくてはならないと思う。九州の父へは、四、五日前に金を送ったばかりだし、今日行ったところへ金を借りに行くのも厚かましいし、私は母と一緒に、四月もためているのに家主のところへ相談に行ってみた。十円かりて来る。沢山利子をつけて返そうと思う。残りの御飯を弁当にして風呂敷に包んだ。——一人旅の夜汽車は侘しいものだ。まして年をとっているし、ささくれた身なりのままで、父の国へやりたくないけれど、二人共絶体絶命のどんづまり故、沈黙《だま》って汽車に乗るより仕方がない。岡山まで切符を買ってやる。薄い灯の下に、下関行きの急行列車が沢山の見送り人を呑みこんでいた。

「四、五日内には、前借りをしますから、そしたら、送りますよ。しっかりして行っていらっしゃい。しょぼしょぼしたら馬鹿ですよ。」

母は子供のように涙をこぼしていた。

「馬鹿ね、汽車賃は、どんな事をしても送りますから、安心してお祖母さんのお世話をしていらっしゃい。」

汽車が出てしまうと、何でもなかった事が急に悲しく切なくなって、目がぐるぐるまいそうだった。省線をやめて東京駅の前の広場へ出て行った。長い事クリームを顔へ塗らないので、顔の皮膚がヒリヒリしている。涙がまるで馬鹿のように流れている。信ずる者よ来れ主《しゅ》のみもと……遠くで救世軍の楽隊が聞えていた。何が信ずるものでござんすかだ。自分の事が信じられなくてたとえイエスであろうと、お釈迦さまであろうと、貧しい者は信ずるヨ、ユ、ウなんかないのだ。宗教なんて何だろう！　食う事にも困らないものだから、あの人たちは街にジンタまで流している。信ずる者よ来れか……。あんな陰気な歌なんか真平だ。まだ気のきいた春の唄があるなり。いっそ、銀座あたりの美しい街で、こなごなに血へどを吐《は》いて、華族さんの自動車にでもしかれてしまいたいと思う。いとしいお母さん、今、貴女は戸塚、藤沢あたりですか、三等車の隅っこで何を考えていますか。どの辺を通っていますか……。三十五円が続くといいな。お濠《ほり》には、帝劇の灯がキラキラしていた。私は汽車の走っている線路のけしきを空想していた。何もかも何もかもあたりはじっとしている。天下タイヘイで御座候だ。

◇

（十一月×日）

浮世離れて奥山ずまい(5)、こんなヒ、ゾ、ク、な唄《うた》にかこまれて、私は毎日玩具のセルロイドの色塗りに通っている。日給は七十五銭也の女工さん(6)になって今日で四ケ月、私が色塗りをした蝶々《ちょうちょう》のお垂《さ》げ止めは、懐かしいスヴニールとなって、今頃はどこへ散乱して行ってい

（5）　立山節《たてやまぶし》。明治二〇年頃から全国的に流行した端歌《はうた》。

ることだろう――。日暮里《にっぽり》の金杉《かなすぎ》から来ているお千代さんは、お父《と》つぁんが寄席の三味線ひきで、妹弟六人の裏家住いだそうだ。「私とお父つぁんとで働かなきゃあ、食えないんですもの……」お千代さんは蒼白《あおじろ》い顔をかしげて、侘しそうに赤い絵具をベタベタ蝶々に塗っている。ここは、女工が二十人、男工が十五人の小さなセルロイド工場で、鉛のように生気のない女工さんの手から、キュウピーがおどけていたり、夜店物のお垂げ止めや、前芯帯や、様々な下層階級相手の粗製品が、毎日毎日私たちの手から洪水の如《ごと》く市場へ流れてゆくのだ。朝の七時から、夕方の五時まで、私たちの周囲は、ゆで、イカのような色をしたセルロイドの蝶々や、キュウピーでいっぱいだ。文字通り護謨《ゴム》臭《くさ》い、それ等の製品に埋れて仕事が済むまで、私たちはめったに首をあげて窓も見られないような状態である。事務所の会計の細君が、私たちの疲れたところを見計らっては、皮肉に油をさしに来る。

「急いでくれなくちゃ困るよ。」

フンお前も私たちと同じ女工上りじゃないか、「俺たちゃ機械じゃねえんだよっ。」発送部の男たちがその女が来ると、舌を出して笑いあっていた。五時になると、二十分は私たちの労力のおまけだった。日給袋のはいった笊《ざる》が廻って来ると、私たちはしばらくは、激しい争奪《そうとう》戦を開始して、自分の日給袋を見つけ出す。――夕方、襷《たすき》を掛けたまま工場の門を出ると、お千代さんが、後から追って来た。

「あんた、今日市場へ寄らないの、私今晩のおかずを買って行くのよ……」

一皿八銭の秋刀魚《さんま》は、その青く光った油と一緒に、私とお千代さんの両手にかかえられて、サンゼンと生臭い匂《にお》いを二人の胃袋に通わせてくれるのだ。

「この道を歩いている時だけ、あんた、楽しいと思った事ない？」

「本当にね、私吻《ほっ》とするのよ。」

「ああ、でもあんたは一人だからうらやましいと思うわ。」

美しいお千代さんの束ねた髪に、白く埃《ほこり》がつもっているのを見ると、街の華やかな、一切のものに、私は火をつけてやりたいようなコウフンを感じてくる。


（十一月×日）

なぜ？

なぜ？

私たちはいつまでもこんな馬鹿な生き方をしなければならないのだろうか？　いつまでたっても、セルロイドの匂いに、セルロイドの生活だ。朝も晩も、ベタベタ三原色を塗りたくって、地虫のように、太陽から隔離された歪《ゆが》んだ工場の中で、コツコツ無限に長い時間と青春と健康を搾取《さくしゅ》されている。若い女たちの顔を見ていると、私はジンと悲しくなってしまう。

（6）souvenir みやげ、記念品の意。

だが待って下さい。私たちのつくっている、キュウピーや蝶々のお垂げ止めが、貧しい子供たちの頭をお祭のように飾る事を思えば、少し少しあの窓の下では、微笑んでもいいでしょう――。

二畳の部屋には、土釜《どがま》や茶碗や、ボール箱の米櫃《こめびつ》や行李《こうり》や、そうして小さい机が、まるで一生の私の負債のようにがんばっている。ななめにしいた蒲団《ふとん》の上には、天窓の朝陽がキラキラ輝いていて、埃が縞《しま》のようになって私の顔の上へ流れて来る。いったい革命とは、どこを吹いている風なのだ……中々うまい言葉を沢山知っている、日本の自由主義者よ。日本の社会主義者は、いったいどんなお伽噺《とぎばなし》を空想しているのでしょうか？

あの生れたての、玄米パンよりもホヤホヤな赤ン坊たちに、絹のむつき、木綿《もめん》のむつきと一たいどれだけの差をつけなければならないのだろう！

「あんたは、今日は工場は休みなのかい？」

叔母さんが障子を叩《たた》きながら呶鳴《どな》っている。私は舌打ちをすると、妙に重々しく頭の下に両手を入れて、今さら重大な事を考えたけれど、涙が出るばかりだった。

母の音信一通。

たとえ五十銭でもいいから送ってくれ、私はリュウマチで困っている。この家にお前とお父さんが早く帰って来るのを、楽しみに待っている。お父さんの方も思わしくないというたよりだし、お前のくらし向きも思う程でないと聞くと生きているのが辛《つら》いのです。──たどたどしいカナ文字の手紙である。最後に上様ハハよりと書いてあるのを見ると、母を手で叩きたい程可愛《かわい》くなってくる。

「どっか体でも悪いのですか。」

この仕立屋に同じ間借りをしている、印刷工の松田さんが、遠慮なく障子を開けてはいって来た。背丈が十五、六の子供のようにひくくて髪を肩まで長くして、私の一等厭《いや》なところをおし気もなく持っている男だった。天井を向いて考えていた私は、クルリと背をむけると蒲団を被《かぶ》ってしまった。この人は有難い程親切者である。だが会っていると、憂鬱《ゆううつ》なほど不快になって来る人だ。

「大丈夫なんですか!」

「ええ体の節々が痛いんです。」

店の間では商売物の菜っ葉服を小父《おじ》さんが縫っているらしい。ジ……と歯を噛《か》むようなミシンの音がしている。

「六十円もあれば、二人で結構暮せると思うんです。貴女《あなた》の冷たい心が淋しすぎる。」

枕元《まくらもと》に石のように坐《すわ》った松田さんは、苔《こけ》のように暗い顔を伏せて私の顔の上にかぶさって来る。激しい男の息づかいを感じると、私は涙が霧のようにあふれて来た。今までこんなに、優しい言葉を掛けて私を慰めてくれた男が一人でもあっただろうか、皆《み》な私を働かせて煙のように捨ててしまったではないか。この人と一緒になって、小さな長屋にでも住《すま》って、世帯《しょたい》を持とうかしらとも思う。でもあんまりそれも淋しすぎる話だ。十分も顔を合せていたら、胸がムカムカして来る松田さんだった。

「済みませんが、私は体の工合が悪いんです。ものを言うのが、何だかおっくうですの、あっちい行ってて下さい。」

「当分工場を休んで下さい。その間の事は僕がしますよ。たとえ貴女が僕と一緒になってくれなくっても、僕はいい気持ちなんです。」

まあ何てチグハグな世の中であろうと思う――。

夜。

米を一升買いに出る。ついでに風呂敷《ふろしき》をさげたまま逢初《あいぞめ》橋の夜店を歩いてみた。剪花《きりばな》屋、ロシヤパン、ドラ焼屋、魚の干物屋、野菜屋、古本屋、久々で見る散歩道だ。

(十二月×日)

ヘエ、街はクリスマスでございますか。救世軍の慈善鍋も飾り窓の七面鳥も、新聞も雑誌も一斉に街に氾濫《はんらん》して、ビラ広告旗も血まなこになっているようだ。

暮だ、急行列車だ、あの窓の風があんなに動いている。能率を上げなくてはと、汚れた壁の黒板には、二十人の女工の色塗りの仕上げ高が、毎日毎日数字になって、まるで天気予報みたいに私たちをおびやかすようになってきた。規定の三百五十の仕上げが不足の時は、五銭引き、十銭引きと、日給袋にぴらぴらケープのような伝票が張られて来る。

「厭んなっちゃうね……」

女工はまるで、ササラのように腰を浮かせて御製作なのだ。同じ絵描きでも、これはまたあまりにもコッケイな、ドミエの漫画のようではないか。

「まるで人間を芥《ごみ》だと思ってやがる。」

五時の時計が鳴っても、仕事はドンドン運ばれて来るし、日給袋は中々廻りそうにもない。工場主の小さな子供たちを連れて、会計の細君が、四時頃自動車で街へ出掛けて行ったのを、一番小さいお光ちゃんが便所の窓から眺めていて、女工たちに報告すると、芝居だろうといったり、正月の着物でも買いに行ったのだろうといったり、手を働かせながら、女工たちの間にはまちまちの論議が噴出した。

七時半。

朝から晩まで働いて、六十銭の労働の代償をもらってかえる。土釜を七輪《しちりん》に掛けて、机の上に茶碗と箸を並べると、つくづく人生とはこんなものだったのかと思った。ごたごた文句を言っている人間の横ッ面《つら》をひっぱたいてやりたいと思う。御飯の煮える間に、お母さんへの手紙の中に長い事して貯《た》めていた桃色の五十銭札五枚を入れて封をする。たった今、何と何がなかったら楽しいだろうと空想して来ると、五円の間代が馬鹿らしくなってきた。二畳で五円である。一日働いて米が二升されて平均六十銭だ。また前のようにカフエーに逆もどりでもしようかしらともおもい、幾度も幾度も、水をぐ、ぐって、私と一緒に疲れきっている壁の銘仙の着物を見ていると、全く味気なくなって来る。何も御座無く候《そうろう》だ。あぶないぞ！　あぶないぞ！　あぶない不精者故、バクレツダンを持たしたら、喜んでそこら辺へ投げつけるだろう。こんな女が一人うじうじ生きているよりも、いっそ早く、真二ツになって死んでしまいたい。熱い御飯の上に、昨夜の秋刀魚を伏兵線にして、ムシャリと頰ばると、生きている事もまんざらではない。沢庵を買った古新聞に、北海道にはまだ何万町歩という荒地があると書いてある。ああそういう未開の地に私たちの、ユウトピヤが出来たら愉快だろうと思うなり。鳩《はと》ぽっぽ鳩ぽっぽという唄《うた》が出来るかも知れない。皆で仲よく飛んでこいという唄が流行《はや》るかも知れない。――風呂屋から帰りがけに、暗い路地口で松田さんに会った。私は沈黙《だま》って通り抜けた。

（十二月×日）

「何も変な風に義理立てをしないで、松田さんが、折角貸して上げるというのに、あなたも借りたらいいじゃないの、実さい私の家は、あんたたちの間代を当にしているんですからねえ。」

髪毛《かみのけ》の薄い小母《おば》さんの顔を見ていると、私はこのままこの家を出てしまいたい程くやしくなってくる。これが出掛けの戦争だ。急いで根津《ねづ》の通りへ出ると、松田さんが酒屋のポストの傍で、ハガキを入れながら私を待っていた。ニコニコして本当に好人物なのに、私はどうしてなのかこのひとにはムカムカして仕様がない。

「何もいわないで借りて下さい。僕はあげてもいいんですが、貴女がこだわると困るから。」

そういって、塵紙《ちりがみ》にこまかく包んだ金を松田さんは私の帯の間に挟《はさ》んでくれている。私は肩上げのとってない昔風な羽織を気にしながら、妙にてれくさくなってふりほどいて電車に乗ってしまった。――どこへ行く当もない。正反対の電車に乗ってしまった私は、寒い上野にしょんぼり自分の影をふんで降りた。狂人じみた口入《くちいれ》屋の高い広告燈が、難破船の信号みたように風にゆれていた。

「お望みは……」

牛太郎《ぎゅうたろう》のような番頭にきかれて、まず私はかたずを呑んで、商品のような求人広告のビラを見上げた。

「辛い事をやるのも一生、楽な事をやるのも一生、姉さん良く考えた方がいいですよ。」

肩掛もしていない、このみすぼらしい女に、番頭は目を細めて値ぶみを始めたのか、ジロジロ私の様子を見ている。下谷《したや》の寿司屋《すしや》の女中さんの口に紹介をたのむと、一円の手数料を五十銭にまけてもらって公園に行った。今にも雪の降って来そうな空模様なのに、ベンチの浮浪人たちは、朗《ほが》らかな鼾声《いびき》をあげて眠っている。西郷さんの銅像も浪人戦争の遺物だ。貴方《あなた》と私は同じ郷里なのですよ。鹿児島が恋しいとはお思いになりませんか。霧島山が、桜島が、城山が、熱いお茶にカルカンの甘味《おい》しい頃ですね。

貴方も私も寒そうだ。
貴方も私も貧乏だ。
昼から工場に出る。生きるは辛し。

(十二月×日)
昨夜、机の引き出しに入れてあった松田さんの心づくし。払えばいいのだ、借りておこうかしら、弱き者よ汝《なんじ》の名は貧乏なり。

家にかえる時間となるを
ただ一つ待つことにして
今日も働けり。

啄木《たくぼく》はこんなに楽しそうに家にかえる事を歌っているけれど、私は工場から帰ると棒のようにつっぱった足を二畳いっぱいに延ばして、大きなアクビをしているのだ。それがたった一つの楽しさなのだ。二寸ばかりのキュウピーを一つごまかして来て、茶碗の棚の上にのせて見る。私の描いた眼、私の描いた羽根、私が生んだキュウピーさん、冷飯に味噌《みそ》汁をザクザクかけてかき込む淋しい夜食です。――松田さんが、妙に大きいセキをしながら窓の下を通ったとおもうと、台所からはいって来て声をかける。

「もう御飯ですか、少し待っていらっしゃい、いま肉を買って来たんですよ。」

松田さんも私と同じ自炊生活である。仲々しまった人らしい。石油コンロで、ジ……と肉を煮る匂《にお》いが、切なく口を濡《ぬ》らす。「済みませんが、この葱《ねぎ》切ってくれませんか。」昨夜、無断で人の部屋の机の引き出しを開けて、金包みを入れておいたくせに、そうして、たった十円ばかりの金を貸して、もう馴々《なれなれ》しく、人に葱を刻ませようとしている。こんな人間に図々しくされると一番たまらない……。遠くで餅をつく勇ましい音が聞えている。私は沈黙ってポリポリ大根の塩漬を噛んでいたけれど、台所の方でも侘しそうに、コツコツ葱を刻み出しているようだった。「ああ刻んであげましょう。」沈黙っているにはしのびない悲しさで、障子を開けて、私は松田さんの庖丁《ほうちょう》を取った。

「昨夜はありがとう、五円を小母さんに払って、五円残ってますから、五円お返ししときますわ。」

松田さんは沈黙って竹の皮から滴《したた》るように紅《あか》い肉片を取って鍋に入れていた。ふと見上げた歪んだ松田さんの顔に、小さい涙が一滴光っている。奥では弄花《はな》(7)が始まったのか、小母さんの、いつものヒステリー声がビンビン天井をつき抜けて行く。松田さんは沈黙ったまま米を磨《と》ぎ出した。

「アラ、御飯はまだ炊《た》かなかったんですか。」

「ええ貴女が御飯を食べていらっしたから、肉を早く上げようと思って。」

洋食皿に分けてもらった肉が、どんな思いで私ののどを通ったか。私は色んな人の姿を思い浮べた。そしてみんなくだらなく思えた。松田さんと結婚をしてもいいと思った。夕食のあと、初めて松田さんの部屋へ遊びに行ってみる。

松田さんは新聞をひろげてゴソゴソさせながら、お正月の餅をそろえて笊《ざる》へ入れていた。あんなにも、なごやかにくずれていた気持ちが、また前よりもさらに凄《すご》くキリリッと弓をはってしまい、私はそのまま部屋へ帰ってきた。

「寿司屋もつまらないし……」

外は嵐が吹いている。キュウピーよ、早く鳩ポッポだ。吹き荒《す》さめ、吹き荒さめ、嵐よ吹雪よ。

◇

(四月×日)

地球よパンパンとまっぷたつに割れてしまえと、呶鳴《どな》ったところで私は一匹の烏猫《からすねこ》だ。世間様は横目で、お静かにお静かにとおっしゃっている。またいつもの淋しい朝の寝覚めなり。薄い壁に掛った、黒い洋傘《パラソル》をじっと見ていると、その洋傘が色んな形に見えて来る。今日もまたこの男は、ほがらかな桜の小道を、我々同志よなんて、若い女優と手を組んで、芝居のせりふをいいあいながら行く事であろう。私はじっと背中を向けてとなりに寝ている男の髪の毛を見ていた。ああこのまま蒲団《ふとん》の口が締って、出られないようにしたらどんなものだろう……。このひとにピストルを突きつけたら、この男は鼠《ねずみ》のようにキリキリ舞いをしてしまうだろう。お前は高が芝居者じゃないか。インテリゲンチャのたいこもちになって、我々同志よもみっともないことである。私はもうあなたにはあいそがつきてしまいました。あなたのその黒い鞄《かばん》には、二千円の貯金帳と、恋文が出たがって、両手を差し出していましたよ。

「俺はもうじき食えなくなる。誰かの一座にでもはいればいいけれど……俺には俺の節操があるし。」

私は男にはとても甘い女です。

そんな言葉を聞くと、さめざめと涙をこぼして、では街に出て働いてみましょうかといってみるのだ。そして私はこの四、五日、働く家をみつけに出掛けては、魚の腸《はらわた》のように

（7）花札で遊ぶこと。

疲れて帰って来ていたのに……この嘘《うそ》つき男メ！　私はいつもあなたが用心をして鍵を掛けているその鞄を、昨夜そっと覗《のぞ》いてみたのですよ。二千円の金額は、あなたが我々プロレタリアと言っているほど少《すく》なくもないではありませんか。私はあんなに美しい涙を流したのが莫迦らしくなっていた。二千円と、若い女優があれば、私だったら当分は長生きが出来る。

（ああ浮世は辛《つろ》うござりまする。）

こうして寝ているところは円満な御夫婦である。冷たい接吻《せっぷん》はまっぴらなのよ。あなたの体臭は、七年も連れそった女房や、若い女優の匂《にお》いでいっぱいだ。あなたはそんな女の情慾を抱いて、お勤めに私の首に手を巻いている。

ああ淫売婦にでもなった方がどんなにか気づかれがなくて、どんなにいいか知れやしない。私は飛びおきると男の枕《まくら》を蹴《け》ってやった。嘘つきメ！　男は炭団《たどん》のようにコナゴナに崩れていった。ランマンと花の咲き乱れた四月の明るい空よ、地球の外には、颯々《さっさつ》として熱風が吹きこぼれて、オーイオーイと見えないよび声が四月の空に弾《はじ》けている。飛び出してお出でよッ！　誰も知らない処《ところ》で働きましょう。茫々《ぼうぼう》とした霞の中に私は神様の手を見た。真黒い神様の腕を見た。

（四月×日）

一度はきやすめ二度は嘘
三度のよもやにひかされて……
憎らしい私の煩悩《ぼんのう》よ、私は女でございました。やっぱり切ない涙にくれまする。

鶏《にわとり》の生胆《いきぎも》に
花火が散って夜が来た
東西！　東西！
そろそろ男との大詰が近づいて来た。
一刀両断に切りつけた男の腸に
メダカがぴんぴん泳いでいる。

臭い臭い夜で
誰も居なけりゃ泥棒にはいりますぞ！
私は貧乏故男も逃げて行きました。

ああ真暗い頬かぶりの夜だよ。

土を凝視《みつ》めて歩いていると、しみじみと侘しくなってきて、病犬のように慄《ふる》えて来る。なにくそ！　こんな事じゃあいけないね。美しい街の鋪道《ほどう》を今日も私は、私を買ってくれないか、私を売ろう……と野良犬のように彷徨してみた。引き止めても引き止まらない切れたがるきずななならばこの男ともあっさり別れてしまうより仕方がない……。窓外の名も知らぬ大樹のたわわに咲きこぼれた白い花には、小さい白い蝶々《ちょうちょう》が群れていて、いい匂いがこぼれて来る。夕方、お月様で光っている縁側に出て男の芝居のせりふを聞いていると、少女の日の思い出が、ふっと花の匂いのように横切ってきて、私も大きな声でどっかにいい男はないでしょうかとお月様に呶鳴《どな》りたくなってきた。このひとの当り芸は、かつて芸術座の須磨子(8)のやったという「剃刀《かみそり》」という芝居だった。私は少女の頃、九州の芝居小屋で、このひとの「剃刀」という芝居を見た事がある。須磨子のカチュウシャもよかった。あれからもう大分時がたっている。この男も四十近い年だ。「役者には、やっぱり役者のお上《かみ》さんがいいんですよ。」一人稽古をしている灯に写った男の影を見ていると、やっぱりこのひとも可哀想《かわいそう》だと思わずにはいられない。紫色のシェードの下に、台本をくっている男の横顔が、絞って行くように、私の目から遠くに去ってしまう。

「旅興行に出ると、俺はあいつと同じ宿をとった、あいつの鞄も持ってやったっけ……でもあいつは俺の目を盗んでは、寝巻のままよその男の宿へ忍んで行っていた。」

「俺はあの女を泣かせる事に興味を覚えていた。あの女を叩《たた》くと、まるで護謨《ゴム》のように弾きかえって、体いっぱい力を入れて泣くのが、見ていてとてもいい気持ちだった。」

二人で縁側に足を投げ出していると、男は灯を消して、七年も連れ添っていた別れた女の話をしている。私は圏外に置き忘れられた、たった一人の登場人物だ、茫然と夜空を見ているとこの男とも駄目だよと誰かがいっている。あまのじゃくがどっかで哄笑《わら》っている、私は悲しくなってくると、足の裏が痒《か》ゆくなるのだ。一人でしゃべっている男のそばで、私はそっと、月に鏡をかたぶけて見た。眉《まゆ》を濃く引いた私の顔が渦のようにぐるぐる廻ってゆく、世界中が月夜のような明るさだったらいいだろう――。

「何だか一人でいたくなったの……もうどうなってもいいから一人で暮したい。」

男は我にかえったように、太い息を切ると涙をふりちぎって、別れという言葉の持つ淋しい言葉に涙を流して私を抱こうとしている。これも他愛のないお芝居なのか、さあこれから忙しくなるぞ、私は男を二階に振り捨てると、動坂《どうざか》の町へ出て行った。誰も彼も握手をしましょう、ワンタンの屋台に首をつっこんで、まず支那《しな》酒をかたぶけて、私は味気ない男の旅愁を吐き捨てた。

（8）　松井須磨子（一八八六―一九一九）。女優。「人形の家」のノラや「復活」のカチュウシャを演じ、「カチュウシャの唄」は全国的に流行した。

（四月×日）

街の四ツ角で、まるで他人よりも冷やかに、私も男も別れてしまった。男は市民座という小さい素人《しろうと》劇団をつくっていて、滝ノ川の稽古場に毎日通っているのだ。

私も今日から通いでお勤めだ。男に食わしてもらう事は、泥を嚙《か》んでいるよりも辛いことです。体《てい》のいい仕事よりもと、私のさがした職業は牛屋の女中さん。「ロースあおり一丁願いますッ。」梯子《はしご》段をトントンと上って行くと、しみじみと美しい歌がうたいたくなってくる。広間に群れたどの顔も面白いフイルムのようだ。肉皿を持って、梯子段を上ったり降りたりして、私の前帯の中も、それに並行して少しずつお金でふくらんで来る。どこを貧乏風が吹くかと、部屋の中は甘味《おい》しそうな肉の煮える匂いでいっぱいだ。だけど、上ったり降りたりで、私はいっぺんにへこたれてしまった。「二、三日すると、すぐ馴《な》れてしまうわ。」女中頭の髷《まげ》に結ったお杉さんが、物かげで腰を叩《たた》いている私を見て慰めてくれたりした。

十二時になっても、この店は素晴らしい繁昌《はんじょう》ぶりで、私は家へ帰るのに気が気ではなかった。私とお満さんをのぞいては、皆住み込みのひとなので、平気で残っていて客にたかってはいろいろ色々なものをねだっている。

「たあさん、私水菓子ね……」

「あら私かもなんよ……」

まるで野生の集《あつま》りだ、笑っては食い、笑っては食い、無限に時間がつぶれて行きそうで私は焦らずにはいられなかった。私がやっと店を出た時は、もう一時近くで、店の時計がおくれていたのか、市電はとっくになかった。神田から田端《たばた》までの路《みち》のりを思うと、私はがっかりして坐《すわ》ってしまいたい程悲しかった。街の燈はまるで狐火《きつねび》のように一つ一つ消えてゆく。仕方なく歩き出した私の目にも段々心細くうつって来る。上野公園下まで来ると、どうにも動けない程、山下が恐ろしくて、私は棒立ちになってしまった。雨気を含んだ風が吹いていて、日本髪の両鬢《りょうびん》を鳥のように羽ばたかして、私は明滅する仁丹の広告燈にみいっていた。どんな人でもいいから、道連れになってくれる人はないかと私はぼんやり広小路の方を見ていた。

こんなにも辛い思いをして、私はあのひとに真実をつくさなければならないのだろうか？　不意にハッピを着て自転車に乗った人が、さっと煙のように目の前を過ぎて行った。何もかも投げ出したいような気持ちで走って行きながら、「貴方《あなた》は八重垣町の方へいらっしゃるんじゃあないですかッ！」と私は大きい声でたずねてみた。

「ええそうです。」

「すみませんが田端まで帰るんですけれど、貴方のお出でになるところまで道連れになって戴《いただ》けませんでしょうか？」

今は一生懸命である。私は尾を振る犬のように走って行くと、その職人体の男にすがってみた。

「私も使いがおそくなったんですが、もしよかったら自転車にお乗んなさい。」

もう何でもいい私はポックリの下駄を片手に、裾《すそ》をはし折ってその人の自転車の後に乗せてもらった。しっかりとハッピのひとの肩に手を掛けて、この奇妙な深夜の自転車乗りの女は、ふと自分がおかしくなって涙をこぼしている。無事に帰れますようにと私は何かに祈らずにはいられなかった。

夜目にも白く染物とかいてあるハッピの字を眺めて、吻《ほっ》と安心すると、私はもう元気になって、自然に笑い出したくなっている。根津《ねづ》の町でその職人さんに別れると、また私は飄々《ひょうひょう》と歌を唱《うた》いながら路を急いだ、品物のように冷たい男のそばへ……。

（四月×日）

国から汐《しお》の香の高い蒲団を送って来た。お陽様に照らされている縁側の上に、送って来た蒲団を干していると、何故《なぜ》だか父様よ母様よと口に出して唱いたくなってくる。

今晩は市民座の公演会だ。男は早くから化粧箱と着物を持って出かけてしまった。私は長いこと水を貰《もら》わない植木鉢のように、干からびた熱情で二階の窓から男のいそいそとした後姿を眺めていた。夕方四谷《よつや》の三輪会館に行ってみると場内はもういっぱいの人で、舞台は例の「剃刀」である。男の弟は目ざとく私を見つけると目をまばたきさせて、姉さんはなぜ楽屋に行かないのかとたずねてくれる。人のいい大工をしているこの弟の方は、兄とは全く別な世界に生きているいい人だった。

舞台は乱暴な夫婦喧嘩《げんか》の処《ところ》だった。おおあの女だ。いかにも得意らしくしゃべっているあのひとの相手女優を見ていると、私は初めて女らしい嫉妬《しっと》を感じずにはいられなかった。男はいつも私と着て寝る寝巻を着ていた。今朝二寸程背中がほころびていたけれど私はわざとなおしてはやらなかったのだ。一人よがりの男なんてまっぴらだと思う。

私はくしゃみを何度も何度もつづけると、ぷいと帰りたくなってきて、詩人の友達二、三人と、暖かい戸外へ出ていった。こんなにいい夜は、裸になって、ランニングでもしたらさぞ愉快だろうと思うなり。

（四月×日）

「僕が電報を打ったら、じき帰っておいで。」といってくれるけれど、このひとはまだ嘘をいってるようだ。私はくやしいけれど十五円の金をもらうと、なつかしい停車場へ急いだ。

汐の香のしみた私の古里へ私は帰ってゆくのだ。ああ何もかも逝《い》ってしまってくれ、私には何にも用はない。男と私は精養軒の白い食卓につくと、日本料理でささやかな別宴を張った。

「私は当分あっちで遊ぶつもりよ。」

「僕はこうして別れたって、きっと君が恋しくなるのはわかっているんだ。ただどうにも仕様のない気持ちなんだよ今は、ほんとうにどうせき止めていいかわからない程、呆然《ぼうぜん》とした気持ちなんだよ。」

汽車に乗ったら私は煙草《たばこ》でも吸ってみようかと思った。駅の売店で、青いバット五ツ六ツも買い込むと私は汽車の窓から、ほんとうに冷たい握手をした。

「さようなら、体を大事にしてね。」

「有難う……御機嫌よう……」

固く目をとじて、パッと瞼《まぶた》を開けてみると、せき止められていた涙が一時にあふれている。明石《あかし》行きの三等車の隅ッこに、荷物も何もない私は、足を伸び伸びと投げ出して涙の出るにまかせていた。途中で面白そうな土地があったら降りてみようかしらとも思っている。私は頭の上にぶらさがった鉄道地図を、じっと見上げて駅の名を一つ一つ読んでいた。新《あた》らしい土地へ降りてみたいなと思うなり。静岡にしようか、名古屋にしようか、だけど何だかそれも不安で仕方がない。暗い窓に凭《もた》れて、走っている人家の灯を見ていると、暗い窓にふっと私の顔が鏡を見ているようにはっきり写っている。

男とも別れだ！
私の胸で子供たちが赤い旗を振っている
そんなによろこんでくれるか
もう私はどこへも行かず
皆と旗を振って暮らそう。

皆そうして飛び出しておくれ、
そして石を積んでくれ
そして私を胴上げして
石の城の上に乗せておくれ。

さあ男とも別れだ泣かないぞ！
しっかりしっかり旗を振ってくれ
貧乏な女王様のお帰りだ。

外は真暗闇《まっくらやみ》だ。切れては走る窓の風景に、私は目も鼻も口も硝子《ガラス》窓に押しつけて、塩辛い干物のように張りついて泣いていた。

私は、これからいったい何処《どこ》へ行こうとしているのかしら……駅々の物売りの声を聞くたびに、おびえた心で私は目を開けている。ああ生きる事がこんなにむずかしいものならば、いっそ乞食《こじき》にでもなって、いろんな土地土地を流浪して歩いたら面白いだろうと思う。子供らしい空想にひたっては泣いたり笑ったり、おどけたり、ふと窓を見ると、これはまた奇妙な私の百面相だ。ああこんなに面白い生き方もあったのかと、私は固いクッションの上に坐りなおすと、飽きる事もなく、なつかしくいじらしい自分の百面相に凝視《みい》ってしまった。

◇

(五月×日)

私はお釈迦様に恋をしました
仄《ほの》かに冷たい唇に接吻《せっぷん》すれば
おおもったいない程の
痺《しび》れ心になります。

もったいなさに
なだらかな血潮が
逆流しまする。

心憎いまでに落ちつきはらった
その男振りに
すっかり私の魂はつられてしまいました。

お釈迦様！
あんまりつれないではござりませぬか
蜂《はち》の巣のようにこわれた
私の心臓の中に
お釈迦様
ナムアミダブツの無常を悟すのが
能でもありますまいに
その男振りで
炎のような私の胸に

飛びこんで下さりませ
俗世に汚れた
この女の首を
死ぬ程抱きしめて下さりませ
ナムアミダブツのお釈迦様！

妙に侘しい日だ。気の狂いそうな日だ。天気のせいかも知れない。朝から、降りどおしだった雨が、夜になると風をまじえて、身も心も、突きさしそうに実によく降っている。こんな詩を書いて、壁に張りつけてみたものの私の心はすこしも愉《たの》しくはない。

――スグコイカネイルカ

蒼《あお》ぶくれのした電報用紙が、ヒラヒラと私の頭に浮かんで来るのは妙だ。

馬鹿、馬鹿、馬鹿、馬鹿を千も万も叫びたいほど、いまは切ない私である。高松の宿屋で、あのひとの電報を本当に受取った私は、嬉し涙を流していた。そうして、はち切れそうな土産物《みやげ》を抱いて、いま、この田端《たばた》の家へ帰って来たはずだのに――。半月もたたないうちにまた別居だとはどうした事なのだろう。私は男に二ケ月分の間代を払ってもらうと、体《てい》のいい居残りのままだったし、男は金魚のように尾をヒラヒラさせて、本郷の下宿に越して行ってしまった。昨日も出来上った洗濯物を一ぱい抱えて、私はまるで恋人に会いにでも行くようにいそいそと男の下宿の広い梯子段《はしご》を上って行ったのだ。ああ私はその時から、飛行船が欲しくなりました。灯のつき始めたすがすがしい部屋に、私の胸に泣きすがったあのひとが、桃割れに結ったあの女優とたった二人で、魚の様にもつれあっているのを見たのです。暗い廊下に出て、私は眼にいっぱい涙をためていました。顔いっぱいいいえ体いっぱいが、針金でつくった人形みたいに固くなってしまって、切なかったけれども……。

「やあ……」私は子供のように天真に哄笑《こうしょう》して、切ない眼を、始終机の足の方に向けていた。あれから今日へ掛けての私は、もう無茶苦茶な世界へのかけ足だ。「十五銭で接吻しておくれよ！」と、酒場で駄々をこねたのも胸に残っている。

男という男はみんなくだらないじゃあないの！　蹴散《けち》らして、踏みたくってやりたい怒りに燃えて、ウイスキーも日本酒もちゃんぽんに呑み散らした私の情けない姿が、こうしていまは静かに雨の音を聞きながら床の中にじっとしている。今頃は、風でいっぱいふくらんだ蚊帳《かや》の中で、あのひとは女優の首を抱えていることだろう……そんな事を思うと、私は飛行船にでも乗って、バクレツダンでも投げてやりたい気持ちなのです。

私は宿酔《ふつかよ》いと空腹で、ヒヨロヒヨロしている体を立たせて、ありったけの米を土釜《どがま》に入れて井戸端に出て行った。階下の人たちは皆風呂《ふろ》に出ていたので私はきがねもなく、大きい音をたてて米をサクサク洗ってみたのです。雨に濡《ぬ》れながら、ただ一筋にはけて行く白い水の手ざわりを一人で楽しんでいる。

（六月×日）

朝。

ほがらかな、よいお天気なり。雨戸を繰ると白い蝶々《ちょうちょう》が雪のように群れていて、男性的な季節の匂《にお》いが私を驚かす。雲があんなに、白や青い色をして流れている。ほんとにいい仕事をしなくちゃいけないと思う。火鉢にいっぱい散らかっていた煙草《たばこ》の吸殻を捨てると、屋根裏の女の一人住いも仲々いいものだと思った。朦朧《もうろう》とした気持ちも、この朝の青々とした新鮮な空気を吸うと、ほんとうに元気になって来る。だけど楽しみの郵便が、質屋の流れを知らせて来たのにはうんざりしてしまった。四円四十銭の利子なんか抹殺してしまえだ。私は縞《しま》の着物に黄いろい帯を締めると、日傘を廻して幸福な娘のような姿で街へ出てみた。例の通り古本屋への日参だ。

「小父《おじ》さん、今日は少し高く買って頂戴《ちょうだい》ね。少し遠くまで行くんだから……」この動坂《どうざか》の古本屋の爺《じい》さんは、いつものように人のいい笑顔を皺《しわ》の中に隠して、私の出した本を、そっと両の手でかかえて見ている。

「一番今流行《はや》る本なの、じき売れてよ。」

「へえ……スチルネルの自我経ですか、一円で戴《いただ》きましょう。」

私は二枚の五十銭銀貨を手のひらに載せると、両方の袂《たもと》に一ツずつそれを入れて、まぶしい外に出た。そしていつものように飯屋へ行った。

本当にいつになったら、世間のひとのように、こぢんまりした食卓をかこんで、呑気《のんき》に御飯が食べられる身分になるのかしらと思う。一ツ二ツの童話位では満足に食ってはゆけないし、といってカフエーなんかで働く事は、よれよれに荒《すさ》んで来るようだし、男に食わせてもらう事は切ないし、やっぱり本を売っては、瞬間瞬間《そのときどき》の私でしかないのであろう。夕方風呂から帰って爪《つめ》をきっていたら、画学生の吉田さんが一人で遊びにやって来た。写生に行ったんだといって、十号の風景画をさげて、絵の具の匂いをぷんぷんただよわせている。詩人の相川さんの紹介で知った切りで、別に好きでも嫌いでもなかったけれど、一度、二度、三度と来るのが重なると、ちょっと重荷のような気がしないでもない。紫色のシェードの下に、疲れたといって寝ころんでいた吉田さんは、ころりと起きあがると、

瞼《まぶた》、瞼、薄ら瞑《つぶ》った瞼を突いて、きゅっと抉《えぐ》って両眼をあける。

長崎の、長崎の

人形つくりはおそろしや！

「こんな唄《うた》を知っていますか、白秋の詩ですよ。貴女《あなた》を見ると、この詩を思い出すんです。」

風鈴が、そっと私の心をなぶっていた。涼しい縁端に足を投げ出していた私は、灯のそばにいざりよって男の胸に顔を寄せた。悲しいような動悸《どうき》を聞いた。悩ましい胸の哀れなひびきの中に、しばし私はうっとりしていた。切ない悲しさだ。女の業《ごう》なのだと思う。私の動脈はこんなひとにも噴水のようなしぶきをあげて来る。吉田さんは慄《ふる》えて沈黙《だま》っていた。私は油絵具の中にひそむ、油の匂いをこの時程悲しく思った事はなかった。長い事、私たちは情熱の克服に努めていた。やがて、背の高い吉田さんの影が門から消えて行くと、私は蚊帳《かや》を胸に抱いたまま泣き出していた。ああ私には別れた男の思い出の方が生々しかったもの……私は別れた男の名を呼ぶと、まるで手におえない我まま娘のようにワッと声を上げて泣いているのだ。

（六月×日）

今日は隣の八畳の部屋に別れた男の友達の、五十里《いそり》さんが越して来る日だ。私は何故《なぜ》か、あの男の魂胆がありそうな気がして不安だった。――飯屋へ行く路《みち》、お地蔵様へ線香を買って上げる。帰って髪を洗い、さっぱりした気持ちで団子坂の静栄さん(9)の下宿へ行ってみた。「二人」という私たちの詩のパンフレットが出ているはずだったので元気で坂をかけ上った。窓の青いカーテンをめくって、いつものように窓へ凭《もた》れて静栄さんと話をした。この人はいつ見ても若い。房々した断髪をかしげて、しめっぽい瞳《ひとみ》を輝かしている。夕方、静栄さんと印刷屋へパンフレットを取りに行った。たった八頁だけれど、まるで果物のように新鮮で好ましかった。帰りに南天堂によって、皆に一部ずつ送る。働いてこのパンフレットを長くつづかせたいものだと思う。冷たいコーヒーを飲んでいる肩を叩《たた》いて、辻さん(10)が鉢巻をゆるめながら、讃辞をあびせてくれた。「とてもいいものを出しましたね。お続けなさいよ。」飄々《ひょうひょう》たる辻潤の酔態に微笑を送り、私も静栄さんも幸福な気持ちで外へ出た。

(六月×日)

種まく人たちが、今度文芸戦線という雑誌を出すからというので、私はセルロイド玩具の色塗りに通っていた小さな工場の事を詩にして、「工女の唄える」というのを出しておいた。今日は都新聞に別れた男への私の詩が載っている。もうこんな詩なんか止《や》めましょう。くだらない。もっと勉強して立派な詩を書こうと思う。夕方から銀座の松月というカフエーへ行った。ドンの詩の展覧会がここであるからだ。私の下手な字が麗々しく先頭をかざっている。橋爪《はしづめ》氏(11)に会う。

(9) 友谷静栄(一八九八—一九五〇)。詩人。のち、上田保(詩人・慶大教授)夫人。

(10) 辻潤(一八八四—一九四四)。評論家。スチルネルの影響を受けニヒリズムと耽美主義の傾向を深め、のちダダイズムと無政府主義に接近。「浮浪漫語」「痴人の独語」など。

(六月×日)

雨が細かな音をたてて降っている。

陽[12]春二三月　楊柳斉作レ花
春風一夜入二閨闥一　楊花飄蕩落二南家一
含レ情出レ戸脚無レ力　拾二得楊花一涙沾レ臆
秋去春来双燕子　願銜二楊花一入二窠裏一

灯の下に横坐《ずわ》りになりながら、白花を恋した霊太后《れいたいごう》の詩を読んでいると、つくづく旅が恋しくなってきた。五十里さんは引っ越して来てからいつも帰りは夜更《よふ》けの一時過ぎなり。階下の人は勤め人なので九時頃には寝てしまう。時々田端の駅を通過する電車や汽車の音が汐鳴《しおな》りのように聞えるだけで、この辺は山住いのような静かさだった。つくづく一人が淋しくなった。楊白花のように美しいひとが欲しくなった。本を伏せていると、焦々《いらいら》して来て私は階下に降りて行くのだ。

「今頃どこへゆくの?」階下の小母《おば》さんは裁縫の手を休めて私を見ている。

「割引なのよ。」

「元気がいいのね……」

蛇の目の傘を拡《ひろ》げると、動坂の活動小屋に行ってみた。看板はヤングラジャというのである。私は割引のヤングラジャに恋心を感じた。太湖船の東洋的なオーケストラも雨の降る日だったので嬉しかった。だけど所詮《しょせん》はどこへ行っても淋しい一人身なり。小屋が閉まると、私はまた溝鼠《どぶねずみ》のように部屋へ帰って来る。「誰かお客さんのようでしたが……」小母さんの寝ぼけた声を背中に、疲れて上って来ると、吉田さんが紙を円めながらポッケットへ入れている処《ところ》だった。

「おそく上って済みません。」

「いいえ、私活動へ行って来たのよ。」

「あんまりおそいんで、置手紙をしてたとこなんです。」

別に話もない赤の他人なのだけれど、吉田さんは私に甘えてこようとしている。鴨居《かもい》につかえそうに背の高い吉田さんを見ていると、私は何か圧《お》されそうなものを感じている。

「随分雨が降るのね……」

この位白ばくれておかなければ、今夜こそどうにか爆発しそうで恐ろしかった。壁に背

(11)　橋爪健(一九〇〇―六四)。詩人、評論家、小説家。アナーキズム、ダダイズムの影響を受ける。「文芸公論」を主宰創刊。
(12)　北魏の胡太后作「楊白花」と題する詩。『古詩源』より。

を凭せて、かの人はじっと私の顔を凝視《みつ》めて来た。私はこの男が好きで好きでたまらなくなりそうに思えて困ってしまう。だけど、私はもう色々なものにこりこりしているのだ。私は温《おと》なしく両手を机の上にのせて、灯の光《ひか》りに眼を走らせていた。私の両の手先《さ》きが小さく、慄えている。一本の棒を二人で一生懸命に押しあっている気持ちなり。

「貴女は私を嬲《なぶ》っているんじゃないんですか?」

「どうして?」

何という間の抜けた受太刀だろう。私の生々しい感傷の中へ巻き込まれていらっしゃるきりではありませんか……私は口の内につぶやきながら、このひとをこのままこさせなくするのもちょっと淋しい気がしていた。ああ友達が欲しい。こうした優しさを持ったお友達が欲しいのだけれども……私は何時《いつ》か涙があふれていた。

いっその事、ひと思いに死にたいとも思う。かの人は私を睨《にら》み殺すのかも知れない。生唾《なまつば》が舌の上を走った。私は自分がみじめに思えて仕方がなかった。別れた男との幾月かを送ったこの部屋の中に、色々な夢がまだ泳いでいて私を苦しくしているのだ。――引っ越さなくてはとてもたまらないと思う。私は机に伏さったまま郊外のさわやかな夏景色を頭に描いていた。雨の情熱はいっそう高まって来て、苦しくて仕方がない。「僕を愛して下さい。だまって僕を愛して下さい!」「だからだまって、私も愛しているではありませんか……」せめて手を握る事によってこの青年の胸が癒《いや》されるならば……。私はもう男に迷うことは恐ろしいのだ。貞操のない私の体だけども、まだどこかに私の一生を託す男が出てこないとも限らないもの。でもこの人は新鮮な血の匂いを持っている。厚い胸、青い眉《まゆ》、太陽のような眼。ああ私は激流のような激しさで泣いているのだ。

(六月×日)

淋しく候《そうろう》。くだらなく候。金が欲しく候。北海道あたりの、アカシヤの香る並樹道《なみきみち》を一人できままに歩いてみたいものなり。

「もう起きましたか……」

珍《めず》らしく五十里さんの声が障子の外でしている。

「ええ起きていますよ。」

日曜なので五十里さんと静栄さんと三人で久しぶりに、吉祥寺《きちじょうじ》の宮崎光男さんのアメチヨコハウスに遊びに行ってみる。夕方ポーチで犬と遊んでいたら、上野山という洋画を描く人が遊びに来た。私はこの人と会うのは二度目だ。私がおさない頃、近松さんの家に女中にはいっていた時、この人は茫々《ぼうぼう》としたむさくるしい姿で、牛の画《え》を売りに来たことがあった。子供さんがジフテリヤで、大変侘し気な風采《ふうさい》だったのをおぼえている。靴をそろえる時、まるで河馬《かば》の口みたいに靴の底が離れていたものだった。私は小さい釘《くぎ》を持って来ると、そっと止めておいてあげた事がある。きっとこの人は気がつかなかったかも知れない。上野山さんは飄々《ひょうひょう》と酒を呑みよく話している。夜、上野山氏は一人で帰って行った。

地球の廻転椅子《いす》に腰を掛けて
ガタンとひとまわりすれば
引きずる赤いスリッパが
片っ方飛んでしまった。

淋しいな……
オーイと呼んでも
誰も私のスリッパを取ってはくれぬ
度胸をきめて
廻転椅子から飛び降り
飛んだスリッパを取りに行こうか。
臆病《おくびょう》な私の手はしっかり
廻転椅子にすがっている
オーイ誰でもいい

思い切り私の横面《よこつら》を
はりとばしてくれ
そしてはいているスリッパも飛ばしてくれ
私はゆっくり眠りたいのだ。

落ちつかない寝床の中で、私はこんな詩を頭に描いた。下で三時の鳩時計が鳴っている。

◇

(六月×日)

世界は星と人とより成る。エミイル・ヴェルハアレンの「世界」という詩を読んでいるとこんな事が書いてあった。何もかもあくびばかりの世の中である。私はこの小心者の詩人をケイベツしてやりましょう。人よ、攀《よ》じ難いあの山がいかに高いとても、飛躍の念さえ切ならば、恐れるなかれ不可能の、金の駿馬《しゅんめ》をせめたてよ。――実につまらない詩だけれども、才子と見えて実に巧い言葉を知っている。金の駿馬をせめたてよか……窓を横ぎって紅《あか》い風船が飛んで行く。呆然《ぼうぜん》たり、呆然たり、呆然たりか……。何と住みにくい浮世でございましょう。

故郷より手紙が来る。

――現金主義になって、自分の口すぎ位はこっちに心配をかけないでくれ。オというものに自惚《うぬぼ》れてはならない。お母さんも、大分衰えている。一度帰っておいで、お前のブラブラ主義には不賛成です。――父より五円の為替。私は五円の為替を膝において、おありがとうござります。私はなさけなくなって、遠い故郷へ舌を出した。

(六月×日)

前の屍室《ししつ》には、今夜は青い灯がついている。また兵隊が一人死んだのだろう。青い窓の灯を横ぎって通夜《つや》をする兵隊の影が二ツぼんやりうつっている。

「あら！　蛍《ほたる》が飛んどる。」

「ほんとう？」

井戸端で黒島伝治《でんじ》さんの細君がぼんやり空を見上げていた。

寝そべっていた私も縁端に出てみたけれど、もう蛍も何も見えなかった。

夜。隣の壺井《つぼい》夫婦、(13)黒島夫婦遊びに見える。

壺井さん曰《いわ》く。

「今日はとても面白かったよ。黒島君と二人で市場へ盥《たらい》を買いに行ったら、金も払わないのに、三円いくらのつりをくれてちょっとドキッとしたぜ。」

「まあ！　それはうらやましい、たしか、クヌウト・ハムスンの『飢え』という小説の中にも蠟燭《ろうそく》を買いに行って、五クローネルのつり銭と蠟燭をただでもらって来るところがありましたね。」

私も夫も、壺井[14]さんの話はちょっとうらやましかった。――泥沼に浮いた船のように、何と淋しい私たちの長屋だろう。兵営の屍室と墓地と病院と、安カフエーに囲まれたこの太子堂の暗い家もあきあきしてしまった。

「時に、明日はたけのこ飯にしないかね。」

「たけのこ盗みに行くか……」

三人の男たちは路《みち》の向《むこ》うの竹藪《たけやぶ》を背戸に持っている、床屋の二階の飯田さん[15]をさそって、裏の丘へたけのこを盗みに出掛けて行った。女たちは久しぶりに街の灯を見たかったけれども、あきらめて太子堂の縁日を歩いてみた。竹藪の小路に出した露店のカンテラの灯が噴水のように薫《くん》じていた。

(13)　壺井繁治(一八九九―一九七五)。詩人。ダダイスト、アナーキズムを経てプロレタリア文学系統の詩人として活躍。『壺井繁治詩集』など。妻の壺井栄(一九〇〇―六七)とは同郷。小説家。『暦』『二十四の瞳』『母のない子と子のない母と』など。

(14)　当時、芙美子と同棲していた野村吉哉(一九〇三―四〇)。ダダイズム詩人。詩集『星の音楽』『三角形の太陽』など。

(15)　飯田徳太郎(一九〇三―三三)。社会主義者。アナーキズム系の雑誌に評論や小説を発表。当時、平林たい子と同棲していた。

（六月×日）

美しい透きとおった空なので、丘の上の緑を見たいといって、久し振りに貧しい私たちは散歩に出る話をした。鍵を締めて、一足おそく出て行ってみると、どっちへ行ったものか、夫の蔭《かげ》はその辺に見えなかった。焦々《いらいら》して陽照《ひで》りのはげしい丘の路を行ったり来たりしてみたけれど随分おかしな話である。待ちぼけを食ったと怒ってしまった夫は、私の背をはげしく突き飛ばすと閉ざした家へはいってしまった。またおこっている。私は泥棒猫のように台所から部屋へはいると、夫はいきなり束子《たわし》や茶碗を私の胸に投げつけて来た。ああ、この剽軽《ひょうきん》な粗忽《そこつ》者をそんなにも貴方《あなた》は憎いというのですか……私は井戸端に立って蒼《あお》い雲を見ていた。右へ行く路が、左へまちがっていたからといっても、「馬鹿だねえ」という一言ですむではありませんか。私は自分の淋しい影を見ていると、小学生時代に、自分の影を見ては空を見ると、その影が、空にもうつっていたあの不思議な世界のあった頃を思い出してくるのだ。青くて高い空を私はいつまでも見上げていた。子供のように涙が湧《わ》きあふれて来て、私は地べたへしゃがんでしまうと、カイロの水売りのような郷愁の唄《うた》をうたいたくなった。

ああ全世界はお父さんとお母さんでいっぱいなのだ。お父さんとお母さんの愛情が、唯《ゆい》一《いつ》のものであるという事を、私は生活にかまけて忘れておりました。白い前垂を掛けたまま、竹藪や、小川や洋館の横を通って、だらだらと丘を降りると、蒸汽船のような工場の音がしていた。ああ尾道《おのみち》の海！　私は海近いような錯覚をおこして、子供のように丘をかけ降りて行った。そこは交番の横の工場のモーターが唸《うな》っているきりで、がらんとした原っぱだった。三宿《みしゅく》の停留場に、しばらく私は電車に乗る人か何かのように立ってはいたけれど、お腹がすいてめがまいそうだった。

「貴女《あなた》！　随分さっきから立っていらっしゃいますが、何か心配ごとでもあるのではありませんか。」

今さきから、じろじろ私を見ていた二人の老婆《ろうば》が、馴々《なれなれ》しく近よって来ると私の身体をじろじろ眺めている。笑いながら涙をふりほどいている私を連れて、この親切なお婆さんは、ゆるゆる歩きだしながら信仰の強さで足の曲った人が歩けるようになったことだとか、悩みある人が、神の子として、元気に生活に楽しさを感じるようになったとか、色々と天理教の話をしてくれるのであった。

川添いのその天理教の本部は、いかにも涼しそうに庭に水が打ってあって、楓《かえで》の青葉が、爽《さわや》かに塀《へい》の外にふきこぼれていた。二人の婆さんは広い神前に額《ぬか》ずくと、やがて両手を拡《ひろ》げて、異様な踊を始めだした。

「お国はどちらでいらっしゃいますか？」

白い着物を着た中年の神主が、私にアンパンと茶をすすめながら、私の侘しい姿を見てたずねた。

「別に国といって定まったところはありませんけれど、原籍は鹿児島県東桜島です。」

「ホウ……随分遠いんですなあ……」

私はもうたまらなくなって、うまそうなアンパンを一つ摘《つま》んで食べた。一口嚙《か》むと案外固くって粉がボロボロ膝にこぼれ落ちている。——何もない。何も考える必要はない。私はつと立って神前に額ずくと、そのまま下駄をはいて表へ出てしまった。パン屑《くず》が虫歯の洞穴の中で、ドンドンむれていってもいい。ただ口に味覚があればいいのだ。——家の前へ行くと、あの男と同じように固く玄関は口をつぐんでいる。私は壺井さんの家へ行くと、ゆっくりと足を投げ出してそこへ寝かしてもらった。

「お宅に少しばかりお米はありませんか?」

人のいい壺井さんの細君も、自分たちの生活にへこたれてしまっているのか、私のそばに横になると、一握の米を茶碗に入れたのを持ってきて、生きる事が厭《いや》になってしまったわという話におちてしまっている。

「たい子さんとこ(16)は、信州から米が来たっていっていたから、あそこへ行って見ましょうか。」

「そりゃあ、ええなあ……」

そばにいた伝治さんの細君は、両手を打って子供のように喜んでいる。ほんとうに素直な人だ。

（六月×日）

久し振りに東京へ出て行った。新潮社で加藤武雄(17)さんに会う。文章倶楽部《クラブ》の詩の稿料を六円戴《いただ》く。いつも目をつぶって通る神楽坂《かぐらざか》も、今日は素敵に楽しい街になって、店の一ツ一ツを私は愉《たの》しみに覗《のぞ》いて通った。

隣人とか
肉親とか
恋人とか
それが何であろう
生活の中の食うという事が満足でなかったら
描いた愛らしい花はしぼんでしまう
快活に働きたいと思っても

(16)　平林たい子（一九〇五―七二）。小説家。『嘲る』は飯田徳太郎との同棲に題材を得ている。他に『施療室にて』『かういふ女』など。

(17)　（一八八八―一九五六）。小説家。この頃は「新潮」編集者。『郷愁』『悩ましき春』など。

悪口雑言の中に
私はいじらしい程小さくしゃがんでいる。

両手を高くさしあげてもみるが、
こんなにも可愛《かわい》い女を裏切って行く人間ばかりなのか
いつまでも人形を抱いて沈黙《だま》っている私ではない
お腹がすいても
職がなくっても
ウヲオ！　と叫んではならないのですよ
幸福な方が眉《まゆ》をおひそめになる。

血をふいて悶死したって
ビクともする大地ではないのです
陳列箱に
ふかしたてのパンがあるけれど
私の知らない世間は何とまあ
ピヤノのように軽やかに美しいのでしょう。

そこで初めて
神様コンチクショウと呶鳴《どな》りたくなります。

長いあいだ電車にゆられていると、私はまた何の慰めもない家へ帰らなければならないのがつまらなくなってきた。詩を書く事がたった一つのよき慰めなり。夜、飯田さんとたい子さんが唄いながら遊びに見えた。

俺んとこの
あの美しい
ケッコ　ケッコ鳴くのが
ほしんだろう……。

二人はそんな唄をうたっている。
壺井さんのとこで、青い豆御飯を貰《もら》った。

（六月×日）

今夜は太子堂のおまつりで、家の縁側から、前の広場の相撲場がよく見えるので、皆背のびをして集まって見る。「西！　前田河ア」(18)という行司《ぎょうじ》の呼び声に、縁側へ爪先《つまさき》立っていた私たちはドッと吹き出して哄笑《こうしょう》した。知った人の名前なんかが呼ばれるととてもおかしくて堪《たま》らない。貧乏をしていると、皆友情以上に、自分をさらけ出して一つになってしまうものとみえる。みんなはよく話をした。怪談なんかに話が飛ぶと、たい子さんも千葉の海岸で見た人魂《ひとだま》の話をした。この人は山国の生れなのか非常に美しい肌をもっている。やっぱり男に苦労をしている人なり。夜更《よふ》け一時過ぎまで花弄《はなあそび》をする。

（六月×日）

萩原さん(19)が遊びにみえる。

酒は呑みたし金はなしで、敷蒲団《ぶとん》を一枚屑屋に一円五十銭で売って焼酎《しょうちゅう》を買うなり。お米が足りなかったのでうどんの玉を買ってみんなで食べた。

平手もて
吹雪《ふぶき》にぬれし顔を拭く
友共産を主義とせりけり。

酒呑めば鬼のごとくに青かりし
大いなる顔よ
かなしき顔よ。

ああ若い私たちよ、いいじゃありませんか、いいじゃないか、唄を知らない人たちは、啄木《たくぼく》を高唱してうどんをつつき焼酎を呑んでいる。その夜、萩原さんを皆と一緒におくって行って、夫が帰って来ると蚊帳《かや》がないので私たちは部屋を締め切って蚊取り線香をつけて寝につくと、

「オーイ起きろ起きろ！」と大勢の足音がして、麦ふみのように地ひびきが頭にひびく。

「寝たふりをすなよオ……」

「起きているんだろう。」

「起きないと火をつけるぞ！」

(18) 前田河《まえだ》広《こう》一郎（一八八八―一九五七）。小説家、評論家。プロレタリア文学運動に参加。『三等船客』『蘆花伝』など。
(19) 萩原恭次郎（一八九九―一九三八）。詩人。前衛詩誌「赤と黒」「ダムダム」、前衛美術雑誌「マヴォ」の創刊に参加。詩集『死刑宣告』『断片』など。

「オイ！　大根を抜いて来たんだよ、うまいよ、起きないかい……」

飯田さんと萩原さんの声が入りまじって聞えている。私は笑いながら沈黙《だま》っていた。


（七月×日）

朝、寝床の中ですばらしい新聞を読んだ。

本野子爵《もとのししゃく》夫人が、不良少年少女の救済をされるというので、円満な写真が大きく新聞に載っていた。ああこんな人にでもすがってみたならば、何とか、どうにか、自分の行く道が開けはしないかしら、私も少しは不良じみているし、まだ二十三だもの、私は元気を出して飛びおきると、新聞に載っている本野夫人の住所を切り抜いて麻布《あざぶ》のそのお邸《やしき》へ出掛けて行ってみた。

折目がついていても浴衣《ゆかた》は浴衣なのだ。私は浴衣を着て、空想で胸をいっぱいふくらませて歩いている。

「パンをおつくりになる、あの林さんでいらっしゃいましょうか？」

女中さんがそんな事を私にきいた。どういたしまして、パンを戴きに上りました林ですと心につぶやきながら、

「ちょっとお目にかかりたいと思いまして……」といってみる。

「そうですか、今愛国婦人会の方へ行っていらっしゃいますけれど、すぐお帰りですから。」

女中さんに案内をされて、六角のように突き出た窓ぎわのソファに私は腰をかけて、美しい幽雅な庭に見いっていた。青いカーテンを透かして、風までがすずやかにふくらんではいって来る。

「どういう御用で……」

やがてずんぐりした夫人は、蟬《せみ》のように薄い黒羽織を着て応接間にはいって来た。

「あのお先《さ》きにお風呂《ふろ》をお召しになりませんか……」

女中が夫人にたずねている。私は不良少女だという事が厭《いや》になってきて、夫が肺病で困っていますから少し不良少年少女をお助けになるおあまりを戴きたいといってみた。

「新聞で何か書いたようでしたが、ほんのそういう事業に手助けをしているきりで、お困りのようでしたら、九段の婦人会の方へでもいらっしゃって、仕事をなさってはいかがですか……」

私は程よく埃《ほこり》のように外に出されてしまったけれど、――彼女が眉《まゆ》をさかだててなぜあのような者を上へ上げましたと、いまごろは女中を叱っているであろう事をおもい浮べて、ツバキをひっかけてやりたいような気持ちだった。ヘエー何が慈善だよ、何が公共事業だよだ。夕方になると、朝から何も食べていない二人は、暗い部屋にうずくまって当のない原稿を書いた。

「ねえ、洋食を食べない?」

「へエ?」

「カレーライス、カツライス、それともビフテキ?」

「金があるのかい?」

「うん、だって背に腹はかえられないでしょう、だから晩に洋食を取れば、明日の朝までは金を取りにこないでしょう。」

洋食をとって、初めて肉の匂《にお》いをかぎ、ずるずるした油をなめていると、めまいがしそうに嬉しくなってくる。一口位は残しておかなくちゃ変よ。腹が少し豊かになると、生きかえったように私たちは私たちの思想に青い芽を萌《も》やす。全く鼠《ねずみ》も出ない有様なのだから仕方もない——。

私は蜜柑《みかん》箱の机に凭《もた》れて童話のようなものをかき始める。外は雨の音なり。玉川の方で、絶え間なく鉄砲を打つ音がしている。深夜だというのに、元気のいい事だ。だが、いつまでこんな虫みたいな生活が続くのだろうか、うつむいて子供の無邪気な物語を書いていると、つい目頭が熱くなって来るのだ。

イビツな男とニンシキフソクの女では、一生たったとて白い御飯が食えそうにもありません。

◇

（七月×日）

胸に凍《しみ》るような侘しさだ。夕方、頭の禿《は》げた男のいう事には、「俺はこれから女郎買いに行くのだが、でもお前さんが好きになったよ、どうだい？」私は白いエプロンをくしゃくしゃに円めて、涙を口にくくんでいた。

「お母アさん！　お母アさん！」

何もかも厭《いや》になってしまって、二階の女給部屋の隅に寝ころんでいる。鼠が群をなして走っている。暗さが眼に馴《な》れてくると、雑然と風呂敷《ふろしき》包みが石塊のように四囲に転がっていて、寝巻や帯が、海草のように壁に乱れていた。煮えくり返るようなそうぞうしい階下の雑音の上に、おばけでも出て来そうに、女給部屋は淋しいのだ。ドクドクと流れ落ちる涙と、ガスのように抜けて行く悲しみの氾濫《はんらん》、何か正しい生活にありつきたいと思うなり。そうして落ちついて本を読みたいものだ。

しゅうねく強く
家の貧苦、酒の癖、遊怠《あそび》の癖。
みなそれだ。

ああ、ああ、ああ、

切りつけろそれらに
とんでのけろ、はねとばせ
私が何べん叫びよばった事か、苦しい、
血を吐《は》くように芸術を吐き出して狂人のように踊りよろこぼう。

槐多《かいた》はかくも叫びつづけている。こんなうらぶれた思いの日、チエホフよ、アルツイバアセフよ、シュニッツラア、私の心の古里を読みたいものだと思う。働くという事を辛《つら》いと思った事は一度もないけれど、今日こそ安息がほしいと思う。だが今はみんなお伽話《とぎばなし》のようなことだ。

薄暗い部屋の中に、私は直哉《なおや》の「和解」を思い出していた。こんなカフエーの雑音に巻かれていると、日記をつける事さえおっくうになって来ている。――まず雀《すずめ》が鳴いているところ、朗《ほがら》かな朝陽が長閑《のどか》に光っているところ、陽にあたって青葉の音が色が雨のように薫《くん》じているところ、槐多ではないけれど、狂人のように、一人居の住居が恋しくなりました。

十方空《むな》しく御座候《そうろう》だ。暗いので、私はただじっと眼をとじているなり。

「オイ！　ゆみちゃんはどこへ行ったんだい？」

階下でお上《かみ》さん(20)が呼んでいる。

「ゆみちゃん居るの？　お上さんが呼んでてよ。」

「歯が痛いから寝てるっていって下さい。」

八重ちゃんが乱暴に階下へ降りて行くと、漠々とした当のない痛い気持ちが、いっ、そ、死、い、い、い、い、い、んでしもうたならと唄《うた》い出したくなっている。メフィストフェレスがそろそろ踊り出して来たぞ！　昔おえらいルナチャルスキイとなん申します方が、――生活とは何ぞや？　生ける有機体とは何ぞや？　といっている。ルナチャルスキイならずとも、生活とは何ぞや？　生ける有機体とは何ぞやである。落ちたるマグダラのマリヤよ、自己保存の能力を叩《たた》きこわしてしまうのだ。私は頭の下に両手を入れると、死ぬる空想をしていた。毒薬を呑む空想をした。「お女郎を買いに行くより、お前が好きになった。」何と人生とはくだらない、なく朗かである事だろう。どうせ故郷もない私、だが一人の母のことを考えると切なくなって来る。泥棒になってしまおうかしら、女馬賊になってしまおうかしら……。別れた男の顔が、熱い瞼《まぶた》に押して来る。

「オイ！　ゆみちゃん、ひとが足りない事はよく知ってんだろう、少々位は我慢して階下へ降りて働いておくれよ。」

(20)「私」の源氏名。

お上さんが、声を尖《とが》らせて梯子《はしご》段を上って来た。ああ何もかも一切合財が煙だ砂だ泥だ。私はエプロンの紐《ひも》を締めなおすと、陽気に唄を唄いながら、海底のような階下の雑沓《ざっとう》の中へ降りて行った。

(七月×日)

朝から雨なり。

造ったばかりのコートを貸してやった女は、とうとう帰って来なかった。一夜の足留りと、コートを借りて、蛾のように女は他の足留りへ行ってしまった。

「あんたは人がいいのよ、昔から人を見れば泥棒と思えって言葉があるじゃないの。」

八重ちゃんが白いくるぶしを掻《か》きながら私を嘲笑《あざわら》っている。

「ヘエ! そんな言葉があったのかね。じゃ私も八重ちゃんの洋傘でも盗んで逃げて行こうかしら。」

私がこんなことをいうと、寝ころんでいた由ちゃんが、

「世の中が泥棒ばかりだったら痛快だわ……」といっている。由ちゃんは十九で、サガレンで生れたのだと白い肌が自慢だった。八重ちゃんが肌を抜いでいる栗《くり》色の皮膚に、窓ガラスの青い雨の影が、細かく写っている。

「人間ってつまらないわね。」

「でも、木の方がよっぽどつまらないわ。」

「火事が来たって、大水が来たって、木だったら逃げられないわよ……」

「馬鹿ね！」

「ふふふ誰だって馬鹿じゃないの――」

女たちのおしゃべりは夏の青空のように朗かである。ああ私も鳥か何かに生れて来るとよかった。電気をつけて、みんなで阿弥陀《あみだ》を引いた。私は四銭。女たちはアスパラガスのように、ドロドロと白粉《おしろい》をつけかけたまま皆だらしなく寝そべって蜜豆を食べている。雨がカラリと晴れて、窓から涼しい風が吹きこんでくる。

「ゆみちゃん、あんたいい人があるんじゃない？　私はそう睨《にら》んだわ。」

「あったんだけれど遠くへ行っちゃったのよ。」

「素敵ね！」

「あら、なぜ？」

「私は別れたくっても、別れてくんないんですもの。」

八重ちゃんは空になったスプーンを嘗《な》めながら、今の男と別れたいわといっている。どんな男のひとと一緒になってみても同じ事だろうと私がいうと、

「そんなはずないわ、石鹸《せっけん》だって、十銭のと五十銭のじゃ随分品が違ってよ。」というなり。

夜。酒を吞む。酒に溺れる。もらいは二円四十銭、アリガタヤ、カタジケナヤ。

(七月×日)

心が留守になっているとつまずきが多いものだ。激しい雨の中を、私の自動車は八王子街道を走っている。

もっと早く!

もっと早く!

たまに自動車に乗るといい気持ちなり。雨の町に燈火がつきそめている。

「どこへ行く?」

「どこだっていいわ、ガソリンが切れるまで走ってよ。」

運転台の松さんの頭が少し禿《は》げかけている。若禿げかしら。——午後からの公休日を所在なく消していると、自分で車を持っている運転手の松さんが、自動車に乗せてやろうといってくれる。田無《たなし》という処《ところ》まで来ると、赤土へ自動車がこね上ってしまって、雨の降る櫟《くぬぎ》林の小道に、自動車はピタリと止ってしまった。遠くの、眉《まゆ》程の山裾《やますそ》に、灯がついているきりで、ざんざ降りの雨にまじって、地鳴りのように雷鳴がして稲妻が光りだした。雷が鳴るとせいせいしていい気持ちだけれど、シボレーの古自動車なので、雨がガラス窓に叩かれるたび、霧のようなしぶきが車室にはいってくる。そのたそがれた櫟の小道を、自動車が一台通ったきりで、雨の怒号と、雷と稲妻。

「こんな雨じゃア道へ出る事も出来ないわね。」

松つぁんは沈黙《だま》って煙草《たばこ》を吸っている。こんな善良そうな男に、芝居もどきのコンタンはあり得ない。雨は冷たくていい気持ちだった。雷も雨も破れるような響きをしている。

自動車は雨に打たれたまま夜の櫟林にとまってしまった。

私は何かせっぱつまったものを感じた。機械油くさい松さんの菜っぱ服をみていると、私はおかしくもない笑いがこみ上げて来て仕方がない。十七、八の娘ではないもの。私は逃げる道なんか上手に心得ている。

私がつくろって言った事は、「あんたは、まだ私を愛してるともいわないじゃないの……暴力で来る愛情なんて、私は大嫌いよ。私が可愛《かわい》かったら、もっとおとなしくならなくちゃア厭！」

私は男の腕に狼のような歯形を当てた。涙に胸がむせた。負けてなるものか。雨の夜がしらみかけた頃、男は汚れたままの顔をゆるめて眠っている。

遠くで青空をつげる黎明《れいめい》の鶏《にわとり》の声がしている。朗《ほが》らかな夏の朝なり。昨夜の汚ない男の情熱なんかケロリとしたように、風が絹のように音をたてて流れてくる。この男があの人だったら……コッケイな男の顔を自動車に振り捨てたまま、私は泥んこの道に降り歩いた。紙一重の昨夜のつかれに、腫《は》れぼったい瞼を風に吹かせて、久し振りに私は晴々と郊外の路《みち》を歩いていた。――私はケイベツすべき女でございます！　荒《すさ》みきった私だと思う。走って櫟林を抜けると、ふと松さんがいじらしく気の毒に思えてくる。疲れて子供のように自動車に寝ている松さんの事を考えると、走って帰っておこしてあげようかとも思う。でも恥かしがるかもしれない。私は松さんが落ちついて、運転台で煙草を吸っていた事を考えると、やっぱり厭な男に思え、ああよかったと晴々するなり。誰か、私をいとしがってくれる人はないものかしら……遠くへ去った男が思い出されたけれども、ああ七月の空に流離の雲が流れている。あれは私の姿だ。野花を摘《つ》み摘み、プロヴァンスの唄でもうたいましょう。

（八月×日）

女給たちに手紙を書いてやる。

秋田から来たばかりの、おみきさんが鉛筆を嘗《な》めながら眠りこんでいる。酒場ではお上さんが、一本のキング・オブ・キングスを清水で七本に利殖しているのだ。埃《ほこり》と、むし暑さ、氷を沢山呑むと、髪の毛が抜けるというけれど、氷を飲まない由ちゃんも、冷蔵庫から氷の塊を盗んで来ては、一人でハリハリ噛《か》んでいる。

「ちょっと！　ラヴレーターって、どんな書出しがいいの……」

八重ちゃんが真黒な眼をクルクルさせて赤い唇を鳴らしている。秋田とサガレンと、鹿児島と千葉の田舎女《いなか》たちが、店のテーブルを囲んで、遠い古里に手紙を書いているのだ。今日は街に出てメリンスの帯を一本買うなり。一円二銭――八尺求める――。何か落ちつける職業はないものかと、新聞の案内欄を見てみるけれどいい処もない。いつもの医専の学生の群がはいって来る。ハツラツとした男の体臭が汐《しお》のように部屋に流れて来て、学生好きの、八重ちゃんは、書きかけのラヴレーターをしまって、両手で乳をおさえてしなをつくっている。

二階では由ちゃんが、サガレン時代の業《ごう》だといって、私に見られたはずかしさに、プンプン匂《にお》う薬をしまってゴロリと寝ころんでいた。

「世の中は面白くないね。」

「ちっともね……」

私はお由さんの白い肌を見ていると、妙に悩ましい気持ちだった。

「私は、これでも子供を二人も産んだのよ。」

お由さんはハルピンのホテルの地下室で生れたのを振り出しに、色んなところを歩いて来たらしい。子供は朝鮮のお母さんにあずけて、新《あた》らしい男と東京へ流れて来ると、お由さんはおきまりの男を養うためのカフエー生活だそうだ。

「着物が一、二枚出来たら、銀座へ乗り出そうかしらと思っているのよ。」

「こんなこと、いつまでもやる仕事じゃないわね、体がチャチになってよ。」

春夫の東窓残月の記を読んでいると、何だか、何もかも夢のようにと一言眼を射た優しい柔《やわら》かい言葉があった。何もかも夢のように……、落ちついてみたいものなり。キハツで紫の衿《えり》をふきながら、「ゆみちゃん！　どこへ行ってもたよりは頂戴《ちょうだい》ね。」と、由ちゃんが涙っぽく私へこんなことをいっている。何でもかでも夢のようにね……。

「そんなほん面白いの。」

「うん、ちっとも。」

「いいほんじゃないの……私高橋おでんの小説読んだわ。」

「こんなほんなんか、自分が憂鬱《ゆううつ》になるきりよ。」


（八月×日）


よそへ行って外のカフエーでも探してみようかと思う日もある。まるでアヘンでも吸っているように、ずるずるとこの仕事に溺れて行く事が悲しい。毎日雨が降っている。

――ここに吾等《われら》は芸術の二ツの道、二ツの理解を見出す。人間が如何《いか》なる道によって進むか。夢想！　美の小さなオアシスの探求の道によってか、それとも能動的に創造の道によってかは、勿論《もちろん》、一部分理想の高さに関係する。理想が低ければ低いほど、それだけ人間は実際的であり、この理想と現実との間の深淵《しんえん》が彼にはより少《すく》く絶望的に思われる。けれども主として、それは人間の力の分量に、エネルギイの蓄積に、彼の有機体が処理しつつある栄養の緊張力に関係する。緊張せる生活はその自然的な補いとして創造、争闘の緊張、翹望《ぎょうぼう》を持つ――女たちが風呂に出はらった後の昼間の女給部屋で、ルナチャルスキイの「実証美学の基礎」を読んでいると、こんな事が書いてあった。――ああどうにも動きのとれない今の生活と、感情の落ちつきなさが、私を苦しめるなり。私は暗くなってしまう。勉強をしたいと思うあとから、とてつもなくだらしのない不道徳な野性が、私の体中を駈《はし》りまわっている。みきわめのつかない生活、死ぬるか生きるかの二ツの道……。夜になれば、白人国に買われた土人のような淋しさで埒《らち》もない唄をうたっている。メリンスの着物は汗で裾にまきつくと、すぐピリッと破けてしまう。実もフタもないこの暑さでは、涼しくなるまで、何もかもおあずけで生きているより仕方もない。

何の条件もなく、一ケ月三十円もくれる人があったら、私は満々としたいい生活が出来るだろうと思う。

◇

（十月×日）

一尺四方の四角な天窓を眺めて、初めて紫色に澄んだ空を見たのだ。秋が来た。コック部屋で御飯を食べながら、私は遠い田舎《いなか》の秋をどんなにか恋しく懐《なつか》しく思った。秋はいいな。今日も一人の女が来ている。マシマロのように白っぽいちょっと面白そうな女なり。ああ厭《いや》になってしまう、なぜか人が恋しい――どの客の顔も一つの商品に見えて、どの客の顔も疲れている。なんでもいい私は雑誌を読む真似《まね》をして、じっと色んな事を考えていた。やり切れない。なんとかしなくては、全く自分で自分を朽ちさせてしまうようなものだ。

(十月×日)

広い食堂《ホール》の中を片づけてしまって初めて自分の体になったような気がした。真実《ほんとう》にどうにかしなければならぬ。それは毎日毎晩思いながら、考えながら、部屋に帰るのだけれども、一日中立ってばかりいるので、疲れて夢も見ずにすぐ寝てしまうのだ。淋しい。ほんとにつまらない。住み込みは辛《つら》いと思う。その内、通いにするように部屋を探したいと思うけれども何分出る事も出来ない。夜、寝てしまうのがおしくて、暗い部屋の中でじっと眼を開けていると、溝《どぶ》の処《ところ》だろう虫が鳴いている。

冷たい涙が腑甲斐《ふがい》なく流れて、泣くまいと思ってもせぐりあげる涙をどうする事も出来ない。何とかしなくてはと思いながら、古い蚊帳《かや》の中に、樺太《からふと》の女や、金沢の女たちと三人枕《まくら》を並べているのが、私には何だか小店に曝《さら》された茄子《なす》のようで侘しかった。

「虫が鳴いてるわよ。」そっと私が隣のお秋さんにつぶやくと、「ほんとにこんな晩は酒でも呑んで寝たいわね。」とお秋さんがいう。

梯子段《はしご》の下に枕をしていたお俊さんまでが、「へん、あの人でも思い出したかい……」といった。――皆淋しいお山の閑居鳥《かんこどり》だ。うすら寒い秋の風が蚊帳の裾《すそ》を吹いた。十二時だ。

（十月×日）

少しばかりのお小遣いが貯《たま》ったので、久し振りに日本髪に結ってみる。日本髪はいいな。キリリと元結を締めてもらうと眉毛《まゆげ》が引きしまって。たっぷりと水を含ませた鬢出《びんだ》しで前髪をかき上げると、ふっさりと前髪は額に垂れて、違った人のように私も美しくなっている。鏡に色目をつかったって、鏡が惚《ほ》れてくれるばかり。こんなに綺麗《きれい》に髪が結えた日には、何処《どこ》かへ行きたいと思う。汽車に乗って遠くへ遠くへ行ってみたいと思う。

隣の本屋で銀貨を一円札に替えてもらって田舎へ出す手紙の中に入れておいた。喜ぶだろうと思う。手紙の中からお札が出て来る事は私でも嬉しいもの。

ドラ焼を買って皆と食べた。

今日はひどい嵐なり。雨がとてもよく降っている。こんな日は淋しい。足が石のように固く冷える。

（十月×日）

静かな晩だ。

「お前どこだね国は？」

金庫の前に寝ている年取った主人が、この間来た俊ちゃんに話しかけていた。寝ながら他人の話を聞くのも面白いものだ。

「私でしか……樺太《からふと》です。豊原《とよはら》って御存じでしか？」

「へえ、樺太から？　お前一人で来たのかね？」

「ええ……」

「あれまあ、お前はきつい女だねえ。」

「長い事、函館の青柳町にもいた事があります。」

「いい所に居たんだね、俺も北海道だよ。」

「そうでしょうと思いました。言葉にあちらの訛《なまり》がありますもの。」

啄木《たくぼく》の歌を思い出して私は俊ちゃんが好きになった。

函館の青柳町こそ悲しけれ
友の恋歌
矢車の花。

いい歌だと思う。生きている事も愉《たの》しいではありませんか。真実《ほんとう》に何だか人生も楽しいもののように思えて来た。皆いい人たちばかりである。初秋だ、うすら冷たい風が吹いている。侘しいなりにも何だか生きたい情熱が燃えて来るなり。

（十月×日）

お母さんが例のリュウマチで、体具合が悪いといって来た。もらいがちっとも無い。客の切れ間に童話を書いた。題「魚になった子供の話」十一枚。何とかして国へ送ってあげよう。老いて金もなく頼る者もない事は、どんなに悲惨な事だろう。可哀想《かわいそう》なお母さん、ちっとも金を無心して下さらないので余計どうしていらっしゃるかと心配しています。と思う。

「その内お前さん、俺んとこへ遊びに行かないか、田舎はいいよ。」三年もこの家で女給をしているお計ちゃんが男のような口のききかたで私をさそってくれた。

「ええ……行きますとも、何時《いつ》でも泊めてくれて？」

私はそれまで少し金を貯めようと思う。こんな処《ところ》の女たちの方がよっぽど親切で思いやりがあるのだ。

「私はねえ、もう愛だの恋だの、貴郎《あなた》に惚れました、一生捨てないでねなんて馬鹿らしい事は真平だよ。こんな世の中でお前さん、そんな約束なんて何もなりはしないよ。私をこんなにした男はねえ、代議士なんてやってるけれど、私に子供を生ませるとぷいさ。私たちが私生児を生めば皆そいつがモダンガールだよ、いい面《つら》の皮さ……馬鹿馬鹿しい浮世じゃないの？　今の世は真心なんてものは薬にしたくもないのよ。私がこうして三年もこんな仕事をしてるのは、私の子供が可愛《かわい》いからなのさ……」

お計さんの話を聞いていると、焦々《いらいら》した気持ちが、急に明るくなってくる。素敵にいい人だ。

（十月×日）

ガラス窓を眺めていると、雨が電車のように過ぎて行った。今日は少しかせいだ。俊ちゃんは不景気だってこぼしている。でも扇風器の台に腰を掛けて、憂鬱《ゆううつ》そうに身の上話をしていたが、正直な人と思った。浅草の大きなカフエーに居て、友達にいじめられて出て来たんだけれど、浅草の占師に見てもらったら、神田の小川町あたりがいいっていったので来たのだといっていた。

お計さんが、「おい、ここは錦町《にしきちょう》になってるんだよ。」といったら、「あらそうかしら……」とつまらなそうな顔をしていた。この家では一番美しくて、一番正直で、一番面白い話を持っていた。

（十月×日）

仕事を終ってから湯にはいるとせいせいする気持ちだ。広い食堂を片づけている間に、コックや皿洗いたちが洗湯をつかって、二階の広座敷へ寝てしまうと、私たちはいつまでも風呂《ふろ》を楽しむ事が出来た。湯につかっていると、朝からちょっとも腰掛けられない私たちは、皆疲れているのでうっとりとしてしまう。秋ちゃんが唄《うた》い出すと、私は莫蓙《ござ》の上にゴロリと寝そべって、皆が湯から上ってしまうまで、聞きとれているのだ。――貴方《あなた》一人に身も世も捨てた、私しゃ初恋しぼんだ花よ。――何だか真実《ほんとう》に可愛がってくれる人が欲しくなった。だけど、男の人は嘘《うそ》つきが多いな。金を貯めて呑気《のんき》な旅でもしましょう。

この秋ちゃんについては面白い話がある。

秋ちゃんは大変言葉が美しいので、昼間の三十銭の定食組の大学生たちは、マーガレットのように秋ちゃんをカンゲイした。秋ちゃんは十九で処女で大学生が好きなのだ。私は皆の後から秋ちゃんのたくみに動く眼を見ていたけれど、眼の縁の黒ずんだ、そして生活に疲れた衿首《えりくび》の皺《しわ》を見ていると、けっして十九の女の持つ若さではないと思える。

その来た晩に、皆で風呂にはいる時だった、秋ちゃんは侘しそうにしょんぼり廊下の隅に何時《いっ》までも立っていた。

「おい！　秋ちゃん、風呂へはいって汗を流さないと体がくさってしまうよ。」

お計さんは歯ブラシを使いながら大声で呼びたてると、やがて秋ちゃんは手拭《てぬぐい》で胸を隠しながら、そっと二坪ばかりの風呂へはいって来た。

「お前さんは、赤ん坊を生んだ事があるんだろう？」お計ちゃんがそんな事を訊《き》いている。

庭は一面に真白だ！

お前忘れやしないだろうね。ルューバ？　ほら、あの長い並木道が、まるで延ばした帯皮のように、何処《どこ》までも真直《まっす》ぐに長く続いて、月夜の晩にはキラキラ光る。

お前覚えているだろう？　忘れやしないだろう？

…………

そうだよ。この桜の園まで借金のかたに売られてしまうのだからね、どうも不思議だといって見た処《ところ》で仕方がない……。と、桜の園のガーエフの独白を、別れたあのひとはよくいっていたものだ。私は何だか塩っぽい追憶に耽《ふけ》っていて、歪《ゆが》んだガラス窓の大きい月を見ていた。お計さんが甲高《かんだか》い声で何かいっていた。

「ええ私ね、二ツになる男の子があるのよ。」

秋ちゃんは何のためらいもなく、乳房を開いて勢いよく湯煙をあげて風呂へはいった。

「うふ、私、処女よもおかしなものさね。私しゃお前さんが来た時から睨《にら》んでいたのよ。だがお前さんだって何か悲しい事情があって来たんだろうに、亭主はどうしたの。」

「肺が悪くて、赤ん坊と家にいるのよ。」

不幸な女が、あそこにもここにもうろうろしている。

「あら！　私も子供を持った事があるのよ。」

肥《ふと》ってモデルのようにしなしなした手足を洗っていた俊ちゃんがトンキョウに叫んだ。

「私のは三月目でおろしてしまったのよ。だって癪《しゃく》にさわるったらないの。私は豊原の町中でも誰も知らない者がないほど華美な暮しをしていたのよ。私がお嫁に行った家は地主だったけど、とてもひらけていて、私にピヤノをならわせてくれたのよ。ピヤノの教師ってても東京から流れて来たピヤノ弾き。そいつにすっかり欺《だま》されてしまって、私子供を孕んでしまったの。そいつの子供だってことは、ちゃんと判《わか》っていたからいってやったわ。そしたら、そいつの言い分がいいじゃないの――旦那さんの子にしときなさい――だってさ、だから私口惜《くや》しくて、そんな奴《やつ》の子供なんか産んじゃ大変だと思って辛子《からし》を茶碗一杯といて呑んだわよふふふ、どこまで逃げたって追っかけて行って、人の前でツバを引っかけてやるつもりよ。」

「まあ……」

「えらいね、あんたは……」

仲間らしい讃辞がしばし止《や》まなかった。お計さんは飛び上って風呂水を何度も何度も、俊ちゃんの背中にかけてやっていた。私は息づまるような切なさで感心している。弱い私、弱い私……私はツバを引っかけてやるべき裏切った男の頭を考えていた。お話にならない大馬鹿者は私だ！　人のいいっていう事が何の気安めになるだろうか――。

（十月×日）

偶《ふ》と目を覚ますと、俊ちゃんはもう支度をしていた。

「寝すぎたよ、早くしないと駄目だわよ。」

湯殿に二人の荷物を運ぶと、私はホッとしたのだ。博多帯を音のしないように締めて、髪をつくろうと、私は二人分の下駄を店の土間からもって来た。朝の七時だというのに、料理場は鼠《ねずみ》がチロチロしていて、人のいい主人の鼾《いびき》も平らだ。お計さんは子供の病気で昨夜千葉へ帰って留守だった。――私たちは学生や定食の客ばかりではどうする事も出来なかった。止めたい止めたいと俊ちゃんと二人でひそひそ語りあったものの、みすみす忙《いそ》がしい昼間の学生連と、少《すくな》い女給の事を思うと、やっぱり弱気の二人は我慢しなければならなかったのだ。金が這入《はい》らなくて道楽にこんな仕事も出来ない私たちは、逃げるより外に方法もない。朝の誰もいない広々とした食堂の中は恐ろしく深閑としていて、食堂のセメントの池には、赤い金魚が泳いでいる。部屋には灰色に汚れた空気がよどんでいた。路地口の窓を開けて、俊ちゃんは男のようにピョイと地面へ飛び降りると、湯殿の高窓から降した信玄袋を取りに行った。私は二、三冊の本と化粧道具を包んだ小さな包みきりだった。

「まあこんなにあるの……」

俊ちゃんはお上りさんのような恰好《かっこう》で、蛇の目の傘と空色のパラソルを持ってくる。それに樽のような信玄袋を持っていて、これはまるで切実な一つの漫画のようだった。小川町の停留所で四、五台の電車を待ったけれど、登校時間だったせいか来る電車はどれも学生で満員だった。往来の人に笑われながら、朝のすがすがしい光りをあびていると顔も洗わない昨夜からの私たちは、薄汚く見えただろう。たまりかねて、私たち二人はそばやに飛び込むと初めてつっぱった足を延ばした。そば屋の出前持ちの親切で、円タクを一台頼んでもらうと、二人は約束しておいた新宿の八百屋《やおや》の二階へ越して行った。自動車に乗っていると、全く生きる事に自信が持てなかった。ぺしゃんこに疲れ果ててしまって、水がやけに飲みたかった。

「大丈夫よ！　あんな家なんか出て来た方がいいのよ。自分の意志通りに動けば私は後悔なんてしない事よ。」

「元気を出して働くわねえ。あんたは一生懸命勉強するといいわ……」

私は目を伏せていると、涙があふれて仕方がなかった。たとえ俊ちゃんの言った事が、センチメンタルな少女らしい夢のようなことであったとしても、今のたよりない身にはただわけもなく嬉しかった。ああ！　国へ帰りましょう。……お母さんの胸の中へ走って帰りましょう……自動車の窓から朝の健康な青空を見上げた。走って行く屋根を見ていた。鉄色にさびた街路樹の梢《こずえ》に雀《すずめ》の飛んでいるのを私は見ていた。

(21)うらぶれて異土のかたいとなろうとも
古里は遠きにありて思うもの……

かつてこんな詩を何かで読んで感心した事があった。

（十月×日）

秋風が吹くようになった。俊ちゃんは先の御亭主に連れられて樺太に帰ってしまった。「寒くなるから……」といって、八端《はったん》のドテラをかたみに置いて俊ちゃんは東京をたってしまった。私は朝から何も食べない。童話や詩を三ツ四ツ売ってみた所で白い御飯が一ケ月のどへ通るわけでもなかった。お腹がすくと一緒に、頭がモウロウとして来て、私は私の思想にもカビを生やしてしまうのだ。ああ私の頭にはプロレタリヤもブルジュアもない。たった一握りの白い握り飯が食べたいのだ。

「飯を食わせて下さい。」

眉をひそめる人たちの事を思うと、いっそ荒海のはげしいただなかへ身を投げましょうか。夕方になると、世俗の一切を集めて茶碗のカチカチという音が階下から聞えて来る。グウグウ鳴る腹の音を聞くと、私は子供のように悲しくなって来て、遠く明るい廓《くるわ》の女たちがふっと羨《うらや》ましくなってきた。私はいま飢えているのだ。沢山の本も今はもう二、三冊になってしまって、ビール箱には、善蔵の「子を連れて」(22)だの、「労働者セイリョフ」、直《なお》哉《や》の「和解」がささくれているきりなり。

「また、料理店でも行ってかせぐかな。」

切なくあきらめてしまった私は、おきゃがりこぼしのだるまのように、変にフラフラした体を起して、歯ブラシや石鹸《せっけん》や手拭《てぬぐい》を袖に入れると、私は風の吹く夕べの街へ出て行った――。女給入用のビラの出ていそうなカフエーを次から次へ野良犬のように尋ねて、ただ食うために、何よりもかによりも私の胃の腑は何か固形物を欲しがっているのだ。ああどんなにしても私は食わなければならない。街中が美味《おい》しそうな食物で埋っているではないか！　明日は雨かも知れない。重たい風が飄々《ひょうひょう》と吹くたびに、興奮した私の鼻穴に、す

(21)　室生犀星(一八八九―一九六二)作『抒情小曲集』所収の「小景異情」の一節。

(22)　葛西《かさい》善蔵(一八八七―一九二八)の出世作。貧しい小説家が家賃も払えず、家から追い出され、妻も帰らず、万策尽きてあてもなく街に出る話。

がすがしい秋の果実店からあんなに芳烈な匂《にお》いがしてくる。

◇

(十月×日)

焼栗《やきぐり》の声がなつかしい頃になった。廓《くるわ》を流して行く焼栗屋のにぶい声を聞いていると、妙に淋しくなってしまって、暗い部屋の中に私は一人でじっと窓を見ている。私は小さい時から、冬になりかけるとよく歯が痛んだものだ。まだ母親に甘えている時は、畳にごろごろして泣き叫び、ビタビタと梅干を顔一杯塗って貰《もら》っては、しゃっくりをして泣いている私だった。だが、ようやく人生も半ば近くに達し、旅の空の、こうした侘しいカフエーの二階に、歯を病んで寝ていると、じき故郷の野や山や海や、別れた人たちの顔を思い出してくる。

水っぽい眼を向けてお話をする神様は、歪んだ窓外の飄々《ひょうひょう》としたあのお月様ばかりだ……。

「まだ痛む?」

そっと上って来たお君さんの大きいひさし髪が、月の光《ひか》りで、くらく私の上におおいかぶさる。今朝から何も食べない私の鼻穴に、プンと海苔《のり》の香をただよわせて、お君さんは枕元《まくらもと》に寿司《すし》皿を置いた。そして黙って、私の目を見ていた。優しい心づかいだと思う。わけもなく、涙がにじんできて、薄い蒲団《ふとん》の下から財布を出すと、君ちゃんは、「馬鹿ね！」と、厚紙でも叩《たた》くような軽い痛さで、お君さんは、ポンと私の手を打った。そして、蒲団の裾《すそ》をジタジタとおさえて、そっとまた、裏梯子《うらばしご》を降りて行くのだ。ああなつかしい世界である。

（十月×日）

風が吹いている。

夜明近く水色の細い蛇が、スイスイと地を這《は》っている夢を見た。それにとき色の腰紐《こしひも》が結ばれていて、妙に起《おき》るときから胸さわぎがして仕方がない。素敵に楽しい事があるような気がする。朝の掃除がすんで、じっと鏡を見ていると、蒼《あお》くむくんだ顔は、生活に疲れ荒《す》さんで、私はああと長い溜息《ためいき》をついた。壁の中にでもはいってしまいたかった。今朝も泥のような味噌《みそ》汁と残り飯かと思うと、支那《シナ》そばでも食べたいなあと思う。私は何も塗らないでぼんやりとした自分の顔を見ていると、急に焦々《いらいら》してきて、唇に紅々《あかあか》とべにを引いてみた。――あの人はどうしているかしら、切れ掛った鎖をそっと摑もうとしたけれども、お前たちはやっぱり風景の中の並樹《なみき》だよ……神経衰弱になったのか、何枚も皿を持つ事が恐ろしくなっている。

のれん越しにすがすがしい三和土《たたき》の上の盛塩《もりじお》を見ていると、女学生の群に蹴飛《けと》ばされて、さっと散っては山がずるずるとひくくなって行っている。私がこの家に来てちょうど二週間になる。もらいはかなりあるのだ。朋輩《ほうばい》が二人。お初ちゃんと言う女は、名のように初々《ういうい》しくて、銀杏返《いちょうがえし》のよく似合うほんとに可愛《かわい》い娘だった。

「私は四谷《よつや》で生れたのだけれど、十二の時、よその小父《おじ》さんに連れられて、満洲にさらわれて行ったのよ。私芸者屋にじき売られたから、その小父さんの顔もじき忘れっちまったけれど……私そこの桃千代という娘と、広いつるつるした廊下を、よくすべりっこしたわ、まるで鏡みたいだったの。内地から芝居が来ると、毛布をかぶって、長靴をはいて見にいったのよ。土が凍ってしまうと下駄で歩けるの。だけどお風呂《ふろ》から上ると、鬢《びん》の毛がピンとして、とてもおかしいわよ。私六年ばかりいたけど、満洲の新聞社の人に連れて帰ってもらったの。」

客が飲み食いして行った後の、こぼれた酒で、テーブルに字を書きながら、可愛らしいお初ちゃんは、重たい口で、こんな事をいった。もう一人私より一日早くはいったお君さんは背の高い母性的な、気立のいい女だった。廓の出口にあるこの店は、案外しっとり落ちついていて、私は二人の女たちともじき仲よくなれた。こんな処《ところ》に働いている女たちは、初めはどんなに意地悪くコチコチに用心しあっていても、仲よくなんぞなってくれなくっても、一度何かのはずみで真心を見せ合うと、他愛もなくすぐまいってしまって、十年の知己《ちき》のように、姉妹以上になってしまうのだ。客が途絶えてくると、私たちはよくかたつむりのようにまあるくなって話した。

（十一月×日）

どんよりとした空である。君ちゃんとさしむかいで、じっとしていると、むかあしどこかでかいだ事のある花の匂《にお》いがする。夕方、電車通りの風呂から帰って来ると、いつも呑んだくれの大学生の水野さんが、初ちゃんに酒をつがして呑んでいた。「あんたはとうとう裸を見られたんですってよ。」お初ちゃんが笑いながら鬢窓(23)に櫛《くし》を入れている私の顔を鏡越しに覗《のぞ》いてこういった。

「あんたが風呂に行くとすぐ水野さんが来て、あんたの事訊《き》いたから、風呂っていったの。」

呑んだくれの大学生は、風のように細い手を振りながら、頭をトントン叩いていた。

「嘘《うそ》だよ！」

「アラ！　今そう言ったじゃないの……水野さんてば、電車通りへいそいで行ったから、どうしたのかと思ってたら、帰って来て、水野さんてば、女湯をあけたんですって、そしたら番台でこっちは女湯ですよッ……て言ったってさ、そしたら、ああ病院とまちがえま

(23)　日本髪の左右側面の膨らませた髪。

したってじっとしてたらちょうどあんたが、裸になった処《ところ》だって、水野さんそれゃあ大喜びなの……」

「へん！　随分平助な話ね。」

私はやけに頰紅を刷《は》くと、大学生は薄い蒟蒻《こんにゃく》のような手を合せて、「怒った？　かんにんしてね！」といっている。何いってるの、裸が見たけりゃ、お天陽《てんとう》様の下で真裸になって見せますよ！　私は大きな声で呶鳴《どな》ってやりたかった。一晩中気分が重っくるしくって、私はうで卵を七ツ八ツ卓子へぶっつけて破《わ》った。

（十一月×日）

秋刀魚《さんま》を焼く匂いは季節の呼び声だ。夕方になると、廓《くるわ》の中は今日も秋刀魚の臭い、お女郎は毎日秋刀魚ばかりたべさせられて、体中にうろこが浮いてくるだろう。夜霧が白い。電信柱の細いかげが針のような影を引いている。のれんの外に出て、走って行く電車を見ていると、なぜか電車に乗っているひとがうらやましくなってきて鼻の中が熱くなった。生きる事が実際退屈になった。こんな処で働いていると、荒《す》さんで、荒さんで、私は万引でもしたくなる。女馬賊にでもなりたくなる。

若い姉さんなぜ泣くの

薄情男が恋しいの……。

誰も彼も、誰も彼も、私を笑っている。

「キング・オブ・キングスを十杯飲んでごらん、十円のかけだ！」どっかの呑気坊主《のんきぼうず》が、厭《いや》に頭髪を光らせて、いれずみのような十円札を、卓子にのせた。「何でもない事だわ。」私はあさましい姿を白々と電気の下に晒《さら》して、そのウイスキーを十杯けろりと呑み干してしまった。キンキラ坊主は呆然《ぼうぜん》と私を見ていたけれども、負けおしみくさい笑いを浮べて、おうように消えてしまった。喜んだのはカフエーの主人ばかりだ。へえへえ、一杯一円のキング・オブを十杯もあの娘が呑んでくれたんですからね……ペッペッペッペッと吐きだしそうになってくる。——眼が燃える。誰も彼も憎らしい奴ばかりなり。ああ私は貞操のない女でございます。一ツ裸踊りでもしてお目にかけましょうか、お上品なお方たちよ、眉《まゆ》をひそめて、星よ月よ花よか！　私は野そだち、誰にも世話にならないで生きて行こうと思えば、オイオイ泣いてはいられない。男から食わしてもらおうと思えば、私はその何十倍か働かねばならないじゃないの。真実同志よと叫ぶ友達でさえ嘲笑《あざわら》っている。

歌（24）うをきけば梅川よ
しばし情《なさけ》を捨てよかし
いずこも恋にたわぶれて
それ忠兵衛の夢がたり

詩をうたって、いい気持ちで、私は窓硝子《ガラス》を開けて夜霧をいっぱい吸った。あんな安っぽい安ウイスキー十杯で酔《よ》うなんて……あああの夜空を見上げて御覧なさい、絢爛《けんらん》な、虹《にじ》がかかった。君ちゃんが、大きい目をして、それでいいのか、それで胸が痛まないのか、貴女《あなた》の心をいためはせぬかと、私をグイグイ摑んで二階へ上って行った。

や（25）さしや年もうら若く
まだ初恋のまじりなく
手に手をとりて行く人よ
なにを隠るるその姿

好きな歌なり。ほれぼれと涙に溺れて、私の体と心は遠い遠い地の果てにずッとあとしざりしだした。そろそろ時計のねじがゆるみ出すと、例の月はおぼろに白魚（26）の声色屋のこまちゃくれた子供が来て、「ねえ旦那！　おぼしめしで……ねえ旦那おぼしめしで……」とねだっている。
もうそんな影のうすい不具者なんか出してしまいなさい！　何だかそんな可憐《かれん》な子供たちのささくれた白粉《おしろい》の濃い顔を見ていると、たまらない程、私も誰かにすがりつきたくなる。

（十一月×日）

奥で三度御飯を食べると、主人のきげんが悪いし、といって客におごらせる事は大きらいだ。二時がカンバンだっていっても、遊廓《ゆうかく》がえりの客がたてこむと、夜明けまでも知らん顔をして主人はのれんを引っこめようともしない。コンクリートのゆかが、砂にビンビンして動脈がみんな凍ってしまいそうに肌が粟立《あわだ》ってくる。酸《す》っぱい酒の匂いが臭くて焦々《いらいら》する。
「厭《いや》になってしまうわ。……」

(24)　島崎藤村（一八七二―一九四三）。詩集『若菜集』所収「傘のうち」の一節。近松門左衛門（一六五三―一七二四）の世話物「冥途《めいど》の飛脚」の梅川、忠兵衛の駆け落ちの物語による。
(25)　島崎藤村詩集『若菜集』中の「草枕」の一節。
(26)　河竹黙阿弥作「三人吉三廓初買《さんにんきちさくるわのはつかい》」中の台詞。

初ちゃんは袖をビールでビタビタにしたのを絞りながら、呆然とつっ立っていた。

「ビール！」

もう四時も過ぎて、ほんとになつかしく、遠くの方で鶏《にわとり》の鳴く声がしている。新宿駅の汽車の汽笛が鳴ると、一番最後に、私の番で銀流し(27)みたいな男がはいって来た。

「ビールだ！」

仕方なしに、私はビールを抜いて、コップになみなみとついだ。厭にトゲトゲと天井ばかりみていた男は、その一杯のビールをグイと呑み干すと、いかにも空々しく、「何だ！えびすか、気に喰わねえ。」と、捨《す》てぜりふを残すと、いかにもあっさりと、霧の濃い鋪道《ほどう》へ出て行ってしまった。唖然《あぜん》とした私は、急にムカムカしてくると、残りのビールびんをさげて、その男の後を追って行った。銀行の横を曲ろうとしたその男の黒い影へ私は思い切りビールびんをハッシと投げつけた。

「ビールが呑みたきゃ、ほら呑まして上げるよッ。」

けたたましい音をたてて、ビールびんは、思い切りよく、こなごなにこわれて、しぶきが飛んだ。

「何を！」

「馬鹿ッ！」

「俺はテロリストだよ。」

「へえ、そんなテロリストがあるの……案外つまんないテロリストだね。」

心配して走って来たお君ちゃんや、二、三人の自動車の運転手たちが来ると、面白いテロリストはあわてて路地の中へ消えて行ってしまった。こんな商売なんて止《や》めてしまいたいと思う……。それでも、北海道から来たお父さんの手紙には、今は帰る旅費もないから、少しでもよい送ってくれという長い手紙だ。寒さには耐えられないお父さん、どうしても四、五十円は送ってあげなければならぬ。少し働いたら、私も北海道へ渡って、お父さんたちといっそ行商してまわってみようかしらとも思う。おでん屋の屋台に首を突っ込んで、箸《はし》につみれを突きさした初ちゃんが店の灯を消して一生懸命茶飯をたべていた。私も興奮した後のふるえを鎮めながら、エプロンを君ちゃんにはずしてもらうと、おでんを肴《さかな》に、酒を一本つけて貰《もら》った。

◇

（十二月×日）

浅草はいい処《ところ》だ。

浅草はいつ来てもよいところだ……。テンポの早い灯の中をグルリ、グルリ、私は放浪のカチュウシャです。長いことクリームを塗らない顔は瀬戸物のように固くなって、安酒

(27) 見かけだおし、まやかしもの。

に酔《よ》った私は誰にもおそろしいものがない。ああ一人の酔いどれ女でございます。酒に酔えば泣きじょうご、痺《しび》れて手も足もばらばらになってしまいそうなこの気持ちのすさまじさ……酒でも呑まなければあんまり世間は馬鹿らしくて、まともな顔をしては通れない。あの人が外に女が出来たといって、それがいったい何でしょう。真実《ほんとう》は悲しいのだけれど、酒は広い世間を知らんという。町の灯がふっと切れて暗くなると、活動小屋の壁に歪《ゆが》んだ顔をくっつけて、荒《す》さんだ顔を見ていると、ああ明日から私は勉強をしようと思う。夢の中からでも聞えて来るような小屋の中の楽隊。あんまり自分が若すぎて、私はなぜかやけくそにあいそがつきて腹をたててしまうのだ。

早く年をとって、年をとる事はいいじゃないの。酒に酔いつぶれている自分をふいと反省すると、大道の猿芝居じゃないけれど全く頰かぶりをして歩きたくなってくる。

浅草は酒を呑むによいところ。浅草は酒にさめてもよいところだ。一杯五銭の甘酒、一杯五銭のしる粉《こ》、一串二銭の焼鳥は何と肩のはらない御馳走《ごちそう》だろう。金魚のように風に吹かれている芝居小屋の旗をみていると、その旗の中にはかつて私を愛した男の名もさらされている。わっは、わっは、あのいつもの声で私を嘲笑している。さあ皆さん御きげんよう。何年ぶりかで見上げる夜空の寒いこと、私の肩掛は人絹がまじっているのでございます。他人が肩に手をかけたように、スイスイと肌に風が通りますのよ。

（十二月×日）

朝の寝床の中でまず煙草《たばこ》をくゆらす事は淋しがりやの女にとってはこの上もないなぐさめなのです。ゆらりゆらり輪を描いて浮いてゆくむらさき色のけむりは愉《たの》しい。お天陽様の光《ひか》りを頭いっぱい浴びて、さて今日はいい事がありますように……。赤だの黒だの桃色だの黄いろだのの、疲れた着物を三畳の部屋いっぱいぬぎちらして、女一人のきやすさに、うつらうつら私はひだまりの亀の子のようだ。カフエーだの、牛屋だの、めんどくさい事よりも、いっそ屋台でも出しておでん屋でもしようかと思う。誰が笑おうと彼が悪口をいおうと、赤い尻からげで、あら、えっさっさだ！　一ツ屋台でも出して何とかこの年のけじめをつけてみたいものだ。コンニャク、がんもどき、竹輪につみれ、辛子《からし》のひりりッとしたのに、口にふくむような酒をつかって、青々としたほうれん草のひたしですか、元気を出しましょう。だが、あるところまで来ると私はペッチャンコに崩れてしまう。たとえそれがつまらない事であっても、そんな事の空想は、子供のようにうれしくなるものだ。

貧乏な父や母にはすがるわけにもゆかないし、といって転々と働いたところで、月に本が一、二冊買えるきりだ。わけもなく飲んで食ってそれで通ってしまう。三畳の部屋をかりて最小限度の生活はしても貯《たくわ》えもかぼそくなってしまった。こんなに生活方針《くらしむき》がたたなく真暗闇《まっくらやみ》になると、ほんとうに泥棒にでもはいりたくなってくる。だが目が近いのでいっぺんにつかまってしまう事を思うと、ふいとおかしくなってしまって、冷たい壁に私の嗤《わら》いがはねかえる。何とかして金がほしい。私の濁った錯覚は、他愛もなく夢に溺れていて、夕方までぐっすり眠ってしまった。

（十二月×日）

お君さんが誘いに来て、二人はまた何かいい商売をみつけようと、小さい新聞の切抜きをもって横浜行きの省線に乗った。今まで働いていたカフエーが寂れると、お君さんも一緒にそこを止《や》めてしまって、お君さんは、長い事板橋の御亭主のとこへ帰っていたのだ。お君さんの御亭主はお君さんより三十あまりも年が上で、初めて板橋のその家へたずねて行った時、私はその男のひとをお君さんのお父さんなのかと間違えてしまっていた。お君さんの養母やお君さんの子供や、何だかごたごたしたその家庭は、めんどくさがりやの私にはちょいと判《わか》りかねる。お君さんもそんな事はだまって別に話もしない。私もそんな事を訊《き》くのは胸が痛くなるのだ。二人共だまって、電車から降りると、青い海を見はらしながら丘へ出てみた。

「久し振りよ、海を見るのは……」

「寒いけれど、いいわね海は……」

「いいとも、こんなに男らしい海を見ていると、裸になって飛びこんでみたいわね。まるで青い色がとけてるようじゃないの。」

「ほんと！　おっかないわ……」

ネクタイをひらひらさせた二人の西洋人が雁木《がんぎ》に腰をかけて波の荒い景色にみいっていた。

「ホテルってあすこよ！」

目のはやい君ちゃんがみつけたのは、白い家鴨《あひる》の小屋のような小さな酒場だった。二階の歪んだ窓には汚点《しみ》だらけな毛布が太陽にてらされている。

「かえりましょうよ！」

「ホテルってこんなの……」

朱色の着物を着た可愛《かわい》らしい女が、ホテルのポーチで黒い犬をあやして一人でキャッキャッと笑っていた。

「がっかりした……」

二人共また押し沈黙《だま》って向《むこ》うの寒い茫漠とした海を見ている。烏《からす》になりたい。小さいカバンでもさげて旅をするといいだろうと思う。君ちゃんの日本風なひさし髪が風に吹かれていて、雪の降る日の柳のようにいじらしく見えた。

（十二月×日）

風が鳴る白い空だ！

冬のステキに冷たい海だ
狂人だってキリキリ舞いをして
目のさめそうな大海原《おおうなばら》だ。
四国まで一本筋の航路だ。

毛布が二十銭お菓子が十銭
三等客室はくたばりかけたどじょう鍋のように
ものすごいフットウだ

しぶきだ雨のようなしぶきだ
みはるかす白い空を眺め
十一銭在中の財布を握っていた。

ああバットでも吸いたい
オオ!　と叫んでも
風が吹き消して行くよ。

白い大空に
私に酢を呑ませた男の顔が
あんなに大きく、あんなに大きく
ああやっぱり淋しい一人旅だ！

腹の底をゆすぶるように、遠くで蒸汽の音が鳴っている。鉛色によどんだ小さな渦巻が幾つか海のあなたに一ツ一ツ消えて行って、唸《うな》りをふくんだ冷たい十二月の風が、乱れた私の銀杏返《いちょうがえ》しの鬢《びん》を頬っぺたにくっつけるように吹いてゆく。八ツ口に両手を入れて、じっと柔《やわら》かい自分の乳房をおさえていると、冷たい乳首の感触が、わけもなく甘酸《あまず》っぱく涙をさそってくる。――ああ、何もかもに負けてしまった。東京を遠く離れて、青い海の上をつっぱしっていると、色々に交渉のあった男や女の顔が、一ツ一ツ白い雲の間からもやもやと覗《のぞ》いて来るようだ。

あんまり昨日の空が青かったので、久し振りに、古里が恋しく、私は無理矢理に汽車に乗ってしまった。そうして今朝はもう鳴門《なると》の沖なのだ。

「お客さん！　御飯ぞなッ！」

誰もいない夜明けのデッキの上に、ささけた私の空想はやっぱり古里へ背いて都へ走っている。旅の古里ゆえ、別に錦を飾って帰る必要もないのだけれども、なぜか侘しい気持ちがいっぱいだった。穴倉のように暗い三等船室に帰って、自分の毛布の上に坐《すわ》っていると丹塗《にぬ》りのはげた膳《ぜん》の上にはヒジキの煮たのや味噌《みそ》汁があじきなく並んでいた。薄暗い燈火の下には大勢の旅役者やおへんろさんや、子供を連れた漁師の上《かみ》さんの中に混って、私も何だか愁々として旅心を感じている。私が銀杏返しに結っているので、「どこからおいでました?」と尋ねるお婆さんもあれば「どこまで行きゃはりますウ?」と問う若い男もあった。二ツ位の赤ん坊に添い寝をしていた若い母親が、小さい声で旅の古里でかつて聞いた事のある子守唄《うた》をうたっていた。

ねんねころ市
おやすみなんしょ
朝もとうからおきなされ
よいの浜風ア身にしみますで
夜サは早よからおやすみよ。

あの濁った都会の片隅で疲れているよりも、こんなにさっぱりした海の上で、自由にのびのびと息を吸える事は、ああやっぱり生きている事もいいものだと思う。

（十二月×日）

真黄いろに煤《すす》けた障子を開けて、消えかけては降っている雪をじっと見ていると、何もかも一切忘れてしまう。

「お母さん！　今年は随分雪が早いね。」

「ああ。」

「お父さんも寒いから難儀しているでしょうね。」

父が北海道へ行ってから、もう四ケ月あまりになる。遠くに走りすぎて商売も思うようになく、四国へ帰るのは来春だという父のたよりが来て、こちらも随分寒くなった。屋並の低い徳島の町も、寒くなるにつれて、うどん屋のだしを取る匂《にお》いが濃くなって、町を流れる川の水がうっすらと湯気を吐《は》くようになった。泊る客もだんだん少《すく》なくなると、母は店の行燈《あんどん》へ灯を入れるのを渋ったりしている。

「寒うなると人が動かんけんのう……」

しっかりした故郷というものをもたない私たち親子三人が、最近に落ちついたのがこの徳島だった。女の美しい、川の綺麗《きれい》なこの町隅に、古ぼけた旅人宿を始め出して、私は徳島での始めての春秋を迎えたけれど、だけどそれも小さかった時の私である。今はもうこの旅人宿も荒れほうだいに荒れて、いまは母一人の内職仕事になってしまった。父を捨て、母を捨て、東京に疲れて帰ってきた私にも、昔のたどたどしい恋文や、ひさし髪の大きかった写真を古ぼけた簞笥《たんす》の底にひっくり返してみると懐《なつか》しい昔の夢が段々蘇って来る。長崎の黄いろいちゃんぽんうどんや、尾道《おのみち》の千光寺の桜や、ニユ川で覚えた城ケ島の唄や(28)あみんななつかしい。絵をならい始めていた頃の、まずいデッサンの幾枚かが、茶色にやけていて、納戸《なんど》の奥から出て来るとまるで別な世界だった私を見る。夜、炬燵《こたつ》にあたっているると、店の間を借りている月琴《げっきん》ひきの夫婦が飄々《ひょうひょう》と淋しい唄をうたっては月琴をひびかせていた。外は音をたててみぞれまじりの雪が降っている。

(十二月×日)

久し振りに海辺らしいお天気なり。二、三日前から泊りこんでいる浪花節《なにわぶし》語りの夫婦が、二人共黒いしかん巻を首にまいて朝早く出て行くと、煤《すす》けた広い台所には鰯《いわし》を焼いている母と私と二人きりになってしまう。ああ田舎《いなか》にも退屈してしまった。

「お前もいいかげんで、遠くへ行くのを止めてこっちで身をかためてはどうかい。お前をもらいたいという人があるぞな……」

「へえ……どんなひとですか?」

「実家は京都の聖護院《しょうごいん》の煎餅《せんべい》屋でな、あととりやけど、今こっちい来て市役所へ勤めておるがな……いい男や」

「…………」

「どやろ?」

「会うてみようかしら、面白いなア……」

何もかもが子供っぽくゆかいだった。田舎娘になって、初々《ういうい》しく顔を赤めてお茶を召し上れか、車井戸のつるべを上げたり下げたりしていると、私も娘のように心がはずんで来る。ああ情熱の毛虫、私は一人の男の血をいたちのように吸いつくしてみたいような気がする。男の肌は寒くなると蒲団《ふとん》のように恋しくなるものだ。

東京へ行きましょう。夕方の散歩に、いつの間にか足が向くのは駅への道だ。駅の時間表を見ていると涙がにじんで来て仕方がない。

(十二月×日)

赤靴のひもをといてその男が座敷へ上って来ると、妙に胃が悪くなりそうで、私は真正面から眉《まゆ》をひそめてしまった。

「あんたいくつ?」

「僕ですか、二十二です。」

「ホウ……じゃ私の方が上だわ。」

(28)　北原白秋(一八八五―一九四二)の詩「城ケ島の雨」に梁田貞が作曲。

げじげじ眉で、唇の厚いその顔は、私は何故《なぜ》か見覚えがあるようであったが、考え出せなかった。ふと、私は明るくなって、口笛でも吹きたくなった。

月のいい夜だ、星が高く光っている。

「そこまでおくってゆきましょうか……」

この男は妙によゆうのある風景だ。入れ忘れてしまった国旗の下をくぐって、月の明るい町に出てゆくと、濁った息をフッと一時に吐く事が出来た。一丁歩いても二丁歩いても二人共だまって歩いている。川の水が妙に悲しく胸に来て私自身が浅ましくなってきた。男なんて皆火を焚《た》いて焼いてしまえだ。私はお釈迦様にでも恋をしましょう。ナムアミダブツのお釈迦様は、妙に色ッぽい目をして、私のこの頃の夢にしのんでいらっしゃる。

「じゃアさよなら、あなたいいお嫁さんおもちなさいね。」

「ハア?」

いとしい男よ、田舎の人は素朴でいい。私の言葉がわかったのかわからないのか、長い月の影をひいて隣の町へ行ってしまった。明日こそ荷づくりをして旅立ちましょう……。久し振りに家の前の燈火のついたお泊宿の行燈を見ていると、不意に頭をなぐられたように母がいとしくなってきて、私はかたぶいた梟《ふくろう》の眼のような行燈をみつめていた。

「寒いのう……酒でも呑まんかいや。」

茶の間で母と差しむかいで一合の酒にいい気持ちになっている。親子はいいものだと思う、こだわりのない気安さで母の顔を見た。鼠《ねずみ》の多い煤《すす》けた天井の下に、また母を置いて去るのは、いじらしく可哀想《かわいそう》になってしまう。

「あんなひとは厭《いや》だわねえ。」

「気立はいい男らしいがな……」

淋しい喜劇である。ああ、東京の友達がみんな懐しがってくれるような手紙をいっぱい書こう。

◇

（一月×日）

海は真白でした
東京へ旅立つその日
青い蜜柑《みかん》の初なりを籠《かご》いっぱい入れて
四国の浜辺から天神丸に乗りました。

海は気むずかしく荒れていましたが、

空は鏡のように光って
人参《にんじん》燈台の紅色が眼にしみる程あかいのです。
島での悲しみは
すっぱり捨ててしまおうと
私は冷たい汐風《しおかぜ》をうけて
遠く走る帆船をみました。

一月の白い海と
初なりの蜜柑の匂《にお》いは
その日の私を
売られて行く女のようにさぶしくしました。

(一月×日)
暗い雪空だった。朝の膳《ぜん》の上には白い味噌《みそ》汁に高野豆腐に黒豆がならんでいる。何もかも水っぽい舌ざわりだ。東京は悲しい思い出ばかりなり、いっそ京都か大阪で暮してみようかと思う……。天保山《てんぽうざん》の安宿の二階で、何時《いつ》までも鳴いている猫の声を寂しく聞きながら、私は呆《ぼ》んやり寝そべっていた。ああこんなにも生きる事はむずかしいものなのか……

私は身も心も困憊《こんぱい》しきっている。潮臭い蒲団《ふとん》はまるで、魚の腸のようにズルズルに汚れていた。風が海を叩《たた》いて、波音が高い。

からっぽの女は私でございます。……生きてゆく才もなければ、生きてゆく富もなければ、生きてゆく美しさもない。さて残ったものは血の気の多い体ばかりだ。私は退屈すると、片方の足を曲げて、鶴のようにキリキリと座敷の中をまわってみる。長い事文字に親しまない目には、御一泊一円よりと壁に張られた文句をひろい読みするばかりだった。

夕方から雪が降って来た。あっちをむいても、こっちをむいても旅の空なり。もいちど四国の古里へ逆もどりしようかとも思う。とても淋しい宿だ。「古創《ふるきず》や恋のマントにむかい酒」お酒でも愉《たの》しんでじっとしていたい晩なり。たった一枚のハガキをみつめて、いつからか覚えた俳句をかきなぐりながら、東京の沢山の友達を思い浮べていた。皆どのひとも自分に忙《いそ》がしい人ばかりの顔だ。

汽笛《きてき》の音を聞いていると、私は窓を引きあけて雪の夜の沈んだ港をながめている。青い灯をともした船がいくつもねむっている。お前も私もヴァガボンド。雪が降っている。考えても見た事もない、遠くに去った初恋の男が急に恋しくなって来た。こんな夜だった。あの男は城ケ島の唄《うた》をうたっていた。沈鐘の唄もうたった。なつかしい尾道《おのみち》の海はこんなに波が荒くなかった。二人でかぶったマントの中で、マッチをすりあわして、お互《たがい》に見あった顔、あっけない別離だった。一直線に墜落した女よ！　という最後のたよりを受取ってもう七年にもなる。あの男は、ピカソの画を論じ、槐多《かいた》の詩を愛していた。私は頭を殴《なぐ》りつけている強い手の痛さを感じた。どっかで三味線の音がしている。私は呆然《ぼうぜん》と坐《すわ》り、いつまでも口笛を吹いていた。

（一月×日）

さあ！　素手でなにもかもやりなおしだ。市の職業紹介所の門を出ると、天満《てんま》行きの電車に乗った。紹介された先は毛布の問屋で、私は女学校卒業の女事務員です。どんより走る街並を眺めながら私は大阪も面白いと思った。誰も知らない土地で働く事もいいだろう。枯れた河岸《かし》の柳の木が、腰をもみながら大風にゆれている。

毛布問屋は案外大きい店だった。奥行の深い、間口の広いその店は、何だか貝殻のように暗くて、働いている七、八人の店員たちは病的に蒼《あお》い顔をして忙《いそ》がしく立ち働いていた。随分長い廊下だった。何もかもピカピカと手入れの行きとどいた、大阪人らしいこのみのこぢんまりした座敷に、私は初めて老いた女主人と向きあって坐った。

「東京からどうしてこっちへお出《いで》やしたん？」

出鱈目《でたらめ》の原籍を東京にしてしまった私は、ちょっとどういっていいのかわからなかった。

「姉がいますから……」

こんな事をいってしまった私は、またいつものめんどくさい気持ちになってしまい、断られたら断られたまでの事だと思った。女中が、美しい菓子皿とお茶を運んで来た。久しくお茶にも縁が無く、甘いものも口にしたことがない。世間にはこうしたなごやかな家もあるなり。

「一郎さん！」

女主人が静かに呼ぶと、隣の部屋から息子らしい落ちつきのある二十五、六の男が、棒のようにはいって来た。

「この人が来ておくれやしたんやけど……」

役者のように細々としたその若主人は光った目で私を見た。

私はなぜか恥をかきに来たような気がして、手足が痺《しび》れて来るおもいだった。あまりに縁遠い世界だ。私は早く引きあげたい気持ちでいっぱいになる。――天保山の船宿へ帰った時は、もう日が暮れて、船が沢山はいっていた。東京のお君ちゃんからのハガキが来ている。

――何をぐずぐずしていますか、早くいらっしゃい。面白い商売があります。――どんなに不幸な目にあっていても、あの人は元気がいい。久し振りに私もハツラツとなる。

（一月×日）

駄目だと思っていた毛布問屋にいよいよ勤めることになった。

五日振りに天保山の安宿をひきあげて、バスケット一つの飄々《ひょうひょう》とした私は、もらわれて行く犬の仔のように、毛布問屋へ住み込む事になった。

昼でも奥の間には、音をたててガスの燈火がついている。広いオフィスの中で、沢山の封筒を書きながら、私はよくわけのわからない夢を見た。そして何度もしくじっては自分の顔を叩いた。ああ幽霊にでもなりそうだ。青いガスの燈火の下でじっと両手をそろえてみていると爪《つめ》の一ツ一ツが黄色に染って、私の十本の指は蚕《かいこ》のように透きとおって見える。三時になるとお茶が出て、八ツ橋が山盛店へ運ばれて来る。店員は皆で九人いた。その中で小僧が六人、配達に出て行くので、誰が誰やらまだ私にはわからない。女中は下働きのお国さんと上女中のお糸さんの二人きりである。お糸さんは昔の御殿女中みたいに、眠ったような顔をしていた。関西の女は物ごしが柔《やわら》かで、何を考えているのだかさっぱり判《わか》らない。

「遠くからお出《いで》やして、こんなとこしんきだっしゃろ?」

お糸さんは引きつめた桃割れをかしげて、キュキュと糸をしごきながら、見た事もないようなきれいな布を縫っていた。若主人の一郎さんには、十九になるお嫁さんがある事もお糸さんが教えてくれた。そのお嫁さんは市岡の別宅の方にお産をしに行っているとかで、家はなにか気が抜けたように静かだった。――夜の八時にはもう大戸を閉めてしまって、九人の番頭や小僧たちが皆どこへ引っこむのか一人一人いなくなってしまう。のりのよくきいた固い蒲団《ふとん》に、伸び伸びといたわるように両足をのばして天井を見上げていると、自分がしみじみあわれにみすぼらしくなって来る。お糸さんとお国さんの一緒の寝床に高下駄のような感じの黒い箱枕《はこまくら》がちゃんと二ツならんで、お糸さんの赤い胴抜きのしてある長《なが》襦袢《じゅばん》が、蒲団の上に投げ出されてあった。私はまるで男のような気持ちで、その赤い長襦袢をいつまでも見ていた。しまい湯をつかっている二人の若い女は笑い声一つたてないでピチャピチャ湯音をたてている。あの白い生毛のあるお糸さんの美しい手にふれてみたい気がする。私はすっかり男になりきった気持ちで、赤い長襦袢を着たお糸さんを愛していた。沈黙《だま》った女は花のようにやさしい匂いを遠くまで運んで来るものだ、泪《なみだ》のにじんだ目をとじて、まぶしい燈火に私は顔をそむけた。

（一月×日）

毎朝の芋がゆにも私は馴《な》れてしまった。

東京で吸う赤い味噌汁はなつかしい。里芋のコロコロしたのを薄く切って、小松菜を一緒にたいた味噌汁はいいものだ。新巻き鮭《ざけ》の一片一片を身をはがして食べるのも甘味《うま》い。大根の切り口みたいな大阪のお天陽様ばかりを見ていると、塩辛いおかずでもそえて、甘味い茶漬けでも食べて見たいと、事務を取っている私の空想は、何もかも淡々しく子供っぽくなって来る。

雪の頃になると、いつも私は足指に霜やけが出来て困った。――夕方、沢山荷箱を積んである蔭《かげ》で、私は人に隠れて思い切り足を掻《か》いていた。指が赤くほてって、コロコロにふくれあがると、針でも突きさしてやりたい程切なくて仕様がなかった。

「ホウえらい霜やけやなあ。」

番頭の兼吉さんが驚いたように覗《のぞ》いた。

「霜やけやったら煙管《キセル》でさすったら一番や。」

若い番頭さんは元気よくすぽんと煙草《たばこ》入れの筒を抜くと、何度もスパスパ吸っては火ぶくれしたような赤い私の足指を煙管の頭でさすってくれた。銭勘定の話ばかりしているこんな人たちの間にもこんな親切がある。

(二月×日)

「お前は金の性で金は金でも、金屛風《びょうぶ》の金だから小綺麗《こぎれい》な仕事をしなけりゃ駄目だよ。」

よく母がこんな事をいっていたけれど、こんなお上品な仕事はじきに退屈してしまう。あきっぽくて、気が小さくてじき人にまいってしまって、ひとになじめない私の性格がいやになってくる。ああ誰もいないところで、ワアッ! と叫びあがりたいほど焦々《いらいら》するなり。

ただ一冊のワイルド・プロフォンディス(29)にも愉《たの》しみをかけて読むなり。

――私は灰色の十一月の雨の中を嘲《あざけ》り笑うモッブにとり囲まれていた。

――獄中にある人々にとっては涙は日常の経験の一部分である。人が獄中にあって泣かない日は、その人の心が堅くなっている日で、その人の心が幸福である日ではない。――夜々の私の心はこんな文字を見ると、まことに痛んでしまう。お友達よ！　肉親よ！　隣人よ！　わけのわからない悲しみで正直に私を嘲笑《あざわら》う友人が恋しくなった。お糸さんの恋愛にも祝福あれ。夜、風呂《ふろ》にはいってじっと天窓を見ていると、沢山星がこぼれていた。忘れかけたものをふっと思い出すように、つくづく一人ぼっちで星を見上げている。

老いぼれたような私の心に反比例して、この肉体の若さよ。赤くなった腕をさしのべて風呂いっぱいに体を伸ばすと、ふいと女らしくなって来る。結婚をしようと思う。私はしみじみと白粉《おしろい》の匂いをかいだ。眉《まゆ》をひき、唇紅《くちべに》も濃くぬって、私は柱鏡のなかの姿にあどけない笑顔をこしらえてみる。青貝色の櫛《くし》もさして、桃色のてがらもかけて髷《まげ》も結んでみたい。弱きものよ汝の名は女なり、しょせんは世に汚れた私でございます。美しい男はないものか……。なつかしのプロヴァンスの歌でもうたいましょうか、胸の燃える

(29)　イギリスの唯美主義作家オスカー・ワイルド(一八五四―一九〇〇)の回想録。邦訳は『獄中記』。

ような思いで私は風呂桶の中の魚のようにやわらかくくねってみた。

（二月×日）

街は春の売出しで赤い旗がいっぱいひらひらしている。――女学校時代のお夏さんの手紙をもらって、私は何もかも投げ出して京都へ行きたくなっていた。

――随分苦労なすったんでしょう……という手紙を見ると、いいえどういたしまして、優しいお嬢さんのたよりは男でなくてもいいものだと思う。妙に乳くさくて、何かぷんぷんいい匂いがしている。これが一緒に学校を出たお夏さんのたよりだ。八年間の年月に、二人の間は何百里もへだたってしまっているはずだのに、お嫁に行かないで、じっと日本画家のお父さんのいい助手をして孝行をしているお夏さん、泪《なみだ》の出るようないい手紙だった。ちっとでも親しい人のそばに行って色々の話をしたいと思う。

お店から一日ひまをもらうと、寒い風に吹かれて京都へ発《た》って行った。――午後六時二十分京都着。お夏さんは黒いフクフクとした肩掛に蒼白《あおじろ》い顔を埋めてむかえに出てくれていた。

「わかった？」

「ふん。」

二人は沈黙《だま》って冷たい手を握りあった。

私にはお夏さんの姿は意外だった。まるで未亡人か何かのように、何もかも黒っぽい色で、唇だけがぐいと強く私の目を射た。

椿《つばき》の花のように素敵にいい唇だ。二人は子供のようにしっかり手をつなぎあって、霧の多い京都の街を、わけのわからない事を話しあって歩いた。京極《きょうごく》は昔のままだった。京極の何とかという店には、かつて私たちの胸をさわがした美しい封筒が飾窓に出ている。だらだらと京極の街を降りると、横に切れた路地の中に、菊水といううどんやを見つけて私たちは久し振りに明るい灯の下に顔を見合せた。私は一人立ちしていても貧乏だし、お夏さんは親のすねかじりで勿論《もちろん》お小遣いもそんなにないので、二人は財布を見せあいながら、狐《きつね》うどんを食べた。女学生らしいあけっぱなしの気持ちで、二人は帯をゆるめてはお替りをして食べた。

「貴女《あなた》ぐらい住所の変る人はないわね、私の住所録を汚して行くのはあんた一人よ。」

お夏さんは黒い大きな目をまたたきもさせないで私を見ている。甘えたい気持ちでいっぱいなり。

円山公園の噴水のそばを二人はまるで恋人のようによりそって歩いた。

「秋の鳥辺山《とりべやま》はよかったわね。落葉がしていて、ほら二人でおしゅん伝兵衛《でんべい》(30)の墓にお参りした事があったわね……」

「行ってみましょうか!」

お夏さんは驚いたように眼をみはった。

「貴女はそれだから苦労するのよ。」

京都はいい街だ。夜霧がいっぱいたちこめた向《むこ》うの立樹のところで、夜鳥が鳴いている。——下加茂《しもがも》のお夏さんの家の前がちょうど交番になっていて、赤い燈火がついていた。門の吊燈籠《つりどうろう》の下をくぐって、そっと二階へ上ると、遠くの寺でゆっくり鐘を打つのが響いて来る。メンドウな話をくどくどするより沈黙《だま》っていましょう……お夏さんが火を取りに階下に降りて行くと、私は窓に凭《もた》れて、しみじみと大きいあくびをした。

◇

(七月×日)

丘の上に松の木が一本
その松の木の下で
じっと空を見ていた私です。

真蒼い空に老松の葉が

針のように光っていました
ああ何という生きる事のむずかしさ
食べる事のむずかしさ。

そこで私は
貧しい袂《たもと》を胸にあわせて
古里にいた頃の
あのなつかしい童心で
コトコト松の幹を叩《たた》いてみました。

この老松の詩をふっと思い出すと、とても淋しくて、黒ずんだ緑の木立ちの間を、私はむやみに歩くのだ。――久し振りに、私の胸にエプロンもない。白粉《おしろい》もうすい。日傘をくるくる廻しながら、私は古里を思い出し、丘のあの老松の木を思い浮べた。――下宿にかえってくると、男の部屋には、大きな本箱が置いてあった。女房をカフエーに働かして、自分はこんな本箱を買っている。いつものように二十円ばかりの金を、原稿用紙の下に入れておくと、誰もいないきやすさに、くつろいだ気持ちで、押入れの汚れものを探して

（30）遊女お俊と呉服商伝兵衛との心中巷説、浄瑠璃「近頃河原達引《ちかごろかわらのたてひき》」にもなった。

みる。

「あの、お手紙でございます。」そういって、下宿の女中が手紙を持って来た。六銭切手をはったかなり厚い女の封書である。私は妙な気持ちで爪《つめ》を噛《か》みながら、ただならぬ淋しさに、胸がときめいてしまった。私は自分を嘲笑しながら、押入れの隅に隠してあった、かなり厚い女の手紙の束をみつけ出したのだ。

――やっぱり温泉がいいわね、とか。

――あなたの紗和子より、とか。

――あの夜泊ってからの私は、とか。

私の歯の浮くような甘い手紙に震えながらつっ立ってしまった。――温泉行きの手紙では、私もお金を用意しますけれども貴方《あなた》も少しつくって下さいと書いてあるのを見ると、私はその手紙を部屋中にばらまいてやりたくなっている。原稿用紙の下にした二十円の金を袂に入れると、私はそのまま戸外に出てしまった。

あの男は、私に会うたびに、お前は薄情だとか、雑誌にかく詩や小説は、あんなに私を叩きつけたものばかりではなかったか……。私は肺病で狂人じみている、その不幸な男のために、あのランタンの下で、「貴方一人に身も世も捨てた……」と、唄《うた》わなくてはならなかったのだ。夕暮れの涼しい風をうけて、若松町の通りを歩いていると、新宿のカフエーにかえる気もしなかった。ヘエ！　使い果して二分《にぶ》残るか、ふっとこんな言葉が思い出されるなり。

「貴方、私と一緒に温泉に行かない。」

私があんまり酔《よ》っぱらっているので、その夜時ちゃんは淋しい眼をして私を見ていた。

(七月×日)

ああ人生いたるところに青山ありだよ、男から詫《わ》びの手紙が来る。

夜。

時ちゃんのお母さんが裏口へ来ている。時ちゃんに五円貸すなり。チュウインガムを噛むより味気ない世の中、何もかもが吸殻のようになってしまった。貯金でもして、久し振りに母の顔でもみてこようかしらと思う。私はコック場へ行くついでにウイスキーを盗んで呑んだ。

(七月×日)

魚屋の魚のように淋しい寝ざめなり。四人の女は、ドロドロに崩れた白い液体のように、一切を休めて眠っている。私は枕元《まくらもと》の煙草《たばこ》をくゆらしながら、投げ出された時ちゃんの腕を見ていた。まだ十七で肌が桃色だ。——お母さんは雑色《ぞうしき》で氷屋をしていたが、お父《と》つぁんが病気なので、二、三日おきに時ちゃんのところへ裏口から金を取りに来た。カーテンもない青い空を映した窓ガラスを見ると、西洋支那《シナ》料理の赤い旗が、まるで私のように、ヘラヘラ風に膨らんでいる。カフエーに勤めるようになると、男に抱いていたイリュウジョンが夢のように消えてしまって、皆一山いくらに品がさがってみえる。別にもうあの男に稼いでやる必要もない故、久し振りに古里の汐《しお》っぱい風を浴びようかしら。ああ、でも可哀想《かわいそう》なあの人よ。

それはどろどろの街路であった
こわれた自動車のように私はつっ立っている
今度こそ身売りをして金をこしらえ
皆を喜ばせてやろうと
今朝はるばると幾十日目でまた東京へ帰って来たのではないか。

どこをさがしたって買ってくれる人もないし
俺は活動を見て五十銭のうな丼《どん》を食べたらもう死んでもいいといった
今朝の男の言葉を思い出して
私はさめざめと涙をこぼしました。

男は下宿だし
私が居れば宿料がかさむし
私は豚のように臭みをかぎながら
カフエーからカフエーを歩きまわった。

愛情とか肉親とか世間とか夫とか
脳のくさりかけた私には
みんな縁遠いような気がします。

叫ぶ勇気もない故
死にたいと思ってもその元気もない
私の裾《すそ》にまつわってじゃれていた小猫のオテクサンはどうしたろう
時計屋のかざり窓に私は女泥棒になった目つきをしてみようと思いました。
何とうわべばかりの人間がうろうろしている事よ！

肺病は馬の糞汁《ふんじゅう》を呑むとなおるって

辛《つら》い辛い男に呑ませるのは
心中ってどんなものだろう
金だ金だ金が必要なのだ！
金は天下のまわりものだっていうけど
私は働いても働いてもまわってこない。

何とかキセキはあらわれないものか
何とかどうにか出来ないものか
私が働いている金はどこへ逃げて行くのだろう

そして結局は薄情者になり
ボロカス女になり
死ぬまでカフエーだの女中だのボロカス女になり果てる
私は働き死にしなければならないのだろうか！
病にひがんだ男は
お前は赤い豚だといいます。

矢でも鉄砲でも飛んでこい
胸くその悪い男や女の前に
芙美子さんの腸《はらわた》を見せてやりたい。

かつて、貴方があんまり私を邪慳《じゃけん》にするので、私はこんな詩を雑誌にかいて貴方にむくいた事がある。浮いた稼ぎなので、あなたは私に焦々《いらいら》しているのだと善意にカイシャクしていた大馬鹿者の私です。そうだ、帰れる位はあるのだから、汽車に乗ってみましょう。あの快速船のしぶきもいいじゃないの、人参《にんじん》燈台の朱色や、青い海、ツツンツンだ。夜汽車、夜汽車、誰も見送りのない私は、お葬式のような悲しさで、何度も不幸な目に逢《あ》って乗る東海道線に乗った。


（七月×日）

「神戸にでも降りてみようかしら、何か面白い仕事が転がっていやしないかな……」

明石《あかし》行きの三等車は、神戸で降りてしまう人たちばかりだった。私もバスケットを降ろしたり、食べ残りのお弁当を大切にしまったりして何だか気がかりな気持ちで神戸駅に降りてしまった。

「これでまた仕事がなくて食えなきゃあ、ヒンケルマン(31)じゃないけれど、汚れた世界の罪だよ。」

暑い陽ざしだった。だが私には、アイスクリームも、氷も買えない。ホームでさっぱりと顔を洗うと、生ぬるい水を腹いっぱい呑んで、黄いろい汚れた鏡に、みずひき草のように淋しい自分の顔を写して見た。さあ矢でも鉄砲でも飛んで来いだ。別に当もない私は、途中下車の切符を大事にしまうと、楠公《なんこう》さんの方へブラブラ歩いて行ってみた。

古ぼけたバスケットひとつ。

骨の折れた日傘。

煙草の吸殻よりも味気ない女。

私の捨身の戦闘準備はたったこれだけなのでございます。

砂ぼこりのなかの楠公さんの境内は、おきまりの鳩《はと》と絵ハガキ屋が出ている。私は水の涸《か》れた六角型の噴水の石に腰を降ろして、日傘で風を呼びながら、晴れた青い空を見ていた。あんまりお天陽様が強いので、何もかもむき出しにぐんにゃりしている。

何年昔になるだろう——十五位の時だったかしら、私はトルコ人の楽器屋に奉公をしていたのを思い出した。ニイーナという二ツになる女の子のお守りで黒いゴム輪の腰高な乳母車に、よくその子供を乗っけてはメリケン波止場《はとば》の方を歩いたものだった。——鳩が足元近く寄って来ている。人生鳩に生れるべし。私は、東京の生活を思い出して涙があふれた。

一生たったとて、いったい何時《いつ》の日には、私が何千円、何百円、何十円、たった一人のお母さんに送ってあげる事が出来るのだろうか……、私を可愛《かわい》がって下さる、行商をしてお母さんを養っている気の毒なお義父《とう》さんを慰めてあげる事が出来るのだろうか……、何も満足に出来ない私である。ああ全く考えてみれば、頭が痛くなる話だ。「もし、あんたはん！　暑うおまっしゃろ、こっちゃいおはいりな……」噴水の横の鳩の豆を売るお婆さんが、豚小屋のような店から声をかけてくれた。私は人なつっこい笑顔で、お婆さんの親切に報いるべく、頭のつかえそうな、アンペラ張りの店へはいって行った。文字通り、それは小屋のような処《ところ》で、バスケットに腰をかけると、豆くさいけれども、それでも涼しかった。ふやけた大豆が石油罐《かん》の中につけてあった。ガラスの蓋《ふた》をした二ツの箱には、おみくじや、固い昆布がはいっていて、それらの品物がいっぱいほこりをかぶっている。

「お婆さん、その豆一皿くださいな。」

五銭の白銅を置くと、しなびた手でお婆さんは私の手をはらいのけた。

「ぜぜなぞほっときや。」

このお婆さんにいくつですと聞くと、七十六だといっていた。虫の食ったおヒナ様のようにしおらしい。

(31)　正しくは、ドイツの劇作家エルンスト・トラー（一八九三―一九三九）作「ヒンケマン」の主人公を指す。

「東京はもう地震はなおりましたかいな。」

歯のないお婆さんはきんちゃくをしぼったような口をして、優しい表情をする。

「お婆さんお上りなさいな。」

私がバスケットからお弁当を出すと、お婆さんはニコニコして、口をふくらまして私の玉子焼を食べた。

「お婆さん、暑うおまんなあ。」

お婆さんの友達らしく、腰のしゃんとしたみすぼらしい老婆が店の前にしゃがむと、

「お婆はん、何ぞええ、仕事ありまへんやろかな、でもな、あんまりぶらぶらしてますよって会長はんも、ええ顔しやはらへんのでなあ、なんぞ思うてまんねえ……」

「そうやなあ、栄町の宿屋はんやけど、蒲団《ふとん》の洗濯があるというてましたけんど、なんぼう二十銭も出すやろか……」

「そりゃええなあ、二枚洗うてもわて食えますがな……」

こだわりのない二人のお婆さんを見ていると、こんなところにもこんな世界があるのかと、淋しくなった。

とうとう夜になってしまった。港の灯のつきそめる頃はどこにも行きばのない気持ちになってしまう。朝から汗でしめっている着物の私は、ワッと泣きたい程切なかった。これ

でもへこたれないか！　これでもか！　何かが頭をおさえつけているようで、私はまだまだへこたれるものかと口につぶやきながら、当もなく軒をひらって歩いていると、バスケット姿が、オイチニイの薬屋(32)よりもはかなく思えた。お婆さんに聞いた商人宿はじきにわかった。全く国へ帰っても仕様のない私なのだ。お婆さんが御飯炊《た》きならあるといったけれど。海岸通りに出ると、チッチッと舌を鳴らして行く船員の群が多かった。

船乗りは意気で勇ましくていいものだ。私は商人宿とかいてある行燈《あんどん》をみつけると、耳朶《みみたぶ》を熱くしながら、宿代を聞きにはいった。親切そうなお上《かみ》さんが帳場にいて、泊りだけなら六十銭でいいと、旅心をいたわるように、「おあがりやす」といってくれた。三畳の壁の青いのが変に淋しかったが、朝からの着物を浴衣《ゆかた》にきかえると、私は宿のお上さんに教わって近所の銭湯に行った。旅というものはおそろしいようでいて肩のはらないものだ。女たちはまるで蓮《はす》の花のように小さい湯槽《ゆぶね》を囲んで、珍《めず》らしい言葉でしゃべっている。旅の銭湯にはいって、元気な顔はしているのだけれど、あの青い壁に押されて寝る今夜の夢を思うと、私はふっと悲しくなってきた。

(32)　手風琴を鳴らしながら薬を売り歩く行商人。林芙美子作「風琴と魚の町」に父親の仕事として描かれる。

（七月×日）

坊さん簪《かんざし》買うというた……窓の下を人夫たちが土佐節を唄いながら通って行く。爽《さわ》やかな朝風に、波のように蚊帳《かや》が吹き上っていて、まことに楽しみな朝の寝ざめなり。郷愁をおびた土佐節を聞いていると、高松のあの港が恋しくなってきた。私の思い出に何の汚れもない四国の古里よ。やっぱり帰りたいと思う……。ああ御飯炊きになっていたとこで仕様もないではありませんか。

別れて来た男のバ、リ、ゾ、ウ、ゴ、ンを、私は唄のように天井に投げとばして、せいいっぱい息を吸った。「オーイ、オーイ」と船員たちが窓の下で呼びあっている。私は宿のお上さんに頼んで、岡山行きの途中下車の切符を除虫菊の仲買の人に一円で買ってもらうと、私は兵庫から高松行きの船に乗る事にした。

元気を出して、どんな場合にでも、弱ってしまってはならない。小さな店屋で、瓦煎餅《かわらせんべい》を一箱買うと、私は古ぼけた兵庫の船宿で高松行きの切符を買った。やっぱり国へかえりましょう。――透徹した青空に、お母さんの情熱が一本の電線となって、早く帰っておいでと私を呼んでいる。私は不幸な娘でございます。汚れたハンカチーフに、氷のカチ割りを包んで、私は頬に押し当てていた。子供らしく子供らしく、すべては天真ランマンに世間を渡りましょう。

◇

（十月八日）

呆然《ぼうぜん》として梯子段《はしご》の上の汚れた地図を見ていると、夕暮れの日射しのなかに、地図の上は落莫とした秋であった。寝ころんで煙草《たばこ》を吸っていると、訳もなく涙がにじんで、何か侘しくなる。地図の上ではたった二、三寸の間なのに、可哀想《かわいそう》なお母さんは四国の海辺で、朝も夜も私の事を考えて暮らしているのでしょう――。風呂《ふろ》から帰って来たのか、階下で女たちの姦《かしま》しい声がする。妙に頭が痛い。用もない日暮れだ。

寂しければ海中にさんらんと入ろうよ、
さんらんと飛び込めば海が胸につかえる泳げば流るる
力いっぱい踏んばれ岩の上の男。

秋の空気があんまり青いので、私は白秋のこんな唄《うた》を思い出した。ああこの世の中は、たったこれだけの楽しみであったのだろうか、ヒイフウ……私は指を折って、ささやかな可哀想な自分の年齢を考えてみた。「おゆみさん？　電気つけておくれッ。」お上《かみ》さんの癇《かん》高《だか》い声がする。おゆみさんか、おゆみとはよくつけたものなり。私の母さんは阿波《あわ》の徳島十郎兵衛。夕御飯のおかずは、いつもの通りに、するめの煮たのに、コンニャク、そばでは、出前のカツレツが物々しい示威運動で黄いろく揚っている。私の食慾はもう立派な機械になりきってしまって、するめがそしゃくされないうちに、私は水でそれをゴクゴク咽《の》喉《ど》へ流し込むのだ。二十五円の蓄音器は、今晩もずいずいずっころばし、ごまみそずいだ。

公休日で朝から遊びに出ていた十子が帰って来る。

「とても面白かったわ、新宿の待合室で四人も私を待っていたわよ、私は知らん顔をして見ててやったの……」

その頃女給たちの仲間には、何人もの客に一日の公休日を共にする約束をしては一つ場所に集合をさせてすっぽかす事が流行《はや》っていた。

「私、今日は妹を連れて映画を見たのよ、自腹だから、スッテンテンになってしまったわ、かせがなくちゃ場銭も払えない。」

十子は汚れたエプロンを胸にかけて、皆にお土産《みやげ》の甘納豆をふるまっている。

今日は月の病気。胸くるしくって、立っている事が辛《つら》い。

（十月×日）

折れた鉛筆のように、女たちは皆ゴロゴロ眠っている、雑記帳のはじにこんな手紙をかいてみる。――生きのびるまで生きて来たという気持ちです。随分長い事会いませんね、神田でお別れしたきりですもの……。もう、しゃにむに淋しくてならない、広い世の中に可愛《かわい》がってくれる人がなくなったと思うと泣きたくなります。いつも一人ぼっちのくせに、他人の優しい言葉をほしがっています。そしてちょっとでも優しくされると嬉し涙がこぼれます。大きな声で深夜の街を唄でもうたって歩きたい。夏から秋にかけて、異状体になる私は働きたくっても働けなくなって弱っています故、自然と食べる事が困難です。金が欲しい。白い御飯にサクサクと歯切れのいい沢庵でもそえて食べたらいう事はありませんのに、貧乏をすると赤ん坊のようになります。明日はとても嬉しいんですよ。少しばかりの稿料がはいります。それで私は行けるところまで行ってみたいと思います。地図ばかり見ているんですが、ほんとに、何の楽しさもないこのカフエーの二階で、私を空想家にするのは梯子《はしご》段の上の汚れた地図ばかりなのです。ひょっとしたら、裏日本の市振《いちぶり》という処《ところ》へ行くかも知れません。生きるか死ぬるか、とにかく旅へ出たいと思っております。

弱き者よの言葉は、そっくり私に頂戴《ちょうだい》出来るんですけれど、それでいいと思います。野生的で行儀作法を知らない私は、自然へ身を投げかけてゆくより仕方がありません。このままの状態では、国への仕送りも出来ないし、私の人に対して済まない事だらけです。私はがまん強く笑って来ました。旅へ出たら、当分田舎《いなか》の空や土から、健康な息を吹きかえすまで、働いて来るつもりです。体が悪いのが、何より私を困らせます。それにまた、あの人も病気ですし、厭《いや》になってしまう。金がほしいと思います。伊香保の方へ下働きの女中にでもと談判をしたのですが、一年間の前借百円也ではあんまりだと思います。——何のために旅をするとお思いでしょうけれど、とにかく、このままの状態では、私はハレッしてしまいますよ。人々の思いやりのない悪口雑言の中に生きて来ましたが、もう何と言われたっていいと思います。私はへこたれてしまいました。冬になったら、十人力に強くなってお目にかかりましょう。とにかく行くところまで行きます。私の妻であり夫であるたった一ツの真黄な詩稿を持って、裏日本へ行って来ます。お体を大切に、さようなら——。

フッツリ御無沙汰《ごぶさた》をしていてすみません。

お体は相変らずですか、神経がトゲトゲしているあなたにこんな手紙を差し上げるとあなたは、ひねくれた笑いをなさるでしょう。私、実さい涙がこぼれるのです。いくら別れたといっても、病気のあなたのことを考えると、侘しくなります。困った事や、嬉しかった思い出も、あなたのひねくれた仕打ちを考えると、恨めしく味気なくなります。一円札二枚入れて置きました。怒らないで何かにつかって下さい。あの女と一緒にいないんですってね、私が大きく考え過ぎたのでしょうか。秋になりました。私の唇も冷たく凍ってゆきます。あなたとお別れしてから……。たいさんも裏で働いています。

——オカアサン。

オカネ、オクレテ、スミマセン。

アキニ、ナッテ、イロイロ、モノイリガ、シテオクレマシタ。

カラダハ、ゲンキデショウカ。ワタシモ、ゲンキデス。コノアイダ、オクッテ、クダサッタ、ハナノクスリ、オツイデノトキニ、スコシオクッテクダサイ。センジテノムト、ノボセガ、ナオッテ、カオリガヨロシイ。

オカネハ、イツモノヨウニ、ハンヲ、オシテ、アリマスカラ、コノママキョクへ、トリニユキナサイ。

オトウサンノ、タヨリアリマスカ、ナニゴトモ、トキノクルマデ、ノンキニシテイナサイ、ワタシモ、コトシハ、アクネンユエ、タダジットシテイマス。

ナニヨリモ、カラダヲ、タイセツニ、イノリマス。フウトウヲ、イレテオキマス、ヘンジヲクダサイ。

私は顔中を涙でぬらしてしまった。せぐりあげても、せぐりあげても泣き声が止《や》まない。こうして一人になって、こんな荒《す》さんだカフエーの二階で手紙を書いていると、一番胸に来るのは、老いた母のことばかりである。私がどうにかなるまで死なないでいて下さい。このままであの海辺で死なせるのはみじめすぎると思う。あした局へ行って一番に送ってあげよう。帯芯の中には、ささけた一円札が六、七枚もたまっている。貯金帳は出たりはいったりでいくらもない。木枕《きまくら》に頭をふせているとくるわの二時の拍子木がカチカチ鳴っていた。

(十月×日)

窓外は愁々とした秋景色である。小さなバスケット一つに一切をたくして、私は興津《おきつ》行きの汽車に乗っている。土気《とけ》を過ぎると小さなトンネルがあった。

サンプロンむかしロオマの巡礼の
知らざる穴を出でて南す。

私の好きな万里《ばんり》の歌である。サンプロンは、世界最長のトンネルだと聞いていたけれど、一人のこうした当のない旅でのトンネルは、なぜかしんみりとした気持ちになる。海へ行く事がおそろしくなった。あの人の顔や、お母さんの思いが、私をいたわっている。海まで走る事がこわくなった。——三門《みかど》で下車する。燈火がつきそめて駅の前は桑畑。チラリホラリ藁《わら》屋根が目についてくる。私はバスケットをさげたままぼんやり駅に立っていた。

「ここに宿屋がありますでしょうか?」

「この先の長者町までいらっしゃるとあります。」

私は日《ひ》在浜《ありはま》を一直線に歩いていた。十月の外房州の海は黒くもりあがっていて、海のおそろしいまでな情熱が私をコウフンさせてしまった。ただ海と空と砂浜ばかりだ。それもあたりは暮れそめている。この大自然を見ていると、なんと人間の力のちっぽけな事よと思うなり。遠くから、犬の吠える声がする。かすりの半纏《はんてん》を着た娘が、一匹の黒犬を連れて、歌いながら急いで来た。波が大きくしぶきすると犬はおびえたようにキリッと首をもちあげて海へ向《むか》って吠えた。遠雷のような海の音と、黒犬の唸《うな》り声は何かこわい感じだ。

「この辺に宿屋はありませんか?」

この砂浜にたった一人の人間であるこの可憐《かれん》な少女に私は呼びかけてみた。

「私のうちは宿屋ではないけれど、よかったらお泊りなさい。」

何の不安もなく、その娘は私を案内してくれた。うすむらさきのなぎなたほおずきを、器用に鳴らしながら、娘は私を連れて家へ引返してくれた。

日在浜のはずれで、ちょうど長者町にかかった砂浜の小さな破船のような茶屋である。この茶屋の老夫婦は、気持ちよく風呂《ふろ》をわかしてくれたりした。こんな伸々と自然のままな姿で生きていられる世界もある。私は、都会のあの荒れた酒場の空気を思い出すさえおそろしく思った。天井には、何の魚なのか、魚の尻尾の乾いたのが張りつけてある。
この部屋の電気も暗ければこの旅の女の心も暗い。あんなに憧憬《あこが》れていた裏日本の秋は見る事が出来なかったけれども、この外房州は裏日本よりも豪快な景色である。市振から親不知《おやしらず》へかけての民家の屋根には、沢庵石のようなのが沢山置いてあった。線路の上まで白いしぶきのかかるあの蒼茫《そうぼう》たる町、崩れた崖の上にとげとげと咲いていたあざみの花、皆、何年か前のなつかしい思い出である。私は磯臭い蒲団にもぐり込むと、バスケットから、コロロホルムのびんを出して一、二滴ハンカチに落した。このまま消えてなくなりたい今の心に、じっと色々な思いにむせている事がたまらなくなって、私は厭なコロロホルムの匂《にお》いを押し花のように鼻におし当てていた。

(十一月×日)

遠雷のような汐鳴《しおな》りの音と、窓を打つ瀟々《しょうしょう》たる雨の音に、私がぼんやり目を覚ましたのは十時頃だったろうか、コロロホルムの酢のような匂いが、まだ部屋中に流れているようで、私はそっと窓を開けた。入江になった渚《なぎさ》には蒼《あお》く染ったような雨が煙っていた。しっとりとした朝である。母屋《おもや》でメザシを焼く匂いがする。――昼からあんまり頭が痛むので、娘と二人で黒犬を連れて、日在浜の方へ散歩に出て見た。渚近い漁師の家では、女や子供たちが三々五々群れていて、生鰯《なまいわし》を竹串につきさしていた。竹串にさされた生鰯が、むしろの上にならんで、雨あがりの薄陽がその上に銀を散らしている。娘はバケツにいっぱい生鰯を入れてもらうとその辺の雑草を引き抜いてかぶせた。

「これで十銭ですよ。」帰り道、娘は重そうにバケツを私の前に出してこういった。

夜は生鰯の三バイ酢に、海草の煮つけに生玉子の御馳走《ごちそう》だった。娘はお信さんといって、お天気のいい日は千葉から木更津にかけて魚の干物の行商に歩くのだそうである。店で茶をすすりながら、老夫婦にお信さんと雑談をしていると、水色の蟹《かに》が敷居の上をゴソゴソ這《は》って行く。生活に疲れ切った私は、石ころのように動かないこの人たちの生活を見ていると、何となく羨《うらや》ましくなって来る。風が出たのか、雨戸が難破船のようにゆれて、チエホフの小説にでもありそうな古風な浜辺の宿なり。十一月にはいると、このへんではもう足の裏がつめたい。

（十一月×日）

富士を見た
富士山を見た
赤い雪でも降らねば
富士をいい山だと賞《ほ》めるには当らない

あんな山なんかに負けてなるものか
汽車の窓から何度も思った回想
尖《とが》った山の心は
私の破れた生活を脅《おびや》かし
私の眼を寒々と見下ろす。

富士を見た
富士山を見た
烏《からす》よ
あの山の屋根から頂上へと飛び越えて行け
真紅《まっか》な口でひとつ嘲笑《あざわら》ってやれ

風よ！
富士は雪の大悲殿だ
ビュン、ビュン吹きまくれ
富士山は日本のイメージイだ

スフィンクスだ
夢の濃いノスタルジヤだ
魔の住む大悲殿だ。

富士を見ろ
富士山を見ろ
北斎《ほくさい》の描いたかつてのお前の姿の中に
若々しいお前の火花を見たけれど

今は老い朽ちた土まんじゅう
ギロギロした眼をいつも空にむけているお前
なぜ不透明な雪の中に逃避しているのだ

烏よ風よ
あの白々とさえかえった
富士山の肩を叩《たた》いてやれ
あれは銀の城ではない

不幸のひそむ雪の大悲殿だ

富士山よ!
お前に頭をさげない女がここにひとり立っている
お前を嘲笑《ちょうしょう》している女がここにいる。

富士山よ富士よ
颯々《さつさつ》としたお前の火のような情熱が
ビュンビュン唸《うな》って
ゴオジョウなこの女の首を叩き返すまで
私はユカイに口笛を吹いて待っていよう。

私はまた元のもくあみだ。胸にエプロンをかけながら二階の窓をあけに行くと、遠い向《むこ》うに薄い富士山が見えた。あああの山の下を私は幾度か不幸な思いをして行き返りした事である。でもたとえ小さな旅でも、二日の外房州のあの寥々《りょうりょう》たる風景は、私の魂も体も汚れのとれた美しいものにしてくれた。野中の一本杉の私は、せめてこんな楽しみでもなければやりきれない。明日から紅葉デーで、私たちは狂人のような真紅な着物のおそろいだそうである。都会の人間はあとからあとから、よくもこんなはずかしくもない、コッケイな趣向を思いつくものだと思う。また新《あた》らしい女が来ている。今晩もお面のように白粉《おしろい》をつけて、二重な笑いでごまかしか……うきよとはよくもいい当てしものかな――。留守中、母から、さらしの襦袢《じゅばん》が二枚送って来ていた。

◇

（一月×日）

カフエーで酔客にもらった指輪が思いがけなく役立って、十三円で質に入れると私と時ちゃんは、千駄木の町通りを買物しながら歩いた。古道具屋で箱火鉢と小さい茶ブ台を買ったり、沢庵や茶碗や、茶呑《ちゃのみ》道具まで揃えると、あとは半月分あまりの間代を入れるのがせいいっぱいだった。十三円の金の他愛なさよ。

寒い息を吐《は》きながら、二人が重い荷物を両方から引っぱって帰った時は、ちょうど十時近かった。

「ちょっと！　前のうちねえ、小唄《こうた》の師匠さんよ、ホラ……いいわね。」

　傘さして
かざすや廓《くるわ》の花吹雪

この鉢巻は過ぎしころ
紫におう江戸の春

目と鼻の路地向《むこ》うの二階屋から、沈んだ三味線の音〆《ねじめ》がきこえている。細目にあけた雨戸の蔭《かげ》には、お隣の灯の明るい障子のこまかいサンが見える。

「お風呂《ふろ》は明日にして寝ましょう、上蒲団は借りたのかしら？」

時ちゃんはピシャリと障子を締めた。——敷蒲団はたいさんと私と一緒の時代のがたいさんが小堀さん(33)のところへお嫁に行ったので残っていた。あの人は鍋《なべ》も庖丁《ほうちょう》も敷蒲団も置いて行ってしまった。一番なつかしく、一番厭《いや》な思い出の残った本郷の酒屋の二階を私は思い出していた。同居の軍人上りや二階でおしめを洗ったその細君や、人のいい酒屋の夫婦や。用が片づいたら、あの頃の日記でも出して読みましょう。

「どうしたかしら、たい子さん？」

「あのひとも、今度こそは幸福になったでしょう。小堀さん、とても、ガンジョウないい人だそうだから、誰が来ても負けないわ……」

「いつか遊びに連れて行ってね。」

二人は、階下の小母《おば》さんから借りた上蒲団をかぶって寝た。日記をつける。

一、拾参円の内より

茶ブ台　壱円。
箱火鉢　壱円。
シクラメン一鉢　参拾五銭。
飯茶わん　弐拾銭。二個。
吸物わん　参拾銭。二個。
ワサビヅケ　五銭。
沢庵　拾壱銭。
箸《はし》　五銭。五人前。
茶呑道具 盆つき　壱円十銭。
桃太郎の蓋物《ふたもの》　拾五銭。
皿　弐拾銭。二枚。
間代日割り　六円。（三畳九円）
火箸　拾銭。
餅網　拾弐銭。

(33) 小堀甚二（一九〇一―五九）。小説家、戯曲家、評論家。プロレタリア文学運動に参加。平林たい子と結婚、のち離婚。

ニュームのつゆ杓子《しゃくし》　拾銭。
御飯杓子　参銭。
鼻紙一束　弐拾銭。
肌色美顔水　弐拾八銭。
御神酒《おみき》　弐拾五銭。　一合。
引越し蕎麦《そば》　参拾銭。　階下へ。
一、壱円拾六銭　残金

「たったこれだけじゃ、心細いわねえ……」

私は鉛筆のしんで頬っぺたを突つきながら、つんと鼻の高い時ちゃんの顔をこっちに向けて日記をつけた。

「炭はあるの？」

「炭は、階下の小母さんが取りつけの所から月末払いで取ってやるっていったわ。」

時ちゃんは安心したように、銀杏《いちょう》がえしのびんを細い指で持ち上げて、私の背中に凭《もた》れている。

「大丈夫ってばさ、明日からうんと働くから元気を出して勉強してね。浅草を止《や》めて、日比谷あたりのカフエーなら通いでいいだろうと思うの、酒の客が多いんだって、あの辺は……」

「通いだと二人とも楽しみよねえ、一人じゃ御飯もおいしくないじゃないの。」

私は煩雑だった今日の日を思った。――萩原さんとこのお節ちゃんに、お米も二升もらったり、画描の溝口さんは、折角北海道から送って来たという餅を、風呂敷に分けてくれたり、指輪を質屋へ持って行ってくれたりした。

「当分二人で一生懸命働こうね、ほんとに元気を出して……」

「雑色のお母さんのところへは、月に三十円も送ればいいんだから。」

「私も少し位は原稿料がはいるんだから、沈黙《だま》って働けばいいのよ。」

雪の音かしら、窓に何かサササと当っている音がしている。

「シクラメンって厭な匂《にお》いだ。」

時ちゃんは、枕元《まくらもと》の紅いシクラメンの鉢をそっと押しやると、簪《かんざし》も櫛《くし》も枕元へ抜いて、

「さあ寝んねしましょう。」といった。暗い部屋の中では、花の匂いだけが強く私たちをなやませた。

（二月×日）
積る淡雪積ると見れば
消えてあとなき儚《はか》なさよ

柳なよかに揺れぬれど
春は心のかわたれに……。

時ちゃんの唄声でふっと目を覚ますと、枕元に白い素足がならんでいた。

「あら、もう起きたの。」

「雪が降ってるのよ。」

起きると湯もわいていて、窓外の板の上で、御飯がグッグッ白く吹きこぼれていた。

「炭はもう来たのかしら？」

「階下の小母さんに借りたのよ。」

いつも台所をした事のない時ちゃんが、珍《めず》らしそうに、茶碗をふいていた。久し振りに猫の額程の茶ブ台の上で、幾年にもない長閑《のどか》なお茶を呑むなり。

「やまと館の人たちや、当分誰にもところを知らさないでおきましょうね。」

時ちゃんはコックリをして、小さな火鉢に手をかざしている。

「こんなに雪が降っても出掛ける？」

「うん。」

「じゃあ私も時事新聞の白木さんに会ってこよう。童話が行ってるから。」

「もらえたら、熱いものをこしらえといて、あっちこっち行って見るから、私はおそくなることよ。」

初めて、隣の六畳の古着屋さん夫婦にもあいさつをする。鳶《とび》の頭《かしら》をしているという階下のお上《かみ》さんの旦那にも会う。皆、歯ぎれがよくて下町人らしい人たちだ。

「この家も前は道路に面していたんですよ。でも火事があってねえ、こんなとこへ引っこんじゃって……うちの前はお妾《めかけ》さん、路地のつきあたりは清元でこれは男の師匠でしてね、やかましいには、やかましゅうござんすがね……」

私はおはぐろで歯をそめているお上さんを珍らしく見ていた。

「お妾さんか、道理でちょっと見たけどいい女だったわよ。」

「でも階下の小母さんがあんたの事を、この近所にはちょっと居ない、いい娘ですってさ。」

二人は同じような銀杏返《いちょうがえ》しをならべて雪の町へ出て行った。雪はまるで、気の抜けた泡のように、目も鼻もおおい隠そうとする程、やみくもに降っている。

「金もうけは辛《つら》いね。」雪よドンドン降ってくれ、私が埋まる程、私はえこじに傘をクルクルまわして歩いた。どの窓にも灯のついている八重洲《やえす》の大通りは、紫や、紅のコートを着た勤めがえりの女の人たちが、雪にさからって歩いている。コートも着ない私の袖《そで》は、ぐっしょり濡《ぬ》れてしまって、みじめなヒキ蛙《がえる》のようだ。――白木さんはお帰りになった後か、そうれ見ろ！　これだから、やっぱりカフエーで働くというのに、時ちゃんは勉強をしろというなり。新聞社の広い受付に、このみじめな女は、かすれた文字をつらねて困っておりますからとおきまりの置手紙を書いた。

だが時事のドアは面白いな。クルリクルリ、まるで水車のようだ。クルリと二度押すと、前へ逆もどりしている。郵便屋が笑っていた。何と小さな人間たちよ。ビルディングを見上げると、お前なんか一人生きてたって、死んだって同じじゃないかといっているようだ。だけど、あのビルディングを売ったら、お米も間代も一生はらえて、古里に長い電報が打てるだろう。成金になるなんていってやったら邪けんな親類も、冷たい友人もみんな、驚くことだろう。あさましや芙美子よ、消えてしまえ。時ちゃんは、かじかんでこの雪の中を野良犬のように歩いているんだろうに――。

（二月×日）

ああ今晩も待ち呆《ぼう》け。箱火鉢で茶をあたためて時間はずれの御飯をたべる。もう一時すぎなのに――。昨夜は二時、おとといは一時半、いつも十二時半にはきちんと帰っていた人が、時ちゃんに限ってそんな事もないだろうけれど……。茶ブ台の上には書きかけの原稿が二、三枚散らばっている。もう家には十一銭しかないのだ。

きちんきちんと、私にしまわせていた十円たらずのお金を、いつの間にか持って出てしまって、昨日も聞きそこなってしまったけれど、いったいどうしたのかしらと思う。

蒸してはおろし蒸してはおろしするので、うむし釜《がま》の御飯はビチャビチャしていた。蛤鍋《はまぐりなべ》の味噌《みそ》も固くなってしまった。私は原稿も書けないので、机を鏡台のそばに押しやって、淋しく床をのべる。ああ髪結さんにも行きたいものだ。もう十日あまりも銀杏返しをもたせているので、頭の地がかゆくて仕方がない。帰って来る人が淋しいだろうと、電気をつけて、紫の布をかけておく。

三時。

下のお上さんのブツブツいう声に目を覚ますと、時ちゃんが酔《よ》っぱらったような大きな跫音《あしおと》で上って来た。酔っぱらっているらしい。

「すみません！」

蒼《あお》ざめた顔に髪を乱して、紫のコートを着た時ちゃんが、蒲団《ふとん》の裾《すそ》にくず折れると、まるで駄々ッ子のように泣き出してしまった。私は言葉をあんなに用意してまっていたのだけれど、一言もいえなくなってしまって沈黙《だま》っていた。

「さようならア時ちゃん！」

若々しい男の声が窓の下で消えると、路地口で間抜けた自動車の警笛が鳴っていた。

（二月×日）

二人共面伏せな気持ちで御飯をたべた。

「この頃は少しなまけているから、あなたは梯子段《はしご》を拭いてね、私は洗濯をするから……」

「ええ私するから、ここほっといていいよ。」

寝ぶそくなはればったい時ちゃんの瞼《まぶた》を見ていると、たまらなくいじらしくなって来る。

「時ちゃん、その指輪はどうして？」

かぼそい薬指に、白い石が光って台はプラチナだった。

「その紫のコートはどうしたのよ？」

「…………」

「時ちゃんは貧乏がいやになってしまったのねえ？」

私は階下の小母さんに顔を合せる事は肌が痛いようだった。

「姉さん！　時坊は少しどうかしてますよ。」

水道の水と一緒に、小父《おじ》さんの言葉が痛く胸に来た。

「近所のてまえがありまさあね、夜中に自動車をブウブウやられちゃあね、町内の頭《かしら》なんだから、ちょっとでも風評が立つと、うるさくてね……」

ああ御もっとも様で、洗いものをしている背中にビンビン言葉が当って来る。

（二月×日）

時ちゃんが帰らなくなって今日で五日である。ひたすら時ちゃんのたよりを待っている。彼女はあんな指輪や紫のコートに負けてしまっているのだ。生きてゆくめあてのないあの女の落ちて行く道かも知れないとも思う。あんなに、貧乏はけっして恥じゃあないといってあるのに……十八の彼女は紅も紫も欲しかったのだろう。私は五銭あった銅銭で駄菓子を五ツ買って来ると、床の中で古雑誌を読みながらたべた。貧乏は恥じゃあないといったもののあと五ツの駄菓子は、しょせん私の胃袋をさいどしてはくれぬ。手を延ばして押入れをあけて見る。白菜の残りをつまみ、白い御飯の舌ざわりを空想するなり。

何もないのだ。涙がにじんで来る。電気でもつけましょう……。駄菓子ではつまらないと見えて腹がグウグウ辛気《しんき》に鳴っている。隣の古着屋さんの部屋では、秋刀魚《さんま》を焼く強烈な匂いがしている。

食慾と性慾！　時ちゃんじゃないが、せめて一碗《わん》のめしにありつこうかしら。

食慾と性慾！　私は泣きたい気持ちで、この言葉を噛《か》んでいた。

（二月×日）

何にもいわないでかんにんして下さい。指輪をもらった人に脅迫されて、浅草の待合に居ります。このひとにはおくさんがあるんですけれど、それは出してもいいっていうんです。笑わないで下さいね。その人は請負師で、今四十二のひとです。着物も沢山こしらえてくれましたの、貴女《あなた》の事も話したら、四十円位は毎月出してあげるといっていました。私嬉しいんです。

読むにたえない時ちゃんの手紙の上に私はこんなはずではなかったと涙が火のように溢れていた。歯が金物のようにガチガチ鳴った。私がそんな事をいつたのんだのだ！　馬鹿、馬鹿、こんなにも、こんなにも、あの十八の女はもろかったのかしら……目が円くふくれ上って、何も見えなくなる程泣きじゃくっていた私は、時ちゃん へ向《むか》って心で呼んで見た。所を知らせないで。浅草の待合なんて何なのよッ。

四十二の男なんて！

きもの、きもの。

指輪もきものもなんだろう。信念のない女よ！

ああ、でも、野百合のように可憐《かれん》であったあの可愛《かわい》い姿、きめの柔《やわら》かい桃色の肌、黒髪、あの女はまだ処女だったのに。何だって、最初のベエゼをそんな浮世のボオフラのような男にくれてしまったのだろう……。愛らしい首を曲げて、春は心のかわたれに……私に唄ってくれたあの少女が、四十二の男よ呪われてあれだ！

「林さん書留ですよッ！」

珍《めず》らしく元気のいい小母《おば》さんの声に、梯子段《はしご》に置いてある封筒をとり上げると、時事の白木さんからの書留だった。金二十三円也！　童話の稿料だった。当分ひもじいめをしないでもすむ。胸がはずむ、ああうれしい。神さま、あんまり幸福なせいか、かえって淋しくて仕様がない。神様神様、嬉しがってくれる相棒が四十二の男に抱かれているなんて……。

白木さんのいつものやさしい手紙がはいっている。いつもいう事ですが、元気で御奮闘御精励を祈りまつる。――私は窓をいっぱいあけて、上野の鐘を聞いた。晩はおいしい寿《す》司《し》でも食べましょう。

第二部

(一月×日)

私は野原へほうり出された赤いマリ
力強い風が吹けば
大空高く
鷲《わし》の如《ごと》く飛びあがる

おお風よ叩《たた》け
燃えるような空気をはらんで
おお風よ早く
赤いマリの私を叩いてくれ

(一月×日)

雪空。
どんな事をしてでも島へ行ってこなくてはいけない。島へ行ってあのひとと会って来よう。

「こっちが落目になったけん、馬鹿にしとるとじゃろ。」

私が一人で島へ行く事をお母さんは賛成をしていない。

「じゃア、今度島へお母さんたちが行くときには連れて行って下さい。どうしても会って話して来たいもの……」

私に「サーニン」を送ってよこして、恋を教えてくれた男じゃないか、東京へ初めて連れて行ったのもあの男、信じていていいと言ったあのひとの言葉が胸に来る。——波止場《はとば》には船がついたのか、低い雲の上に、船の煙がたなびいていた。汐風《しおかぜ》が胸の中で大きくふくらむ。

「気持ちのなくなっているものに、さっちついて行く事もないがの……サイナンと思うてお母さんたちと一緒にまた東京へ行った方がええ。」

「でも、一度会うて話をして来んことには、誰だって行き違いという事はあるもの……」

「考えてみなさい、もう去年の十一月からたよりがないじゃないかの、どうせ今は正月だもの、本気に考えがあれば来るがの、あれは少し気が小さいけん仕様がない。酉《とり》年はどうもわしはすかん。」

私は男と初めて東京へ行った一年あまりの生活の事を思い出した。

晩春五月のことだった。散歩に行った雑司ケ谷《ぞうしがや》の墓地で、何度も何度もお腹をぶっつけては泣いた私の姿を思い出すなり。梨のつぶてのように、私一人を東京においてけぼりにすると、いいかげんな音信しかよこさない男だった。あんなひととの子供を産んじゃア困ると思った私は、何もかもが旅空でおそろしくなって、私は走って行っては墓石に腹をドシンドシンぶっつけていたのだ。男の手紙には、アメリカから帰って来た姉さん夫婦がとてもガンコに反対するのだといっている。家を出てでも私と一緒になるといっておいて、卒業あと一年間の大学生活を私と一緒にあの雑司ケ谷でおくったひとだのに、卒業すると自分一人でかえって行ってしまった。あんなに固く信じあっていたのに、お養父《とう》さんもお母さんも忘れてこんなに働いていたのに、私は浅い若い恋の日なんて、うたかたの泡よりはかないものだと思った。

「二、三日したら、わしも商売に行くけん、お前も一度行って会うて見るとええ。」

そろばんを入れていたお養父さんはこう言ってくれたりした。尾道《おのみち》の家は、二階が六畳二間、階下は帆布と煙草《たばこ》を売るとしより夫婦が住んでいる。

「随分この家も古いのね。」

「あんたが生れた頃、この家は建ったんですよ。十四、五年も前にゃア、まだこの道は海だったが、埋立して海がずっと向《むこ》うへ行きやんした。」

明治三十七年生れのこの煤《すす》けた浜辺の家の二階に部屋借りをして、私たち親子三人の放浪者は気安さを感じている。

「汽車から見て、この尾道はとても美しかったもんのう。」

港の町は、魚も野菜もうまいし、二度目の尾道帰りをいつもよろこんでいて、母は東京の私へ手紙をよこしていた。帰ってみると、家は違っていても、何もかもなつかしい。行李《こうり》から本を出すと、昔の私の本箱にはだいぶ恋の字がならんでいる。隣室は大工さん夫婦、お上《かみ》さんはだるま上り(1)の白粉《おしろい》の濃い女だった。今晩、町は、寒施行《かんせぎょう》なので、暗い寒い港町には提灯《ちょうちん》の火があっちこっち飛んでいた。赤飯に油揚げを、大工さんのお上さんは白粉くさい手にいっぱいこんなものを持って来てくれた。

「おばさんは、二、三日うち島へ行きなさるな?」

「この十五日が工場の勘定日じゃけん、メリヤスを少し持って行こうと思ってますけに……」

「私のうちも船の方じゃあ仕事が日がつまんから、何か商売でもしたらいうて、繻子足袋《しゅすたび》の再製品を聞いたんじゃけど、どんなもんだろうな?」

「そりゃアよかろうがな、職工はこの頃景気がよかとじゃけん、品さえよけりゃ買うぞな、商売は面白かもん私と行ってみなさい、これに手伝わせてもええぞな。」

「そいじゃ、おばさんと一緒にお願い申しましょう。」

船大工もこのごろ工賃が安くて人が多いし、寒い浜へ出るのは引きあわない話だそうな。

夕方。

(1) だるまがすぐに転ぶところの意から、下等な売春婦を指す。

ドックに勤めている金田さんが、『自然と人生』という本を持って来てくれる。金田さんは私の小学校友達なり。本を読む事が好きな人だ。桃色のツルツルしたメクリがついていて、表紙によしの芽のような絵が描いてあった。

――勝てば官軍、負けては賊の名をおわされて、降り積む雪を落花と蹴散《けち》らし。暗くなるまで波止場の肥料置場でここを読む。紫のひふを着た少女の物語り、雨後の日の夜のあばたの女の物語など、何か、若い私の胸に匂《にお》いを運んでくれる。金田さんは、みずのたわごとが面白いといっていた。十時頃、山の学校から帰って来ると、お養父さんが、弄花《はな》をしに行ってまだ帰らないのだと母は心配していた。こんな寒い夜でもだるま船が出るのか、お養父さんを迎えに町へ出てみると、雁木《がんぎ》についたランチから白い女の顔が人魂《ひとだま》のようにチラチラしていた。いっそ私も荒海に身を投げて自殺して、あの男へ情熱を見せてやろうかしらとも思う、それともひと思いに一直線に墜落して、あの女たちの群にはいってみようかと思う。

(一月×日)

島で母たちと別れると、私は磯づたいに男の村の方へ行った。一円で買った菓子折を大事にかかえて因《いん》の島《しま》の樋《とい》のように細い町並を抜けると、一月の寒く冷たい青い海が漠々と果てもなく広がっていた。何となく胸の焼ける思いなり。あのひととはもう三ケ月も会わないのだもの、東京での、あの苦しかった生活をあのひとはすぐ思い出してくれるだろう……。丘の上は一面の蜜柑山《みかん》、実のなったレモンの木が、何か少女時代の風景のようでとてもうれしかった。

牛二匹。腐れた藁《わら》屋根。レモンの丘。チャボが花のように群れた庭。一月の太陽は、こんなところにも、霧のような美しい光芒《こうぼう》を散らしていた。畳をあげた表の部屋には、あのひとの羽織がかけてあった。こんな長閑《のどか》な住居にいる人たちが、どうして私の事を、馬の骨だの牛の骨だのなんかと言うのだろうか、沈《だま》黙って砂埃《すなぼこり》のしている縁側に腰をかけていると、あの男のお母さんなのだろう、煤《すす》けて背骨のない藁人形のようなお婆さんが、鶏《にわとり》を追いながら裏の方から出て来た。

「私、尾道から来たんでございますが……」

「誰をたずねておいでたんな。」

声には何かトゲトゲとした冷たさがあった。私は誰を尋ねて来たかと訊《き》かれると、少女らしく涙があふれた。尾道でのはない、東京でのはなし、私は一年あまりのあのひととの暮しを物語って見た。

「私は何も知らんけん、そのうちまた誰ぞに相談しときましょう。」

「本人に会わせてもらえないでしょうか。」

奥から、あのひとのお父さんなのか、六十近い老人が煙管《キセル》を吹き吹き出て来る。結局は、アメリカから帰った姉さん夫婦が反対の由《よし》なり。それに本人もこの頃造船所の庶務課に勤めがきまったので、あんまり幸福を乱さないでくれと言う事だった。こんな煤けたレモンの山裾《やますそ》に、数万円の財産をお守りして、その日その日の食うものもケンヤクしている百姓生活。あんまり人情がないと思ったのか、あのひとのお父さんは、今日は祭だから、飯でも食べて行けといった。女が年を取ると、どうして邪ケンになるものだろう。お婆さんはツンとして腰に縄帯を巻いた姿で、牛小屋にはいって行った。真黒いコンニャクの煮〆《にしめ》と、油揚げ、里芋、雑魚《ざこ》の煮つけ、これだけが祭の御馳走《ごちそう》である。縁側で涙をくくみながらよばれていると、荒れた水田の小道を、なつかしい顔が帰って来ている。

私を見ると、気の弱い男は驚いて眼をタジタジとさせていた。

「当分は、一人で働きたいといっとるんじゃから、帰ってもおこらんで、気ながに待っておって下さい。何しろあいつの姉のいう事には、一軒の家もかまえておらん者の娘なんかもらえんというのだから……」

お父さんの話だ。あのひとは沈黙《だま》って首をたれていた。——どう煎《せん》じ詰めても、あんなにも勇ましいと思っていた男が沈黙っていて一言もいってくれないのでは、私が百万べん言っても動いてくれるような親たちではない。私は初めて空漠とした思いを感じた。男と女の、あんなにも血も肉も焼きつくような約束が、こんなにたあいもなく崩れて行くものだろうかと思う。私は菓子折をそこへ置くと、蜜柑山に照りかえった黄いろい陽を浴びて村道に出た。あの男は、かつてあの口から、こんなことをいったことがある。

「お前は、長い間、苦労ばかりして来たのでよく人をうたがうけれども、子供になった気持ちで俺を信じておいで……」

一月の青く寒く光っている海辺に出ると、私はぼんやり沖を見ていた。

「婆さんが、こんなものをもらう理由はないから、返して来いというんだよ。」

私に追いすがった男の姿、お話にならないオドオドした姿だった。

「もらう理由がない？　そう、じゃ海へでもほかして下さい、出来なければ私がします。」

男から菓子折を引き取ると、私はせいいっぱいの力をこめてそれを海へ投げ捨てた。

「とても、あの人たちのガンコさには勝てないし、家を出るにしても、田舎《いなか》でこそ知人の世話で仕事があるんだが、東京なんかじゃ、大学出なんか食えないんだからね。」

私は沈黙って泣いていた。東京での一年間、私は働いてこの男に心配かけないでいた心づかいを淋しく思い出した。

「何でもいいじゃありませんか、怒って私が菓子折を海へ投げたからって、貴方《あなた》に家を出て下さいなんていうんじゃありませんもの。私はそのうちまたひとりで東京へ帰ります。」

砂浜の汚い藻《も》の上をふんで歩いていると、男も犬のように何時《いつ》までも沈黙って私について来た。

「おくってなんかくれなくったっていいんですよ。そんな目先きだけの優しさなんてよして下さい。」

町の入口で男に別れると、体中を冷たい風が吹き荒れるような気がした。会ったらあれも言おう、これも言おうと思っていた気持ちが、もろく叩きこわされている。東京で描いていたイメージイが愚にもつかなかったと思えて、私はシャンと首をあげると、灰色に蜿《えん》蜒《えん》と続いた山壁を見上げた。

造船所の入口には店を出したお養父さんとお母さんが、大工のお上さんと、もう店をしまいかけていた。

「オイ、この足袋は紙でこしらえたのかね、はいたと思ったらじき破れたよ。」

薬で黒く色染めしてあるので、はくとすぐピリッと破れるらしい。

「おばさん！　私はもう帰りますよ。皆おこって来そうで、おそろしいもん……」大工のお上さんは、再製品のその繻子足袋を一足七十銭に売っているんだからとても押が太かった。大工の上さんが一船先へ帰るというので、私も連れになって、一緒に船着場へ行く。

「さあ、船を出しますで！」

船長さんが鈴を鳴らすと、利久下駄をカラカラいわせていた大工の上さんは、桟橋《さんばし》と船に渡した渡し子をわたるとき、まだ半分も残っていた足袋の風呂敷《ふろしき》包みを、コロリと海の中へ落してしまった。

「あんまり高いこと売りつけたんで、罰が当ったんだでな。」

上さんはヤレヤレといいながら、棒の先で風呂敷包みをすくい取っていた。

皆、何も彼も過ぎてしまう。船が私の通った砂浜の沖に出ると、灯のついたようなレモンの山が、暮色にかすんでしまっていた。三ケ月も心だのみに空想を描いていた私だのに、海の上の潮風にさからって、いつまでも私は甲板《かんぱん》に出ていた。

（一月×日）

「お前は考えが少しフラフラしていかん！」

お養父さんは、東京行きの信玄袋をこしらえている私の後から言った。

「でもなお父さん、こんなところへおっても仕様のない事じゃし、いずれわしたちも東京へ行くんだから、早くやっても、同じことじゃがな。」

「わしたちと一緒に行くのならじゃが、一人ではあぶないけんのう。」

「それに、お前は無方針で何でもやらかすから。」

御もっとも様でございます。方針なんて真面目くさくたてるだけでも信じられないじゃありませんか。方針なんてたてようもない今の私の気持ちである。大工のお上さんがバナナを買ってくれた。「汽車の中で弁当代りにたべなさいよ。」停車場の黒いさくに凭《もた》れて母は涙をふいていた。ああいいお養父さん！　いいお母さん！　私はすばらしい成金になる空想をした。

「お母さん！　あんたは、世間だの義理だの人情だのなんてよくいいいいしているけれども、世間だの義理だの人情だのが、どれだけ私たちを助けてくれたというのです？　私たち親子三人の世界なんてどこにもないんだからナニクソと思ってやって下さい。もうあの男ともさっぱり別れて来たんですからね。」

「親子三人が一緒に住めんいうてのう……」

「私は働いて、うんとお金持ちになりますよ、人間はおそろしく信じられないから、私は私一人でうんと身《み》を粉《こ》にして働きますよ。」

いつまでも私の心から消えないお母さん、私は東京で何かにありついたらお母さんに電報でも打ってよろこばせてやりたいと思った。――段々陽のさしそめて来る港町をつっって汽車は山波《さんば》の磯べづたいに走っている。私の思い出から、たんぽぽの綿毛のように色々なものが海の上に飛んで行った。海の上には別れたひとの大きな姿が紅のように浮んでいた。

◇

（六月×日）

烈々とした太陽が、雲を裂き空を裂き光っている。帯の間にしまった二通の履歴書は、ぐっしょり汗ばんでしまった。暑い。新富河岸《しんとみがし》の橋を曲線《カーヴ》しながら、電車は新富座に突きささりそうに朽ちた木橋を渡って行く。坂本町で降りると、汚い公園が目の前にあった。金でもあれば氷のいっぱいも呑んで行くのだけれど、ああこのジトジトした汗の体臭はけいべつされるに違いない。石突きの長いパラソルの柄に頬をもたせて、公園の汚れたベンチに私は涼風をもとめてすずんでいた。

「オイ！　姉さん、五銭ほど俺にくんないかね……」

驚いて振り返って見ると、垢《あか》もぶれな手拭《てぬぐい》を首に巻いた浮浪者が私の後に立っていた。

「五銭？　私二銭しか持たないんですよ、電車切符一枚と、それきり……」

「じゃア二銭おくれよ。」

三十も過ぎているだろうこのガンジョウな男が、汗ばんだ二銭を私からもらうと、共同便所の方へ行ってしまった。あの人に二銭あげてあの人はあんなに喜んで行ったんだから、私にもきっといい事があるに違いない。玩具《おもちゃ》箱をひっくり返したような公園の中には、樹《き》とおんなじように埃《ほこり》をかぶった人間が、あっちにもこっちにもうろうろしている。

茅場町の交叉点からちょっと右へはいったところに、イワイという株屋がみつかった。薄暗い鉄格子のはまった事務室には遊び人風の男や、忙《いそ》がし気に走りまわっている小僧やまるで人種の違ったところへ来た感じだった。

「月給は弁当つき三十五円でしてね、朝は九時から、ひけは四時です。ところで玉《ぎょく》づけが出来ますかね。」

「玉づけって何です？」

「簿記ですよ。」

「少しぐらいは出来ようと思います。」

まあ、月給が弁当つき三十五円なんて！　何とすばらしい虹《にじ》の世界だろう――。三十五円、これだけあれば、私は親孝行も出来る。

お母さんや！

お母さんや！

あなたに十円位も送れたらあんたは娘の出世に胸がはちきれて、ドキドキするでしょうね。

「ええ玉づけだって、何だってやります。」

「じゃアやって見て下さい、そして二、三日してからきめましょう――」

白い絹のワイシャツを、帆のように扇風器の風でふくらましたこの頭の禿《は》げた男は、私を事務机の前に連れて行ってくれた。大きな、まるで岩のような事務机を前にすると、三十五円の憂鬱《ゆううつ》が身にしみて、玉づけだって何だって出来ますといった事が、おそろしく思えてきた。小僧が持って来た大きい西洋綴りの帳面を開くと、それは複式簿記で、私のちょっと知っている簿記とは、はるかに縁遠いものだった。目がくらみそうに汗が出る。生れてかつて見た事もないような、長い数字の行列、数字を毎日書き込んだり、珠算を入れるとなると、私は一日で完全に、キチガイになってしまうだろう。でも私は珠算をいかにもうまそうにパチパチ弾《はじ》きながら子供の頃、算術で丙ばかりもらっていた事を思い出して、胸が冷たくなるような気がした。これだけの長い数字が、どれだけ我々の人生に必要なのだろうか、ふっと頭を上げると小僧が氷あずきをおやつに持って来てくれている。私は浅ましくもうれし涙がこぼれそうだった。氷と数字、赤や青の直線、簿記棒で頭をコツコツやりながら、でたらめな数字を書き込んだのが恐ろしくなっている。

帰ってみたら電報が来ていた。

シュッシャニオヨバズ。

えへだ！　あんなに大きい数字を毎日毎日加えてゆかなくちゃならない世界なんて、こっちから行きたくもありませんよだ。成金になりたい理想も、あんな大きな数字でへこたれるようでは一生駄目らしい。

(六月×日)

二階から見ると、赤いカンナの花が隣の庭に咲いている。

昨夜、何かわけのわからない悲しさで、転々ところがりながら泣いた私の眼に、白い雲がとてもきれいだった。隣の庭のカンナの花を見ていると、昨夜の悲しみがまた湧《わ》いて来て、熱い涙が流れる。いまさら考えて見るけれど、生活らしいことも、恋人らしい好きなひとも、勉強らしい勉強も出来なかった自分のふがいなさが、凪《なぎ》の日の舟のように佗しくなってくる。こんどは、とても好きなひとが出来たら、眼をつぶってすぐ死んでしまいましょう。こんど、生活が楽になりかけたら、幸福がズルリと逃げないうちにすぐ死んでしまいましょう。

カンナの花の美しさは、瞬間だけの美しさだが、ああうらやましいお身分だよだ。またのよには、こんな赤いカンナの花にでも生れかわって来ましょう。昼から、千代田橋ぎわの株屋へ行ってみる。

――1 2 3 4 5 6 7 8 9 10――

これだけの数字を何遍も書かせられると、私は大勢の応募者たちと戸外へ出ていった。

空と風と

女事務員入用とあったけれど、また、簿記をつけさせるのかしら、でも、沢山の応募者たちを見ると、当分私は風の子供だ。

明石《あかし》の女もメリンスの女も、一歩外に出ると、睨《にら》みあいを捨ててしまっている。

「どちらへお帰りですの？」

私はこの魚群のような女たちに別れて、銀座まで歩いてみた。銀座を歩いていると、なぜか質屋へ行くことを考えている。とある陳列箱の中の小さな水族館では、茎のような細い鮎《あゆ》が、何尾も泳いでいた。銀座の鋪道《ほどう》が河になったら面白いだろうと思う。銀座の家並が山になったらいいな、そしてその山の上に雪が光っていたらどんなにいいだろう……。赤煉瓦《れんが》の鋪道の片隅に、二銭のコマを売っている汚れたお爺《じい》さんがいた。人間って、こんな姿をしてまでも生きていなくてはならないのかしら、宿命とか運命なんて、あれは狐《きつね》つきのいう事でしょうね、お爺さん！　ナポレオンのような戦術家になって、そんな二銭のコマで停滞する事は止《や》めて下さい。コマ売りの老人の同情を強いる眼を見ていると、妙に嘲笑してやりたくなる。あんなものと私と同族だなんて、ああ汚れたものと美しいものとけじめのつかない錯覚だらけのガタガタの銀座よ……家へかえったら当分履歴書はお休みだ。

河と樹と
みんな秋の種子
流れて　飛んで

夜。

電気を消して畳に寝転んでいると、雲のない夜の空に大きい月が出ている。歪《ゆが》んだ月に、指を円めて覗《のぞ》き眼鏡していると、黒子《ほくろ》のようなお月さん！　どこかで氷を削る音と風鈴が聞える。

「こんなに私はまだ青春があるのです。情熱があるんですよお月さん！」両手を上げて何か抱き締めてみたい侘しさ、私は月に光った自分の裸の肩をこの時程美しく感じた事はない。壁に凭《もた》れると男の匂《にお》いがする。ズシンと体をぶっつけながら、何か口惜《くや》しさで、体中の血が鳴るように聞える。だが呆然《ぼんやり》と眼を開くと、血の鳴る音がすっと消えてお隣でやっている蓄音器のマズルカの、ピチカットの沢山はいった嵐の音が美しく流れてくる。大陸的なそのヴァイオリンの音を聞いていると、明日のない自分ながら、生きなくては嘘《うそ》だという気持ちが湧いて来るのだった。

（六月×日）

おとつい行った株屋から速達が来た。×日より御出社を乞《こ》う。私は胸がドキドキした。今日から株屋の店員さんだ。私は目の前が明るくなったような気がした。パラソルを二十銭で屑屋《くずや》に売った。

日立商会、これが私のこれからお勤めするところなり。隣が両替屋、前が千代田橋、横が鶏肉《とりにく》屋、橋の向《むこ》うが煙草《たばこ》屋、電車から降りると、私は色んなものが豊かな気持ちで目についた。荻谷文子、これが私の相棒で、事務机に初めて差しむかいになると、二人共笑ってしまった。

「御縁がありましたのねイ。」

「ええ本当に、どうぞよろしくお願いします。」

この人は袴《はかま》をはいて来ているが、私も袴をはかなくちゃいけないのかしら……。二人の仕事はおトクイ様に案内状を出す事と、カンタンな玉づけをならって行く事だった。相棒の彼女は、岐阜の生まれで小学校の教師をしていたとかで、ネーという言葉が非常に強い。「そうしてねイー」二人の小僧が真似《まね》をしては笑う。お昼の弁当も美味《うま》し、鮭《さけ》のパン粉で揚げたのや、いんげんの青いの、ずいきのひたし、丹塗《にぬ》りの箱を両手にかかえて、私は遠いお母さんの事を思い出していた。

ニ、イ、カ、イ、イ　サンヤリ(2)！

自転車で走って小僧がかえって来ると、店の人たちは忙《いそ》がしそうにそれを黒板に書きつけたり電話をしている。

「奥のお客さんにお茶を一ッあげて下さい。」

重役らしい人が私の肩を叩《たた》いて奥を指差す。茶を持ってドアをあけると、黒眼鏡をかけた色の白い女のひとが、寒暖計のような紙に、赤鉛筆でしるしをつけていた。

「オヤ！　これはありがとう、まあ、ここには女の人もいるのね、暑いでしょう……」

黒ずくめの恰好《かっこう》をした女のひとは、帯の間から五十銭銀貨二枚を出すと、氷でも召し上れといって、私の掌《てのひら》にのせてくれた。

こんなお金を月給以外にもらっていいのかしら……前の重役らしい人に聞くと、くれるものはもらっておきなさいといってくれた。社の帰り、橋の上からまだ高い陽をながめて、こんなに楽な勤めならば勉強も出来ると思った。

「貴女《あなた》はまだ一人なの？」

袴《はかま》をはいて靴を鳴らしている彼女は、気軽そうに口笛を吹いて私にたずねた。

「私二十八なのよ、三十五円くらいじゃ食えないわね。」

私は黙って笑っていた。


（七月×日）

大分仕事も馴《な》れた。朝の出勤はことに楽しい。電車に乗っていると、勤めの女たちが、セルロイドの円い輪のついた手垂げ袋を持っている。月給をもらったら私も買いたいものだ。階下の小母《おば》さんはこの頃少し機嫌よし。――社へ行くと、まだ相棒さんは見えなくて、若い重役の相良《さがら》さんが一人で、二階の広い重役室で新聞を読んでいた。

「お早うございます。」

「ヤア！」

事務服に着かえながら、ペンやインキを机から出していると、

「ここの扇風器をかけて。」と呼んでいる。

私は屑箱を台にすると、高いかもいのスイッチをひねった。白い部屋の中が泡立つような扇風器の音、「アラ?」私は相良さんの両手の中にかかえられていた。心に何の用意もない私の顔に大きい男の息がかかって来ると、私は両足で扇風器を突き飛ばしてやった。

「アッハハハハハいまのはじょうだんだよ。」

私は梯子段《はしご》を飛びおりると、薄暗いトイレットの中でジャアジャア水を出した。頰を強く押した男の唇が、まだ固くくっついているようで、私は鏡を見ることがいやらしかった。

「いまのはじょうだんだよ……」

何度顔を洗ってもこの言葉がこびりついている。

（2）二円の買い、三円の売りの意。取引所の用語。

「怒った！　馬鹿だね君は……」

ジャアジャア水を出している私を見て、降りて来た相良さんは笑って通り過ぎた。

昼。


黒い眼鏡の夫人と一緒に場の中に行ってみる。高いベランダのようなところから拍子木が鳴ると、若い背ビロの男が、両手を拡《ひろ》げてパンパン手を叩いている。「買った！　買った！」ベランダの下には、芋をもむような人の頭、夫人は黒眼鏡をズリ上げながら、メモに何か書きつける。


夫人を自動車のあるところまでおくると、また、小さなのし袋に一円札のはいったのをもらう。何だかこんな幸運もまたズルリと抜けてゆきそうだ。帰ると、合百師《ごうひゃくし》たちや小僧が丁半でアミダを引いていた。

「ねイ林さん！　私たちもしない？　面白そうよ。」

茶碗を伏せては、サイコロを振って、皆で小銭を出しあっていた。

「おい姉さん！　はいんなよ……」

「…………」

「はいるといいものを見せてやるぜ。生れて初めてだわって、嬉しがる奴《やつ》を見せてやるがどうだい。」

羽二重のハッピをゾロリと着ながした一人の合百師が、私の手からペンを取って向《むこ》うへ行ってしまった。

「アラ！　そんないいもの……じゃアはいるわ、お金そんなにないから少しね。」

「ああ少しだよ、皆でおいなりさん買うんだってさ……」

「じゃ見せて！」

相棒はペンを捨てて皆のそばへ行くと、大きいカンセイがおきる。

「さあ！　林さんいらっしゃいよ。」

私も声につられて店の間へ行って見る。ハッピの裏いっぱいに描いた真赤な絵に私は両手で顔をおおうた。

「意気地がねえなア……」

皆は逃げ出している私の後から笑っていた。

夜。

ひとりで、新宿の街を歩いた。

（七月×日）

「ああもしもし××の家《や》ですか？　こちらは須崎ですがねイ、今日はちょっと行かれませんから、明日の晩いらっしゃるそうです。××さんにそういって下さいねイ。」

また、重役が、どっか芸者屋へ電話をかけさせているのだろう、荻谷さんのねイがビンビンひびいている。

「ねイ！　林さん、今晩須崎さんがねイ、浅草をおごってくれるんですって……」

私たちは事務を早目に切りあげると、小僧一人を連れて、須崎と荻谷と私と四人で自動車に乗った。この須崎という男は上州の地主で、古風な白い浜縮緬《はまちりめん》の帯を腰いっぱいぐるぐる巻いて、豚のように肥った男だった。

「ちんやにでも行くだっぺか！」

私も荻谷も吹き出して笑った。肉と酒、食う程に呑む程に、この豚男の自惚《うぬぼれ》話を聞いて、卓子の上は皿小鉢の行列である。私は胸の中がムンムンつかえそうになった。ちんやを出ると、次があらえっさっさの帝京座だ。私は頭が痛くなってしまった。赤いけだしと白いふくらっぱぎ、群集も舞台もひとかたまりになって何かワンワン唸《うな》りあっている。こんな世界をのぞいた事もない私は、妙に落ちつかなかった。小屋を出ると、ラムネとアイスクリーム屋の林立の浅草だ。上州生れのこの重役は、「ほう！　お祭のようだんべえ。」とあたりをきょろきょろながめていた。

私は頭が痛いので、途中からかえらしてもらう。荻谷女史は妙に須崎氏と離れたがらなかった。

「二人で待合へでも行くつもりでしょう。」

小僧は須崎氏からもらった、電車の切符を二枚私に裂いてくれた。

「さよなら、またあした。」

家へかえると、八百屋《やおや》と米屋と炭屋のつけが来ていた。日割でもらっても少しあまるし、来月になったら国へ少し送りましょう。階下でかたくりのねったのをよばれる。床へはいったのが十一時、今夜も隣のマズルカが流れて来る。コウフンして眠れず。

◇

（九月×日）

今日もまたあの雲だ。

むくむくと湧《わ》き上る雲の流れを私は昼の蚊帳《かや》の中から眺めていた。今日こそ十二社《じゅうにそう》に歩いて行こう――そうしてお父さんやお母さんの様子を見てこなくちゃあ……私は隣の信玄袋に凭《もた》れている大学生に声を掛けた。

「新宿まで行くんですが、大丈夫でしょうかね。」

「まだ電車も自動車もありませんよ。」

「勿論《もちろん》歩いて行くんですよ。」

この青年は沈黙《だま》って無気味な暗い雲を見ていた。

「貴方《あなた》はいつまで野宿をなさるおつもりですか？」

「さあ、この広場の人たちがタイキャクするまでいますよ、僕は東京が原始にかえったようで、とても面白いんですよ。」

この生齧《なまかじ》りの哲学者メ。

「御両親のところで、当分落ちつくんですか……」

「私の両親なんて、私と同様に貧乏で間借りですから、長くは居りませんよ。十二社の方は焼けてやしないでしょうかね。」

「さあ、郊外は朝鮮人が大変だそうですね。」

「でも行って来ましょう。」

「そうですか、水道橋までおくってあげましょうか。」

青年は土に突きさした洋傘を取って、クルクルまわしながら雲の間から霧のように降りて来る灰をはらった。私は四畳半の蚊帳をたたむと、崩れかけた下宿へ走った。宿の人たちは、みんな荷物を片づけていた。

「林さん大丈夫ですか、一人で……」

皆が心配してくれるのを振りきって、私は木綿《もめん》の風呂敷《ふろしき》を一枚持って、時々小さい地震のしている道へ出て行った。根津《ねづ》の電車通りはみみずのように野宿の群がつらなっていた。青年は真黒に群れた人波を分けて、くるくる黒い洋傘をまわして歩いている。私は下宿に昨夜間代を払わなかった事を何だかキセキのように考えている。お天陽様《てんとう》相手に商売をしているお父さんたちの事を考えると、この三十円ばかりの月給も、おろそかにはつかえない。途中一升一円の米を二升買った。外に朝日を五つ求める。干しうどんの屑《くず》を五十銭買った。母たちがどんなに喜んでくれるだろうと思うなり。じりじりした暑さの中に、日傘のない私は長い青年の影をふんで歩いた。

「よくもこんなに焼けたもんですね。」

私は二升の米を背負って歩くので、はつか鼠《ねずみ》くさい体臭がムンムンして厭《いや》な気持ちだった。

「すいとんでも食べましょうか。」

「私おそくなるから止《よ》しますわ。」

青年は長い事立ち止って汗をふいていたが、洋傘をくるくるまわすとそれを私に突き出していった。

「これで五十銭貸して下さいませんか。」

私はお伽話《とぎばなし》的なこの青年の行動に好ましい微笑を送った。そして気持ちよく桃色の五十銭札を二枚出して青年の手にのせてやった。

「貴方はお腹がすいてたんですね……」

「ハッハッ……」青年はそうだといってほがらかに哄笑《こうしょう》していた。

「地震って素敵だな！」

十二社までおくってあげるという青年を無理に断って、私は一人で電車道を歩いた。あんなに美しかった女性群が、たった二、三日のうちに、みんな灰っぽくなってしまって、桃色の蹴出《けだ》しなんかを出して裸足《はだし》で歩いているのだ。

十二社についた時は日暮れだった。本郷からここまで四里はあるだろう。私は棒のようにつっぱった足を、父たちの間借りの家へ運んだ。

「まあ入れ違いですよ。今日引っ越していらっしたんですよ。」

「まあ、こんな騒ぎにですか……」

「いいえ私たちが、ここをたたんで帰国しますから。」

私は呆然《ぼうぜん》としてしまった。番地も何も聞いておかなかったという関西者らしい薄情さを持った髪のうすいこの女を憎らしく思った。私は堤の上の水道のそばに、米の風呂敷を投げるようにおろすと、そこへごろりと横になった。涙がにじんできて仕方がない。遠くつづいた堤のうまごやしの花は、兵隊のように皆地べたにしゃがんでいる。

星が光りだした。野宿をするべく心をきめた私は、なるべく人の多いところの方へ堤を降りて行くと、とっつきの歪《ゆが》んだ床屋の前にポプラで囲まれた広場があった。そこには、二、三の小家族が群れていた。私がそこへ行くと、「本郷から、大変でしたね……」と、人のいい床屋のお上《かみ》さんは店からアンペラを持って来て、私のために寝床をつくってくれたりした。高いポプラがゆっさゆっさ風にそよいでいる。

「これで雨にでも降られたら、散々ですよ。」

夜警に出かけるという、年とった御亭主が鉢巻をしながら空を見てつぶやいていた。

（九月×日）

朝。

久し振りに鏡を見てみた。古ぼけた床屋さんの鏡の中の私は、まるで山出しの女中のようだ。私は苦笑しながら髪をかきあげた。油っ気のない髪が、ばらばら額にかかって来る。

床屋さんにお米二升をお礼に置いた。

「そんな事をしてはいけませんよ。」

お上さんは一丁ばかりおっかけて来て、お米をゆさゆさ抱えて来た。

「実は重いんですから……」

そういってもお上さんは二升のお米を困る時があるからといって、私の背中に無理に背負わせてしまった。昨日来た道である。相変らず、足は棒のようになっていた。若松町まで来ると、膝が痛くなってしまった。すべては天真ランマンにぶつかってみましょう。私は、缶詰の箱をいっぱい積んでいる自動車を見ると、矢もたてもたまらなくなって大きい声で呼んでみた。

「乗っけてくれませんかッ。」

「どこまで行くんですッ!」

私はもう両手を缶詰の箱にかけていた。順天堂前で降ろされると、私は投げるように、四ツの朝日を運転手たちに出した。

「ありがとう。」

「姉さんさよなら……」

みんないい人たちである。

私が根津の権現様《ごんげん》の広場へ帰った時には、大学生は例の通り、あの大きな蝙蝠傘《こうもり》の下で、気味の悪い雲を見上げていた。そして、その傘の片隅には、シャツを着たお父さんがしょんぼり煙草《たばこ》をふかして私を待っていたのだ。

「入れ違いじゃったそうなのう……」と父がいった。もう二人とも涙がこぼれて仕方がなかった。

「いつ来たの? 御飯たべた? お母さんはどうしています?」

矢つぎ早《ばや》の私の言葉に、父は、昨夜朝鮮人と間違えられながらやっと本郷まで来たら、私と入れ違いだった事や、疲れて帰れないので、学生と話しながら夜を明かした事など物語った。私はお父さんに、二升の米と、半分になった朝日と、うどんの袋をもたせると、汗ばんでしっとりとしている十円札を一枚出して父にわたした。

「もらってええのか?……」

お父さんは子供のようにわくわくしている。

「お前も一しょに帰らんかい。」

「番地さえ聞いておけば大丈夫ですよ、二、三日内にはまた行きますから……」

道を、叫びながら、人を探している人の声を聞いていると、私もお父さんも切なかった。

「産婆《さんば》さんはお出でになりませんかッ……どなたか産婆さん御存知ではありませんか!」と、産婆を探して呼んでいる人もいた。

(九月×日)

街角の電信柱に、初めて新聞が張り出された。久しぶりになつかしいたよりを聞くように、私も大勢の頭の後から新聞をのぞきこんだ。

——灘《なだ》の酒造家より、お取引先に限り、酒荷船に大阪まで無料にてお乗せいたします。

定員五十名。

何という素晴らしい文字だろう。ああ私の胸は嬉しさではち切れそうだった。私の胸は空想でふくらんだ。酒屋でなくったってかまうものかと思った。

旅へ出よう。美しい旅の古里へ帰ろう。海を見て来よう――。

私は二枚ばかりの単衣《ひとえ》を風呂敷に包むと、それを帯の上に背負って、それこそ飄然《ひょうぜん》と、誰にも沈黙《だま》って下宿を出てしまった。万世《まんせい》橋から乗合の荷馬車に乗って、まるでこわれた羽子板のようにガックンガックン首を振りながら長い事芝浦までゆられて行った。道中費、金七十銭也。高いような、安いような気持ちだった。何だか馬車を降りた時は、お尻が痺《しび》れてしまっていた。すいとん――うであずき――おこわ――果物――こうした、ごみごみと埃《ほこり》をあびた露店の前を通って行くと、肥料くさい匂《にお》いがぷんぷんしていて、芝浦の築港には鷗《かもめ》のように白い水兵たちが群れていた。

「灘の酒船の出るところはどこでしょうか？」と人にきくと、ボートのいっぱい並んでいる小屋のそばの天幕の中に、その事務所があるのがわかった。

「貴女《あなた》お一人ですか……」

事務員の人達は、みすぼらしい私の姿をジロジロ注視《み》ていた。

「え、そうです。知人が酒屋をしてまして、新聞を見せてくれたのです。是非乗せて戴《いただ》きたいのですが……国では皆心配してますから。」

「大阪からどちらです。」

「尾道《おのみち》です。」

「こんな時は、もう仕様おまへん。お乗せしますよってに、これ落さんように持って行きなはれ……」

ツルツルした富久娘《ふくむすめ》のレッテルの裏に、私の東京の住所と姓名と年齢と、行き先を書いたのを渡してくれた。これは面白くなって来たものだ。何年振りに尾道へ行く事だろう。ああああの海、あの家、あの人、お父さんや、お母さんは、借金が山ほどあるんだから、どんな事があっても、尾道へは行かぬように、といっていたけれど、少女時代を過したあの海添いの町を、一人ぽっちの私は恋のようにあこがれている。「かまうもんか、お父さんだって、お母さんだって知らなけりゃ、いいんだもの？」鷗のような水兵たちの間をくぐって、酒の匂いのする酒荷船へ乗り込むことが出来た。――七十人ばかりの乗客の中に、女といえば、私と取引先のお嬢さんであろう水色の服を着た娘と、美しい柄の浴衣《ゆかた》を着た女と三人きりである。その二人のお嬢さんたちは、青い茣蓙《ござ》の上に始終横になって雑誌を読んだり、果物を食べたりしていた。

私と同じ年頃なのに、私はいつも古い酒樽《さかだる》の上に腰をかけているきりで、彼女たちは、私を見ても一言も声を掛けてはくれない。「ヘエ！　お高く止っているよ。」あんまり淋しいんで、声に出してつぶやいてみた。

女が少ないので船員たちが皆私の顔を見ている。ああこんな時こそ、美しく生れて来ればよかったと思う。私は切なくなって船底へ降りてゆくと、鏡をなくした私は、ニッケルのしゃぼん箱を膝でこすって、顔をうつしてみた。せめて着物でも着替えましょう。井筒の模様の浴衣にきかえると、落ちついた私の耳のそばでドッポンドッポンと波の音が響く。

(九月×日)

もう五時頃であろうか、様々な人たちの物凄《ものすご》い寝息と、蚊にせめられて、夜中私は眠れなかった。私はそっと上甲板《かんぱん》に出ると、吻《ほっ》と息をついた。美しい夜あけである。乳色の涼しいしぶきを蹴《け》って、この古びた酒荷船は、颯々《さっさつ》と風を切って走っている。月もまだうす光っていた。

「暑くてやり切れねえ!」

機関室から上って来たたくましい船員が、朱色の肌を拡《ひろ》げて、海の涼風を呼んでいる。美しい風景である。マドロスのお上さんも悪くはないなと思う。無意識に美しいポーズをつくっているその船員の姿をじっと見ていた。その一ツ一ツのポーズのうちから、苦しかった昔の激情を呼びおこした。美しい夜あけであった。清水港が夢のように近づいて来た。船乗りのお上さんも悪くはない。

午前八時半、味噌汁《みそ》と御飯と香の物で朝食が終る。お茶を呑んでいると、船員たちが甲板を叫びながら走って行った。

「ビスケットが焼けましたから、いらっして下さい！」

上甲板に出ると、焼きたてのビスケットを私は両の袂《たもと》にいっぱいもらった。お嬢さんたちは貧民にでもやるように眺めて笑っている。あの人たちは私が女である事を知らないでいるらしい。二日目であるのに、まだ、一言も声をかけてはくれない。この船は、どこの港へも寄らないで、一直線に大阪へ急いで走っているのだから嬉しくて仕方がない。

料理人の人が「おはよう！」と声をかけてくれたので、私は昨夜蚊にせめられて寝られなかった事を話した。

「実は、そこは酒を積むところですから蚊が多いんですよ。今日は船員室でお寝《やす》みなさい。」

この料理人は、もう四十位だろうけれど、私と同じ位の背の高さなのでとてもおかしい。私を自分の部屋に案内してくれた。カーテンを引くと押入れのような寝室がある。その料理人は、カーネエションミルクをポンポン開けて私に色んなお菓子をこしらえてくれた。小さいボーイがまとめて私の荷物を運んで来ると、私はその寝室に楽々と寝そべった。ちょっと頭を上げると枕《まくら》もとの円い窓の向《むこ》うに大きな波のしぶきが飛んでいる。今朝の美しい機関士も、ビスケットをボリボリかみながらちょっと覗《のぞ》いて通る。私は恥かしいので寝たふりをして顔をふせていた。肉を焼く美味《おい》しそうな油の匂いがしていた。

「私はね、外国航路の厨夫《ちゅうふ》だったんですが、一度東京の震災を見たいと思いましてね、一と船休んで、こっちに連れて来て貰《もら》ったんですよ。」

大変丁寧な物いいをする人である。私は高い寝台の上から、足をぶらさげて、御馳走《ごちそう》を食べた。「後でないしょでアイスクリームを製《つく》ってあげますよ。」本当にこの人は好人物らしい。神戸に家があって、九人の子持ちだとこぼしていた。

船に灯がはいると、今晩は皆船底に集まってお酒盛りだという。料理人の人たちはてんてこ舞いで忙《いそ》がしい。――私は灯を消して、窓から河のように流れ込む潮風を吸っていた。フッと私は、私の足先に、生あたたかい人肌を感じた。人の手だ！　私は枕元のスイッチを捻《ひね》った。鉄色の大きな手が、カーテンの外に引っこんで行くところである。妙に体がガチガチふるえてくる。どうしていいのかわからないので、私は大きなセキをした。

やがて、カーテンの外に呶鳴《どな》っている料理人の声がした。

「生意気な！　汚ない真似《まね》をしよると承知せんぞ！」

サッとカーテンが開くと、料理庖丁《ぼうちょう》のキラキラしたのをさげて、料理人のひとが、一人の若い男の背中を突いてはいって来た。そのむくんだ顔に覚えはないけれど、鉄色の手にはたしかに覚えがあった。何かすさまじい争闘が今にもありそうで、その料理庖丁の動くたびに、私は冷々とした思いで、私は幾度か料理人の肩をおさえた。

「くせになりますよッ！」

機関室で、なつかしいエンジンの音がしている。手をはなしながら、私は沈黙《だま》ってエンジンの音を聞いていた。

◇

（一月×日）

ああ何もかも犬に食われてしまえである。寝転んで鏡を見ていると、歪《ゆが》んだ顔が少女のように見えてきて、体中が妙に熱っぽくなって来る。

こんなに髪をくしゃくしゃにして、ガランス(3)のかった古い花模様の蒲団《ふとん》の中から乗り出していると、私の胸が夏の海のように泡立って来る。汗っぽい顔を、畳にべったり押しつけてみたり、むき出しの足を鏡に写して見たり、私は打ちつけるような激しい情熱を感じると、蒲団を蹴《け》って窓を開けた。――思いまわせばみな切な、貧しきもの、世に疎きもの、哀れなるもの、ひもじきもの、乏しく、寒く、物足らぬ、はかなく、味気なく、よりどころなく、頼みなきもの、捉えがたく、あらわしがたく、口にしがたく、忘れ易《やす》く、常なく、かよわなるもの、詮ずれば仏ならねどこの世は寂し。(4)――チョコレート色の、アトリエの煙を見ていると、白秋のこんな詩をふっと思い出すなり、まことに頼みがいなきは人の世

（3）　あかね色。沈んだ赤色。

かな。三階の窓から見降ろしていると、川端画塾のモデル女の裸がカーテンの隙間から見える。青ペンキのはげた校舎裏の土俵の日溜りでは、ルパシカの紐《ひも》の長い画学生たちが、これはまた野放図もなく長閑《のどか》な角力《すもう》遊びだ。上から口笛を吹いてやると、カッパ頭が皆三階を見上げた。さあ、その土俵の上にこの三階の女は飛び降りて行きますよッって呶鳴《どな》ったら、皆喜んで拍手をしてくれるだろう――川端画塾の横の石垣のアパートに越して来て、今日でもう十日あまり、寒空には毎日チョコレート色のストーヴの煙があがっている。私は二十通あまりも履歴書を書いた。原籍を鹿児島県、東桜島、古里、温泉場だなんて書くと、あんまり遠いので誰も信用をしてくれないのです、だから東京に原籍を書きなおすと、非常に肩が軽くて、証明もいらない。

障子にバラバラ砂ッ風が当ると、下の土俵場から、画学生たちはキャラメルをつぶてのように、三階へ投げてくれる。そのキャラメルの美味《おい》しかったこと……。隣室の女学生が帰って来る。

「うまくやってるわ！」

私のドアを乱暴に蹴って、道具をそこへほうり出すと、私の肩に手をかけて、

「ちょいと画描きさん、もっとほうってよ、も一人ふえたんだから……」といった。

下からは遊びに行ってもいいかというサインを画学生たちがしている、すると、この十七の女学生は指を二本出してみせた。

「その指何の事よ。」

「これ！　何でもないわ、いらっしゃいって言う意味にも取っていいし、駄目駄目って事だっていいわ……」

この女学生は不良パパと二人きりでこのアパートに間借りをしていて、パパが帰って来ないと私の蒲団にもぐり込みに来る可愛《かわい》らしい少女だった。

「私のお父さんはさくらあらいこの社長なのよ。」

だから私は石鹸《せっけん》よりも、このあらいこをもらう事が多い。

「ね、つまらないわね、私月謝がはらえないので、学校を止《よ》してしまいたいのよ。」

火鉢がないので、七輪《しちりん》に折り屑《くず》を燃やして炭をおこす。

「階下の七号に越して来た女ね、時計屋さんの妾《めかけ》だって、お上《かみ》さんがとてもチヤホヤしていて憎らしいったら……」

彼女の呼名はいくつもあるので判《わか》らないのだけれど、自分ではベニがねといっていた。ベニのパパはハワイに長い事行っていたとかで、ビール箱でこしらえた大きいベッドにベニと寝ていた。何をやっているのか見当もつかないのだけれど、桜あらいこの空袋が沢山部屋へ持ちこまれる事がある。

「私んとこのパパ、あんなにいつもニコニコ笑ってるけれど、ほんとはとても淋しいの

（4）　北原白秋（一八八五―一九四二）の詩集『真珠抄』の「ほのかなるもの」の一節。

よ、あんたお嫁さんになってくれない。」

「馬鹿ね！　ベニさんは、私はあんなお爺《じい》さんは大嫌いよ。」

「だってうちのパパはね、あなたの事を一人でおくのはもったいないって、若い女が一人でゴロゴロしている事は、とてもそんだってさア。」

三階だてのこのガラガラのアパートが、火事にでもならないかしら。寝転んで新聞を見ていると、きまって目の行くところは、芸者と求妻と、貸金と女中の欄が目についてくる。

「お姉さん！　こんど常盤座《ときわざ》へ行ってみない、三館共通で、朝から見られるわよ、私、歌劇女優になりたくって仕様がないのよ。」

ベニは壁に手の甲をぶっつけながら、リゴレットを鼻の先で器用に唄《うた》っていた。

夜。

松田さんが遊びに来る。私は、この人に十円あまりも借りがあって、それを払えないのがとても苦しいのだ。あのミシン屋の二畳を引きはらって、こんな貧乏なアパートに越して来たものの、一つは松田さんの親切から逃げたいためであった。

「貴女《あなた》にバナナを食べさせようと思って持って来たのです。食べませんか。」

この人の言う事は、一ツ一ツが何か思わせぶりな言いかたにきこえてくる。本当はいい人なのだけれども、けちでしつこくて、する事が小さい事ばかり、私はこんなひとが一番嫌いだ。

「私は自分が小さいから、結婚するんだったら、大きい人と結婚するわ。」

いつもこう言ってあるのに、この人は毎日のように遊びに来る。さよなら！　そういってかえって行くと、非常にすまない気持ちで、こんど会ったら優しい言葉をかけてあげようと思っていても、こうして会ってみると、シャツが目立って白いのなんかも、とてもしゃくだったりする。

「いつまでもお金が返せないで、本当にすまなく思っています。」

松田さんは酒にでも酔《よ》っているのか、わざとらしくつっぷして溜息《ためいき》をしていた。さくらあらいこの部屋へ行くのは厭《いや》だけれども、自分の好かない場違いの人の涙を見ている事が辛《つら》くなってきたので、そっとドアのそばへ行く。ああ十円という金が、こんなにも重苦しい涙を見なければならないのかしら、その十円がみんな、ミシン屋の小母《おば》さんのふところへはいっていいて、私には素通りをして行っただけの十円だったのに……。セルロイド工場の事。自殺した千代さんの事。ミシン屋の二畳でむかえた貧しい正月の事。ああみんなすぎてしまった事だのに、小さな男の後姿を見ていると、同じような夢を見ている錯覚がおこる。

「今日は、どんなにしても話したい気持ちで来たんです。」

松田さんのふところには、剃刀《かみそり》のようなものが見えた。

「誰が悪いんです！　変なまねは止《や》めて下さい。」

こんなところで、こんな好きでもない男に殺される事はたまらないと思った。私は私を捨てて行った島の男の事が、急に思い出されて来ると、こんなアパートの片隅で、私一人が辛い思いをしている事が切なかった。

「何もしません、これは自分に言いきかせるものなのです。死んでもいいつもりで話しに来たのです。」

ああ私はいつも、松田さんの優しい言葉には参ってしまう。

「どうにもならないんじゃありませんか、別れていても、いつ帰ってくるかも知れないひとがあるんですよ。それに私はとても変質者だから、駄目ですよ。お金も借りっぱなしで、とても苦しく思っていますが、四、五日すれば何とかしますから……」

松田さんは立ちあがると、狂人のようにあわただしく梯子段《はしご》を降りて帰って行ってしまった。——夜更《よふ》け、島の男の古い手紙を出して読んだ。皆、これが嘘《うそ》だったのかしらとおもう。ゆすぶられるような激しい風が吹く。詮ずれば、仏ならねどみな寂し。

(三月×日)

花屋の菜の花の金色が、硝子《ガラス》窓から、広い田舎《いなか》の野原を思い出させてくれた。その花屋の横を折れると、産園××とペンキの板がかかっていた。何度も思いあきらめて、結局は産婆《さんば》にでもなってしまおうと思って、たずねて来た千駄木町の××産園。歪んだ格子を開ける玄関の三畳に、三人ばかりも女が、炬燵《こたつ》にゴロゴロしていた。

「何なの……」

「新聞を見て来たんですけども……助手見習入用ってありましたでしょう。」

「こんなにせまいのに、ここではまだ助手を置くつもりかしら……」

二階の物干には、枯れたおしめが半開きの雨戸にバッタンバッタン当っていた。

「ここは女ばかりですから、遠慮はないんですのよ、私が方々へ出ますから、事務を取って戴《いただ》けばいいんです。」

このみすぼらしい産園の主人にしては美しすぎる女が、私に熱い紅茶をすすめてくれた。階下の女たちが、主人と言ったのがこの女のひとなのだろうか……高価な香水の匂《にお》いが流れていて、二階のこの四畳半だけは、ぜいたくな道具がそろっていた。

「実はね、階下にいる女たちは、皆素性《すじょう》が悪くて、子供でも産んでしまえば、それっきり逃げ出しそうなのばかりなんですよ。だから今日からでも、私の留守居をしてもらいたいんですが御都合いかが？」

あぶらのむちむちして白い柔《やわら》かい手を頰に当てて、私を見ているこの女の眼には、何かキラキラした冷たさがあった。話しぶりはいかにも親しそうにしていて、眼は遠くの方を見ている。そのはるかなものを見ている彼女の眼には空もなければ山も海も、まして人間の旅愁なんて何もない。支那《シナ》人形の眼のような、冷々と底知れない野心が光っていた。

「ええ今日からお手伝いをしてもよろしゅうございますわ。」


昼。


黒いボアに頬を埋めて女主人が出て行った。小女が台所で玉葱《たまねぎ》を油でいためている。

「ちょっと！　厭になっちゃうね、また玉葱にしょっぺ汁かい？」

「だって、これだけしか当てがって行かねえんだもの！……」

「へん！　毎日五十銭ずつ取ってて、まるで犬ころとまちがえてるよ。」

ジロジロ睨《にら》みあっている瞳を冷笑にかえると、彼女たちは煙草《たばこ》をくゆらしながら、「助手さん！　寒いから汚ないでしょうけど、ここへ来て当りませんか！」といってくれた。

私は何か底知れない気うつさを感じながら襖《ふすま》をあけると、雑然とした三畳の玄関に、女が六人位も坐《すわ》っていた。こんなに沢山の妊婦たちはいったいどこから来たのかしら……。

「助手さん！　貴女《あなた》はお国どこです？」

「東京ですの。」

「おやおや、そうでございますの、ちょっとこれゃごまめだわよ。」

女たちは、あはあは笑いながら何か私のことについて話しあっていた。昼の膳《ぜん》の上は玉葱のいためたのに醤油をかけたのが出る。そのほかには、京菜の漬物に薄い味噌《みそ》汁、八人の女が、猿のように小さな卓子を囲んで、箸《はし》を動かせる。

「子供だ子供だと言って、一日延ばしに私から金を取る事ばかり考えているのよ、そして栄養食ヴィタミンBが必要ですとさ、淫売奴のくせに！」

女給が三人、田舎《いなか》芸者が一人、女中が一人、未亡人が一人という素性の女たちが去ったあと、小女が六人の女たちの説明をしてくれた。

「うちの先生は、産婆が本業じゃないのよ、あの女の人たちは、前からうちの先生のアレの世話になってんですの、世話料だけでも大したものでしょう。」

淫売奴、といい散らした女の言葉が判ると、自分が一直線に落ち込んだような気がして急にフッと松田さんの顔が心に浮んで来た。不運な職業にばかりあさりつく私だ。もう何も言わないであの人と一緒になろうかしらとも思う。何でもない風をよそおい、玄関へ出る。

「どうしたの、荷物を持ったりして、もう帰るの……」

「ちょいと、先生がかえるまでは帰っちゃ駄目だわ……私たちが叱られるもの、それにどんなもん持って行かれるか判らないし。」

何というすくいがたなき女たちだろう。何がおかしいのか皆は目尻に冷笑を含んで、私が消えたら一どきに哄笑《こうしょう》しそうな様子だった。いつの間に誰が来たのか、玄関の横の庭には、赤い男の靴が一足ぬいであった。

「見て御らんなさいな、本が一冊と雑記帳ですよ、何も盗《と》りゃしませんよ。」

「だって沈黙《だま》って帰っちゃ、先生がやかましいよ。」

女中風な女が、一番不快だった。腹が大きくなると、こんなにも、女はひねくれて動物的になるものか、彼女たちの眼はまるで猿のようだった。

「困るのは勝手ですよ。」

戸外の暮色に押されて花屋の菜の花の前に来ると、初めて私は大きい息をついたのだ。ああ菜の花の咲く古里。あの女たちも、この菜の花の郷愁を知らないのだろうか……。だが、何年と見きわめもつかない生活を東京で続けていたら、私自身の姿もあんな風になるかも知れないと思う。街の菜の花よ、清純な気持ちで、まっすぐに生きたいものだと思う。何とかどうにか、目標を定めたいものだ。今見て来た女たちの、実もフタもないザラザラした人情を感じると、私を捨てて去って行った島の男が呪わしくさえ思えて、寒い三月の暮れた街に、呆然《ぼうぜん》と私はたちすくんでいる。玉葱としょっぺ汁。共同たんつぼのような悪臭、いったいあの女たちは誰を呪って暮らしているのかしら……。


(三月×日)

朝、島の男より為替を送って来た。母のハガキ一通あり。——当にならない僕なんか当にしないで、いい縁があったら結婚をして下さい。僕の生活は当分親のすねかじりなのだ。

自分で自分がわからない。君の事を思うとたまらなくなるが、二人の間は一生絶望状態だろう――。男の親たちが、他国者の娘なんか許さないと言ったことを思い出すと、私は子供のように泣けて来た。さあ、この十円の為替を松田さんに返しましょう、そしてせいせいしてしまいたいものだ。

オトウサンガ、キュウシュウヘ、ユクノデ、ワタシハ、オマエノトコロヘ、ユクカモシレマセン、タノシミニ、マッテイナサイ――母よりの手紙。

せいいっぱい声をはりあげて、小学生のような気持ちで本が読みたい。

ハト、マメ、コマ、タノシミニマッテイナサイか！

郵便局から帰って来ると、お隣のベニの部屋には刑事が二人も来ていて何か探していた。

窓を開けると、三月の陽を浴びて、画学生たちが相撲を取ったり、壁に凭《もた》れたり、あんなに長閑《のどか》に暮らせたら愉《たの》しいだろう。私も絵を描いた事がありますよ、ホラ！　ゴオガンだの、ディフィだの、好きなのですけれど、重苦しくなる時があります。ピカソに、マチイス、この人たちの絵を見ていると、生きていたいと思います。

「そこのアパートに空間はありませんか？」

新鮮な朗《ほが》らかな青年たちの笑い声がはじけると、一せいに男の眼が私を見上げた。その眼には、空や、山や海や、旅愁が、キラキラ水っぽく光って美しかった。

「二間あいてるんですか!」

私はベニの真似《まね》をして二本の指を出して見せた。ベニの部屋では、何か家宅捜索されているらしい。ビール箱のベッドを動かしている音がしている。

焦心。女は辛し。生きるは辛し。

◇

(三月×日)

階下の台所に降りて行くと、誰が買って来たのか、アネモネの花の咲いた小さな鉢が窓ぶちに置いてあった。汚い台所の小窓に、スカートをいっぱい拡《ひろ》げた子供のような可愛《かわい》い花の姿である。もう四月が来るというのに、雪でも降りそうなこの寒い空、ああ、今日は何か温かいものが食べたいものなり。

「お姉さんいますか?」

敷きっぱなしの蒲団《ふとん》の上で内職に白樺《しらかば》のしおりの絵を描いていると、学校から帰って来たベニがドアを開けてはいって来た。

「ちょっと! とてもいい仕事がみつかったわ、見てごらんなさいよ……」

ベニは小さく折った新聞紙を私の前に拡げると、指を差して見せた。

――地方行きの女優募集、前借可……。

「ね、いいでしょう、初め田舎《いなか》からみっちり修業してかかれば、いつだって東京へ帰れるじゃないの、お姉さんも一緒にやらない。」

「私？　女優って、あんまり好きな商売じゃないもの、昔、少し素人《しろうと》芝居をやった事があるけど、私の身に添わないのよ、芝居なんて……時に、あんたがそんな事をすれば、パパが心配しないかしら？」

「大丈夫よ、あんな不良パパ、この頃は、七号室のお妾《めかけ》さんにあらいこをやったりなんかしてるわ。」

「そんな事はいいけど、パパも刑事が来たりなんかしちゃいけないわね。」

お昼、ベニの履歴書を代筆してやる。下の一番隅っこの暗い部屋を借りている大工さんの子供が、さつま芋を醤油で炊《た》いたのを持って来てくれた。

ベニのパパが紹介をしてくれた白樺のしおり描きはとても面白い仕事だ。型を置いては、泥絵具をベタベタ塗りさえすればいいのである。クロバーも百合《ゆり》もチュウリップも三色菫《すみれ》も御意のままに、この春の花園は、アパートの屋根裏にも咲いて、私の胃袋を済度してくれます。激しい恋の思い出を、激しい友情を、この白樺のしおりたちはどこへ持って行くのだろうか……三畳の部屋いっぱい、すばらしいパラダイスです。

夜。

春日町の市場へ行って、一升の米袋を買って帰る。階下まで降りるのがめんどくさいので、三階の窓でそっと炊いた。石屋のお上《かみ》さんは、商売物の石材のように仲々やかましくて朝昼晩を、アパートを寄宿舎のようにみまわっているのだ。四十女ときたら、爪《つめ》の垢《あか》まで人のやることがしゃくにさわるのかも知れない。フン、こんな風来アパートなんて燃えてなくなれだ！ 出窓で、グツグツ御飯を炊いていると、窓下の画塾では、夜学もあるのか、カーテンの蔭《かげ》から、コンテを動かしている女の人の頭が見える。自分の好きな勉強の出来る人は羨《うらや》ましいものだ。同じ画描きでも私のは個性のないペンキ屋さんです。セルロイドの色塗りだってそうだったし……。明日は、いいお天気だったら、蒲団を干してこのだらしのない花園をセイケツにしましょう。

(三月×日)

昨夜、夜更《よふ》けまで内職をしたので、目が覚めたのが九時ごろだった。蒲団の裾《すそ》にハガキが二通来ている。病気をして入院をしているという松田さんのと、来る×日、万世《まんせい》橋駅にお出向きを乞《こ》う、白いハンカチを持っていて下さると好都合ですといった風な私宛のハガキだった。心当りが少しもないので、色々考えた末、ふと、ベニの事を思いついた。パパにも知れないように、一人者の私の名を利用したのかも知れないと思う。手に白いハンカチを持っていて下されば好都合ですか……淫売にでも叩《たた》きうられるのが関の山かも知れない。かつて、本郷の街裏で見た、女アパッシュの群たちの事が胸に浮んできた。ベニは粗野で、生《き》のままの女だから、あんな風な群に落ちればすさまじいものだと思う。

今日は風強し。上野の桜は咲いたかしら……桜も何年と見ないけれど、早く若芽がグングン萌《も》えてくるといい。夕方ベニのパパが街から帰ってくる。

「林さん！　坊やはどこへ行きましたでしょうね。」

「さあ、何だか、今日は方々を歩くんだといってましたが……」

「しようがないな、寒いのに。」

「ベニちゃんは、もう学校を止《よ》したんですか、小父《おじ》さん。」

外套《がいとう》をぬぎぬぎ私のドアをあけたベニのパパは、ずるそうに笑いながら、

「学校は新学期から止さしますよ。どうも落ちつかない子供だから……」

「おしいですわね、英語なんか出来たんですのに……」

「母親がないからですよ、一ツ林さんマザーになって下さい。」

「小父さんと年をくらべるより、ベニちゃんとくらべた方が早いんですからね。いやーアよ。」

「だってお半長右衛門だってあるじゃありませんか。」

私はいやらしいので沈黙《だま》ってしまった。こんな仕事師にかかっては口を動かすだけ無駄かも知れない。やがてベニが、鼻を真紅《まっか》にして帰って来る。

「お姉さん！　うどんの玉、沢山買って来たから上げるわ。」

「ええありがとう、パパ早く帰って来たわよ。」

ベニは片目をとじてクスリと笑うと、立ちあがって、壁越しに「パパ！」と呼んだ。

「ハガキが来ていてよ、白いハンカチを持ってって書いてあるわ、香水ぐらいつけて行くといいわよ……」

「あらひどい！」


七号室ではお妾さんが三味線を鳴らしている。河のそばを子供たちが、活動芝居をいましめてなんて、日曜学校の変なうたをうたって通った。仕事、二百六十枚出来る。松田さん、どんな病気で入院をしているのかしら、遠くから考えると、涙の出るようないいひとなのだけれども、会うとムッとする松田さんの温情主義、こいつが一番苦手なのだ。その内、何か持って見舞に行こうと思う。夜、龍之介の「戯作三昧《げさくざんまい》」を読んだ。魔術、これはお伽噺《とぎばなし》のようにセンチメンタルなものだった。印度人と魔術、日本の竹藪《たけやぶ》と雨の夜か……。霧つよく、風が静かになる、ベニは何か唄《うた》っている。


（四月×日）

ベニの帰らない日が続く。

「別に心配してくれるなって、坊やからハガキが来ましたが、もう四日ですからね。」

ベニのパパは心配そうに目をしょぼしょぼさせていた。

今日は陽気ないいお天気である。もう病院を出たかも知れないと思いながら、植物園裏の松田さんの病院へ行った。そこは外科医院だった。工場のかえり、トラックにふれたのだといって、松田さんは肩と足を大きくほうたいをしていた。

「三週間位でなおるんだそうです。根が元気だから何でもないんです。」

松田さんは、由井正雪《ゆいしょうせつ》みたいに髪を長くしていて、寒気がする程、みっともない姿だった。昔々、毒草という映画を見たけれど、あれに出て来るせむし男にそっくりだと思った。ちょいとした感傷で、この人と一緒になってもいいということを、よく考えた事だが厭《いや》だった。外の事でも真実は返せるはずだ、蜜柑《みかん》をむいてあげる。

病院から帰って来ると、ベニが私の万年床に寝ころがっていた。帯も足袋《たび》もぬぎ散らかしている。ベニははかなげに天井を見ていた。疲れているようだ。彼女は急速度に変った女の姿をしている。

「パパには沈黙《だま》っててね。」

「御飯でもたべる?」

ベニは自分の部屋には誰もいないのに、妙に帰るのをおっかながっていた。

夕刊にはもう桜が咲いたというニュースが出ていた。尾道《おのみち》の千光寺の桜もいいだろうとふっと思う。あの桜の並木の中には、私の恋人が大きい林檎《りんご》を噛《か》んでいた。海添いの桜並木、海の上からも、薄紅《あか》い桜がこんもり見えていた。私は絵を描くその恋人を大変愛していたのだけれど、私が早い事会いに行けないのを感違いして、そのひとは町の看護婦さんと一緒になってしまった。ベニのように、何でもガムシャラでなくてはおいてけぼりを喰ってしまう。桜はまた新《あた》らしい姿で咲き始めている。――やがてベニはパパが帰って来たので、帯と足袋《たび》を両手にかかえると、よその家へ行くようにオズオズ帰って行った。別に呶《ど》鳴《な》り声もきこえては来ない。あのパパは、案外ケンメイなのかも知れないと思う。ベニが捨てていった紙屑《かみくず》を開いてみたら、宿屋の勘定がきだった。

十四円七十三銭也。八ツ山ホテル、品川へ行ったのかしら、二人で十四円七十銭、しかもこれが四日間の滞在費、八ツ山ホテルという歪《ゆが》んだ風景が目に浮んでくる。

(四月×日)

ひからびた、鈴蘭《すずらん》もチュウリップも描き飽きてしまった。白樺のしおりを鼻にくっつけると、香ばしい山の匂《にお》いがする。山の奥深いところにこの樹《き》があるのだというけれど、その葉っぱはどんなかたちをしているのかしら……粛々としたその姿を胸に描きながら、私は毎日こうして、泥絵具をベタベタ塗りたくっているのだ。

軒一つの境いで、風景や静物や裸体を描いている画学生と、型の中へ泥絵具を流しては それで食べている女と、――新聞を見ると、アルスの北原(5)という人の家で女中が欲しいと 出ている、勉強をさせてくれるかしらとも思う。もっとうんと叩《たた》かれたい。方針のない生 活なんて、本当はたまらないのだから……、明日は行ってみよう。午後、ベニが風呂《ふろ》へ行 った留守に、白いハンカチの男が私をたずねて来た。ベニはどんな風にいっているのかし ら、階下へ降りてゆくと、頭を油で光らせて、眼鏡をかけた男がつったっていた。「私が そうですが。」部屋に通ると、背の高い男はすぐひざを組んで煙草《たばこ》に火をつけ出した。

「ホウ絵をお描きになるんですね。」

「いいえ内職ですのよ。」

およそこんな男は大きらいだ。この男の眼の中には、人を莫迦にしたところがある。内 職をする女の姿が、チンドン屋みたいに写っているのかも知れない。

「昨日、信越の旅から来たのですが、東京はあたたかですね。」

「そうですか。」

新劇はとてももうけるという話だった。ベニ、外出先からすぐ帰って来る。彼女は女らし

（5）　北原鉄雄（一八八七―一九五七）。出版社アルスの社長。北原白秋の弟。白秋の著作の他、芸術書の出版に尽力。

く、まるで鳴らないほおずきみたいに円くかしこまって返事をしていた。

「貴女《あなた》も、芝居をなすったそうですが、芝居の方を少し手伝って戴《いただ》けませんか、女優が足りなくって弱っているんです。」

「女優なんて、とても柄じゃアありませんよ。自分だけの事でもやっと生きてますのに、舞台に立つなンて私にはメンドクサクてとても出来ません。」

「中々貴女は面白い事を言いますね。」

「そうですかね。」

「これから、しょっちゅう遊びに来させてもらいます。いいですか。」
十七、八の娘って、どうしてこうシンビ眼がないのだろう。きたない男の前で、ベニはクルクルした眼をして沈黙《だま》っているのだ。夜、ベニは私の部屋に泊るという、パパは帰って来ない。あまり淋しいので、チエホフの「かもめ」を読んだ……。
ベニは寝床の中から「面白いわね。」といっている。

「自分で後悔しなきゃ、何やってもいいけれど、取るにたらないような感傷に溺れて、取りかえしのつかない事になるのは厭ね、ベニちゃんは、とても生一本で面白い人だけれど、案外貴女の生一本は内べんけいじゃなかったの、色んな事に眼が肥えるまでは用心はした方がいいと思ってよ。」

彼女は薄《う》っすらと涙を浮べて、まぶしそうに電気を見つめていた。

「だって逃げられなかったのよ。」

「八ツ山ホテルってところでしょう。」

「うん。」

ベニはけげんな顔をしていた。

「男の払った勘定書を持って来るのいやだわ、赤ちゃんみたいねえ、――十四円七十三銭って、こんなもの落してみっともないわよ。」

「あの男、花柳はるみを知ってるだの何だのってでたらめばかり言うのよ、からかってやるつもりだったの……」

「貴女がからかわれたんでしょう、御馳走《ごちそう》さま。」

パパのいないベニは淋しそうだった。河水の音を聞いて、コドクを感じたものか、ベニは指を嚙《か》んで泣いている。


（四月×日）

朝。

東中野というところへ新聞を見て行ってみた。近松さんの家にいた事をふっと思い出した。こまめそうな奥さんが出てくる。お姑《しゅうとめ》さんが一人ある由《よし》。

「別に辛《つら》い事もないけれど、風呂水がうちじゃ大変なんですよ。」

暗い感じの家だった。北原白秋氏の弟さんの家にしては地味なかまえである。行ってみる間は何か心が燃えながら、行ってみるとどかんと淋しくなる気持ちはどうした事だろう。所詮《しょせん》、私という女はあまのじゃくかも知れないのだ。柳は柳。風は風。

ベニのパパ、詐欺《さぎ》横領罪で引っぱられて行ったとの事だった。帰ってみると、一人の刑事が小さな風呂敷包みをこしらえていた。ベニは呆然《ぼうぜん》としてそれを見ている。アパート中の内儀さんたちが、三階のベニの部屋の前に群れてべちゃくちゃいっている。人情とは、なぜかくも薄きものか、部屋代はとるだけ取って、別にこのアパートには迷惑も掛けていないというのに、あらゆる末梢《まっしょう》的な事を大きくネツゾウして、お上さんたちは口々に何かつぶやいているのだ。刑事が帰って行くと、台所はアパートじゅうの女が口から泡を飛ばしているようだった。お妾《めかけ》さんは平然と三味線を弾いている、スッとした女なり。

「お姉さん！　私金沢へ帰るのよ、パパからの言伝けなの、そこはねえ、皆他人なんですのよ、だってまだ見ない親類なんて、他人より困るわねえ、本当はかえりたくないのよ。」

「そうね、こっちにいられるといいのにね。」

「アパートじゃ、じき立ちのいてくれっていうし……」

夜、ベニと貧しい別宴を張った。

「忘れないわ、二、三年あっちでくらして、ぜひ東京へ来ようと思うの、田舎の生活なんて見当がつかないわ。」二人は、時間を早めに上野駅へ行く。

「桜でも見に行きましょうか?」

二人は公園の中を沈黙《だま》って歩いている。こんなに肩をくっつけて歩いている女が、もう二時間もすれば金沢へ行く汽車の中だなんて、本当にこのベニがみじめでありませんようにと私は神様に祈っている。私はオールドローズの毛糸の肩掛けをベニの肩にかけてやった。

「まだ寒いからこれをあげるわ。」

上野の桜、まだ初々たり。

◇

(七月×日)

ちっとも気がつかない内に、私は脚気《かっけ》になってしまっていて、それに胃腸も根こそぎ痛めてしまったので、食事もこの二日ばかり思うようになく、魚のように体が延びてしまった。薬も買えないし、少し悲惨な気がしてくる。店では夏枯れなので、景気づけに、赤や黄や紫の風船玉をそろえて、客を呼ぶのだそうである——。じっと売り場に腰を掛けていると、眠りが足らないのか、道の照りかえしがギラギラ目を射て頭が重い。レースだの、ボイルのハンカチだの、仏蘭西製《フランス》カーテンだの、ワイシャツ、カラー、店中はしゃぼんの泡のように白いものずくめである。薄いものずくめである。閑散な、お上品なこんな貿易店で、日給八十銭の私は売り子の人形だ。だが人形にしては汚なすぎるし、腹が減りすぎる。

「あんたのように、そう本ばかり読んでいても困るよ。お客様が見えたら、おあいそ位いって下さい。」

酸《す》っぱいものを食べた後のように、歯がじんと浮いてきた。本を読んでいるんじゃないんです。こんな婦人雑誌なんか、私の髪の毛でもありはしない。硝子《ガラス》のピカピカ光っている鏡の面をちょっと覗《のぞ》いて御覧下さい。水色の事務服と浴衣《ゆかた》が、バックと役者がピッタリしないように、何とまあおどけた厭《いや》な姿なのでしょう……。顔は女給風で、それも海近い田舎《いなか》から出て来たあぶらのギラギラ浮いた顔、姿が女中風で、それも山国から来たコロコロした姿、そんな野生の女が、胸にレースを波たたせた水色の事務服を着ているのです。ドミエの漫画ですよこれは……。何とコッケイな、何とちぐはぐな牝鶏《めんどり》の姿なのでしょう。マダム・レースやミスター・ワイシャツや、マドモアゼル・ハンカチの衆愚に、こんな姿をさらすのが厭なのです。それに、サーヴィスが下手だとおっしゃる貴方《あなた》の目が、いつ私をくびきるかも判《わか》らないし、なるべく、私という売り子に関心を持たれないように、私は下ばかりむいているのです。あまりに長いニンタイは、あまりに大きい疲れを植えて、私はめだたない人間にめだたない人間に訓練されていますのよ。あの男は、お前こそめだつ人間になって闘争しなくちゃ嘘《うそ》だというのです。あの女は、貴女《あなた》はいつまでもルンペンではいけないというのです。そして勇ましく戦っているべき、彼も彼女もいまはどこへ行っているのでしょう。彼や彼女たちが、借りものの思想を食いものにして、強権者になる日の事を考えると、ああそんなことはいやだと思う。宇宙はどこが果てなんだろうと考えるし、人生の旅愁を感じる。歴史は常に新《あた》らしく、そこで燃えるマッチがうらやましくなった。

夜――九時。省線を降りると、道が暗いのでハーモニカを吹きながら家へ帰った。詩よりも小説よりも、こんな単純な音だけれど音楽はいいものです。

（七月×日）

青山の貿易店も、いまは高架線のかなたになった。二週間の労働賃銀十一円也、東京の生活線なんてよく切れたがるもんだ。隣のシンガーミシンの生徒？さんが、歯をきざむようにギイギイとひっきりなしにミシンのペタルを押している。毎日の生活断片をよくうったえる秋田の娘さんである。古里から十五円ずつ送金してもらって、あとはミシンでどうやら稼《かせ》いでいる、縁遠そうな娘さんなり。いい人だ。彼女に紹介状をもらって、××女性新聞社に行く。本郷の追分で降りて、ブリキの塀《へい》をくねくね曲ると、緑のペンキの脱落した、おそろしく頭でっかちな三階建《だて》の下宿屋の軒に、蛍《ほたる》程の小さい字で社名が出ていた。まるで心太《ところてん》を流すよりも安々と女記者になりすました私は、汚れた緑のペンキも最早《もはや》何でもないと思った。

昼。

下宿の昼食をもらって舌つづみを打つと、女記者になって二、三時間もたたない私は、鉛筆と原稿紙をもらって談話取りだ。四畳半に尨大《ぼうだい》な事務机が一ツ、薄色の眼鏡をかけた中年の社長と、××女性新聞発行人の社員が一人、私を入れて三人の××女性新聞。チャチなものなり。また、生活線が切れるんじゃないかと思ったけれど、とにかく私は街に出てみたのだ。訪問先は秋田雨雀《うじゃく》氏のところだった。この頃の御感想は……私はこの言葉を胸にくりかえしながら、雑司《ぞうし》ケ谷《がや》の墓地を抜けて、鬼子母神《きしぼじん》のそばで番地をさがした。本郷のごみごみした所からこの辺に来ると、何故《なぜ》か落ちついた気がしてくる。一、二年前の五月頃、漱石の墓にお参りした事もあった……。秋田氏は風邪を引いているといって鼻をかみながら出ていらした。まるで少年のようにキラキラした眼、やさしそうな感じの人である。お嬢さんは千代子さんといって、初めて行った私を十年のお友達のように話して下すった。厚いアルバムが出ると、一枚一枚繰って説明して下さる。この役者は誰、この女優は誰、その中に別れた男のブロマイドも張ってあった。

「女優ってどんなのが好きですか、日本では……」

「私判《わか》らないけど、夏川静江なんか好きだわ。」

私はいまだかつて私をこんなに優しく遇してくれた女の人を知らない。二階の秋田さんの部屋には黒い手の置物があった。高村光太郎さんの作で、有島武郎さんが持っていらしたのだとかきいた。部屋は実に雑然と古本屋の観があった。談話取りが談話がとれなくて、油汗を流していると、秋田さんは二、三枚すらすらと私のノートへ手を入れて下すった。お寿司《すし》を戴《いただ》く。来客数人あり。暮れたのでおくって戴く。赤い月が墓地に出ていた。火のついた街では氷を削るような音がしている。

「僕は散歩が好きですよ。」

秋田氏は楽し気にコッコツ靴を鳴らしている。

「あそこがすずらんというカフエーですよ。」

舞台のようなカフエーであった。変ったマダムだって誰かに聞いたことがある。秋田氏はそのまま銀座へ行かれた。

私は何か書きたい興奮で、沈黙《だま》って江戸川の方へ歩いて行った。

（七月×日）

階下の旦那さんが二日程国へ行って来ますといって、二階の私たちへ後の事を頼みに今朝上ってみえたのに、社から帰ってみると、隣のミシンの娘さんが、帯をときかけている私を襖《ふすま》の間から招いた。

「あのねちょっと！」

低声なので、私もそっといざりよると、

「随分ひどいのよ、階下の奥さんてば外の男と酒を呑んでるのよ……」

「いいじゃないの、お客さんかも知れないじゃないですか。」

「だって、十八やそこいらの女が、あんなにデレデレして夫以外の男と酒を呑めるかしら……」

帯を巻いて、ガーゼの浴衣《ゆかた》をたたんで、下へ顔洗いに行くと、腰障子の向《むこ》うに、十八の花嫁さんは、平和そうに男と手をつなぎあって転がっていた。昔の恋人かも知れないと思う。ただうらやましいだけで、ミシンの娘さんのような興味もない。夜は御飯を炊《た》くのがめんどうだったので、町の八百屋《やおや》で一山十銭のバナナを買って来てたべた。女一人は気楽だとおもうなり。糊《のり》の抜けた三畳づりの木綿《もめん》の蚊帳《かや》の中に、伸び伸びと手足を投げ出してクープリンの「ヤーマ」(6)を読む。したたか者の淫売婦が、自分の好きな男の大学生に、非常な清純な気持ちを見せる。尨大な本だ、頭がつかれる。

「ちょっと起きてますか？」

もう十時頃だろうか、隣のシンガーミシンさんが帰って来たらしい。

「ええまだねむれないでいます。」

「ちょっと！　大変よ！」

「どうしたんです。」

「呑気《のんき》ねッ、陛下じゃ、あの男と一緒に蚊帳の中へはいって眠っててよ。」

シンガーミシン嬢は、まるで自分の恋人でも取られたように、眼をギロギロさせて、私の蚊帳にはいって来た。いつもミシンの唄《うた》に明け暮れしている平和な彼女が、私の部屋になんかめったにはいって来ない行儀のいい彼女が、断りもしないで私の蚊帳へそっともぐり込んで来るのだ。そして大きい息をついて、畳にじっと耳をつけている。

「随分人をなめているわね、旦那さんがかえって来たら皆いってやるから、私よか十も下なくせに、ませてるわね……」

ガードを省線が、滝のような音をたてて走った。一度も縁づいた事のない彼女が、嫉妬《しっと》がましい息づかいで、まるで夢遊病者のような変な狂態を演じようとしている。

「兄さんかも知れなくってよ。」

「兄さんだって、一ツ蚊帳には寝ないや。」

私は何だか淋しく、血のようなものが胸に込み上げて来た。

「眼が痛いから電気を消しますよ。」というと、彼女はフンゼンとして沈黙《だま》って出て行った。やがて梯子段《はしご》をトントン降りて行ったかと思うと、「私たちは貴女を主人にたのまれ

（6）　クプリーン（一八七〇―一九三八）。ロシアの小説家。売春婦の悲惨な生涯を描く。

たのですよ。こんな事知れていいのですかッ!」という声がきこえている。切れ切れに、言葉が耳にはいってくる。一度も結婚をしないという事は、何という怖ろしさだ。あんなにも強くいえるものかしら……。私は蒲団《ふとん》を顔へずり上げて固く瞼《まぶた》をとじた。何も彼もいやいやだ。

(七月×日)

——ビョウキスグカエレタノム

母よりの電報。本当かも知れないが、また嘘かも知れないと思った。だけど嘘のいえるような母ではないもの……、出社前なので、急いで旅支度をして旅費を借りに社へ行く。社長に電報をみせて、五円の前借りを申し込むと、前借は絶対に駄目だという。だが私の働いた金は取ろうと思えば十五円位はあるはずなのだ。不安になって来る。廊下に置いたバスケットが妙に厭になってきた。大事な時間を「借りる!」という事で、それも正当な権利を主張しているのに、駄目だといわれて悄気《しょげ》てしまう。これは、こんなところでみきわめをつけた方がいいかも知れない。

「じゃ借りません! その代り止《や》めますから今までの報酬を戴きます。」

「自分で勝手に止《よ》されるのですから、社の方では、知りませんよ。満足に勤めて下すっての報酬であって、まだ十二、三日しかならないじゃありませんか!」

黄色にやけたアケビのバスケットをさげて、私はまた二階裏へかえって来た。ミシン嬢は、あれから階下の細君と気持ちが凍って、引っ越しをするつもりでいたらしかったが、帰って見ると、どこか部屋がみつかったらしく、荷物を運び出している処《ところ》だった。彼女の唯一の財産である、ミシンだけが、不恰好《ぶかっこう》な姿で、荷車の上に乗っかっていた。全てはあ、あ空《むな》しである――。

（七月×日）

駅には、山や海への旅行者が白い服装で涼し気だった。下の細君に五円借りた。尾道《おのみち》まで七円くらいであろう。やっと財布をはたいて切符を買うと、座席を取ってまず指を折ってみた。何度目の帰郷だろうと思う。

　　露草の茎
　　粗壁《かべ》に乱れる
　　万里の城

いまは何かしらうらぶれた感じが深い。昔つくった自分の詩の一章を思い出した。何もかも厭になってしまうけれど、さりとて、自分の世界は道いまだ遠しなのだ。この生ぐさきニヒリストは腹がなおると、じき腹がへるし、いい風景を見ると呆然《ぼうぜん》としてしまうし、良い人間に出くわすと涙を感じるし、困った奴《やつ》なり。バスケットから、新青年(7)の古いのを出して読んだ。面白き笑話ひとつあり――。

――囚人曰く、「あの壁のはりつけの男は誰ですか?」

――宣教師答えて、「我等の父キリストなり。」

囚人が出獄して病院の小使いにやとわれると、壁に立派な写真が掛けてある。

――囚人、「あれは誰のです?」

――医師、「イエスの父なり。」

囚人、淫売婦を買って彼女の部屋に、立派な女の写真を見て――

――囚人、「あの女は誰だね。」

――淫売婦、「あれはマリヤさ、イエスの母さんよ。」

そこで囚人歎じて曰く、子供は監獄に父親は病院に、お母さんは淫売婦にああ――。私はクックツ笑い出してしまった。のろい閑散な夜汽車に乗って退屈していると、こんなにユカイなコントがめっかった。眠る。


(七月×日)

久し振りで見る高松の風景も、暑くなると妙に気持ちが焦々《いらいら》してきて、私は気が小さくなってくる。どことなく老いて憔悴している母が、第一番に言った言葉は、「待っとったけん！　わしも気が小さくなってねえ……」そういって涙ぐんでいた。今夜は海の祭で、おしょうろ流し(8)の夜だ。夕方東の窓を指して、母が私を呼んだ。

「可哀《かわい》そうだのう、むごかのう……」

窓の向《むこ》うの空に、朝鮮牛がキリキリぶらさがっている。鰯《いわし》雲がむくむくしている波止場《はとば》の上に、黒く突き揚った船の起重機、その起重機のさきには一匹の朝鮮牛が、四足をつっぱって、哀れに唸《うな》っている。

「あんなのを見ると、食べられんのう……」

雲の上にぶらさがっているあの牛は、二、三日の内には屠殺されてしまって、紫の印を押されるはずだ。何を考えているのかしら……。船着場には古綿のような牛の群が唸っていた。

鰯雲がかたくりのように筋を引いてゆくと、牛の群も何時《いつ》か去ってゆき、起重機も腕を降ろしてしまった。月の仄《ほの》かな海の上には、もう二ツ三ツおしょうろ船が流れていた。火を燃やしながら美しい紙船が、雁木《がんぎ》を離れて沖の方へ出ていた。港には古風な伝馬船が密集している。そのあいだを火の紙船が月のように流れ行った。

（7）一九二〇年から五〇年まで発行された読物雑誌。探偵小説、怪奇幻想小説を多く掲載。
（8）お盆に行う精霊流し。

「牛を食ったりおしょうろを流したり、人間も矛盾が多いんですねお母さん。」
「そら人間だもん……」
母は呆《ぼ》んやりした顔でそんな事をいっている。

◇

（八月×日）

海が見えた。海が見える。五年振りに見る、尾道《おのみち》の海はなつかしい。汽車が尾道の海へさしかかると、煤《すす》けた小さい町の屋根が提灯《ちょうちん》のように拡《ひろ》がって来る。赤い千光寺の塔が見える、山は爽《さわや》かな若葉だ。緑色の海向《むこ》うにドックの赤い船が、帆柱を空に突きさしている。私は涙があふれていた。

貧しい私たち親子三人が、東京行きの夜汽車に乗った時は、町はずれに大きい火事があったけれど……。「ねえ、お母さん！　私たちの東京行きに火が燃えるのは、きっといい事がありますよ。」しょぼしょぼして隠れるようにしている母たちを、私はこう言って慰めたものだけれど……だが、あれから、あしかけ六年になる。私はうらぶれた体で、再び旅の古里である尾道へ逆もどりしているのだ。気の弱い両親をかかえた私は、当もなく、あの雑音のはげしい東京を放浪していたのだけれど、ああ今は旅の古里である尾道の海辺だ。海添いの遊女屋の行燈《あんどん》が、椿《つばき》のように白く点々と見えている。見覚えのある屋根、見覚えのある倉庫、かつて自分の住居であった海辺の朽ちた昔の家が、六年前の平和な姿のままだ。何もかも懐《なつか》しい姿である。少女の頃に吸った空気、泳いだ海、恋をした山の寺、何もかも、逆もどりしているような気がしてならない。

尾道を去る時の私は肩上げもあったのだけれど、今の私の姿は、銀杏返《いちょうがえ》し、何度も水をくぐった疲れた単衣《ひとえ》、別にこんな姿で行きたい家もないけれど、とにかくもう汽車は尾道にはいり、肥料臭い匂《にお》いがしている。

船宿の時計が五時をさしている。船着場の待合所の二階から、町の燈火を見ていると、妙に目頭が熱くなってくるのだった。訪ねて行こうと思えば、行ける家もあるのだけれど、それもメンドウクサイことなり。切符を買って、あと五十銭玉一ツの財布をもって、私はしょんぼり、島の男の事を思い出していた。落書だらけの汽船の待合所の二階に、木枕《きまくら》を借りて、つっぷしていると、波止場《はとば》に船が着いたのか、汽笛の音がしている。波止場の雑音が、フッと悲しく胸に聞えた。「因《いん》の島《しま》行きが出やんすで……」歪《ゆが》んだ梯子《はしご》段を上って客引が知らせに来ると、陽にやけた縞《しま》のはいった蝙蝠《こうもり》と、小さい風呂敷《ふろしき》包みをさげて、私は波止場へ降りて行った。

「ラムネいりやせんか！」

「玉子買うてつかアしやア。」

物売りの声が、夕方の波止場の上を行ったり来たりしている。紫色の波にゆれて因の島行きのポッポ船が白い水を吐《は》いていた。漠々たる浮世だ。あの町の灯の下で、「ポオルとヴィルジニイ」を読んだ日もあった。借金取りが来て、お母さんが便所へ隠れたのを、学校から帰ったままの私は、「お母さんは二日程、糸崎へ行って来るいうてであった……」と嘘《うそ》をついて母が、侘し気にほめてくれた事もあった。あの頃、町には城ケ島の唄《うた》や、沈鐘の唄が流行《はや》っていたものだ。三銭のラムネを一本買った。

夜。

「皆さん、はぶい着きやんしたで！」

船員がロープをほどいている。小さな船着場の横に、白い病院の燈火が海にちらちら光っていた。この島で長い事私を働かせて学校へはいっていた男が、安々と息をしているのだ。造船所で働いているのだ。

「この辺に安宿はありませんでしょうか。」

運送屋のお上《かみ》さんが、私を宿屋まで案内して行ってくれた。糸のように細い町筋を、古着屋や芸者屋が軒をつらねている。私は造船所に近い山のそばの宿へついた。二階の六畳の古ぼけた床の上に風呂敷包みをおくと、私は雨戸を開けて海を眺めた。明日は尋ねて行ってみようとおもう。私は財布を袂《たもと》に入れると、ラムネ一本のすきばらのまま潮臭い蒲団《ふとん》に長く足を延ばした。耳の奥の方で、蜂《はち》の様なブンブンという喚声があがっている。

（八月×日）

枕元をごそごそと水色の蟹《かに》が這《は》っている。町にはストライキの争議があるのだそうだ。「会いに行きなさるというても、大変でごじゃんすで、それよりも、社宅の方へおいでんさった方が……」女中がそういっている。私は心細くかまぼこを噛《か》んでいた。社員たちは全部書類を持って倶楽部《クラブ》へ集まっているということだ。食事のあと、私はぼんやりと戸外へ出てみた。万里の城のように、うねうねとコンクリートの壁をめぐらしたドックの建物を山の上から見降ろしていると、旗を押したてて通用門みたいなところに黒蟻《くろあり》のような職工の群が唸《うな》っていた。山の小道を子供を連れたお上さんやお婆さんが、点々と上って来る。六月の海は銀の粉を吹いて光っているし、縺《もつ》れた樹《き》の色は、爽《さわや》かな匂いをしていた。

「尾道から警官がいっぱい来たんじゃと。」

髪を後になびかせた若いお上さんたちが、ドックを見下ろして話しあっていた。

「しっかりやれッ！」

「負けなはんな！」

「オーイ……」真昼間の、裸の職工たちの肌を見ていると、私も両手をあげて叫んだ。

旅の古里の言葉で、「しっかりやってつかアしやア。」

「御亭主があそこにおってんな？　うちの人は、こうなったら、もう死んでもええつもりでやるいいよりやんした。」

　私はわけもなく涙があふれていた。事務員をしたりしてあんなにつくした私の男が、大学を出ると、造船所の社員になって、すました生活をしている、ここから見ていると、あんな門位はすぐ崩れてしまうようにもろく見えているのに……。

「職工は正直でがんすけん、皆体で打《ぶ》っつかって行きやんさアね。」

　とうとう門が崩れた。蜂が飛ぶように黒点が散った。光った海の上を、小舟が無数に四散して行っている。

潮鳴の音を聞いたか！
茫漠と拡がった海の上の叫喚を聞いたか！
煤《すす》けたランプの灯を女房たちに託して
島の職工たちは磯の小石を蹴散《けちら》し
夕焼けた浜辺へ集まった。
遠い潮鳴の音を聞いたか！
何千と群れた人間の声を聞いたか！

ここは内海の静かな造船港だ！
貝の蓋《ふた》を閉じてしまったような
因の島の細い町並に
油で汚れたズボンや菜っぱ服の旗がひるがえっている
骨と骨で打ち破る工場の門の崩れる音
その音はワアン、ワアンと
島いっぱいに吠えていた。

青いペンキ塗りの通用門が勢いよく群れた肩に押されると
敏活なカメレオンたちは
職工たちの血と油で色どられた清算簿をかかえて
雪夜の狐《きつね》のようにランチへ飛び乗って行ってしまう
表情の歪《ゆが》んだ固い職工たちの顔から
怒りの涙がほとばしって
プチプチ音をたてているではないか
逃げたランチは
投網《とあみ》のように拡がった巡警の船に横切られてしまうと

さてもこの小さな島の群れた職工たちと逃げたランチの間は
ただ一筋の白い水煙に消されてしまう。

歯を噛み額を地にすりつけても
空は――昨日も今日も変りのない平凡な雲の流れだ
そこで頭のもげそうな狂人になった職工たちは
波に呼びかけ海に吠え
ドックの破船の中に渦をまいて雪崩《なだ》れていった。

潮鳴の音を聞いたか！
遠い波の叫喚を聞いたか！
旗を振れッ！
うんと空高く旗を振れッ

元気な若者たちが
光った肌をさらして
カララ　カララ　カララ

破れた赤い帆の帆綱を力いっぱい引きしぼると
海水止の堰《せき》を喰い破って
帆船は風の唸る海へ出て行った

それ旗を振れッ
勇ましく歌を唄えッ
朽ちてはいるが元気に風を孕んだ帆船は
白いしぶきを蹴って海へ出てゆく

寒冷な風の吹く荒神山の上で呼んでいる
波のように元気な叫喚に耳をそばだてよ！
可哀想《かわいそう》な女房や子供たちが
あんなにも背伸びをして
空高く呼んでいるではないか！
遠い潮鳴の音を聞いたか！
波の怒号するのを聞いたか

山の上の枯木の下に
枯木と一緒に双手を振っている女房子供の目の底には
火《ひ》の粉《こ》のように海を走って行く
勇ましい帆船がいつまでも眼に写っていたよ。

宿へ帰ったら、蒼《あお》ざめた男の顔が、ぼんやり煙草《たばこ》を吸って待っていた。

「宿の小母《おば》さんが迎いに来て、ビックリしちゃった。」

「…………」

私は子供のように涙が溢れた。何の涙でもない。白々とした考えのない涙が、あとからあとからあふれて、沈黙《だま》ってしきいの所に立って長いこと泣いていた。

「ここへ来るまでは、すがれたらすがってみようと思って来たけれど、宿の小母さんの話では、奥さんも子供もあるって聞きましたよ。それに、町のストライキを見たら、どうしても、貴方《あなた》に会って、はっきりすがらなくてはいけないと思いました。」

沈黙っている二人の耳に、まだ喚声が遠く聞えて来る。

「今晩町の芝居小屋で、職工たちの演説があるから、ちょっと覗《のぞ》いてみなくては……」

男は、自分の腕時計を床の上に投げると、そそくさと町へ出てしまった。私は、ぼんやりと部屋で、しゃっくりを続けながら、高価な金色の腕時計をそっと自分の腕にはめてみた。

涙があふれた。東京で苦労した事や、裸で門を壊していた昼間の職工たちの事が、グルグルしていて、時計の白い腹を見ていると目が廻りそうだった。

（八月×日）

宿の娘と連れだって浜を歩いた。今日でここへ来て一週間にもなる。

「くよくよおしんさんな。」私は何もかもつまらなくなって呆然《ぼうぜん》としていると、宿の娘は私を心配してくれている。何も考えてやしない。何も考えようがないのだ。昨日は高松のお母さんへ電報ガワセを送ったし、私はこうして海の息を吸っているし、男がハラハラしようとしまいと、それはお勝手なのだ。私から何もかもむさぼり取ったひとなのだから、この位の事がいったい何だろうと思う。――尾道の海辺で、波止場の石垣に、お腹を打ちつけては、あのひとの子供を産む事をおそれていたけれど、今はそれもいじらしいお伽《とぎ》話《ばなし》になってしまった。昨日の電報ガワセで義父や母が一息ついてくれればいいと思うなり。浜辺を洗髪をなびかせながら歩いていると、町で下駄屋をしているあのひとの兄さんが、私をオーイオーイと後から呼びかけて来た。久し振りに見る兄さん、尾道の私の家に、枝になった蜜柑《みかん》や、オレンジを持って来てくれたあの姿そのままで笑いかけている。

「わしに、何も言わんもんじゃけん、苦労させやした。」

海が青く光っている。宿の娘をかえして、兄さんと二人で町はずれの兄さんの家へ歩いて行った。海近くまで、田が青々していて蜜柑山がうっそうと風に鳴っていた。

「あいつが気が弱いもんじゃけん。」

陽にやけた侘し気な顔をして兄さんは私をなぐさめてくれるなり。家では嫂《ねえ》さんが、米をついていた。牛が一匹優しい眼をして私を見ている。私は、どうしてもはいりたくなかったのだ。何だか、こんなところへ来た事さえも淋しくなっている。白い道のつづいている浜路を、私はあとしざりをするように、宿へ帰って行った。

(八月×日)

朝風をあびて、私は島へさよならとハンカチを振っている。どこへ行っても、どこにも仕様のない事だらけなのだ。東京へ帰ろう。私の財布は五、六枚の十円札でふくらんでいた。兄さんの家でもらったお金とデベラの青籠と、風呂敷包みをかかえて、私は板子を渡って尾道行きの船へ乗った。

「気をつけてのう……」

「ええ!　兄さん、もうストライキはすんだんですか。」

「職工の方が折れさせられて手打ちになったが、太いもんにゃかなわないよ。」

あのひとも寝ぶそくな目をさせて波止場へ降りてきてくれていた。「体が元気だったら、またいつか会えるからね。」そんなことを小さい声でいった。船の中には露に濡《ぬ》れた野菜がうずたかく積んであった。

ああ何だか馬鹿になったような淋しさである。私は口笛を吹きながら遠く走る島の港を見かえっていた。岸に立っている二人の黒点が見えなくなると、静かなドックの上には、ガアン、ガアンと鉄を打つ音がひびいていた。尾道についたら半分高松へ送ってやりましょう。東京へかえったら、氷屋もいいな、せめて暑い日盛りを、ウロウロと商売をさがして歩かないように、この暮は楽に暮したいものだ。私は体を延ばして走る船の上から波に手をひたしていた。手を押しやるようにして波が白くはじけている。五本の指に藻《も》がもつれた糸のようにからまって来る。

「こんどのストライキは、えれえ短かかったなあ――」

「ほんまに、どっちも不景気だけんな。」

船員たちが、ガラス窓を拭きながら話している。私はもう一度ふりかえって、青い海の向《むこ》うの島を眺めていた。

◇

(四月×日)

――その夜

カフエーの卓子《テーブル》の上に
盛花のような顔が泣いた
何のその
樹《き》の上にカラスが鳴こうとて

——夜は辛《つら》い
両手に盛られた
わたしの顔は
みどり色のお白粉《しろい》に疲れ
十二時の針をひっぱっていた。

横浜に来て五日あまりになる。カフエー・エトランゼの黒い卓子の上に、私はこんな詩を書いてみた。「俺くらいだよ、お前と一緒にいるのは……誰がお前のような荒《すさ》んでボロボロに崩れるような女を愛すものか。」

あの東京の下宿で、男は私に思い知れ、思い知れという風な事をいうのです。泊るところも、たよる男も、御飯を食べるところもないとしたら、……私は小さな風呂敷《ふろしき》包みをこしらえながら、どこにも行き場のない気持ちであった。そういって別れてしまった男なのに、「お前が便利なようにいってやったんだよ、俺から離れいいようにね。」男は私を抱き伏せると、お前も俺と同じような病気(9)にしてやるのだ。そういって、肺の息をフウフウ私の顔に吐《は》きかけてくる。あの夜以来、私は男の下宿代をかせぐために、こんなところへまで流れて来たのです。

「国へかえってみましょう、少し位は出来るかも知れませんから……」

こんなことをして金をこしらえる事を私は貞女だとでも思っているのでしょうか神様！

「もう店をしまって下さい。」

マダム・ロアの鼻の頭が油で光っている。ここは十二時にはカンバンにするのであるらしい。桃割れに結ったお菊さんと、お君さんと私、バラックの女給部屋には、重い潮風が窓から吹きこんでくる。

「ね、東京にかえりたくなったわ。」

お君さんは子供の事を思い出したのか、手拭《てぬぐい》で顔をふきながら、大きい束髪に風を入れていた。――ここのマダム・ロアは、独逸《ドイツ》人で、御亭主は東京に独逸ビールのオフィスを持っている人だった。何時《いつ》も土曜日には帰って来るのだそうである。一度チラとやせた背の高い姿を見たきり。マダム・ロアは、古風なスカートのように肥って沈黙《だま》った女だった。私はお君さんの御亭主の紹介で来たものの、ここはあまり収入もないのだ。コックも日本人なので、外人客は料理は食べないで、いつもビールばかり呑んで行った。

（9）当時同棲していた野村吉哉は肺結核に罹患していた。

「私、あんたんとこの人に紹介されて来たので、本当は東京へ帰りたいんだけれど、遠慮をしていたのよ。」

「浜へ行ったら金になるなんていって、結局はあの女と一緒になりたかったからでしょうよ。」

お君さんの御亭主は、お君さんと親子ほども年が違っているのに妾《めかけ》を持っていた。

「実際、私たちは男のために苦労して生きてるようなものなのね。」

お君さんは波止場《はとば》の青い灯を見ながら、着物もぬがないでぼんやり部屋に立っている。私はふっと、去年のいまごろ、寒い日にお君さんと、この浜へ来た事を思い出した。あれから半年あまり、もうお君さんとは会えないと思いながら、どっちからともなく尋ねあって行き来している事を思うと、ほほ笑ましくなって来る。――十三の時に子供を産んだというお君さんは、「私はまだほんとうの恋なんてした事がないのよ。」というなり。いまは二十二で、九つの子供のあるお君さんは、子供が恋人だとも言っていた。ふしあわせなお君さんである。養母の男であったのが、今の御亭主になって十年もお君さんはその男のために働いて来たのだという。十年も働きあげたと思うと、カフエーの女給を妾に引き入れてみたり、家の中は一人の男をめぐって、彼女に妾に養母さんといった不思議な生活だった。彼女は、「私、本当に目をおおいたくなる時があってよ。」と涙ぐむ時がある。どんなにされても、一人の子供のために働いているお君さんの事を考えると、私の苦しみなんて、彼女から言えばコッケイな話かも知れない。

「電気を消して下さい！」

独逸人はしまり屋だというけれど、マダム・ロアが水色の夜の着物を着て私たちの部屋を覗《のぞ》きにくるのだ。電気の消えたせまい部屋の中で、私はまるでお伽話《とぎばなし》のような蛙《かえる》の声を聞いた。東京の生活の事、お母さんの事、これからさきの事、なかなか眠れない。

（四月×日）

九つになるお君さんの上の子供が一人でお君さんをたずねて来た。港では船がはいって来たのか、自動車がしっきりなしに店の前を走って行く。

朝。

マダム・ロアは裏のペンキのはげたポーチで編物をしていた。「お菊さんに店をたのんでちょっと波止場へ行ってみない？　子供に見せたいのよ。」冷たいスープを呑んでいる私の傍で、お君さんは長い針を動かせて、子供の肩上げをたくし上げては縫ってやっていた。

「お君さんの弟かい！」

船乗り上りの年をとったコックが、煙草《たばこ》を吸いながら、子供をみていた。

「ええ私の子供なのよ……」

「ホー、いくつだい？　よく一人で来られたね。」

「………」

歯の皓《しろ》い少年は、沈黙《だま》って侘し気に笑っていた。私たち三人は手をつなぎあって波止場の山下公園の方へ行ってみる。赤い吃水線《きっすいせん》の見える船が、沖にいくつも碇泊していた。インド人が二人、呆《ぼ》んやり沖を見ている。蒼《あお》い四月の海は、西瓜《すいか》のような青い粉をふいて光っていた。

「ホラ！　お船だよ、よく見ておおき、あれで外国へ行くんだよ。あれは起重機ね、荷物が空へ上って行ったろう。」

お君さんの説明をきいて、板チョコを頬ばりながら、子供はかすんだような嬉しい眼をして海を見ている。桟橋《さんばし》から下を見ると深い水の色がきれいで、ずるずると足を引っぱられそうだった。波止場には煙草屋だの、両替店、待合所、なんかが並んでいる。

「母さん、僕、水のみたい。」

ひざ小僧を出したお君さんの子供が、白い待合所の水道の方へ走って行くと、お君さんは袂《たもと》からハンカチを出して子供のそばへ歩いて行く。

「さあ、これでお顔をおふきなさい。」

ああ何という美しい風景だろう、その美しい母子風景が、思い思いな苦しみに打ちのめされてはきりっと立ちあがっては前進してゆくのだ。少年が母をたずねて、この浜辺までひとりで辿って来た情熱を考えると、泣き出したいだろうお君さんの気持ちが胸に響くなり。

「あの子と一緒に間借りでもしようかとも思うのよ、でも折角、父親がいて離すのもいけないと思って我慢はしてるのだけれど、私、働き死にをしに生れて来たようで、厭《いや》になる時があるわよ。」

「ね、小母《おば》さん！　ホテルって何？」

フッと見ると波止場のそばの橋の横に、何時《いつ》か見たホテルという白い文字が見えた。

「旅をする人が泊るところよ。」

「そう……」

「ね、坊や！　皆うちにまだいるの？」

「うん、お父さん家にいるよ、お婆ちゃんも、小母ちゃんも銀座の方にこの頃通って、とても夜おそいの、だから僕だの父ちゃんが、かわりばんこに駅へむかいに行くんだよ……」

お君さんはおこったように沈黙って海の方を見ていた。

昼は伊勢佐木町に出て、三人で支那蕎麦《シナそば》を食べた。

「ね、あんた、私、写真を取りたいのよ、一緒に写ってくれない。」

「私もそう思ってたの、いつまた離ればなれになるかも判《わか》らないんですもの、ちょうどいいわ、坊やも一緒に取りましょう。」

支那の軍人の制服のような感じの電車に乗って、浜近い写真館に行った。

「三人で取ると、誰かが死ぬんだって、だから犬ころでもいいから借りましょうよ。」

お君さんが、不恰好《ぶかっこう》なはりこの犬をひざに抱いて、坊やと私とが立っている姿を撮ってもらう。バックは、波止場の桟橋、林立した古風な帆柱が見えます。

「坊や！　今日は母ちゃんとここへ寝んねしていらっしゃいね。」

「一緒に帰るの……」


お君さんは淋しそうに、一人でスヴニールのレコードをかけていた。マダム・ロアは今日は東京へ外出していない。椅子《いす》を二つ並べてコックはぐうぐう眠っている。もらい一円たらず、私も坊やたちと東京へ帰ろうと思う。


(四月×日)

「こんな旅が一生続いたらユカイよ。」

エトランゼの裏口から、一ツずつ大きい荷物を持った私たち二人の女を、マダム・ロアは気の毒そうにみて、一週間あまりしかいない私たちへ給料を十円ずつ封筒へ入れてくれた。

「また来て下さい、夏はいいんですよ。」

お君さんと違って家のない私は、またここへ逆もどりしたいなつかしい気持ちで、マダム・ロアを振り返った。沈黙《だま》った女ってしっかりしているものだ。背広を着た彼女が、二階から私たちを何時までも見送ってくれていた。

「よかったら家へいらっしゃいよ。雑居だけどいいじゃないの……そしてゆっくりさがせば。」

駅でバナナをむきながら、お君さんがこう言ってくれた。東京へ行ったところで、ひねくれたあの男は、私をまた殴《なぐ》ったり叩《たた》いたりするのかも知れない。いっそお君さんの家にでもやっかいになりましょう。サンドウィッチを買って汽車に乗った。汽車の中には桜のマークをつけたお上りさんの人たちがいっぱいあふれていた。

「桜時はこれだから厭ね……」

一つの腰掛けをやっとみつけると、三人で腰を掛ける。

「子供との汽車の旅なんて何年にもない事だわ。」

夕方、お君さんの板橋の家へ着いた。

「随分、一人でやるのは心配したけれど、一人で行きたいっていうから、あたしがやったんだよ。」

髪を蓬々《ほうほう》させたお婆さんが寝転んで煙草を吸っていた。

「この間は失礼しました、今日は何だか一緒にかえりたくなってついて来ましたのよ。」

長屋だてのギシギシした板の間をふんで、お君さんの御亭主が出て来た。

「こんなところでよければ、いつまででもいらっしゃい。またそのうちいいところがありますよ。」といってくれる。

部屋の中には、若い女の着物がぬぎ散らかしてあった。

夜更《よふ》け。フッと目が覚めると、

「子供なんかを駅へむかいにやる必要はないじゃありませんか、貴方《あなた》が行っていらっしゃい、貴方が厭だったら私が行って来ます。」

お君さんの癇《かん》走った声がしている。やがて、土間をあける音がして、御亭主が駅へ妾さんをむかいに出て行った。

「オイお君！　お前もいいかげん馬鹿だよ、なめられてやがって……」

向《むこ》うのはじに寝ていたお婆さんが口ぎたなくお君さんをののしっている。ああ何という事だろう、何という家族なのだろうと思う。硝子《ガラス》窓の向うには春の夜霧が流れていた。一緒に眠っている人たちの、思い思いの苦しみが、夜更けの部屋に満ちていて、私はたった一人の部屋がほしくなっていた。

(四月×日)

雨。終日坊やと遊ぶ。妾はお久さんといって頬骨の高い女だった。お君さんの方がずっと柔《やわら》かくて美しいひとだのに、縁というものは不思議なものだと思う。男ってどうしてこんななのだろう……。

「フンそんなに浜は不景気かね。」

肌をぬいで、髪に油を塗りながら、お久さんは髪をすいていた。

「何だよお前さんのその言いかたは……」

お婆さんが台所で釜を洗いながらお久さんに怒っていた。雨が降っている。うっとうしい四月の雨だ。路地のなかの家の前に、雨に濡《ぬ》れながら野菜売りが車を引いて通る。神様以上の気持ちなのか、お君さんは笑って、八百屋《やおや》とのんびり話をしていた。

「いまはちょうど何でも美味《おい》しい頃なのね。」といっている。

雨の中を、夕方、お久さんと御亭主とが街へ仕事に出て行った。婆さんと、子供とお君さんと私と四人で卓子を囲んで御飯をたべる。

「随分せいせいするよ、おしめりはあるし、二人は出て行ったし。」

お婆さんがいかにもせいせいしたようにこんなことをいった。

（五月×日）

新宿の以前いた家へ行ってみた。お由さんだけがのこっていて古い女たちは皆いなくなってしまっていた。新《あた》らしい女が随分ふえていて、お上《かみ》さんは病気で二階に臥せっていた。――また明日から私は新宿で働くのだ。まるで蓮沼《はすぬま》に落ちこんだように、ドロドロしている私である。いやな私なり、牛込の男の下宿に寄ってみる。不在。本箱の上に、お母さんからの手紙が来ていた。男が開いてみたのか、開封してあった。養父の代筆で、――あれが肺病だって言って来たが本当か、一番おそろしい病気だから用心してくれ、たった一人のお前にうつると、皆がどんなに心配するかわからない、お母さんはとても心配して、この頃は金光様《こんこう》(10)をしんじんしている、一度かえって来てはどうか、色々話もある。――まあ！　何という事だろう、そんなにまでしなくても別れているのに、古里の私の両親のもとへ、あの男は自分が病気だからっていってやったのかしら……よけいなおせっかいだと思った。宿の女中の話では、「よく女の方がいらっしってお泊りになるんですよ。」といっている。ブドウ酒を買って来た、いままでのなごやかな気持ちが急にくらくらして来る。苦労をしあった人だのに何ということだろう。よくもこんなところまで辿って来たものだと思う。街を吹く五月のすがすがしい風は、秋のように身にしみるなり。

夜。

ここの子供とかるめらを焼いて遊ぶ。

◇

(五月×日)

六時に起きた。

昨夜の無銭飲食の奴《やつ》のことで、七時には警察へ行かなくてはならない。眠くって頭の芯がズキズキするのをこらえて、朝の街に出てゆくと、汚い鋪道《ほどう》の上に、散しの黄や赤が、露にベトベト濡《ぬ》れて陽に光っていた。四谷《よつや》までバスに乗る。窓硝子《ガラス》の紫の鹿《か》の子《こ》を掛けた私の結い綿の頭がぐらぐらしていて、まるでお女郎みたいな姿だった。私はフッと噴き出してしまう。こんな女なんて……どうしてこんなに激しくゆられ、ゆすぶられても、しがみついて生きていなくてはならないのだろう！　何とコッケイなピエロの姿よ。勇ましくて美しい車掌さん！　笑わないで下さいね。なまめかしく繻子《しゅす》の黒襟《くろえり》を掛けたりしているのですが、私だって、貴女《あなた》みたいにピチピチした車掌さんになろうとした事があったんですよ。貴女と同じように、植物園、三越、本願寺、動物園なんて試験を受けた事があるん

(10)　金光教。教派神道の一つ。一八五九年、金光大神が創唱。本部は岡山県。

です。近眼ではねられてしまったんだけれど、私は勇ましい貴女の姿がうらやましくて仕方がない。――神宮外苑の方へゆく道の、ちょっと高い段々のある灰色の建物が警察だった。八ツ手の葉にいっぱい埃《ほこり》がかぶさったまま露がしっとりとしていて、洞穴のように留置場の前へはいって行くと、暗い刑事部屋には茶を呑んでいる男、何か書きつけている男、疲れて寝ころんでいる男、私はこんなところへまで、昨夜の無銭飲食者に会いにこなければならないのかしらと厭《いや》な気持ちだった。ここまで取りに来なければ十円近くの金は、私が帳場に取り替えなければならないし、転んでもただでは起きないカフエーのからくりを考えると厭になる。結局は客と女給の一騎打ちなのだ。ああ金に引きずりまわされるのがとても胸にこたえてくる。店の女たちが、たかるだけたかっておいて、勘定になると、裏から逃げ出して行った昨夜の無銭飲食者の事を思うと、わけのわからないおかしさがこみ上げて来て仕方がなかった。

「代書へ行って届書をかいて来い、アーン！」

あぶくどもメ！　昨夜の無銭飲食者が、ここではすばらしい英雄にさえ思える。

代書屋に行って書いてもらったのが一時間あまりもかかった。茶が出たり塩せんべいが出たり、金を払うだんになると、二枚並べた塩せんべいの代金まではいっている。全く驚いてしまった。届書を渡して、引受人のような人から九円なにがしかをもらって外に出ると、もうお昼である。規律とか規則とかというものに、私はつばきを引っかけてけいべつをしてやりたくなった。

帰って帳場に金を渡して二階へ上ると、皆はおきて蒲団《ふとん》をたたんでいる処《ところ》だった。掃除をすっぽかして横になる。五月の雲が真綿のように白く伸びて行くのに、私は私の魂を遠くにフッ飛ばして、棒のように石のように私は横になって目をとじているのだ。悲しや、おいたわしや、お芙美さん、一ツ手拍子そろえて歌でも唄《うた》いましょう。

陸の果てには海がある

白帆がゆくよ。

（五月×日）

時ちゃんが、私に自転車の乗りかたを教えてくれるというので、掃除が済むと、店の自転車を借りて、遊廓《ゆうかく》の前の広い道へ出て行った。朝の陽をいっぱい浴びて、並んだ女郎屋の二階のてすりには、蒲団の行列、下の写真棚には、お葬式のビラのような初店の女の名前を書いた白い紙がビラビラ風に吹かれていた。朝帰りの男の姿が、まるで雨の日のこうもりがさのようだと、時ちゃんは冷笑しながら、勇ましく大通りで自転車を乗りまわしている。桃割れにゆった女が自転車で廓《くるわ》の道を流しているので、男も女も立ちどまっては見て行くなり。

「さあ、ゆみちゃんお乗りよ、後から押してやるから。」

馬鹿げた朗《ほが》らかさで、ドン・キホーテの真似《まね》をする事も面白い。二、三回乗っているうちにペタルが足について来て、するするとハンドルでかじが取れるようになった。

キング・オブを十杯呑ませてくれたら
私は貴方《あなた》に接吻《せっぷん》を一ツ投げましょう
おお哀れな給仕女よ

青い窓の外は雨の切子《きりこ》硝子
ランタンの灯の下で
みんな酒になってしまった

カクメイとは北方に吹く風か!
酒はぶちまけてしまったんです。
卓子の酒の上に真紅《まっか》な口を開いて
火を吐《は》いたのです

青いエプロンで舞いましょうか

金婚式、それともキャラバン
今晩の舞踏曲は……

さあまだあと三杯もある
しっかりしているかって
ええ大丈夫よ
私はお悧巧《りこう》な人なのに
本当にお悧巧なひとなのに
私は私の気持ちを
つまらない豚のような男たちへ
おし気もなく切り花のように
ふりまいているんです
ああカクメイとは北方に吹く風か――

さてさてあぶない生胆《いきぎも》取り、ああ何もかも差しあげてしまいますから、二日でも三日でも誰か私をゆっくり眠らせて下さい。私の体から、何でも持って行って下さい。私は泥のように眠りたい。石鹸《せっけん》のようにとけてなくなってしまって、下水の水に、酒もビールも、ジンもウイスキーも、私の胃袋はマッチの代用です。さあ、私の体が入用だったらタダで差し上げましょう。なまじっかタダでプレゼントした方があとくされがなくてせいせいするでしょう。酔《よ》っぱらって椅子《いす》と一緒に転んだ私を、時ちゃんは馬のように引きおこしてくれた。そうして耳に口をつけて言った事は、

「新聞を上からかぶせとくから、少しつっぷして眠んなさい、酔っぱらって仕様がないじゃないの……」

私の蒲団は新聞で沢山なのですよ、私は蛆虫《うじむし》のような女ですからね、酔いだってさめてしまえばもとのもくあみ、一日がずるずると手から抜けて行くのですもの、早く私のカクメイでもおこさなくちゃなりません。

（六月×日）

太宗寺で、女給たちの健康診断がある日だ。雨の中を、お由さんと時ちゃんと三人で行った。古風な寺の廊下に、紅紫とりどりの疲れた女たちが、背景と二重写しみたいに、そぐわないモダンさで群れている。ちょっとした屏風《びょうぶ》がたててあるのだけれども、おえんま様も映画の赤い旗もみんなまる見えだ。上半身を晒《さら》して、店ざらしのお役人の前に、私たちは口をあけたり胸を押されたりしている。匂《にお》いまで女給になりきってしまった私は、いまさら自分を振りかえって見返してみようにもみんな遠くに飛んでしまっている。お由さ

んは肺が悪いので、診てもらうのを厭がっていた。時ちゃんを待ちながら、寺の庭を見ているとねむの花が桃色に咲いて、旅の田舎《いなか》の思い出がふっと浮んできた。

夜、鼠《ねずみ》花火を買って来て燃やす。

チップ一円二十銭也。

（六月×日）

昼、浴衣《ゆかた》を一反買いたいと思って街に出てみると、肩の薄くなった男に出会う。争って別れた二人だけれども、偶然にこんなところで会うと、二人共沈黙《だま》って笑ってしまう。あのひとは鰻《うなぎ》がたべたいという。二人で鰻丼《うなどん》をたべにはいる。何か心楽し。浴衣の金を皆たせてやる。病人はいとしや。――母より小包み来る。私が鼻が悪いといってやったので、ガラガラに乾《ほ》してある煎《せん》じ薬と足袋《たび》と絞り木綿《もめん》の腰巻を送って来た。カフエーに勤めているなんていってやろうものなら、どんなにか案じるお母さん、私は大きいお家の帳場をしていると嘘《うそ》の手紙を書いて出した。

夜。

お君さんが私の処へたずねて来た。これから質屋に行くのだといって大きい風呂敷《ふろしき》包みを持っていた。

「こんな遠い処の質屋まで来るの？」

「前からのところなのよ。板橋の近所って、とても貸さないのよ……」

相変らず一人で苦労をしているらしいお君さんに同情するなり。

「ね、よかったらお蕎麦《そば》でも食べて行かない、おごるわよ。」

「ううんいいのよ、ちょっと人が待っているから、またね。」

「じゃア質屋まで一緒に行く、いいでしょう。」

その後銀座の方に働いていたというお君さんには若い学生の恋人が出来ていた。

「私はいよいよ決心したのよ、今晩これからちょっと遠くへ都落ちするつもりで、実は貴女の顔を見に来たの。」

こんなにも純情なお君さんがうらやましくて仕方がない。何もかも振り捨てて私は生れて初めて恋らしい恋をしたのだわ。ともお君さんはいうなり。

「子供も捨てて行くの？」

「それが一番身に堪《こた》えるんだけれども、もうそんな事を言ってはおられなくなってしまったのよ。子供の事を思うと空おそろしくなるけれど、私とても、とても勝てなくなってしまったの。」

お君さんの新《あた》らしい男の人は、あんまり豊かでもなさそうだったけれど、若者の持つりりしい強さが、あたりを圧していた。

「貴女も早く女給なんてお止《よ》しなさい、ろくな仕事じゃアありませんよ。」

私は笑っていた。お君さんのように何もかも捨てさる情熱があったならば、こんなに一人で苦しみはしないとおもう。お君さんのお養母《かあ》さんと、御亭主とじゃ、私のお母さんの美しさはヒカクになりません。どんなに私の思想の入れられないカクメイが来ようとも、千万人の人が私に矢をむけようとも、私は母の思想に生きるのです。貴方たちは貴方たちの道を行って下さい。私はありったけの財布をはたいて、この勇ましく都落ちする二人に祝ってあげたい。私のゼッタイのものが母であるように、お君さんの唯一《ゆいいつ》の坊やを、私は蔭《かげ》で見てやってもいいと思えた。

街では星をいっぱい浴びて、ラジオがセレナーデを唄っている。

私の袂《たもと》には、エプロンがまるまってはいっている。

夜の曲。都会の夜の曲。メカニズム化したセレナーデよ、あんなに美しい唄を、ラジオは活字のように街の空で唸《うな》っている。騒音化した夜の曲。人間がキカイに食われる時代、私は煙草《たばこ》屋のウインドウの前で白と赤のマントを拡《ひろ》げたマドリガルという煙草が買いたかったのだ。すばらしい享楽、すばらしい溺酔、マドリガルの甘いエクスタシイ、嘘でも言わなければこの世の中は馬鹿らしくって歩けないじゃありませんか——。さあ、みんなみんな、私は何でもかでもほしいんですよ。

時ちゃんは文学書生とけんかをしていた。

「何だいドテカボチャ、ひやけの茄子《なす》！　もう五十銭たしゃ横町へ行けるじゃあないか！」

酔っぱらった文学書生がキスを盗んだというので、時ちゃんが、ソーダ水でジュウジュウ口をすすぎながら呶鳴《どな》っていた。お上《かみ》さんは病気で二階に寝ている。何時《いつ》も女給たちの生血を絞っているからろくな事がないのよ。しょっちゅう病気してるじゃないの……こう言ってお由さんはお上さんの病気を気味良がっていた。

（六月×日）

お上さんはいよいよ入院してしまった。出前持ちのカンちゃんが病院へ行って帰ってこないので、時ちゃんが自転車で出前を持って行く。べらぼうな時ちゃんの自転車乗りの姿を見ていると、涙が出る程おかしかった。とにかく、この女は自分の美しさをよく知っているからとても面白い。——夕方風呂から帰って着物をきかえていると、素硝子の一番てっぺんに星が一つチカチカ光っていた。ああ久しく私は夜明けというものを見ないけれど、田舎の朝空がみたいものだ。表に盛塩《もりじお》してレコードをかけていると、風呂から女たちが順々に帰って来る。

「もうそろそろ自称飛行家が来る頃じゃないの……」

この自称飛行家は奇妙な事に支那そば一杯と、老酒《ラオチュー》いっぱいで四、五時間も駄法螺《だぼら》を吹いて一円のチップをおいて帰って行く。別に御しゅうしんの女もなさそうだ。

三番目。

私の番に五人連《づれ》のトルコ人がはいって来た。ビールを一ダース持って来させると、順々に抜いてカンパイしてゆくあざやかな呑みぶりである。白い風呂敷包みの中から、まるでトランクのように大きい風琴《ふうきん》を出すと、風琴の紐《ひも》を肩にかけて鳴らし出す。秋の山の風でも聞いているような、風琴の音色、皆珍《めず》らしがってみていた。ボクノヨブコエワスレタカ。何だと思ったらかごの鳥の唄だった。帽子の下に、もう一つトルコ帽をかぶって、仲々意気な姿だった。

「ニカイアガリマショウ。」

若いトルコ人が私をひざに抱くと、二階をさかんに指差している。

「ニカイノ　アルトコロコノヨコチョウデス。」

「ヨコチョウ？　ワカラナイ。」

私たちを淫売婦とでもまちがえているらしい。

「ワタシタチ　トケイヤ。」

若いのが遠い国で写したのか、珍らしい樹《き》の下で写した小さい写真を一枚ずつくれるなり。

「ニカイ　アガリマショウ、ワタシ　アヤシクナイ。」

「ニカイアリマセン。ミンナ　カヨイデス。」

「ニカイ　アリマセン?」

またビール一ダースの追加、一人がコールドビーフを註文すると、お由さんが気に入っていたのか、何かしきりに皿を指さしている。

「困ったわ、私英語なんか知らないんですもの、ゆみちゃん何を言ってんのか聞いてみてよ……」

「あの、飛行機屋さんにおききなさいよ、知ってるかも知れないわ。」

「冗談じゃない、発音がちがうから判《わか》らないよ。」

「あら飛行機屋さんにも判らないの、困っちゃうわね。」

「ソースじゃなさそうね。」

何だか辛子《からし》のようにも思えるんだけれど、生憎《あいにく》、からしかと訊《き》く事を知らない私は、

「エロウ・パウダ?」

顔から火の出る思いで聞いてみた。

「オオエス!　エス!」

辛子をキュウキュウこねて持って行くと、みんな手の指を鳴らして喜んでいた。

自称飛行家はコソコソ帰っていった。

「トルコの天子さん何て言うの？」

時ちゃんが、エロウ・パウダ氏にもたれて聞いている。

「テンシサンなんて判るもんですか。」

「そう、私はこの人好きだけど通じなきゃ仕方がないわ。」

酒がまわったのか、風琴は遠い郷愁を鳴らしている。ニカイ　アガリマショウの男は、盛んに私にウインクしていた。日本人とよく似た人種だと思う、トルコってどんなところだろう。私は笑いながら聞いた。

「アンタの名前、ケマルパシャ？」

五人のトルコ人は皆で私にエスエスと首を振っていた。

◇

（九月×日）

古い時間表をめくってみた。どっか遠い旅に出たいものだと思う。真実のない東京にみきりをつけて、山か海かの自然な息を吸いに出たいものなり。私が青い時間表の地図からひらった土地は、日本海に面した直江津《なおえつ》という小さい小港だった。ああ海と港の旅情、こんな処《ところ》へ行ってみたいと思う。これだけでも、傷ついた私を慰めてくれるに違いない。だけど今どき慰めなんて言葉は必要じゃない。死んでは困る私、生きていても困る私、酌婦にでもなんでもなってお母さんたちが幸福になるような金がほしいのだ。なまじっかガンジョウな血の多い体が、色んな野心をおこします。ほんとに金がほしいのだ！

富士山――暴風雨

停車場の待合所の白い紙に、いま富士山は大あれだと書いてある。フン！　あんなものなんか荒れたってかまいはしない。風呂敷《ふろしき》包み一つの私が、上野から信越線に乗ると、朝の窓の風景は、いつの間にか茫々《ぼうぼう》とした秋の景色だった。あたりはすっかり秋になっている。窓を区切ってゆく、玉蜀黍《とうもろこし》の葉は、骨のようにすがれてしまっていた。人生はすべて秋風万里、信じられないものばかりが濁流のように氾濫している。爪《つめ》の垢《あか》ほどにも価しない私が、いま汽車に乗って、当てもなくうらぶれた旅をしている。私は妙に旅愁を感じると瞼《まぶた》が熱くふくらがって来た。便所臭い三等車の隅ッこに、銀杏返《いちょうがえ》しの鬢《びん》をくっつけるようにして、私はぼんやりと、山へはいって行く汽車にゆられていた。

古里の厩《うまや》は遠く去った
花がみんなひらいた月夜
港まで走りつづけた私であった

朧《おぼろ》な月の光りと赤い放浪記よ
首にぐるぐる白い首巻をまいて
汽船を恋した私だった。

一切合切が、何時《いつ》も風呂敷包み一つの私である。私は心に気弱な熱いものを感じながら、古い詩稿や、放浪日記を風呂敷包みから出しては読みかえしてみた。体が動いているせいか、瞼の裏に熱いものがこみあげて来ても、詩や日記からは、何もこみ上げて来る情熱がこない。たったこれだけの事だったのかと思う。馬鹿らしい事ばかりを書きつぶして溺れている私です。

汽車が高崎に着くと、私の周囲の空席に、旅まわりの芸人風な男女が四人で席を取った。私はボンヤリ彼等を見ていた。彼たちは、私とあまり大差のないみすぼらしい姿である。上の網棚には、木綿《もめん》の縞《しま》の風呂敷でくるんだ古ぼけた三味線と、煤《すす》けたバスケットが一つ、彼たちの晒《さら》された生活を物語っていた。

「姐御《あねご》はこっちに腰掛けたら……」

同勢四人の中の、たった一人の女である姐御と呼ばれた彼女は、つぶしたような丸髷《まるまげ》に疲れた浴衣《ゆかた》である。もう三十二、三にはなっているのだろう、着崩れた着物の下から、何か仇《あだ》めいた匂《にお》いがして窶《やつ》れた河合武雄(11)といってもみたい女だった。その女と並んで、私の向《む》こう横に腰かけたつれの男は額がとても白い。紺縮みの着物に、手拭《てぬぐい》のように細いくたびれた帯をくるくる巻いて、かんしょうに爪をよく噛《か》んでいた。

「ああとてもひでえ目にあったぜ。」

目玉のグリグリした小さい方が、ひとわたり四囲をみまわして大きい方につぶやくと、汽車は逆もどりしながら、横川の駅に近くなった。この芸人たちは、寄席芸人の一行らしいのだ。向うの男と女は、時々思い出したようにボソボソ話しあっていた。「アレ！　何だね、俺ア気味が悪いでッ。」突然トンキョウな声がおこると、田舎《いなか》者らしい子供連れのお上《かみ》さんが、網棚の上を見上げた。お上さんの目を追うと、芸人たちの持ちものである網棚のバスケットから、黒ずんだ赤い血のようなものがボトボトしたたりこぼれていた。

「血じゃねえかね！」

「旅のお方！　お前さんのバスケットじゃねえかね。」

背中あわせの、芸人の男女に、田舎女の亭主らしいのが、大きい声で呶鳴《どな》ると、ボンヤリと当もなく窓を見ていた男と女は、あたふたと、恐れ入りながら、バスケットを降ろして蓋《ふた》をあけている。――ここにもこれだけの生活がある。私は頬の上に何か血の気の去るのを感じる思いだった。そのバスケットの中には、ふちのかけた茶碗や、朱のはげた鏡や、白粉《おしろい》や櫛《くし》や、ソースびんが雑然と入れてあった。

「ソースの栓が抜けたんですわ……」

女はそう一人ごとを言いながら、自分の白い手の甲にみみずのように流れているソースの滴《しずく》をなめた。その侘し気なバスケット物語が、トヤについたこの人たちの幾日かの生活をものがたっている。女のひとはバスケットを棚へ上げると、あとはまた汽車の轟々《ごうごう》たる音である。私の前の弟子らしい男たちは、眠ったような顔をしていた。

「ああ俺アつまらねえ、東京へ帰って、いまさんの座にでもへえりていや、いつまでこうしてたって、寒くなるんだしなア……」

弟子たちのこの話が耳にはいったのか、紺縮みの男は、キラリと眼をそらすと、

「オイ！　たんちゃん、横川へついたら、電報一ツたのんだぜ。」

と、いった。四人共白けている。夫婦でもなさそうな二人のものの言いぶりに、私はこの男と女が妙に胸に残っていた。

夜。

直江津の駅についた。土間の上に古びたまま建っているような港の駅なり。火のつきそめた駅の前の広場には、水色に塗った板造りの西洋建《だ》ての旅館がある。その旅館の横を切って、軒の出っぱった煤けた街が見えている。嵐もよいの湫々《しゅうしゅう》とした潮風が強く吹いていて、あんなにあこがれて来た私の港の夢はこっぱみじんに叩《たた》きこわされてしまった。こんなところも各自の生活で忙《いそ》がしそうだ。仕方がないので私は駅の前の旅館へひきかえす。

(11)　(一八七七―一九四二)。新派俳優。女形として活躍。

硝子戸《ガラスど》に、いかやと書いてあった。

階下の廊下では、そうぞうしく小学生の修学旅行の群がさわいでいた。

洗面所で顔を洗っていると、

「俺ア鰯《いわし》をもういっぺん食べてえなア。」

山国の小学生の男の子たちが魚の話を珍《めず》らしげに話していた。私は二円の宿代を払って、外へ散歩に出てみた。雲がひくくかぶさっている。街をゆく人たちは、家々の深いひさしの下を歩いている。芝居小屋の前をすぎると長い木橋があった。海だろうか、河なのだろうか、水の色がとても青すぎる。ぼんやり立って流れを見ていると、目の下を塵芥《じんかい》に混って鳩《はと》の死んだのがまるで雲をちぎったように流れていっていた。旅空で鳩の流れて行くのを見ている私。ああ何もこの世の中からもとめるもののなくなってしまったいまの私は、別に私のために心を痛めてくれるひともないのだと思うと、私はフッと鳩のように死ぬ事を考えているのだ。何か非常に明るいものを感じる。木橋の上は荷車や人の跫音《あしおと》でやかましく鳴っている。静かに流れて行く鳩の死んだのを見ていると、幸福だとか、不幸だとか、もう、あんなになってしまえば空《くう》の空《くう》だ。何もなくなってしまうのだと思った。だけど、鳥のように美しい姿だといいんだが、あさましい死体を晒す事を考えると侘しくなってくる。駅のそばで団子を買った。

「この団子の名前は何と言うんですか?」

「ヘエ継続だんごです。」

「継続だんご……団子が続いているからですか?」

海辺の人が、何て厭《いや》な名前をつけるんでしょう、継続だんごだなんて……。駅の歪《ゆが》んだ待合所に腰をかけて、白い継続だんごを食べる。あんこなめていると、あんなにも死ぬ事に明るさを感じていた事が馬鹿らしくなってきた。どんな田舎だって人は生活しているんだ。生きて働かなくてはいけないと思う。田舎だって山奥だって私の生きてゆける生活はあるはずだ。私のガラスのような感傷は、もろくこわれやすい。田舎だの、山奥だの、そんなものはお伽噺《とぎばなし》の世界だろう。煤けた駅のベンチで考えた事は、やっぱり東京へかえる事であった。私が死んでしまえば、誰よりもお母さんが困るのだもの……。

低迷していた雲が切れると、灰をかぶるような激しい雨が降ってきた。汐《しお》くさい旅客と肩をあわせながら、こんなところまで来た私の昨日の感傷をケイベツしてやりたくなった。昨夜の旅館の男衆がこっちを見ている。銀杏返しに結っているから、酌婦かなんかとでも思っているのかも知れない。私も笑ってやる。

長い夜汽車に乗った。

（九月×日）

またカフエーに逆もどり。めちゃくちゃに狂いたい気持ちだった。めちゃくちゃにひとがこいしい……。ああ私は何もかもなくなってしまった酔《よ》いどれ女でございます。叩きつけてふみたくって下さい。乞食《こじき》と隣りあわせのような私だ。家もなければ古里も、そしてたった一人のお母さんをいつも泣かせている私である。誰やらが何とかいいましたって……、酒を飲むと鳥が群れて飛んで来ます。樹《き》がざわざわ鳴っているような不安で落ちつけない私の心、へエ！　淋しいから床を蹴《け》って、心臓が唄《うた》います事に、凭《よ》りどころなきうすなさけ、ても味気ないお芙美さん……。誰かが、めちゃくちゃに酔っぱらった私の唇を盗んで行きました。声をたてて泣いている私の声、そっと眼を挙げると、女たちの白い手が私の肩に鳥のように並んでいました。

「飲みすぎたのね、この人は感情家だから。」

サガレンのお由さんが私のことを誰かに言っている。私は血の上るようなみっともなさを感じると、シャンと首をもたげて鏡を見に立って行った。私の顔が二重に写っている鏡の底に、私を睨《にら》んでいる男の大きい眼、私は旅から生きてかえった事がうれしくなっている。こんな甘いものだらけの世の中に、自分だけが真実らしく死んで見せる事は愚かな至りに御座候《そうろう》だ。継続だんごか！　芝居じみた眼をして、心あり気に睨んでいる男の顔の前で、私はおばけの真似《まね》でもしてみせてやりたいと思う。……どんな真実そうな顔をしていたって、酒場の男の感傷は生ビールよりはかないのですからね。私がたくさん酒を呑んだって帳場では喜んでいる、蛆虫《うじむし》メ！

「酔っぱらったからお先に寝さしてもらいます。」

芙美子は強し。

(十月×日)

秋風が吹く頃になりました。わたしはアイーダーを唄っています。

「ね！　ゆみちゃん、私は、どうも赤ん坊が出来たらしいのよ、厭になっちまうわ……」

沈黙《だま》って本を読んでいる私へ、光ちゃんが小さい声でこんな事をいった。誰も居ないサロンの壁に、薔薇《ばら》の黄いろい花がよくにおっていた。

「幾月ぐらいなの？」

「さあ、三月ぐらいだとおもうけど……」

「どうしたのよ……」

「いま私んとこ子供なんか出来ると困るのよ……」

二人はだまってしまった。おでんを食べに行った女たちがぞろぞろかえって来る。

私のいやな男がまたやって来る。えてして芝居もどきな恰好《かっこう》で、女を何とかしようというものに、ろくなのはいない。こんなお上品な男の前では、大口をあけて、何かムシャムシャ食べているに限ります。私はうで玉子を卓子の角で割りながら、お由さんと食べる。

「おゆみさんいらっしゃいよ。」

酔いどれ女の芸当がまだ見たいんですか、私は表に出てゆくと、街を吹く秋の風を力いっぱい吸った。エプロンをはずして、私もこの人混の中にはいってみたいと思った。露店が雨のようにならんでいる。

「ちょっとおたずねしますが、お宅は女給さん入らないでしょうか?」

昔のスカートのように、いっぱいふくらんだ信玄袋を持った大きい女が、人混から押されて私の前に出て来た。

「さあ、いま四人もいるのですけれど、まだ入ると思いますよ、聞いてあげましょうか、待っていらっしゃい。」

ドアを押すと、あの男は酔いがまわったのか、お由さんの肩を叩いて言っていた。

「僕はどうも気が弱くてね。」

御もっとも様でございますよ。――連れて来てごらんというお上さんの言葉で、台所からまわって、私は信玄袋の女をまねくと、急に女は泣き出して言った。「私は田舎から出て来たばかりで、初めてなんですが、今晩行くところがないから、どうしてもつかって下さい、一生懸命働きます。」といっている。うすら冷たい風に、メリンスの単衣《ひとえ》がよれよれになって寒そうだった。どうせ、こんなカフエーなんて、女でありさえすればいいのだもの、この女だって、信玄袋をとれば鏡をみつめ出すにわかっています。

「お上さん、とても店には女がたりないんですからおいてあげて下さいよ。」

上州生れで、繭のように肥った彼女は、急な裏梯子《うらばしご》から信玄袋をかついで二階の女給部屋に上って行った。「お蔭《かげ》様でありがとうございます。」暗がりにうずくまっている女の首が太く白く見えた。

「あなた、いくつ？」

「十八です。」

「まあ若い……」

女が着物をぬいで不器用な手つきで支度をしているのをそばでじっと見ていると、私は何かしら眼頭が熱くなって来た。ああ暗がりって、どうしてこんなにいいものなのだろう、埃《ほこり》のいっぱいしている暗い燈の下で、唇を毒々しくルウジュで塗った女たちが、せいいっぱいな唄をうたっている。おお神様いやなことです。

「ゆみちゃん！　あの人がいらっしゃってよ。」

いつまでもこの暗がりで寝転がっていたいのに、由ちゃんが何か頰ばりながら二階へ上ってきた。新《あた》らしくきた女のひとにエプロンを貸してやる。妙にガサガサ荒れた手をしていた。

「私、一度世帯《しょたい》を持った事がありましてね。」

「…………」

「これから一生懸命働きますから、よろしくお願いいたします。」

「ここにいる人たちは、皆同じことをして来た人たちなんだから、皆同じようにしていりゃいいのよ。場銭が十五銭ね、それから、それから、店のものはこわさないようになさい、三倍位には取られてしまうのよ、それから、この部屋で、お上さんも旦那も、女給もコックも一緒に寝るんだから、その荷物は棚へでもあげておおきなさい。」

「まあこんなせまいところにねるのですか。」

「ええそうなのよ。」

階下へ降りると、例の男がよろよろ歩いて来て私にいった。

「どっか公休日に遊びに行きませんか！」

「公休日？　ホッホホホホ私とどっかへ行くと、とても金がかかりますよ。」

そうして私は帯を叩いて言ってやった。

「私赤ん坊がいるから当分駄目なんですよ。」

◇

(十二月×日)

「飯田がね、鏝《こて》でなぐったのよ……厭《いや》になってしまう……」

飛びついて来て、まあよく来たわね、といってくれるのを楽しみにしていた私は、長い事待たされて、暗い路地の中からしょんぼり出て来たたい子さんを見ると、ふと自動車や行李《こうり》や時ちゃんが何か非常に重荷になってきてしまって、来なければよかったんじゃないかと思えて来た。

「どうしましょうね、今さらあのカフエーに逆もどりも出来ないし、少し廻って来ましょうか、飯田さんも私に会うのはバツが悪いでしょうから……」

「ええ、ではそうしてね。」

私は運転手の吉さんに行李をかついでもらうと、酒屋の裏口の薬局みたいな上りばなに行李を転がしてもらって、今度は軽々と、時ちゃんと二人で自動車に乗った。

「吉さん！　上野へ連れて行っておくれよ。」

時ちゃんはぶざまな行李がなくなったので、陽気にはしゃぎながら私の両手を振った。

「大丈夫かしら、たい子さんって人、貴女《あなた》の親友にしちゃあ、随分冷たい人ね、泊めてくれるかしら……」

「大丈夫よ、あの人はあんな人だから、気にかけないでもいいのよ、大船に乗ったつもりでいらっしゃい。」

二人はお互《たがい》に淋しさを嚙《か》み殺していた。

「何だか心細くなって来たわね。」

時ちゃんは淋しそうに涙ぐんでいる。

「もうこれ位でいいだろう、俺たちも仕事しなくちゃいけないから。」

十時頃だった、星が澄んで光っている。十三屋の櫛《くし》屋のところで自動車を止めてもらうと、時ちゃんと私は、小さい財布を出して自動車代を出した。

「街中乗っけてもらったんだから、いくらかあげなきゃあ悪いわ。」

吉さんは、私たちの前に汚れた手を出すと、

「馬鹿！　今日のは俺のセンベツだよ。」といった。

吉さんの笑い声があまり大きかったので、櫛屋の人たちもビックリしてこっちを見ている。

「じゃ何か食べましょう、私の心がすまないから。」

私は二人を連れると、広小路のお汁粉屋にはいった。吉さんは甘いもの好きだから、ホラお汁粉一杯上ったよ！　ホラも一ツ一杯上ったよ！　お爺《じい》さんのトンキョウな有名な呼び声にも今の淋しい私には笑えなかった。「吉さん！　元気でいてね。」時ちゃんは吉さんの鳥打帽子の内側をかぎながら、子供っぽく目をうるませていた。――歩いて私たちが本郷の酒屋の二階へ帰って行った時はもう十二時近かった。夜更《よふ》けの冷たい舗道《ほどう》の上を、支《シ》那蕎麦《ナそば》屋の燈火が通っているきりで、二人共沈黙《だま》って白い肩掛を胸にあわせた。

酒屋の二階に上って行くと、たいさんはいなくて、見知らない紺がすりの青年が、火の気のない火鉢にしょんぼり手をかざしていた。何をする人なのかしら……私は妙に白々としたおもいだった。寒い晩である。歯がふるえて仕方がない。

「たい子さんというひとが帰らなければ私たちは寝られないの？」

時ちゃんは、私の肩にもたれて、心細げに聞いている。

「寝たっていいのよ、当分ここにいられるんだもの、蒲団《ふとん》を出してあげましょうか。」

押入れをあけると、プンと淋しい女の一人ぐらしの匂《にお》いをかいだ。たい子さんだって淋しいのだ。大きなアクビにごまかして、袖《そで》で眼をふきながら、蒲団を敷いて時ちゃんをねせつけてやる。

「貴女は林さんでしょう……」

その青年はキラリと眼鏡を光らせて私を見た。

「僕、山本です。」

「ああそうですか、たいさんに始終聞いていました。」

なあんだ、私がしびれの切れた足を急に投げだすと、寒いですねという話から、二人の気持ちはほぐれて来た。色々話をしていると、段々この青年のいい所がめについて来る。

私は一生懸命あいつを愛しているんですがといって、山本さんは涙ぐんでいる。そして、火鉢の灰をじっとかきならしていた。

たい子さんは幸福者だと思う。私は別れて間もない男の事を考えていた。あんなに私をなぐってばかりいたひとだったけれど、このひとの純情が十分の一でもあったらと思う。時ちゃんはもういびきをかいて眠っていた。「では僕は帰りますから、明日の夕方にでも来るようにいって下さいませんか。」もう二時すぎである。青年は下駄を鳴らして帰って行った。たい子さんは、あの人との子供の骨を転々と持って歩いていたけれど、いまはどうしてしまったかしら、部屋の中には折れた鏝が散乱していた。

（十二月×日）

雨が降っている。夕方時ちゃんと二人で風呂《ふろ》に行った。帰って髪をときつけていると、飯田さんが来る。私は袖のほころびを縫いながら、このごろおぼえた唄《うた》をフッとうたいたくなっていた。ああ厭になってしまう。別れてまでノコノコと女のそばへ来るなんて、飯田さんもおかしい人だと思う。たい子さんは沈黙っている。

「こんなに雨が降るのに行くの？」

たい子さんは侘しそうに、ふところ手をして私たちを見ていた。

二人で浅草へ来た時は夕方だった。激しい雨の降る中を、一軒一軒、時ちゃんの住み込みよさそうな家をさがしてまわった。やがてきまったのはカフエー世界という家だった。

「どっかへ引っ越す時は知らしてね、たい子さんによろしくいってね。」

時ちゃんはほんとうに可愛《かわい》い娘だ。野性的で、行儀作法は知らないけれども、いいところのある女なり。

「久し振りで、二人で、別れのお酒もりでもしましょうか……」

「おごってくれる?」

「体を大事にして、にくまれないようにね。」

浅草の都寿司《ずし》にはいると、お酒を一本つけてもらって、私たちはいい気持ちに横ずわりになった。雨がひどいので、お客も少《すくな》いし、バラック建てだけれども、落ちついたいい家だった。

「一生懸命勉強してね。」

「当分会えないのね時ちゃんとは……私、もう一本呑みたい。」

時ちゃんはうれしそうに手を鳴らして女中を呼んだ。やがて、時ちゃんをカフエーに置いて帰ると、たい子さんは一生懸命何か書きものをしていた。九時頃山本さんみえる。

私は一人で寝床を敷いて、たい子さんより先に寝ついた。

（十二月×日）

フッと眼を覚ますと、せまい蒲団なので、私はたい子さんと抱きあってねむっていた。二人とも笑いながら背中をむけあう。

「起きなさい。」

「私いくらでも眠りたいのよ……」

たい子さんは白い腕をニュッと出すと、カーテンをめくって、陽の光《ひか》りを見上げた。——梯子《はしご》段を上って来る音がしている。たい子さんは無意識に、手を引っこめると、

「寝たふりをしてましょう、うるさいから。」といった。

私とたいさんは抱きあって寝たふりをしていた。やがて襖《ふすま》があくと、寝ているの？　と呼びかけながら山本さんはいって来る。山本さんが私たちの枕元《まくらもと》になれなれしく坐《すわ》ったので、私はちょっと不快になる。しかたなく目をさました。たい子さんは、

「こんなに朝早くから来てまだ寝てるじゃありませんか。」

「でも勤め人は、朝か夜かでなきゃあ来られないよ。」

私はじっと目をとじていた。どうしたらいいのか、たいさんのやり方も手ぬるいと思った。厭なら厭なのだと、はっきりことわればいいのだ。

今日から街はりょうあんである。昼からたい子さんと二人で銀座の方へ行ってみた。

「私はね、原稿を書いて、生活費位は出来るから、うるさいあそこを引きはらって、郊外に住みたいと思っているのよ……」

たいさんは茶色のマントをふくらませて、電気スタンドの美しいのをショーウインドに眺めながら、そのスタンドを買うのが唯一《ゆいいつ》の理想のようにいった。歩けるだけ歩きましょう。銀座裏の奴《やっこ》寿司で腹が出来ると、黒白の幕を張った街並を足をそろえて二人は歩いていた。朝でも夜でも牢屋はくらい、(12)いつでも鬼メが窓からのぞく。二人は日本橋の上に来ると、子供らしく欄干に手をのせて、飄々《ひょうひょう》と飛んでいる白い鷗《かもめ》を見降ろしていた。

一種のコウフンは私たちには薬かも知れない

二人は幼稚園の子供ように

足並をそろえて街の片隅を歩いていた。

同じような運命を持った女が

同じように眼と眼をみあわせて淋しく笑ったのです。

なにくそ！

笑え！　笑え！　笑え！

たった二人の女が笑ったとて

(12)　ゴーリキー(一八六八―一九三六)の戯曲「どん底」中の歌。

つれない世間に遠慮は無用だ
私たちも街の人たちに負けないで
国へのお歳暮《せいぼ》をしましょう。

鯛《たい》はいいな
甘い匂いが嬉しいのです
私の古里は遠い四国の海辺
そこには父もあり母もあり
家も垣根も井戸も樹木も

ねえ、小僧さん！
お江戸日本橋のマークのはいった
大きな広告を張って下さい
嬉しさをもたない父母が
どんなに喜んで遠い近所に吹《ふい》ちょうして歩く事でしょう
——娘があなた、お江戸の日本橋から買って送って呉れましたが、まあ一ツお上りなしてハイ……。

信州の山深い古里を持つかの女も
茶色のマントをふくらませ
いつもの白い歯で叫んだのです。
――明日は明日の風が吹くから、ありったけの銭で買って送りましょう…………。
小僧さんの持っている木箱には
さつまあげ、鮭《さけ》のごまふり、鯛の飴《あめ》干《ぼ》し

二人は同じような笑いを感受しあって
日本橋に立ちました。

日本橋！　日本橋！
日本橋はよいところ
白い鷗が飛んでいた。

二人はなぜか淋しく手を握りあって歩いたのです。

ガラスのように固い空気なんて突き破って行こう
二人はどん底の唄をうたいながら
気ぜわしい街ではじけるように笑いあいました。

私はなつかしい木箱の匂いを胸に抱いて、国へのお歳暮を愉《たの》しむ思いだった。

（十二月×日）

「今夜は、庄野さんが遊びに来てよ、ひょっとすると、貴女の詩集位は出してくれるかもわからないわね。新聞をやっているひとの息子ですってよ……」たいさんがそんなことをいった。たいさんと二人で夕飯を食べ終ると、二人は隣の部屋の、軍人上りの株屋さんだという、子持ちの夫婦者のところへまねかれて遊びに行く。「貴女たちは呑気《のんき》ですね。」たいさんも私もニヤニヤ笑っている。お茶をよばれながら、三十分も話をしていると庄野さんがやって来た。インバネスを着て、ぞろりとした恰好《かっこう》だ。この人は酔《よ》っぱらっているんじゃないかと思う程クニャクニャした軀《からだ》つきをしていた。でも人の良さそうな坊ちゃんである。こんな人に詩集を出して貰《もら》ったって仕様がない。私は菓子を買って来た。炬燵《こたつ》にあたって三人で雑談をする。やがて、飯田さんと山本さん二人ではいって来る、ただならない空気だ。

飯田さんがたい子さんにおこっている。飯田さんは、たい子さんの額にインキ壺を投げつけた。唾《つば》が飛ぶ。私は男への反感がむらむらと燃えた。「何をするんですッ。また、たい子さんもどうしたのッ、これは……」たいさんは、流れる涙をせぐりあげながら話した。「飯田にいじめられていると、山本のいいところが浮んで来るの、山本のところへ行くと、山本がものたりなくなるのよ。」「どっちをお前は本当に愛しているのだ?」私は二人の男がにくらしかった。

「何だ貴方《あなた》たちだって、いいかげんな事をしてるじゃないのッ!」

「なにッ!」

飯田さんは私を睨《にら》む。

「私は飯田を愛しています。」

たい子さんはキッパリいい切ると、飯田さんをジロリと見上げていた。私はたいさんが何故《なぜ》か憎らしかった。こんなにブジョクされてまでもあんなひとがいいのかしら……山本さんは溝《どぶ》へ落ちた鼠《ねずみ》のようにしょんぼりすると、蒲団は僕のものだから持ってかえるといい出した。すべてが渦のようである。——やがて何時《いつ》の間にか、たい子さんはいち早く山田清三郎氏のところへ逃げて行った。私はブツブツいいながら三人の男たちと外に出た。カフエーにはいって、酒を呑む程に酔《よい》がまわる程に、四人はますますくだらなく落ちこんで来る。庄野さんは私に下宿に泊れといった。蒲団のない寒さを思うと、私は何時の間にか庄野さんと自動車に乗っていた。舌たらずのギコウにまけてなるものか。私は酒に酔ったまねは大変上手です。二人はフトンの上に、二等分に帯をひっぱって寝た。

「山本君だって飯田君だってたいさんだって、あとで聞いたら関係があるというかも知れないね。」

「いったっていいでしょう。貴方も公明正大なら、私も公明正大ね、一夜の宿をしてくれてもいいでしょう。蒲団がなけりゃ仕様がないもの。」

私は、私に許された領分だけ手足をのばして目をとじた。たいさんも宿が出来たかしら……目頭に熱い涙が湧《わ》いてくる。

「庄野さん！　明日起きたら、御飯を食べさせて下さいね、それからお金もかしてね、働いて返しますから……」

私は朝まで眠ってはならないと思った。男のコウフン状態なんて、政治家と同じようなものだ、駄目だと思ったらケロリとしている。明日になったら、またどっかへ行くみちをみつけなくてはいけないと思う。

（十二月×日）

ゆかいな朝である。一人の男に打ち勝って、私は意気ようようと酒屋の二階へ帰ってきた。たいさんも帰っていた。畳の上では何か焼いた跡らしく、点々と畳が焦げていて、たいさんの茶色のマントが、見るもむざんに破られていた。

「庄野さんとこへ昨夜泊ったのよ。」

たいさんはニヤリと笑っていた。いやな笑いかたである。思うように思うがいいだろう。私はもう捨てばちであった。たいさんはいいひとが出来たといった。そして結婚をするかも知れないといっている。うらやましくて仕様がない。今はただ沈黙《だま》っていたいといっていた。淋しかったが、たいさんの顔は何か輝いていて幸福そうだ。みじめな者は私一人じゃないか。私はくず折れた気持ちで、片づけているたい子さんの白い手を呆《ぼ》んやりながめていた。

◇

（二月×日）

黄水仙の花には何か思い出がある。窓をあけると、隣の家の座敷に燈火がついていて、二階から見える黒い卓子の上には黄水仙が三毛猫のように見えた。階下の台所から夕方の美味《おい》しそうな匂《にお》いと音がしている。二日も私は御飯を食べない。しびれた体を三畳の部屋に横たえている事は、まるで古風なラッパのように埃《ほこり》っぽく悲しくなってくる。生唾《なまつば》が煙になって、みんな胃のふへ逆もどりしそうだ。ところで呆然《ぼうぜん》としたこんな時の空想は、まず第一に、ゴヤの描いたマヤ夫人の乳色の胸の肉、頰の肉、肩の肉、酸《す》っぱいような、美麗なものへ、豪華なものへの反感が、ぐんぐん血の塊のように押し上げて来て、私の胃のふは旅愁にくれてしまった。いったい私はどうすれば生きてゆけるのだ。

外へ出てみる。町には魚の匂いが流れている。公園にゆくと夕方の凍った池の上を、子供たちがスケート遊びをしていた。固い御飯だって関《かま》いはしないのに、私は御飯がたべたい。荒れてザラザラした唇には、上野の風は痛すぎる。子供のスケート遊びを見ていると、妙に切ぱ詰った思いになって涙が出た。どっかへ石をぶっつけてやりたいな。耳も鼻も頰も紅《あか》くした子供の群れが、束子《たわし》でこするようにキュウキュウ厭《いや》な音をたてて、氷の上をすべっていた。――一縷《いちる》の望みを抱いて百瀬さんの家へ行ってみる。留守なり。知った家へ来て、寒い風に当る事は、腹がへって苦しいことだ。留守宅の爺《じい》さんに断って家へ入れて貰《もら》う。古呆《ふるぼ》けて妖怪じみた長火鉢の中には、突きさした煙草《たばこ》の吸殻が葱《ねぎ》のように見えた。壁に積んである沢山の本を見ていると、なぜだか、舌に唾が湧《わ》いて来て、この書籍の堆積《たいせき》が妙に私を誘惑してしまう。どれを見ても、カクテール製法の本ばかりだった。一冊売ったらどの位になるのかしら、支那蕎麦《シナそば》に、てん丼《どん》に、ごもく寿司《ずし》、盗んで、すいている腹を満たす事は、悪い事ではないように思えた。火のない長火鉢に、両手をかざしていると、その本の群立が、大きい目玉をグリグリさせて私を嗤《わら》っているように見える。障子の破れが奇妙な風の唄《うた》をうたっていた。ああ結局は、硝子《ガラス》一重さきのものだ。果てしもなく砂に溺れた私の食慾は、風のビンビン吹きまくる公園のベンチに転がるより仕ようがない。へヘッとにかく、二々が四である。たった一枚のこっている、二銭銅貨が、すばらしく肥え太ったメン鶏《どり》にでも生れかわってくれないかぎり、私の胃のふは永遠の地獄だ。歩いて池《いけ》の端《はた》から千駄木町に行った。恭ちゃんの家に寄ってみる。がらんどうな家の片隅に、恭ちゃんも節ちゃんも凸坊も火鉢にかじりついていた。這《は》うような気持ちで御飯をよばれる。口一杯に御飯を頬ばっている時、節ちゃんが、何か一言優しい言葉をかけてくれたのでやみくもに涙が溢れて困ってしまった。何だか、胸を突き上げる気持ちだった。口のなかの飯が、古綿のように拡《ひろ》がって、火のような涙が噴きこぼれてきた。塩っぱい涙がくくみながら、声を挙げて泣き笑いしていると、凸坊が驚いて、玩具をほうり出して一緒に泣き出してしまった。

「オイ！　凸坊！　おばちゃんに負けないでもっともっと大きい声で泣け、遠慮なんかしないで、汽笛のような大きな声で泣くんだよ。」

恭ちゃんが凸坊の頭を優しく叩《たた》くと、まるで町を吹き流してくるじんたのクラリオネットみたいに、凸坊は節《ふし》をつけて大声をあげて泣いた。私の胸にはおかしく温かいものが矢のように流れてくる。

「時ちゃんて娘どうして？」

「月初めに別れちゃったわ、どこへ行ったんだか、仕合せになったでしょう……」

「若いから貧乏に負けっちまうのよ。」

私は赤い毛糸のシャツを二枚持っているから、一枚を節ちゃんに上げようと思った。節ちゃんの肌が寒そうだった。寝転んで、天井を睨《にら》んでいた恭ちゃんがこの頃つくった詩だといって、それを大きい声で私に朗読してくれた。激しい飛び散るようなその詩を聞いていると、私一人の飢えるとか飢えないとかの問題が、まるでもう子供の一文菓子のようにロマンチックで、感傷的で、私の浅い食慾を嘲笑しているようである。正《まさ》しく盗む事も不道徳ではないと思えた。帰って今夜はいいものを書こう。コウフンしながら、楽しみに私は夜風の冷たい町へ出て行った。

星がラッパを吹いている。
突きさしたら血が吹きこぼれそうだ
破れ靴のように捨てられた白いベンチの上に
私まるで淫売婦のような姿態で
無数の星の冷たさを眺めている
朝になれば
あんな光った星は消えてしまうじゃありませんか

誰でもいい！
思想もけいべつしてしまった、白いベンチの女の上に
臭い接吻《せっぷん》でも浴びせて下さいな
一つの現実は
しばし飢えを満たしてくれますからね。

家に帰る事が、むしょうに厭になってしまった。人間の生活とは、かくまでも侘しいものなのか！　ベンチに下駄をぶらさげたまま横になっていると、星があんまりまぶしい。星は何をして生きているのだろう。

星になった女！　星から生れた女！　頭がはっきりする事は、風が筒抜けで馬鹿のように悲しくなるだけだ。夜更《よふ》け、馬に追いかけられた夢を見た。隣室の唸《うな》り声頭痛し。


（二月×日）

朝から雪混りの雨が降っている。寝床で当にならない原稿を書いていると、十子が遊びに来てくれた。

「私、どこへも行く所がなくなったのよ、二、三日泊めてくれない？」

羽根のもげたこおろぎのような彼女の姿態から、押花のような匂いをかいだ。

「二、三日泊めることは安いことだけれど、お米も何もないのよ、それでよかったら何日でも泊っていらっしゃい。」

「カフエーのお客って、みんなジュウみたいね、鼻のさきばかり赤くしていて、真実なんかというものは爪《つめ》の垢《あか》ほどもありゃしないんだから……」(13)

「カフエーのお客でなくったって、いま時、物々交換でなくちゃ……この世の中はせち辛《がら》いのよ。」

「あんなところで働くのは、体より神経の方が先に参っちゃうわね。」

十子は、帯を昆布巻きのようにクルクル巻くと、それを枕《まくら》のかわりにして、私の裾《すそ》に足を延ばして蒲団《ふとん》へもぐり込んで来た。「ああ極楽！　極楽！」すべすべと柔《やわら》かい十子のふくらはぎに私の足がさわると、彼女は込み上げて来る子供のような笑い声で、何時《いつ》までもおかしそうに笑っていた。

寒い夜気に当って、硝子《ガラス》窓が音を立てている。家を持たない女が、寝床を持たない女が、可愛《かわい》らしい女が、安心して裾にさしあって寝ているのだ。私はたまらなくなって、飛びおきるなり火鉢にドンドン新聞をまるめて焚《た》いた。

「どう？　少しは暖かい？」

「大丈夫よ……」

十子は蒲団を頬までずり上げると、静かに息を殺して泣き出していた。

午前一時。二人で戸外へ出て支那そばを食べた。朝から何もたべていなかった私は、その支那そばがみんな火になってしまうようなおいしい気持ちがした。炬燵《こたつ》がなくても、二人で蒲団にはいっていると、平和な気持ちになってくる。いいものを書きましょう。努力しましょう……。

（二月×日）

朝六枚ばかりの短篇を書きあげる。この六枚ばかりのものを持って、雑誌社をまわることは憂鬱《ゆううつ》になって来た。十子は食パンを一斤買って来てくれる。古新聞を焚いて茶をわかしていると、暗澹とした気持ちになってきて、一切合切が、うたかたの泡より儚《はか》なく、めんどくさく思えて来る。

「私、つくづく家でも持って落ちつきたくなったのよ、風呂敷《ふろしき》一ツさげて、あっちこっち、カフエーやバーをめがけて歩くのは心細くなって来たの……」

「私、家なんかちっとも持ちたくなんぞならないわ。このまま煙のように呆《ぼ》っと消えられるものなら、その方がずっといい。」

「つまらないわね。」

「いっそ、世界中の人間が、一日に二時間だけ働くようになればいいとおもうわ、あと

(13)　ユダヤ人。

は野や山に裸で踊れるじゃないの、生活とは？　なんて、めんどくさい事考えなくてもいいのにね。」

階下より部屋代をさいそくされる。カフエー時代に、私に安ものの、ヴァニティケースをくれた男があったけれど、あの男にでも金をかりようかしらと思う。

「あああの人？　あの人ならいいわ、ゆみちゃんに参っていたんだから……」

ハガキを出してみる、神様！　こんな事が悪い事だとお叱り下さいますな。

（二月×日）

思いあまって、夜、森川町の秋声氏(14)のお宅に行ってみた。国へ帰るのだと嘘《うそ》を言って金を借りるより仕方がない。自分の原稿なんか、頼む事はあんまりはずかしい気持ちがするし、レモンを輪切りにしたような電気ストーヴが赤く愉《たの》しく燃えていて、部屋の中の暖かさは、私の心と五百里位は離れている。犀《さい》という雑誌の同人だという、若い青年がはいって来た。名前を紹介されたけれども、秋声氏の声が小さかったので聞きとれなかった。金の話も結局駄目になって、後で這入《はい》って来た順子さんの華やかな笑い声に押されて、青年と私と秋声氏と順子さんと四人は戸外に散歩に出て行った。

「ね、先生！　おしるこでも食べましょうよ。」

順子さんが夜会巻き風な髪に手をかざして、秋声氏の細い肩に凭《もた》れて歩いている。私の心は鎖につながれた犬のような感じがしないでもなかったけれど、非常に腹がすいていたし、甘いものへの私の食慾はあさましく犬の感じにまでおちこんでしまっていたのだ。誰かに甘えて、私もおしる粉《こ》を一緒に食べる人をさがしたいものだ。四人は、燕楽軒《えんらくけん》の横の坂をおりて、梅園という待合のようなおしる粉屋へはいる。黒い卓子について、つまみのしその実を噛《か》んでいると、ああ腹いっぱいに茶づけが食べてみたいと思った。しる粉屋を出ると、青年と別れて私たち三人は、小石川の紅梅亭という寄席に行った。賀々寿々の新《しん》内《ない》と、三好《さんこう》の酔《よ》っぱらいにちょっと涙ぐましくなっていい気持ちであった。少しばかりの金があれば、こんなにも楽しい思いが出来るのだ。まさか紳士と淑女に連れそって来た私が、お茶づけを腹いっぱい食いたい事にお伽噺《とぎばなし》のような空想を抱いていると、いったい誰が思っているだろう。順子さんは寄席も退屈したという。三人は細かな雨の降る肴町《さかなまち》の裏通りを歩いていた。

「ね、先生！　私こんどの女性の小説の題をなんてつけましょう？　考えて見て頂戴《ちょうだい》な。流れるままには少しチンプだから……」

順子さんがこんな事をいった、団子坂のエビスで紅茶を呑んでいると、順子さんは、寒いから、何か寄鍋でもつつきたいという。

(14)　徳田秋声(一八七一—一九四三)。自然主義の代表的な私小説作家。山田順子との関係は『仮装人物』に描かれる。他に『あらくれ』、『縮図』は絶筆。

「あなた、どこか美味《おい》しいところ知ってらっしゃる？」

秋声氏は子供のように目をしばしばさせて、そうねとおっしゃったきりだった。やがて、私は、お二人に別れた。二人に別れて、やがて小糠雨《こぬかあめ》を羽織に浴びながら、団子坂の文房具屋で原稿用紙を一帖《じょう》買ってかえる。——八銭也——体中の汚れた息を吐《は》き出しながら、まるで尾を振る犬みたいな女だったと、私は私を大声あげて嘲笑《あざわら》ってやりたかった。帰ったら部屋の火鉢に、切り炭が弾《はじ》けていて、カレーの匂いがぐつぐつ泡をふいていた。見知らない赤いメリンスの風呂敷包みが部屋の隅に転がっていて、新《あた》らしい蛇の目の傘がしっとりと濡《ぬ》れたまま縁側に立てかけてあった。隣室ではまた今夜も秋刀魚《さんま》だ。十ちゃんの羽織を壁にかけていると、十ちゃんが笑いながら梯子《はしご》段を上って来て、「お芳ちゃんがたずねて来てね、二人でいま風呂へ行ったのよ。」といった。皆カフエーの友達である。この女はどこか、英百合子《はなぶさゆりこ》に似ていて、肌の美しい女だった。「十ちゃんも出てしまうし、面白くないから出て来ちゃったわ、二日程泊めて下さいね。」まるで綿でも詰っているかのように大きな髷《まげ》なしの髪をセルロイドの櫛《くし》でときつけながら、「女ばかりもいいものね……時ちゃんにこの間逢《あ》ってよ。どうも思わしくないから、またカフエーへ逆もどりしようかっていってたわ。」お芳さんが米も煮えているカレーも買ってくれたんだといって、十子がかいがいしく茶ブ台に茶碗をそろえていた。久し振りに明るい気持ちになる。敷蒲団がせまいので、昼夜帯をそばに敷いて、私が真中、三人並んで寝る事にした。何だか三畳の部屋いっぱいが女の息ではち切れそうな思いだった。高いところからおっこちるような夢ばかり見るなり。

（二月×日）

新聞社に原稿をあずけて帰って来ると、ハガキが一枚来ていた。今夜来るという、あの男からの速達だった。十ちゃんも芳ちゃんも仕事を見つけに行ったのか、部屋の中は火が消えたように淋しかった。あんな男に金を貸してくれなんて言えたものではないではないか……、十ちゃんに相談をしてみようかと思う……、妙に胸がさわがしくなってきた。あのヴァニティケースだってほてい屋の開業日だっていうので、物好きに買って来た何割引かのものなのだ。そうして、偶然に私の番だったので、くれたようなものであろう。路傍の人以外に何でもありはしないではないの。あんなハガキ一本で来るという速達をみて気持ち悪し。その人はもうかなりな年であったし、私は歯がズキズキする程胸さわがしくなってしまった。夜。——霰《あられ》まじりの雪が降っていた。女たちはまだ帰って来ない。雪を浴びた林檎《りんご》の果実籠《かご》をさげて、ヴァニティケースをくれた男が来る。神様よ笑わないで下さい。私の本能なんてこんなに汚れたものではないのです。私は沈黙《だま》って両手を火鉢にかざしていた。「いい部屋にいるんだね。」この男は、まるで妾《めかけ》の家へでもやって来たかの如《ごと》く、オーヴァをぬぐと、近々と顔をさしよせて、「そんなに困っているの……」といった。

「十円位ならいつでも貸してあげるよ。」

暗いガラス戸をかすめて雪が降っている。私の両手を、男は自分の大きい両手でパンのようにはさむと、アイマイな言葉で「ね！」といった。私はたまらなく汚れた憎しみを感じると、涙を振りほどきながら、男にいったのだ。

「私はそんなンじゃないんですよ。食えないから、お金だけ貸してほしかったのです。」

隣室で、細君のクスクス笑う声が聞えている。

「誰です！　笑っているのは……笑いたければ私の前で笑って下さい！　蔭《かげ》でなぞ笑うのは止《よ》して下さい！」

男の出て行った後、私は二階から果物籠を地球のように路地へほうり投げてしまった。

◇

（二月×日）

私は私がボロカス女だということに溺れないように用心をしていた。街を歩いている女を見ると、自分のみっともなさを感じないけれども、何日も食えないで、じっと隣室の長閑《のどか》な笑い声を聞いていると、私は消えてなくなりたくなるのだ。死んだって生きていたって不必要な人間なんだと考え出してくると、一切合切がグラグラして来て困ってしまう。つかみどころなき焦心、私の今朝の胃のふが、菜っぱ漬けだけのように、私の頭もスカスカとさみしい風が吹いている。極度の疲労困憊《こんぱい》は、さながら生きているミイラのようだ。古い新聞を十度も二十度も読みかえして、じっと畳に寝ころんでいる姿を、私はそっと遠くに離れて他人ごとのように考えている。私の体はいびつ、私のこころもいびつなり。とりどころもない、燃えつくした肉体、私はもうどんなに食えなくなってもカフエーなんかに飛び込む事は止《や》めましょう。どこにも入れられない私の気持ちに、テラテラまがいものの艶《つや》ぶきをかけて笑いかける必要はないのだ。どこにも向きたくないのなら、まっすぐ向《むこ》うを向いていて飢えればいいのだ。

夜。

利秋君が、富山の薬袋に米を一升持って来てくれる。この男には、何度も背負い投げを食わしたけれど、私はこんなアナキストは嫌いなのだ。「貴女《あなた》が死ぬほど好きだ。」と言ってくれたところで、大和館でのように、朝も晩も朝も晩も遠くから私を監視している状態なんて、私の好かないところです。

「もう当分御飯を食べる事を休業しようかと思っていますのよ。」

私は固く扉を閉ざしてかぎをかけた。少しばかり腹を満たしたいために、不用な渦を吸いたくなかった。頭の頂天まで飢えて来ると鉄板のように体がパンパン鳴っているようで、すばらしい手紙が書きたくなってくる。だが、私はやっぱり食べたいのです。ああ私が生きてゆくには、カフエーの女給とか女中だなんて！　十本の指から血がほとばしって出そうなこの肌寒さ……さあカクメイでも何でも持って来い。ジャンダークなんて吹っ飛ばしてしまおう。だがとにかく、何も彼もからっぽなのだ。階下の人たちが風呂《ふろ》へ行ってる隙に味噌《みそ》汁を盗んで飲む。神よ嗤《わら》い給え。あざけり給えかし。

あああさましや芙美子消えてしまえである。

働いていても、自分には爪《つめ》の垢《あか》ほども食べるたしにはならないなんて、今までの生活《くらし》むきは、細く長くだった。ああ一円の金で私は五日も六日も食べていった事があった。死ぬる事なんていつも大切に取っておいたのだけれど、明日にも自殺しようかと考えると、私はありったけのぼろ屑《くず》を出して部屋にばらまいてやった。生きている間の私の体臭、なつかしやいとしや。疲れてドロドロに汚れた黒いメリンスの衿《えり》に、垢と白粉《おしろい》が光っている。私は子供のように自分の匂《にお》いをかぎました。この着物で、むかし、私はあのひとに抱かれたのです。あの思い！　この思い！　蒼《あお》ざめて血の上って来る孤独の女よ、むねを抱いて両手の中には、着物や帯や半衿のあらゆる汚れから来る体臭のモンタージュなり。

私はこのすばらしいエクスタシイを前にして、誰に最後の嘲笑さるべき手紙を書こうかと思った。Aにか、Bにか、Cにか……。シャックリの出る私の人生観をちょっと匂わしてね。面白い興奮だと思う。「ね、こんなに、私は貴方《あなた》を愛しているのに……」古新聞の上に散らかった広告の上には、ちょっと面白いサラダとビフテキのような名前がのっていた。三上於菟吉《おときち》なんてちょっとエネルギッシュでビフテキみたいだが、これも面白い。吉田紘二郎《げんじろう》なんて、菜っぱと小鳥みたいなエトランゼ。私は二人へ同じ文章を書いてみようと思った。

海ぞいの黍畑《きびばたけ》に
何の願いぞも
固き葉の颯々《さつさつ》と吹き荒れて
二十五の女は
真実命を切りたき思いなり
真実死にたき思いなり

伸びあがり伸び上りたる
玉蜀黍《とうもろこし》は儚《はか》なや実が一ツ

ああこんな感傷を手紙の中にいれる事は止めましょう。イサベラ皇后様がコロンブスを見つけた興奮で、私のペン先はもうしどろもどろなのだ。ああソロモンの百合の花に、ドブドブと墨汁をなすりつけ給え！

（二月×日）

朝、冷たい霧雨が降っていた。晩あたりは雪になるかも知れない。久しく煙草《たばこ》も吸わない。この美しい寝ざめを、ああ石油の匂いのプンプンする新《あた》らしい新聞が読みたいものだと思う。

隣室のにぎやかな茶碗の音、我に遠きものあり。昨夜書いた二通の手紙、私は薄《う》っすりとした笑いを心に感じると、何も彼も、馬鹿くさい気がしてしまった。だけどまあ、人生なんてどっちを見ても薄情なものだ。真実めかして……ところで、問題は私の懐中に三銭の銅貨があることである。この三銭のお金にセンチメンタルを送ってもらうなんて事は、向《むこ》う様に対してボウトクだけれど、十銭玉で七銭おつりを取るヨユウがあったら、私はこの二通の手紙を書かないで済んだかも知れないのだ――。日本綴りのボロボロになった「一茶句集」を出して読むなり。

きょうの日も棒ふり虫よ翌日もまた
故郷は蠅《はえ》まで人をさしにけり
思うまじ見まじとすれど我家かな

一茶は徹底した虚無主義者だ。だけど、いま私は飢えているのです。この本がいくらにでも売れないかしら――。寝たっきりなので、体をもち上げるとポキポキ骨が鳴ってくる。指で輪をこしらえて、私の首を巻いてみると、おいたわしや私の動脈は別に油をさしてやらないのに、ドクドク澄んだ音で血が流れを登っている。尊しや。

二通の手紙。ドッチヲサキニダシマショウカ。何と他愛もない事なのだろう。吉田氏へ手紙を出す事にきめる。さて、音のしなくなった足をふみしめて街に出てみるなり。

湯島天神に行ってみた。お爺《じい》さんが車をぶんぶんまわして、桃色の綿菓子をつくっていた。あるかなきかの桃色の泡が真鍮《しんちゅう》の桶の中から湧《わ》いて出てくると、これが霧のような綿菓子になる。長い事草花を見ない私の眼には、まるでもう牡丹《ぼたん》のように写ります。「おじいさん！　二銭頂戴。」子供の頭ぐらいの大きい綿菓子を私はそっと抱いた。誰もいない石のベンチでこれを食べよう。綿菓子を頰ばって、思うまじ見まじとすれど我家かな、漠然とこんな孤独を愛する事もいいではありませんか。

「おじいさん、三銭下さいな。」

あえなくも菜っぱと小鳥の感傷が、桃色の甘い綿菓子に変ってしまった。何と愛すべき感傷であろう。私の聯想《れんそう》は舌の上で涙っぽい砂糖に変ってしまった。しっかりと目をつぶって、切手をはらない吉田氏への手紙をポストに投げる。新潮社気付で送ったけれど、一笑されるかもしれない。三上氏への手紙は破る。とても華やかに暮している人に、こんな小さな現実なんて、消えてなくなるかも知れないもの――。身近にある人の事なんか妙にかすんでしまってくる。綿菓子のじいさんは、この寒空に雨が煙っているのに、何時《いつ》までもガラガラと真鍮の車をまわしていた。ベンチに腰をかけて雨を灰のようにかぶって綿菓子をなめている女、その女の眼には遠い古里と、お母さんと男のことと、私のかんがえなんて、こんなくだらない郷愁しかないのだ！

(三月×日)

昼夜帯と本を二、三冊売って二円十銭つくる。本屋さんが家までついて来ていう事には、「お家さえ判《わか》っておりませば、また頂きに上ります。」どういたしまして、私の押入れの中はマニア作家の頭のように、がらくたばかりですよ。

昼。

浅草へ行った。浅草はちっぽけな都会心から離れた楽土です。そんなことをどっかの屋根裏作家がいいました。浅草は下品で鼻もちがならぬとね。どのお方も一ケ月せっせと豚のように食っているものだから、頭ばかり厖大《ぼうだい》になって、シネマとシャアローとエロチックか、顔を鏡にてらしあわせてとっくりとよくお考えの程を……ところで浅草のシャアローは帽子を振って言いました。「地上のあらゆるものを食いあきたから、こんどは、空を食うつもりです。」浅草はいい処《ところ》だと思うなり。灯のつき始めた浅草の大提灯《おおぢょうちん》の下で、私の思った事は、この二円十銭で朗《ほが》らかな最後をつくしましょう。ということだ……何だか春めかしい宵《よい》なり、線香と女の匂いが薫《くん》じて来ます。雑沓《ざっとう》の流れ。――公園劇場の前に出てみると、水谷八重子の一座の旗の中に、別れたひとの青い旗が出ている。これは面白い。他人よりも上品にかぎの締ったあの男と私の間、すべてはお静かにお静かにと永遠に歳月が流れています。裏口からまわって、楽屋口の爺さんに尋ねてみるとつんけんした面《つら》がまえだった。廊下はいっぱい食物の皿小鉢で、お姫様も女学生も雑居のありさまなり。歪《ゆが》んだ硝子《ガラス》窓に立てかけた鏡が二ツ、何年か前の見覚えのある黒い鞄《かばん》が転がっていた。

「ヤア！」

楽屋へ坐《すわ》っていると、下男風な丁髷《ちょんまげ》をのっけた男がはいって来た。

「随分御無沙汰しています。」

「お元気でしたか。」

浅草の真中の劇場の中で久し振りに、私は別れた男の声を聞いた。

「芝居でも見ていらっしゃい、一役すんだら私のは済むんだからお茶でも飲みましょう！」

「ええありがとう、奥さんもいま一緒に何か演《や》っているんですか？」

「ああれ！　死にましたよ、肺炎で。」

あんなにも憎しみを持って別れた女優の顔が、遠くに浮んで、私はしばらくは信じられなかった。この男はとても真面目な顔をして嘘《うそ》をついたから……。

「嘘でしょう。」

「貴女に嘘なんかついたって仕様がないもの、前々から体は弱かったのね。」

「本当ですか？　気の毒な……顔をつくって下さいな、私初めて貴方の楽屋を見たの。楽屋の中って随分淋しいもんね。」

男と話していると、背の高い若侍が、両刀をたばさんではいって来る。

「ああ紹介しましょう、この人は宮島資夫《すけお》君の弟さんでやっぱり宮島さんというひとです。」

このひとはきっちりと肉のしまった、青年らしい肩つきをしていた。――随分、この男も年をとったとも思えるし、鞄の中から詩稿なぞを出しているのを見ると、この人が役者である事が場違いのような気がして仕方がない。体だって肥っているし、それに年をとって、若い渋味のない声だし、こんな若い人たちばかりの間に混って芝居なんかしているのが、気の毒に思えて仕方がなかった。私はこの男と田端《たばた》に家を持った時、初めて肩上げをおろしたのを覚えている。「僕の芝居を見て下さい、そして昔のようにまた悪口たたかれるかな。」私は名刺をもらうと楽屋口から外へ出た。今さらあの男の芝居を見たところでしょうがないし、だが、大きな雨がひとしずく私の頬にかかってきたので、あわてて小屋へはいるなり。舞台はバテレン信徒を押し込めてある牢屋の場面で、八重子の華魁《おいらん》や、牢番や、侍が並んでいる。桜がランマンと舞台に咲いている。そして舞台には小鳥が鳴いていた。長い愚にもつかない芝居である。私は舞台を眺めながら色んな事を考えていた。「バテレンよゼウスよ！」あのひとはちょっと声が大きすぎる。私は耳をふさいであの男の牢屋の中の話を聞いていた。八重子の美しい華魁が牢の外に出ると、観客は湧き立って拍手を送っていた。美しい姿ではあるけれども、何か影のない姿である。私は退屈して外へ出てしまった。あのひとは「お茶でも一緒に飲みましょう。」と言ったけれど、縁遠いものをいつまでも見ていなくてはならないなんて、渦は一切吸わぬ事だ――。薬屋をみつけては、小さいカルモチンの箱を一ツずつ買う。死ねないのならば、それでもいいし、少し長く眠れるなんて、幸福な逃げ道ではないか、すべては直線に朗かに。

（三月×日）

五色のテープがヒラヒラ舞っていた。

どこかで爆竹の弾《はじ》ける音がすさまじく耳のそばでしている。飛行機かしら、モータボートかしら……私の錯覚から、白い泡を飛ばしている海の風景が空の上に見えてきました。銀色の燈台が眼の底に胡麻粒程に見えたかと思うと、こんどはまるで象の腹のようなものが眼の中じゅうに拡《ひろ》がって、私はずしんずしん地の底に体をゆりさげられているようだった。十子が私の裸の胸に手拭《てぬぐい》を当ててくれている。私はどうしても死にたくないと思った。眼をあけると、瞼《まぶた》に弾力がなくて、扇子をたたむようにくぼんで行く。私は死にたくない……。「若布《わかめ》とかまぼこのてんぷらと、お金が五円きていますよ。」私は瞼を締める事が出来なかった。耳の中へゴブゴブ熱い涙がはいって行く。枕元《まくらもと》で、鋏をつかいながら十子が、母さんのところから送って来た小包をあけてくれた。お母さんが五円送ってくれるなんて、よっぽどの事だと思う。階下の叔母さんがかゆをたいて持って来てくれた。気持ちがよくなったら、この五円を階下へあげて、下谷《したや》の家を出ようと思う。

「洗濯屋の二階だけれどいいところよ、引越さない？」

私は生きていたい。死にそくないの私を、いたわってくれるのは男や友人なんかではなかった。この十子一人だけが、私の額をなでていてくれている。私は生きたい。そして、何でもいいから生きて働く事が本当の事だと思う——。

私は生きる事が苦しくなると、故郷というものを考える。死ぬる時は古里で死にたいものだとよく人がこんなこともいうけれども、そんな事を聞くと、私はまた故郷というものをしみじみと考えてみるのだ。

毎年、春秋になると、巡査がやって来て原籍をしらべて行くけれど、私は故郷というのをそのたびに考えさせられている。「貴女《あなた》のお国は、いったいどこが本当なのですか？」と、人に訊《き》かれると、私はぐっと詰ってしまうのだ。私には本当は、古里なんてどこでもいいのだと思う。苦しみや楽しみの中にそだっていったところが、古里なのですもの。だから、この「放浪記」も、旅の古里をなつかしがっているところが非常に多い。――思わず年を重ね、色々な事に旅愁を感じて来ると、ふとまた、本当の古里というものを私は考えてみるのだ。私の原籍地は、鹿児島県、東桜島、古里温泉場となっています。全く遠く流れ来つるものかなと思わざるを得ません。私の兄弟は六人でしたけれど、私は生れてまだ兄たちを見た事がないのです。一人の姉だけには、辛《つら》い思い出がある。――私は夜中の、あの地鳴りの音を聞きながら、提灯《ちょうちん》をさげて、姉と温泉に行った事を覚えているけれど、野天の温泉は、首をあげると星がよく光っていて、島はカンテラをその頃とぼしていたものだ。「よか、ごいさ。」と、いってくれた村の叔母さんたちは、皆、私を見て、他国者と結婚した母を蔭《かげ》でののしっていたものだ。もうあれから十六、七年にはなるだろう。

夏になると、島には沢山青いゴリ(15)がなった。城山へ遠足に行った時なんか、弁当を開くと、裏で出来た女竹《めだけ》の煮たのが三切れはいっていて、大阪の鉄工場へはいっていた両親を、どんなにか私は恋しく思った事です。——冬に近い或《あ》る夜。私は一人で門司《もじ》まで行った記憶もあります。大阪から父が門司までむかいに来てくれるという事でしたけれど、九ツの私は、五銭玉一ツを帯にくるくる巻いてもらって、帯に門司行きの木札をくって汽車に乗ったものです。

肉親とはかくもつれなきものかな！　花が何も咲いていなかったせいか、私は門を出がけに手にさわった柊《ひいらぎ》の枝を折って、門司まで持って行ったのを覚えています。門司へ着くまで、その柊の枝はとても生々していました。門司から汽船に乗ると、天井の低い三等船室の暗がりで、父は水の光に透かしては、私の頭の虱《しらみ》を取ってくれた。鹿児島は私には縁遠いところである。母と一緒に歩いていると、時々少女の頃の淋しかった自分の生活を思い出して仕方がない。

「チンチン行きもんそかい。」

「おじゃったもはんか。」

などという言葉を、母は国を出て三十年にもなるのに、東京の真中で平気でつかっているのだ。——長い事たよりのなかった私たちに、姉が長い手紙をくれて言う事には、「母さん！　お元気ですか、いつもお案じ申しています。私はこの春、男の子を産みましたけれど、この五月は初のせっくです、華やかに祝ってやりたくぞんじます。」私はその手紙を見て、どんなにか厭《いや》な思いであった。そうして私の心は固く冷たかった。「お母さん！義理だとか人情だとか、そんな考えだけは捨てて下さい。長い間、私たちはどれだけの義理にすがって生きていたのでしょうか、人情にすがっていたのでしょうか、いつも蹴《け》とばされ、はねられどおしで三人はこれまで来たのですよ。私は赤ん坊に祝ってやる事をおしんでいるのではないのですけれども、覚えていますかお母さん！」困って、最後に、凭《よ》りすがった気持ちで、私は昔姉に借金の手紙を出した事がある。すると姉からの返事は、私はお前を妹だとは思ってやしない。私をそだててくれもしない母親なんてありようがないのだし、私はお前にどんな事をする義務があるのです。遠い旅空で、たった十円ばかりの金に困る貴女たち親子の苦しみは、それは当り前のことですよ。故郷や、子供を捨てて行く親の事を思うと、私は鬼だと思っているくらいです。以後たよってはくれぬように――。それ以後、この世の中はお父さんとお母さんと私の三人きりの世界だと思った。どんなに落ちぶれ果てても、幼い私と母を捨てなかったお父さんの真実を思うと、私はせいいっぱいの事をして報いたく思っている。姉の気持ち、私の気持ち、これを問題にするまでもなく数千里の距離のある事だ。だのに、華やかに赤ん坊を祝ってほしい何年ぶりかの姉の手

（15）　鹿児島周辺の方言でカラスウリのこと。

紙をみて、母は何か送って祝ってやりたいようであった。――だが私は今でもあの姉の手紙を憎んでいる。どんなにか憎まずにはいられないのだ。本当に憎んでいるのだ。――いまだかつて温かい言葉一つかけられなかった古里の人たちに、そうして姉に、いまの母は何かすばらしい贈物をして愕《おど》かせたいと思っているらしい。「お母さん！　この世の中で何かしてみせたい、何か義理を済ませたいなんて、必要ではないではありませんか。」と私はおこっているのであった。ああだけど、母のこの小さな願いをかなえてやりたいとも思う。私は何というひねくれ者であろうか、長い間のニンタイが、私を何も信じさせなくしてしまいました。肉親なんて犬にでも喰われろといった激しい気持ちになっている。

ああ二十五の女心の痛みかな
遠く海の色透きて見ゆる
黍畑《きびばたけ》に立ちたり二十五の女は
玉蜀黍《とうもろこし》よ、玉蜀黍
かくばかり胸の痛むかな
二十五の女は海を眺めてただ呆然《ぼうぜん》となり果てぬ。

一ツ二ツ三ツ四ツ

玉蜀黍の粒々は、二十五の女の侘しくも物ほしげなる片言なり
蒼《あお》い海風も
黄いろなる黍畑の風も
黒い土の吐息も
二十五の女心を濡《ぬ》らすかな。

海ぞいの黍畑に立ちて
何の願いぞも
固き葉の颯々《さっさつ》と吹き荒れるを見て
二十五の女は
真実命を切りたる思いなり
真実死にたき思いなり

伸びあがり伸びあがりたる
玉蜀黍は儚《はか》なや実が一ツ
ここまでたどりつきたる二十五の女の心は
真実男はいらぬもの

そは悲しくむずかしき玩具ゆえ

真実世帯に疲れるとき
生きようか、死のうか
さても侘しきあきらめかや
真実友はなつかしけれど一人一人の心故……

黍の葉の気ぜわしいやけなそぶりよ
二十五の女心は
一切を捨て走りたき思いなり
片眼をつむり片眼をひらき
ああ術もなし男も欲しや旅もなつかし
ああもしようと思い
こうもしようと思う……
おだまきの糸つれづれに
二十五の呆然と生き果てし女は
黍畑の畝《うね》に寝ころび

いっそ深々と眠りたき思いなり
ああかくばかりせんもなき
二十五の女心の迷いかな。

これだけがせいいっぱいの、私のいまの生きかたなのです、そしてこの頃の私は、火のような懊悩《おうのう》が、心を焼いている。さあ！　もっと殴《なぐ》って、もっと私をぶちのめして下さい。私は土の崩れるような大きな激情がよせて来ると、何もかもが一切虚しくなりはてて、死ぬる事や、古里の事を考え出してくる。だけど、ナニクソ！　たまには一升の米も買いたいと言っていたあの頃の事を考えると、私は自分をほろぼすような悪念を克服してゆく事に努力をしなければなりません。この「放浪記」は、私の表皮にすぎない。私の日記の中には、目をおおいたい苦しみがかぎりなく書きつけてある。

これからの私は、私の仕事に一生懸命に没入しようと思っている。子供のような天真な心で生きて行きたいと思うけれども、この四、五年の私の生活は、体の放浪や、旅愁なんかというなまやさしいものではなかった。行くところもないようないまだに苦しい生活の連続でした。私はうんうん唸《うな》ってすごして来ました。どこまでが真実なのか、どこまでが嘘《うそ》なのか、見当もつかない色々なからくりを見て、むかしの何か愉《たの》しいものが、もういまは、ほんとうに何もなかったのだという淋しさ……。空へのあこがれ、土へのあこがれ、沈黙《だま》って遠い姉にも、何か祝ってやってもいいではないかとも思っています。母の弱い気持ちもなごむにちがいないのです。愚にもつかない私のひねくれた気持ちを軽蔑するがいい。黍畑のあぜに寝ころび、いっそ深々と眠りたき思いなりです。そこで、この頃の私はじっと口をつぐんで、しっかり自分の仕事に没入してゆきたい事がたった一ツの念願であり、ただ一筋の私の行くべき道だと思うようになりました。

林芙美子という名前は、少々私には苦しいものになって来ました。甘くて根気がなくて淋しがりやで。私は一度、この名前をこの世の中からほんとうになくしてしまいたいとさえ考えています。道を歩いている時、雑誌のポスターの中に、「林芙美子」という文字を見出す時がある。いったい林芙美子とはどこの誰なのだろうと考えています。街を歩いている私は、街裏の女よりも気弱で、二、三年も着古した着物を着て、石突きの長い雨傘を持って、ポクポク道を歩いている。昔の私は、着る浴衣《ゆかた》もなくて、紅い海水着一枚で蟄居《ちっきょ》していた事もある。少しばかり原稿がうれだして来ると、「三万円もたまりましたか?」と訊くひとが出て来たけれども、全くこれは動悸《どうき》のする話でした。私の家の近くにあぶらやという質屋があるけれども、ここのおやじさんだけは、林芙美子というのは案外貧乏文士だねと苦笑しているに違いない。

小都会の港町に生れた赤毛の娘は、そのおいたちのままで、労働者とでも連れ添っていた方が、私にはどんなにか幸福であったかも知れない。今の生活は、私というものを、広告のようにキリキザンで方々へ吹き飛ばしているようなものでしょう。生活がまるで中途半端であり、生活が中途半端だからよけいに苦しい。――少しばかり生活が楽になった故、義父も母も呼びよせてはみたけれども、貧しく、あのように一つに共同しあっていた者たちの気持ちが、一軒の家に集まってみると、一人一人の気持ちが東や西や南へてんでに背を向けているのでした。皆、円陣をつくって、こちらへ向いて下さいと願っても、一人一人が一国一城の主になりすぎているのです。かわやへなぞ這入《はい》っていると、思わず涙が溢れる事がある。長い間親たちから離れていると、血を呼ぶ愛情はあっても、長い間一ツになって生活しあわないせいか、その愛情というものが妙に薄くなってしまっているのを感じている。

放牧の民のようであった私の一族というものが、いまは、一定の土地に落ちついて、私のいう、半安住生活に落ちついている異民族的な集りになりましたけれど、そして、皆々東や西や南へ向って行く気持ちは解るのだけれども、そこに暗雲が渦をなして流れて行くのは、何としてもいなみがたい事だろうと思える。私はなるたけいい生活をして行きたいと思いました。善良な人たちである故に、その善良な人たちを苦しめたくないと思い、この二、三年、幾度となく離れたり集まってみたりもしてみました。打ち割っていえば、母と二人だけで簡素な生活に這入れる事が、ほんとうは一番の理想なのだけれども、仲々そうもゆかない。私の母はフィリップ型の女で、気弱なくせに勝気でその日その日だ。私は長い間、この母親の姿だけを恋い求めていたようです。義父は母よりも若いひとで、色々な曲折はあったけれども二十年もこの養父は母と連れ添っていました。私は自分の作品の中に、この義父の事を大変思いやり深くは書いているけれども、十七、八の頃は、この義父をあまり好かなかったようです。だけど、いまは、私もあれから十年も年齢をとりました。私もひとかどの分別がついて来ると、好きとか嫌いというよりもまずこの父を気の毒な人であったと思い始め、養父についてそんなに心苦しくも思わないのだけれども、母親に対するような愛情のないのは何としても仕方がないと思っています。私は十二、三歳の頃から働いていました。両親に送金を始めたのは十七、八歳の頃からであったでしょう。不思議にキモノ一つ欲しいとも思わなかったせいか、働くことはあたりまえの事だと思ってわずかながらも私は送金をしていました。

現在になって、私はどうやら両親を遊ばせておける位になったのだけれども、その日その日を働いて日銭をもうけて来ている人たちなので、仲々私につきそって隠居をして来ようとはしない。私から商売の資本を貰《もら》っては、今だに小商売を始めて、四、五日とたたないですぐ失敗をしているのです。私はこんなことにくたびれ始めました。隠居をして草でもむしっていてくれている方が、私にはうれしいのだけれども、何としても仕方がないのです。皆が別な意味で私をたよりきっているともいえます。収入といえば私の「書く」という事だけのことで、別にしっかりした安定もないのだ。世に知れている私というものは、ふてぶてしくあるかも知れない。酒呑みのようにきこえているかも知れない。だが、私はほんとうは酒も煙草《たばこ》もきらいだ。酒をのむことで気持ちを誤魔化していられるうちは楽だけれども、いまはそんなもので誤魔化しきれなくなってしまいました。皆々あまり善良すぎる人たち故に。――私はまた七年前にひそやかながら現在の夫(16)と結婚をしている。義父にはまた母親がいるし、私からいえば義理の祖母なのだけれども、この祖母の持論は、「お前のお母さんのために、私の息子が二十年間も子供もなく、男の一生が代なしになってしまった。」というのであった。だから、結局は恩というものを忘れてくれるなという事なのだろうけれども、この祖母には月々わずかながら隠居費というものも私は送っている。妙に私というものが固く皆にたよられているのです。やりきれないとは思いながら、私は自分に出来る間はとも考えて弱くなっています。けれど、私の仕事はマッチ箱を貼るのやミシンの内職とも違うし、机の前に坐《すわ》ってさえおれば原稿が金にでもなるようにも思

(16)　手塚緑敏《りょくびん》(一九〇二―八九)。長野県出身で画家を志す。生涯を共にする。入籍は養子の泰《たい》とともに一九四四年。

っているらしい家族たちに、私のいまの気持ちを正直にいったところでどうにも始まった事でもないだろうと思います。いっそ、ミシンのペタルでも押して内職した方が楽しみかも知れないのだけれど……。長い間不幸な境遇にあった人たちであっただけに、私はこの人たちを愛してゆこうと思いました。そうして愛していました。だけど、一旦この小家族の中で波がおきると、母は父の方へよりそって行ってしまって、私はまるであってもなくてもいい存在になってしまう。思いあうよりもまず憎みあう気持ちを淋しく考えます。頭が痛いといえば薬を飲めばなおってしまうと思っている人たちである。

朝起きて、小さな女中を相手に食膳をととのえ、昼は昼、夜は夜の食事から、米味噌《みそ》の気づかい、自分の部屋の掃除、洗濯、来客、仲々私の生活も忙《いそ》がしい。その間に自分のものも書いて行かなければならないのです。自分の作品の批評についても、私は仲々気にかかるし、反省もし、勉強も続けてはいるけれども、時々空虚なものが私を噛《か》みます。梅雨時はとくにうっとうしいせいか、思いきりよく果ててしまいたい気も時にするときがあります。このまま消えてしまったならばせいせいするだろうといった気持ちが切なのです。だけど、私がいなくなってしまえば、凧《たこ》の糸が切れたように、家族の者たちがキリキリ舞いをしてしまう事を考え始めるとそれも出来ないような思いである。目標を定めたいと思って、頃日《けいじつ》禅というものをやりだしたのだけれども、まだそれも未詳の境地で、自分だけのほんとうの悟りを開くには仲々前途はるかなものがあります。この頃の心のやりばにして、私はウォルター・ペイターを読んでいます。「ウォルター・ペイターは少数の中の特異な芸術家で、我々は彼の生活の中に芸術に対する芸術家の生活の極度の謙譲の例を見出す。彼の生活は、あたかも多量の潮を容《い》れるために平かになった満潮時の海のように心の経験が深くなればなる程かえって静まった。」という一節があったけれども、心の経験がペイターの日蔭《ひかげ》であるならば、ペイターも案外ロマンチストに違いない。だが、そんなところが魅力なのか、ペイター研究は仲々愉しい。ペイターは、また美しく大きな仕事を残して早世した人たちを愛し同情していたという事でもあるけれど、それにはひどく同感だ。

何の雑誌であったか、最近松井須磨子の写真を見ました。実に美しかった。精練の美がにじみ出ていた。このひとの老いた顔を、この写真から想像する事は出来ない。霜のように烈々とした美しい写真であった。天才肌のこのような女の死はひどく勿体《もったい》なさを感じるけれど、仲々悧巧《りこう》なひとであったとも考えられる。とくにこのひとが女優であるが故に。——私は、松井須磨子のような美貌も持っていなければ、まして天才でもないのだ。だけど、私は、何かしら老いて行く事をひどく恐れはじめています。肉体のおとろえもさる事ながら、作品の上のおとろえはこれは敗惨というにはあまりに辛《つら》すぎる気持ちでしょう。

私はまた一面には台所をたいへん愛しています。家族の者たちを愛していることは勿論《もちろん》。そうして自らこの中で安心して老い朽ちて行く自分を私は瞼《まぶた》をとじて観念しているのだ。

「お前の仕事なぞ大したもンじゃないじゃないか。」言葉の行きがかりで夫の口から時にこのようなことも聞くけれど、あんまり当り過ぎている事を、あまり身近な人間からきかされるので、痛いというよりも冷汗が出る思いでした。私の仕事といえば、色々な夾雑物ばかりのもので、本当はこれとして澄んだものが一つもない。実際ここまでは来たけれど、ここから道が切れてしまった感じなのです。

過去に、私はまた一つの恋愛を持っていたこともあるけれど、これにはプレイトニズムではないけれど、私の芸術の中に、「恋をするものの密《ひそ》かな気息であり、天上の星の音楽である。」という言葉のようなものがありました。実に一瞬ではあったけれど、私の絶々な気持ちによく笞《むち》打ってくれるものがありました。その恋愛は、私との愛情がまだ終りをつげないうちにほろんで亡くなってしまいました。この恋愛に破れた時は、生きる自信がなくなってしまったような気持ちでした。だけど、その小さな事件もまた私の過去の月日の中へ流れて行ってしまいましたけれども、私はチエホフの可愛《かわい》い女のように、何かに寄りすがらなければ生きて行けない女であるらしい。――私は肉親というものには信を置かない。他人よりも始末が悪いからだ。働きものだというので愛されている事は苦しいことである。苦しいはずだのに、結局はこの人たちによりそって大根を刻み人参を刻んでいるのです。私は最近本を三、四冊出しました。一冊は本屋がつぶれて半分しか印税がもらえず、あと三冊の印税は、これで少し雑文を止《や》めて一年位は勉強をしなおすために取っておこうと考えているのだけれども、外国時代の借金や、「これが最後だから」という義父の言葉に、小喫茶店位は出せる程のものを分けていたら、またそろそろ私は机の前に坐らなければならなくなりました。税務署からは税金のお達しも来ました。仲々忙《いそ》がしい私です。自分でもこの気持ちや生活を排斥していながら、死にでもしなければ改正出来そうもないありさまに呆れている。嫌な女の部類です。生活が中途半端だけでなく、心までが中途半端で、自分で自分の気持ちにやりきれなくなる時がある。いまは馬鹿馬鹿しく大きい家にいますけれども、これも私の或《あ》る一面の気持ちかも知れません、少し清算して奥床しい家に引越したいものとも考えています。

私は、書けるだけ書こう。体は割合丈夫だ。その丈夫さがいとわしいのだけれど、仕事をするには、体が健全でなければならないと思っています。果てる時は果てる時だと思っている。大熊長次郎という人の歌にこのようなのがある。

　　静にぞねむらせたまえ
　　人間の
　　命死にゆく時のおわりに

これは、ほのぼのとした歌で、強がっている私を妙に悲しがらせる。実際悲しい時がある。勉強も字を書く事も嫌になってしまう時がある。芝居や映画も久しく疎縁だ。白々しい時は、唇に両手をあててじっとしているに限る。媒介物によって身を終ってしまいたいような、そんな焦々《いらいら》した日も多いのだけれども、ほんとうはこれからいい仕事をしたいと思っています。「大した仕事じゃないじゃないか。」という、その私の大した事でもない仕事に、私はいまなお拘泥して生きているのです。何も大道の真中を行くのばかりが小説でもないと思っている。片隅の小道を通るような、私なりに小さくつつましいものが書きたいと思います。

どうも、私はこの頃恐怖性にかかっているのかも知れない。人がみなおそろしく思える。訪ねてくれる人より外、私は私の方からは誰も訪ねて行かない。夢をみてもおそろしい。現《うつつ》でいても時に後に誰か立っているような錯覚をおこしている。大きな心でいたわりあってくれるものといえば、もう犬ぐらいのものです。月夜。石の段々に腰をかけていると、犬だけが、私によりそって来ている。私の手からはもう何もなくなってしまいました。本当は月夜の自分の影さえもなつかしいのだけれど……。私の頭の中はいま真空だ。危急なものが流れこんで来そうに思える。その危急なものをまとめてみたいと日夜考えているのだけれども、その正体をつかむまでに至らない。ここまで書いて来て、何度となくこのようなぶちまけを書く事に私は嫌悪をもよおして来たのだけれど……。まアいいとしましょう。

人にあれこれいわれなくても反省しすぎる位、反省して私は自分の事をさらけだしているつもりだ。この上何の思い出だろう。過去の事は、苛《いじ》められる筈にしかすぎない。

今は、両親とも別居してしまいました。広い家には私は女中と二人で気抜けしたように呆《ぼ》んやりしているけれど、愛してほしいという気持ちの母親が、まるで子供みたいに遠く離れていっていますし。——新聞を見ると毎日身上相談というものがある。実際女というものの身上が、いかに大根《おおね》がなくて弱々しいのかと笑っていたけれども、私も段々笑えなくなり始めました。

ただ、力を出して仕事に熱中し努力したいと思っています、それより他には私には何もなくなったのだ。何かもっといいたい気もするけれども、心が鬱々《うつうつ》としている時、何かはっきりいえない気持ちなのです。——静かな観照、素材の純化、孤独な地域、このような作品を長年憶《おも》っています。そして私の反省は死ぬまで私を苦しめることでしょう。

第三部

(三月×日)

烏《からす》が光る
都会の上にも光る
烏が白く光る
花粉の街　電信柱のいただき
ゆれますよ　ゆれてるよ
停るところがない
肺が歌う　短い景色の歌なの。

茶色の雨の中を
私は耳をおさえて歩く
耳が痛い　痛いのよ
雨中の烏が光る
もがきながら飛ぶ
杳《はる》かな荒野の風の夢

肺が歌う　短い景色の歌なの。
私は何故歩くのだろう
鳥の命数だ
鳥のようにどこかで私は生れた
停るところのない夜
光って飛ぶ
自分が光るのではない
四囲の光線がわっと笑うのだ
私の肺が歌う　それだけなの……。

独り住いの猫　独り住いの犬
誰もいない路《みち》の石ころ
露が消える
鳥の空　光る鳥
釘《くぎ》を抜くようなすべっこい光
よろめき　よろめき　ただ光る鳥

肺が歌う　肺だけが歌うだけなのよ。

二つの肺の袋だけが私のような気がする。郵便がもどって来たので、ああそうかと思う。読売新聞に送った「肺が歌う」という詩、清水さんというお方が長くて載せられぬという手紙だ。花柳病の薬の広告はいやにでっかく出ているけれども、貧乏な女の詩は長くて新聞には載せられないのだ。

たった八頁の新聞は馬鹿な詩なぞよちがないのだ。

ピアレスベッドの広告が出ている。私はこんな丈夫な、ハイカラなベッドに一度も寝たことがない。タイガー美人女給募集。白いエプロンをかけて、長い紐《ひも》を蝶々《ちょうちょう》のように背中で結んで、ビールの栓抜きに鈴をつけた洒落《しゃれ》た女給さんが眼に浮ぶ。新聞を見ていると、どろんこの轍《わだち》の中へ、牛の糞をにじりつけたような気持ちの悪さになって来る。

さて、どっこいしょ！

いやに軀《からだ》が重たいな。バナナのたたき売りが一山拾銭。ずるずるにくさりかけたのを食べたせいか軀中に虫《うじ》がわいたようになる。朝っぱらから、何処《どこ》かで大正琴を無茶苦茶にかきならしている。

肺が歌うなぞという、たわけた詩が金になるとは思わないけれども、それでも、世間には一人位はものずきな人間がありそうなものだ。

寝床をかたづけて髪結いに行く。

金鶴香水を一瓶《びん》もつけたような、大柄な女が髪を結ってもらっていた。あんまり匂《にお》いがはげしいので、袖《そで》で鼻をおさえていたいような気がする。頭が痛くなる。奥では髪結さん一家が、そうがかりで桜の造花つくりの内職だ。眼がさめるようだ。

もうじき花見なのだ。

桃割れに結って貰《もら》う。安いかもじなので、どうにも工合が悪く、眉《まゆ》も眼尻も吊りあがるほどだ。二階で、急に、女の声で、「助平だねえッ」といった。みんなびっくりして、天井をみあげる。

「また昼間っからやってるよ。どったんばったん角力《すもう》ばかりやってンですよ。――なあにね、酔《よ》っぱらって、おかみさんをいじめるのが癖なンで……」

髪結さんがびんまどに、筋槍をつきたてながらくすくす笑っている。みんなも笑った。御亭主は株屋で、細君は牛屋の女中だそうだ。朝から酒を飲んで、寝床をたたんだ事がないという夫婦だそうだ。

白いたけながをかけてもらう。結い賃が三十銭、たけながが二銭、三十五銭払う。まるで頭の上は果物籠《かご》をのっけたような感じ、十五日ぶりでさっぱりとする。

肺が歌うがつっかえされたのだから、今度は品をかえて童話を持って行く事にする。茅町《かやちょう》から上野へ出て、須田町《すだちょう》行きの電車に乗る。埃《ほこり》がして、まるで夕焼みたいな空。何だか生きている事がめんどうくさくなる。黒門町からピエロの赤い服を着たちんどん屋の連中が三人乗り込んで来る。車内はみんなくすくす笑い出した。若いピエロが切符を切って貰っている。青と紅のだんだら縞《しま》の繻子《しゅす》の服で、顔だけは化粧をしていないので、なおさら妙だ。

あんなかっこうをして生きてゆく人もある。日当はいくら位になるのかしら……。私は知らん顔をして窓の外を見ていたけれど、段々、むちゃくちゃになってもいいような気がしてきた。一人位、私と連れ添う男はないものかと思う。

私を好きだというひとは、私と同じようにみんな貧乏だ。風に吹かれる雨戸のようにふわふわしている。それっきりだ。

銀座へ出て瀧山町の朝日新聞に行く。中野秀人というひとに逢《あ》う。花柳はるみという髪を剪《き》ったはいからな女のひとと暮しているひとだと風評にきいていたので、胸がどきどきした。世間のひとというものは、なかなかひとの貧乏な事情なぞ判《わか》ってはもらえない。詩をそのうち見ていただきますといって戸外へ出る。

中野さんの赤いネクタイが綺麗《きれい》だった。

紹介状も何もない女の詩なんか、どこの新聞社だって迷惑なのだ。銀座通りを歩く。

広告に出ていたタイガーという店があった。並んで松月という店もある。みとれるように綺麗なひとがきどった小さい白まえだれをしてのぞいている。胸まであるエプロンはもう流行《はや》らないのかしら。

砂まじりの強い風が吹いた。

四丁目で、コック風な男が、通りすがりの人に広告マッチを一つずつくれている。私も貰った。後がえりして二つも貰った。

ものを書いて金にしようなぞと考えた事が、まるで夢みたいに遠い事に思える。表通りの暮しは、裏通りの生活とはまるきり違うのだ。拾銭の牛飯も食えないなんて……。


(三月×日)


ハイネとはどんな西洋人か知らない。

甘い詩を書く。

恋の詩も書く。ドイツのお母さんの詩も書く。そして詩が売れる。生田春月というひとはどんなおじさんかな……。ホンヤクという事は飯を煮なおして、焼飯にする事かな。ハイネと生田春月はどんなカンケイなのか知らないけれど、本屋の棚にハイネが生れた。ぽつんと立っている。

私は無政府主義者だ。

こんなきゅうくつな政治なんてまっぴらごめんだ。人間と自然がたわむれて、ひねもす生殖のいとなみ……それでよいではございませんか。猫も夜々を哀れになって歩いている。

私もあんなにして男がほしいといって歩きたい。

箒《ほうき》で掃きすてるほど男がいる。

婆羅門《バラモン》大師の半偈《はんげ》の経とやら、はんにゃはらみとはいわないかな……。

蛆《うじ》が湧《わ》くのだ。私の軀に蛆が湧くのだ。

朝から水ばかり飲んでいる。盗人にはいる空想をする。どなたさまも戸締りに御用心。

いまのところ、私は立派な無政府主義者を自任している。ひどいことをしてみせようと思っている。

夜。牛めしを食べて、ロート眼薬を買う。


（五月×日）


夜、牛込の生田長江《ちょうこう》というひとをたずねる。

このひとはらい病だと聞いていたけれど、そんな事はどうでもいい。詩人になりたいといったら、何とか筋道をつけてくれるかもしれない。

私はもう七拾銭しか持っていないのだ。

蒼馬《あおうま》を見たりという題をつけて、詩の原稿を持ってゆく。古ぼけた浪人のいるような家だ。電燈が馬鹿にくらい。どんなおばけが出て来るかと思った。

部屋の隅っこに小さくなっていると、生田氏がすっと奥から出て来た。何の変哲もない大島の光った着物を着ている、痩《や》せた人だった。顔の皮膚がばかにてらてら光っている。声の小さい、優しいひとであった。

何もいわないで、原稿を見ていただきたいといったら、いま、すぐには見られないという。

私は七拾銭しか持っていないので、軀中がかあと熱くなる。

「どんなひとの詩を読みましたか？」

「はい、ハイネを読みました。ホイットマンも読みました」

高級な詩を読むという事を、いっておかないと悪いような気がした。だけど、本当はハイネもホイットマンも私のこころからは千万里も遠いひとだ。

「プウシュキンは好きです」

私はいそいで本当の事をいった。

あなたも御病気で悲惨のきわみだけれど、私も貧乏で、悲惨のきわみなのです。四百四病の病より、貧よりつらいものはないと、うちのおっかさんが口癖にいいます。だから、私はころされた大杉栄《さかえ》が好きなのです。

広い部屋。暗い床の間に切り口の白い本が少し積み重ねてある。シタンの机が一つ。暑くるしいのに障子が閉めてある。傘のない電燈が馬鹿にくらい。

遠くに離れて坐《すわ》っているので、生田さんは馬鹿に細っこく見える。四十位のひとだと思う。

何という事もなく、生田春月というひとを尋ねるべきだったと思う。婆やさんみたいなひとがお茶を持って来たので、私はがぶりと飲んだ。

病気のひとをぶじょくしてはいけないと思った。

詩の原稿をあずけて帰る。

どうにかなるだろう。どうにもならないでもそれきり。

上野広小路のビールのイルミネーションが暗い空に泡を吹いている。宝丹の広告燈もまばゆい。

おしる粉《こ》一ぱいあがったよのだみ声にさそわれて、五銭のおしる粉を食べた。夜店が賑《にぎ》やかだ。

水中花、ナフタリンの花、サスペンダー、ロシヤパン、万能大根刻み、玉子の泡立器、古本屋の赤い表紙のクロポトキン、青い表紙の人形の家。ぱらぱらと頁をめくると、松井須磨子の厚化粧の舞台姿の写真が出て来る。

福神漬屋の酒悦《しゅえつ》の前は黒山のような人だかり。インド人がバナナのたたきうりをしている。

十三屋の櫛《くし》屋の前に、(1)艶歌《えんか》師がヴァイオリンを弾いていた。みどりもふかきはくようの……ほととぎすの歌だ。随分古めかしい歌をうたっている。

いっとき立ちどまってきく。年増《としま》のいちょうがえしの女がそばに立っていた。昔、佐世保にいた頃、私はこの歌をきいた事がある。誘われるようななつかしさを感じる。艶歌師がうたってくれるようないい小説が書きたい。だけど、小説は長ったらしくてめんどうくさい。ルパシカを着て、紐を前で長く結んでいる艶歌師の四角い顔が、文章倶楽部《クラブ》の写真で見た、室生《むろう》犀星《さいせい》というひとに似ている。

路地をはいってゆくと、湯がえりの階下のおばさんに逢った。おばさんは洗濯物を夜干していた。

「部屋代、何とかして下さいよ。本当に困るンですからね……」

はいはい、私だって本当に困るンですよ。じっさいのところ、私だって苦労しつづけたのですよといいたかった。

明日は玉の井に身売りでもしようかと思う。

（五月×日）

地虫が鳴いている。

ぷちぷち音をたてて青葉が萌《も》えてゆくような気がする。夜中だ。おいなりさんを売りに来る。声が近くになり、また遠くなってゆく。狐寿司《きつねずし》はうまいだろうな。甘辛い油揚げの

（1）　徳冨蘆花（一八六八―一九二七）の小説「不如帰」の流行歌。

中にいっぱいつまった飯、じとじと汁がたれそうなかんぴょうの帯。
階下ではばくちが始っている。

魚の骨の骨
水流に滴《したた》る岸辺の草
魚の骨の骨
蕨色《わらびいろ》の雲間に浮ぶ灰
今日《こんち》はと河下のあいさつ
悶《もん》という字　女の字
悶は股《また》の中にある
嫋々《じょうじょう》と匂う股の中にある
悶という字よ。

魚の骨の骨
弓をひいて奉る一筆
魚の骨の骨
還《また》かえってくる情愛

愁《しゅう》という字　その字
天下の人々が口にする
腸《はらわた》のなかにある
愁《うれ》いの海に沈む舟よ。

一切無我！

◇

この街にいろいろな人が集ってくる
飢えによる堕落の人々
萎縮《いしゅく》した顔　病める肉体の渦
下層階級のはきだめ
天皇陛下は狂っておいでになるそうだ
患《わずら》っているもののみの東京！

一層怖ろしい風が吹く
ああ、何処《どこ》から吹く風なのだ！

情事ははびこる　かびが生える
美しい思想とか
善良な思想というものがない
おびえて暮している
みんな何かにおびえている

隙間《すきま》から見える蒼《あお》ざめたる天使
不思議な無限……
神秘なことには陛下は狂っておいでになるという
貧弱な行為と汎神論者《はんしんろんしゃ》の鍋《なべ》
りくぞくと集ってくる人々
何かを犯しに来る人々の群
街の大時計も狂いはじめた。

(五月×日)
雨。
ユーゴーの惨《みじ》めな人々を読む。

ナポレオンは英雄で、ワーテルローの背景をすぐ眼に浮べるほど立派なおかたと思っていたのだけれど、共和制をくつがえして、ナポレオン帝国をたてた矛盾が、変に気にかかって来る。こうした世の中で、たった一片のパンを盗んだ男が十九年も牢へはいっている事も妙だ。

たった一片のパンで、十九年の牢獄生活に耐えてゆく、人間も人間。世の中も世の中なりか。

駄菓子屋へ行って一銭の飴玉《あめだま》を五ツ買って来る。

鏡を見る。愛らしいのだが、どうにもならぬ。

急に油をつけて髪をかきつけてみる。十日あまりも髪を結わないので、頭の地肌がのぼせて仕方がない。

脚がずくずくにふくらんできた。穴があく。麦飯をどっさりたべるといい。どっさり食べるという事が問題だ。どっさりとね……。

ナポレオンのような戦術家が生れて、どいつにもこいつにも十年以上の牢獄を与える。人民はまるでそろばん玉みたいだ。不幸な国よ。朝から晩まで食べる事ばかり考えている事も悲しい生き方だ。いったい、私は誰なの？　何なのさ。どうして生きて動いているんだろう。

うで玉子飛んで来い。

あんこの鯛《たい》焼き飛んで来い。

苺《いちご》のジャムパン飛んで来い。

蓬萊軒《ほうらいけん》のシナそば飛んで来い。

ああ、そばやのゆで汁でもただ飲みして来ようか。ユーゴー氏を売る事にきめる。五十銭もむつかしいだろう……。

良心に必要なだけの満足を汲み取りか、食慾に必要なだけの金を工面して生きてゆくとにも閉口トンシュでございます。

ナポレオン帝政下の天才について。

或《あ》る薬屋が軍隊のために、ボール紙の靴底を発明し、それを革として売出して四十万リーブルの年金を得たのだそうだ。或る僧侶が、ただ、鼻声だというために大司教となり、行商人が金貸しの女と結婚して、七、八百万の金を産ませた。十九世紀のさなかにある、フランスの修道院は、日に向っている梟《ふくろう》に過ぎないなんて……三度の革命を経てパリーはまた喜劇のむしかえし。

私は今日はこれから、この偉大なユーゴーの「みぜらぶる」と別れなければならない。

天才とは……ちっぽけな日本にはございません。気違いがいるだけ。だあれも、天才なんて見たことがない。天才とはぜいたく品みたいなものだ。日本人は狂人ばかりを見馴《みな》れて葬《ほうむ》ることしか出来ない。

おいたわしや、気が狂ったという陛下も、本当は天才なのかもしれない。くるくるとおちょくごをお巻きになって、眼鏡にして臣下をごらんになったという伝説ごとだけれど、哀れな陛下よ。あなたは哀しいばかりに正直な天才です。

終日雨なり。飴玉と板昆布《いたこんぶ》で露命をつなぐ。

（五月×日）

蒼馬を見たりを生田氏より送りかえして貰《もら》う。日光にさらす。陽にあたると、紙はすぐくるりと弾《は》ねあがる。

詩は死に通じるというところでしょうね。ええ御返事がないところはひきょうみれん……。

「少女」という雑誌から三円の稿料を送って来る。半年も前に持ちこんだ原稿が十枚、題は豆を送る駅の駅長さん。一枚三十銭も貰えるなんて、私は世界一のお金持ちになったような気がした。——詩集など誰だってみむきもしない。

間代二円入れておく。

おばさんは急に、にこにこしている。手紙が来て判を押すという事はお祭のように重大だ。三文判の効用。生きていることもまんざらではない。

急にせっせと童話を書く。

みかん箱に新聞紙を張りつけて、風呂敷《ふろしき》を鋲《びょう》でとめたの。箱の中にはインクもユーゴー様も土鍋も魚も同居。あいなめ一尾買う。米一升買う。風呂にもはいる。豚の王様、紅《あか》い靴、どっちも六枚ずつ。風呂あがりのせいか、安福せっけんの匂《にお》いが、肌にぷんぷん匂う。何という事もなく、せっけんの匂いをかいでいたら、フランスという国へ行ってみたいなと思う。

日本よりは住み心地のいいところではないかしら……。夢にみるほど恋いこがれてみたところで仕方がない。猫が汽車に乗りたいと思うようなものだ。

私のペンは不思議なペン。

私は地図のようなものを書いてみる。まず、朝鮮まで渡って、それから、一日に三里ずつ歩けば、何日目には巴里に着くだろう。その間、飲まず食わずではいられないから、私は働きながら行かなければならない。

ちょっと疲れて来る。

夜、あいなめを焼いて久しぶりに御飯をたべる。涙があふれる。平和な気持ちになった。

(五月×日)

なまぐさい風が吹く
緑が萌《も》え立つ

夜明のしらしらとした往来が
石油色に光っている
森閑とした五月の朝。

多くの夢が煙立つ
頭蓋骨《ずがいこつ》が笑う
囚人も役人も　恋びとも
地獄の門へは同じ道づれ
みんな苛《いじ》めあうがいい、
責めあうがいい
自然が人間の生活をきめてくれるのよ
ねえ　そうなんでしょう?

夢の中で、わけもわからぬひとに逢《あ》う。宿屋の寝床で白いシーツの上に、頭蓋骨の男が寝ている。私をみるなり手をひっぱる。私はちっとも怖《こ》わがらないで、そばへ行って横になった。私は、なまめかしくさえしている。

眼がさめてから厭《いや》な気持ちだった。

寝床の中で詩を書く。

納豆売りのおばさんが通る。あわてて納豆売りのおばさんを二階から呼びとめて、階下へ降りてゆくと、雨あがりのせいか、ぱあっと石油色に道が光っている。まだあまり起きている家もない。雀《すずめ》だけが忙《せ》わしそうに石油色の道におりて遊んでいる。何処からか、鳩《はと》も来ている。栗の花が激しく匂う。

納豆に辛子《からし》をそえて貰う。

私はこのごろ、もう自分の事だけしか考えない。家族のある、あたたかい家庭というものは、何万里もさきの事だ。

こころのなかで、ひそかに、私は神様を憎悪する。こころやすく死んでしまいたいと唇にするような女がいる。それが私だ。本当に死にたいなんて考えないのだけれど、私はまるで、兎《うさぎ》がひとねむりするみたいに、死にたいということをこころやすくいってみる。それで、何となく気が済むのだ。気が済むという事は一番金のかからない愉《たの》しみだ。

死ぬといえば、すぐ哀《かな》しくなってきて、何となくやりきれなくなる。

何でも出来るような気がしてくる。勇気で頭が風船のようにふくらんで来る。

昼から萬朝報に行く。

まだ係りのひとが来ていないというので、社の前の小さいミルクホールで牛乳を一杯飲む。人力車が行く。自動車が行く。自転車が行く。お昼なので、赤い塗りの箱を山のように肩にかついで、そばやが行く。かあっと照りつける往来を見ていると、肺が歌うなぞという詩を持ちあるいている自分が厭になって来た。誰も知らないところで、一人でもがいている必要はない。第一、大した駄作で、いまどき、肺のことなぞ誰も考えているものか……。空気を吸うことなぞどうでもいいのだ。

ああ、金さえあれば、千頁の詩集を出版してやりたい。友達もない、金もない、ただ、亀の子のように、のこのこ日向《ひなた》を歩きまわっている。まるで私は乞食《こじき》のような哀れさだ。だれもめぐんでなんかくれない。洟《はな》もひっかけやしない。ああ、わっというような景色のなかからお札は降って来ないかな。千頁の詩集を出してやる！　題は男の骨、もっとむざんな題でもいい。

名もない女の詩なぞ買ってもらわなくてもいい。いまに千頁の詩集を出版しましょう。まるで仏壇のような金ピカ詩集！　でこんでこんに塗りたくって、美しい絵を入れて、もう一つおまけに、詩集用のオルゴオルもつけてね、まず、きれいな音の中から、詩が飛び出して来るやつ……奇想天外詩集というものを出したい。どこかに、色気の深い金持ちの紳士はいないものかしら。千頁の詩集を出してくれれば、私は裸になってさかだちをしてみせてもいい。

私はいつも、新聞社のかえり、悲しくなる。広い沙漠に迷いこんだみたいに頼りどころがないのだ。ぴゅうぴゅうと風の吹くなかを、私一人が歩いているような気がする。

鬼でもいいから逢いたいものだ。慄《ふる》えてくる。歩きながら泣いている。涙というものは妙なものだ。ただの水、なまぬるい水、ぞっこん心がしびれてくる水、人の情のようになぐさめてくれる水、誇張の水、歩きながら泣くのはまことに工合がいい。風がすぐ乾かしてくれる。ハンカチもいらない。袂《たもと》も汚れない。

鍋町の文房具屋でハトロンの封筒も買って、郵便局で封を書いて、肺は歌うを朝日新聞に送る。何とかなるだろうという空想だけの勇気だ。

泣きながら歩いたので頰がつっぱるような気がする。匂いのいい文学的なクリームというやつはないかな。長い事、クリームもおしろいも塗った事がない。

果物屋は桜んぼうの出さかり、皿に盛って金十銭。

浅草に行く。

やたらに食物店ばかりが眼につく。ひょうたん池のところで、茹《う》で玉子を二つ買って食べる。ハムズンの飢えという小説を思い出した。昼間からついているイルミネーションと楽隊、色さまざまなのぼりの賑《にぎ》わい。三館共通十銭也で、オペラに、活動に、浪花節《なにわぶし》。ここだけは大入満員のセイキョウだ。

私は急に役者になりたいと思った。

白いマントを着たイヴァン・モジュウヒン。なかなかよい男だ。泥絵具で、少々、イヴァン・モジュウヒンはにやけている。活動は久しくみた事がない。

玉子のげっぷが出る。

郵便局から出した詩はまだとどかないだろう。取りかえしに行きたくなった。詩を書くという事が、人生に何の必要があるのだろう……。早くかたづきそうらえ。何もいう事これなく候《そうろう》。ぽおっといつまでも明るい空。私は夜が好きだ。私は夜のように早く年をとりたい。早く三十になりたい。葬儀屋の女房になって、線香くさい飯を食うようになっているかもしれない。それとも、私は貧乏な外科医の若い学生と同棲して、もう生きたまま解剖してもらってもいい。私はねえ、この世が辛《つら》くなってしまったのよ。腹のなかを十文字に割って腸をつかみ出したら、蛆《うじ》が行列していたって。私はどうせ、どぶのなかから誕生したのです。哀れまれる事はないのよ。何処《どこ》にでもいる女なのよ。つまみぐいが好きで、悲劇が好きで、きどってる人間がしんからきらいで……だって、きどってる人間だって、女とも寝てるじゃないの。同じような事なんだけど、衣食住が足りれば、第一、品というものが必要になる。

浅草はいいところだ。

みんなが、何となくのぼせかえっている。躯《からだ》じゅうでいきいきしている。イルミネーションが段々はっきりして来る。

誰にでもある共通な、自然なこころの置場なのよ。三角の山盛りで、黄色に塗った五銭のアイスクリン。エエひやっこいアイスクリン！　その隣りが壺焼《つぼ》。おでん屋は皿ほどもあるがんもどきをつまみあげている。

十字の切りかたは知らないけれど、ああ神様と祈りたくなります。

全心全霊をかたむけてエホバよ。

プウシュキンは品のいい詩ばかりお書きになっていた。そして、人の魂をとろかすもの。私ときたら鼻もちならぬ。

みんな自分が可愛《かわい》いのだ。どなたさまも自分に惚《ほ》れすぎている。人の事はみえない。だから、私が、いくら食べたいという詩を書いても駄目なの。疲れてへとへとで、洗濯せっけんもないのよ。

家へかえりたくない。

一晩じゅう浅草を歩いていたい。

鐘撞堂《かねつきどう》の後に、小さい旅館が沢山並んでいる。「あんた貫一さんはないのかい?」一人で呆《ぼ》んやり歩いている私に、旅館の番頭が声をかける。

「十七、八となってるかな?」

私はおかしくなった。浅草に夜が来た。みんな活々と光る。楽隊は鳴りひびく。風はまことに涼やかで、私のおっぱいが一貫目もあるほど重い。感性の気違い。一目みただけで、この娘、売物という表情をしている、安来《やすき》節《ぶし》の看板に凭《もた》れて休む。何とも陽気なただならぬ気配で、床をふみならす音、口笛を吹きたてる群集。あらえっさっさアのソプラノ合唱。

日本の歌は原始的で、肉体的だ。のぼせあがっている。何も彼もすべて、すべてがのぼせあがっている。

鯉のぼりのようなのぼせかただ。たしなみのいいずぼんをはく事がきらいで、下帯一つで歩いている。もともとは原始民族なのだけど、ちょっとかぶれて火ぶくれをおこして来たのだ。

かんたんな火ぶくれなのよ、ねえ、塗り薬でかためて調法であろう……。苦悩を売りものにしてみたところで、もともと偽の文明。第一イルミネーションの光《ひか》りの方がむじひだ。皮を剝《は》いだ、底の底まで見透せる妙な光りかたである。美人が少しも美人にはみえない。光りの空、息苦しい光彩の波の中に、人はひしめきあっている。私もひしめきあっている。

なるほど、日本は黄金島！

◇

（七月×日）

山のように厚いノートはないものか、枕《まくら》のようにでっかいノート。

頭のなかにたまっている、何も彼も、きっちり挟《はさ》んで逃げないようにしておきたい。

オカアサマ、私生児はへこたれませんよ。もうめんどうなことは考えないでいましょう。どんなに家柄がいいといったところで落ちぶれてどろどろになる貴族もいます。貴族とは紋のような紋。あおいの紋は立派だそうだけれど、私はやっぱり菊や桐の紋が好きです。

私は折れた鉛筆のようにごろりと眠る。

世の中はいろんなもので賑《にぎ》やかだ。

十二社《じゅうにそう》の鉛筆工場の水車の音が、ごっとんごっとん耳に響く。爽《さわ》やかな風が吹いているのに私は畳に寝ころんでいる。ただ、呆《ぼ》んやりと哀《かな》しくなるばかり。本当はちっとも死にたくはないのに、私はあのひとに、死ぬかもしれないという手紙を書きたくなった。

少しも死にたくはないのに、死にたいと思うこともある。空想が象のようにふくらんで来る。象が水ぶくれになってよたよたと這《は》いまわって来る。

何処《どこ》かで鮭《さけ》を焼く匂《にお》いがしている。

あのひとが走って来てくれるような、長い手紙を書きたかったけれど、紙もインクもない。新宿の甲州屋の陳列のなかの万年筆が、電信柱のようににゅっと眼に浮ぶ。二円五十銭だったかな。紙はつるつるしたのが自由自在だけれど、こちらは素かんぴん。ああどうよくではございませぬか。

森々とよく蟬《せみ》が啼《な》きたてている。

部屋の中を見まわしてみる。かび臭い。床の間もなければ、棚も押入もない。この暑いのに、オッカサンはまだネルの着物を着ている。洗いざらしたネルの着物で、ことことさっきからキャベツを刻んでいる。部屋の隅に板切を置いて、まことにきれいな姿なり。

私たちはキャベツばっかり食べている。ソースをかけて肉なしのキャベツをたべる。それはねえ、ただ、まぼろしの料理。夢のなかの出来事さ。粉挽《こなひき》も見た事がない。魚はもちろん、魚屋の前は眼をつぶって、息を殺して通る。あいなめに、鯛《たい》に、さばに、いさき、かつおの紳士。――フランセ・ママイといってね、時々私の処《ところ》へ夜噺《よばな》しに来る笛吹きの爺《じい》さんが、ああドーデーという方は金に困らぬ小説家なのであろう。風車小屋だよりは、ぜいたく至極な物語りで、十二社の汚ない風車小舎《ごや》とはだいぶおもむきが違うのであろう。俳句でもつくってみたくなるけれど、どうも、川柳もどきになってしまう。風に吹かれただけで俳句がつくりたくなる。蟬の声をきいただけで、ああと溜息《ためいき》まじり。

さあ、そろそろ時間が来ました。神楽坂《かぐらざか》に夜店を出しに行く。藁店《わらだな》の床屋さんから雨戸を借りて、鯛焼き屋の横に店をひろげる。

(七月×日)

朝から雨。

仕方がないからオッカサンと風呂《ふろ》に行く。着物をぬぐと私は元気になって来る。富士山のペンキ絵がべろんと幕を張ったよう。松が四、五本あって、その横に花王せっけんの広告。

おなかの大きい不器量なおかみさんが一人、鏡の前で鼻唄《はなうた》をうたっている。どうして、あんなにむやみにおなかがふくれるのか私にはわからない。どうしたはずみで、あんなおなかになるのだろう。それでも、見ているととても愛らしい。何度も、まあるいおなかに湯をかけている。

窓の外を誰か口笛ふいて通っている。養父《とう》さんは北海道へ行ってそれっきり。仲々思わしい仕事もないのであろう。私も口笛を吹いてみる。

ああ、そはかのひとか、うたげのなかに、女学校時代のことがふっとなつかしく頭に浮んで来る。宝塚の歌劇学校へ行ってみたいと思った事もあった。田舎《いなか》まわりの役者になりたいと思った事もあった。初恋のひとは、同級の看護婦といっしょになってしまった。

ここから尾道《おのみち》は何百里も遠い。まるで、虫けらみたいな生きかただ。東京には、いっぱい、いい事があると思ったけれど何もない。

裸になっている時が一等しあわせだ。

オッカサンは流しの隅っこで円くなって洗濯をしている。私は風呂の中であごまでつかって口笛を吹く。知っているうたをみんな吹いてみる。しまいには出たら目な節で吹く。出たら目な節の方がよっぽど感じが出て、しみじみと哀しくなって来る。昨夜読んだ、ユジン・オニイルの「長いかえりの船路」の中に、イヴン、てめえ、娘っ子に会いたいって唸《うな》ってたんだぜ。そのくせ、娘っ子がやって来ると、てめえ、豚小舎の豚のように喉をならしてやがるんだというところを思い出した。

私はもう娘ではないけれど、何だか、娘さんみたいな気持ちになって来る。

夜、ひどい吹き降りになった。

電気をひくくさげて、小さいそろばんをはじく。いくらそろばんをはじいたところで、金が出て来るものでもない。オッカサンは鉛筆をなめなめ帳面づけ。いくらそろばんをはじいても、根が呆んやりと、うわのそらでいるせいか、いっこうに勘定に身がはいらない。まちがえてばかりいる。それでもただひとりの肉親がそばにいる事は賑やかでいいものだ。花ちゃんやア、はあい……私はろくろ首の女だ。どこへでも首がのびて自由自在。油もなめに行く。男もなめにゆく。


（八月×日）

万世橋《まんせい》の駅に行く。

赤レンガの汚れた建物。広瀬中佐が雨に濡《ぬ》れている。

万惣《まんそう》の果物店で、西瓜《すいか》がまっかに眼にしみる。私は駅の入口に立って白いハンカチを持って立っている事になっている。どんな男が肩を叩《たた》くのかは知らない。双葉劇団支配人というのは、どんなかっこうで電車から降りて来るのだろう。

古池や蛙《かわず》飛び込む水の音。私はその蛙さんなのよ。仕方がないから古池へどぼんと飛び込むのさ。むつかしい事なんか考えちゃいない。ただ、どぼんと飛びこむだけのこと。

眼鏡をかけた背の高い男が私の前を通って、またふっと後がえりして立った。充分自信のあるいでたち。「広告を見たひと?」「ええそうです」その男は歩き出した。私も、犬のようにその男の後からついて行った。まさか、私が、夜店を出しているしがない女とは思うまい。私は今日は、びっくりするほど、おしろいを白くつけて来たのだ。田舎娘上京の図である。

雨の中を須田町《すだちょう》まであるいて、小さいミルクホールへはいる。この男も、あまり金があるのでもあるまい。

双葉劇団というのは田舎まわりの芝居なのだそうだ。女優が少ないので、もうすぐからでもけいこにかかってもいいといった。

白いハンカチが胸ポケットからはみ出ている。何だか忘れそうな影のうすい顔だ。いやらしいものが直感で胸に来る。どんな事でもがまんはするけれど、こんな男にだまされるのは厭《いや》だ。サラリーは働き次第だという事だけれど、私は戸外の雨ばかり見ていた。

五銭の牛乳は二杯御ちそうして貰《もら》う。私は牛乳をわざわざ飲みたいとは思わない。揚げたてのカツレツがたべたいのだもの。

私が履歴書を出すと、その男は煙草《たばこ》で汚れた指で、ざっと拡《ひろ》げて、履歴書をポケットへしまった。履歴書よりも、その男は私の軀《からだ》が必要なのかも知れない。

ボイルの浴衣《ゆかた》に雨傘を持ったよれよれの女の姿はこの男にはかえって好都合なのだろう。神田の三崎町のホテルに事務所があるというのでついて行ったけれど、出て来た女中は始めての客のような顔をしている。

事務所というのは空想の事務所。何もない部屋のすがたは妙に落ちつきがない。その男は嘘《うそ》ばかりいうので、私も嘘ばかりいう。世の中は味なものではございませんか。鉛筆工場の水車の音がごっとんごっとん耳について来る。どんな芝居をやってみたいかというので、皿屋敷の菊という役。どんどろ大師のお弓、それからカチュウシャのようなのとならべたててみる。きれいな幕が見える。お客さんが手を叩く。なんなら、二階から手紙を読むお軽もいい。菊次郎という女形の美しい姿をおぼえているので、私の空想は自由自在だ。菊次郎も松助も、左団次もこの男は何も知らない。

いっしょに遊びたいといったけれど、私はもう、芝居者のような気持ちで、気が浮かないから厭だといって立ちあがった。

急に遊びたいなんておかしいじゃないのとさっさと階下へ降りると、女中が「あら、おそばが来ましたよ」といった。ざるそばの赤うるしのまるい笊《ざる》が重ねてあったが、にっこり笑って戸外へ出た。傘をさすのも忘れて雨の中を歩く。ごうごうと電車の音ばかり。四方八方電車の唸《うな》りだ。

いやに、赤うるしのざるそばの重ねたのが眼についてはなれない。四つもあの男はそばを食べるのかしら……。そばが食べたいな。

巷《ちまた》に雨の降るごとく、何処《どこ》かの誰かがうたった。重たい雨。厭な雨。不安になって来る雨。リンカクのない雨。空想的になる雨。貧乏な雨。夜店の出ない雨。首をくくりたくなる雨。酒が飲みたい雨。一升位ざぶざぶと酒が飲みたくなる雨。女だって酒を飲みたくなる雨。昂奮してくる雨。愛したくなる雨。オッカサンのような雨。私生児のような雨。私は雨のなかをただあてもなく歩く。

（八月×日）

うれいひめたるくちうたは
うたともなりぬ　けむりとも

長い行列のなかに立っていると、女というものは旗のように風まかせになって来る。早いはなしが、この長い行列の女たちだって。ただいい暮しさえあれば、こんな行列には立たなくても済むのだ。何か職がほしいという事だけでしばられているにすぎない。

失業は貞操のない女のように荒《すさ》んでむちゃくちゃになって来る。たった三十円の月給が身につかないとは何とした事であろう。五円もあれば、秋田米のぱりぱりが一斗かえる。ほっこりとたきたてに、沢庵をそえてね。それだけの願いなのよ。何とかどうにかなりませんか。

行列は少しずつちぢまり、笑って出て来るもの、失望して出て来るもの、扉の前に立っている私たちは、少しずついらいらとして来る。

菜種問屋の、たった二人ばかり入用の女事務員がざっと百人あまりも並んでいる。やっと私の番になった。履歴書と引きくらべて、まず、人品骨柄、器量がいいか悪いかできまる。しばらく晒《さら》しものになって、ハガキで通知をしますという返事。こんなのは毎度のことで馴《な》れてはいるけれど何とも味気ない。ふしあわせな生れつきだと思う。飛びきりに美しいという事は、それだけでもけっこうな事であろう。私には何もない。ただ丈夫な身体があるというだけ。

生きていて、まず、何とか生活してゆくという人間の大切ないとなみが、いつも失敗むざんだ。堕落してゆくに都合のいいレディーメイド。やとい主は炯眼《けいがん》むるいだ。こんな女なぞはやとってくれない。

だけど、もし、やとってもらって、三十円も月給を貰えたら、私は血へどを吐《は》くほど一生懸命働きたいのだけど……。もう、お天気の日を選んで夜店を出すのは厭になった。

ほんとに厭な事だ。土ぼこりをいっぱい吸って眼の前に立ちどまる人をそっと見上げて笑うしぐさにあきあきした。卑屈になって来る。私はまず何としても広いロシヤへ行きたいね。旦那《バーリン》、旦那《バーリン》。ロシヤは日本よりか広いに違いない。女の少ない国だったらどんなにいいだろう。

インキを買ってかえる。
何とかしておめもじいたしたく候《そうろう》。
お金がほしく候。
ただの十円でもよろしく候。
マノンレスコオと、浴衣と、下駄と買いたく候。
シナそばが一杯たべたく候。
雷門助六をききに行きたく候。
朝鮮でも満洲へでも働きに行きたく候。
たった一度おめもじいたしたく候。
本当にお金がほしく候。

手紙を書いてみるがどうにもならぬ。あのひとにはもうお嫁さんがあるのだ。ただ、なぐさみに歌の文句を書いてみるだけ。

夜。

眠れないので、電気をつけて、ぼろぼろのユジン・オニイルを読む。家主の大工さんが、夜どおし、ろくろをまわして、玩具《おもちゃ》のコマをつくっている。どのひとも、夜も日もなく働かねば食えない世の中なり。蚊がうるさいけれど、蚊帳《かや》のない暮しむきなので、皿におがくずを入れていぶす。へやの中がいぶる。それでも蚊がいる。丈夫な蚊だ。うるさい蚊だ。オッカサンに浴衣を買ってやりたいと思うけど仕方がない。

（八月×日）

爽《さわ》やかな天気だ。まばゆいばかりの緑の十二社《じゅうにそう》。池のまわりを裸馬をつれた男が通っている。馬がびろうどのような汗をかいている。しいんしいんと蟬《せみ》が鳴きたてていた。

氷屋の旗がぴくともしない。

オッカサンも私も背中に雑貨を背負って歩いている。全く暑い。東京は暑いところだ。新宿までの電車賃をけんやくして、鳴子《なるこ》坂《ざか》の三好野で焼団子を五串《くし》買ってたべる。お茶は何度でもおかわりして、ああちょっとだけしあわせ。

オニイルは名もない水夫で、放浪ばかりしていて、子供の時は手におえぬ悪童で、大きくなって、ボナゼアリス行きの帆船に乗りこんで粗暴な冒険にみちた生活をしたのだそうだ。偉くなってしまえば、こんな身上話もああそうなのかと思う。私も芝居を書いてみようかな。きそう天外な芝居。それとも涙もなくなる奴《やつ》。オニイルだって、いつも悲愴《ひそう》な時ばかりではなかったであろう。

時には鼻唄まじりにいいごきげんな時もあったに違いない。

よろよろと荷をかついで、小さいべっぴんさんは暑い街を歩く。どうでもいいのだ。もうやぶれかぶれなのだ。はっきりと路《みち》の上にうつした影はひきがえるのように這っている。哀れなオッカサンが何故《なぜ》私を生んだのだろう。私生児という事はどうでもいい事だけれど、オッカサンには罪はない。何の咎《とが》める事があろう。世界のどこかのおきさきさまだって私生児を生む事もある。世の中というものはそんなものだ。女は子供をうむために生きている。むずかしい手つづきをふむことなんか考えてはいない。男のひとが好きだから身をまかせてしまうきりなのだ。

神楽坂の床屋さんで水をのませて貰《もら》う。

今日は縁日で夕方から賑《にぎ》やかなのだそうだ。

きれいな芸者が沢山歩いている。しのぶ売りも金魚屋も出ている。今日は水中花を売るおばさんの隣りに場所割りがきまる。

店を出して、私は雨傘を出してゴザの上に坐《すわ》る。何とも暑い夕陽だ。夕陽は何処《どこ》から来るのだろう。じりじりと照りつけるなぎのような暑さ。人通りが馬鹿に多いけれど、パンツも沓下《くつした》もステテコもなかなか売れそうにもない。オッカサンは下谷《したや》までお使い。

市松の紙の屋根を張った虫売りが前の金物屋の店さきに出た。じょうさい屋が通る。

みがきこんだおかもちをさげたてぬぐい浴衣の男が、自転車に片足かけて坂をすべってゆく。

華やかな町の姿だ。一人だって、雨傘をさしてしゃがんでいる女には気にもとめない。

おえんまさまの舌は一丈
まっかな夕陽
煮えるような空気の底

哀《かな》しみのしみこんだ鼻のかたち
その向《む》うに発射する一つのきらめき
別に生きようとも思わぬ
ただざらさらと邪魔にならぬような生存

おぼつかない冥土《めいど》の細道から
あるかなきかのけぶり　けぶり
推察するようなただよいもなく
私の青春は朽ちて灰になる、

本当の事をいって下さい
ただそれが知りたいだけだ
人非人と同様の土ぼこりの中に
視力の近い虹《にじ》の世界が
いっぱい蝸牛《かたつむり》をふりおとしている
一つ一つ転げおちて草の葉の露と化して
茫《ぼう》の世界に消えてゆく
悪企みは何もないもろい生き方
血と匂いを持たぬ蝸牛の世界
ああ夢の世界よ
夢の世のぜいたくな人たちを呪う
何のきっかけもない暑い夕陽の怖ろしさ。

私はぱりぱりに乾いてゆく傘の下で、じいっと赤い夕陽を眺めていた。

◇

(九月×日)

飲食店にはいって、ふっと、箸立《はした》ての汚ない箸のたばを見ると、私には卑《いや》しいものしかないのを感じる。人の舌に触れた、はげちょろけの箸を二本抜いて、それで丼飯《どんぶりめし》を食べる。まるで犬のような姿だ。汚ないとも思わなくなってしまっている。人類も何もあったものではない。ただ、モウレツに美味《うま》いという感覚だけで鰯《いわし》の焼いたのにかぶりつく。小皿のなかの水びたしの菜っぱの香々。

いつまでも私は不安だ。卑しくて犬のように這《は》いずりまわっているくせに、もう、死んでしまいたいと思うくせに、誰かをだましてやろうと思っているくせに、私には何の力もない。袖口《そでぐち》も、襟《えり》もとも垢《あか》でぴかぴか光っている。いっそ裸で歩きたい位だ。

食堂を出て動坂《どうざか》の講談社に行く。おんぼろぼろの坂塀《いたべい》のなかにひしめく人の群をみていると、妙にはいりそびれてしまう。講談社というところはのみの巣のようだと思う。文明も何もない。ただ、汚ないぼろぼろの長い板塀にかこまれている。昨夜一晩で書きあげた鳥追い女という原稿が金に替るとは思われなくなってくる。浪六《なみろく》さんのようなものを書くにはよほど縁の遠い話だ。

私はねえ、下宿料が払えないのよ。この二、三日、遠慮して下宿の御飯をなるべく食べないようにしているのよ。講談なんて書けもしないくせに、浪六さんを手本にして、眼を真赤にして書いてみたけれど、結局は一文にもならぬ。赤い郵便自動車が行く。とても幸福そうだ。あのなかには、沢山沢山為替がはいっているに違いない。何処《どこ》から誰に送る為替か知らないけれど、一枚や二枚、ひらひらと舞い落ちて来ないものかしら。

小石川の博文館へ行く。

どうれと、玄関番が出て来そうだ。おばけ屋敷のようだ。田舎《いなか》医者の待合室みたいな畳敷きの待合室に通される。いかにも疲れたような人たちが思い思いに待っている。そのひとたちがじろじろと私を見ている。まるで子守っ子のような肩あげのある私を不思議そうに見ている。まさか鳥追い女という講談を書いているとは思うまい。

私は一葉《いちよう》という名前がとてつもなく気に入っている。尾崎紅葉もいい。小栗風葉もいい。みんな偉いひとには「葉」の字がつくので、私も講談を書くときは五葉位にしてみようかと考えた。色あせた夏羽織を着た背の高いひとが出て来た。私は胸がどきどきしてくる。来なければよかったと思う。

いずれ見てからお返事をしますという事で、私のみっともない原稿はみもしらぬ人の手に渡ってしまった。急いで博文館を出て、深呼吸をする。これでもまだ私は生きてるのだからね。あんまりいじめないで下さい。神様！　私は本当は男なんかどうでもいいのよ。お金がほしくってたまらないのよ。高利貸という人間はどこの町に住んでいるのだろう。植物園のなかにはいって行く。

きれいな夕陽。つるべ落しの空あい。私もはずみを食ってまっさかさま。憂鬱《ゆううつ》な空想の花火。ああ講談なんて馬鹿なことを考えたものだ。

木蔭《こかげ》で、麦藁帽《むぎわらぼう》をかぶった、年をとった女のひとが油絵を描いている。仲々うまいものだ。しばらくみとれている。芳烈な油の匂《にお》いがする。このひとは満足に食べられるのかしら。芝生に子供が遊んでいる絵だ。四囲には人っ子一人いないけれど、絵のなかでは、二人の子供がしゃがんでいる。絵描きになりたいと思う。

白い萩《はぎ》の花の咲いているところで横になる。草をむしりながら噛《か》んでみる。何となくつつましい幸福を感じる。夕陽がだんだん燃えたって来る。

不幸とか、幸福とか、考えた事もない暮しだけれど、この瞬間はちょっといいなと思う。しみじみと草に腹這《はらば》っていると、眼尻《めじり》に涙が溢れて来る。何の思いもない、水みたいなものだけれど、涙が出て来るといやに孤独な気持ちになって来る。こうした生きかたも、大して苦労には思わないのだけれど、下宿料が払えないという事だけはどうにも苦しい。無限に空があるくせに、人間だけがあくせくしている。

夕焼の燃えてゆく空の奇蹟がありながら、ささやかな人間の生きかたに何の奇蹟もないということはかなしい。別れた男の事をふっと考えてみる。憎い奴《やつ》だと思った事もあったけれど、いまはそうでもない。憎いと思うところはみんな忘れてしまった。

いまは眼の前に、なまめかしい、白い萩が咲いているけれど、いまに冬が来れば、この花も茎もがらがらに枯れてしまう。ざまをみろだ。男と女の間柄もそんなものなのでしょう。不如帰《ほととぎす》の浪子さん(2)が千年も万年も生きたいなんていってるけれど、あまりに人の世を御ぞんじないというものだ。花は一年で枯れてゆくのに、人間は五十年も御長命だ。ああいやな事だ。

私は天皇さまにジキソをしてみる空想をする。ふっと私をごらんになって、馬鹿に私が気に入って、いっしょにいいところにおいでとおっしゃるような夢をみる。夢は人間とっておきの自由だ。天皇さまに冷酒とがんもどきのおでんをさしあげたら、うまいものだねとおっしゃるに違いない。私はなぜ日本に生れたのだろう。シチリヤ人というのがあるそうだ。音楽が大変好きなのだそうだ。私はシチリヤ人がどんな人種なのか見たことがない。

不意にカナカナが啼《な》きたてた。夕焼がだんだん妙な風に蒼《あお》ずんで来ている。

(九月×日)

夜が明けかけて来たけれど、どうにもならない。

昨夜は蒲団《ふとん》を売る事にきめて安心して眠ったのだけれど、こう涼しくては蒲団を売るわけにもゆかない。葛西《かさい》善蔵というひとの小説みたいにどうにもならなくなりそうだ。私は別に酒が飲みたいよくもないけれど、生きようがないではありませんか。

らっきょうと、甘いうずら豆が食べたい。キハツ油も買いたい。朝がえりの学生があると見えて、スリッパを鳴らして二階へ上ってゆく足音がする。ここから吉原まではさほどの道のりでもあるまい。吉原では女をいくら位で買ってくれるものかと思案してみる。

さて、朝になれば、いよいよまた活動出発の用意。雀《すずめ》がよく鳴いている。上々の天気。硝子《ガラス》窓から柿の葉が覗《のぞ》いている。台所の方で小さい唄声《うたごえ》がきこえる。私はふっと思いついて、この下宿の女中になれぬものかと思う。客部屋から女中部屋に転落してゆくだけだ。給料はいらない。ただ食べさせてもらって雨露をしのげればいい。この部屋の先住の英文科の帝大生が壁にナイフで落書をしている。エデンの園とは？　私も知らない。この気取りやさんは、落第をして郷里に戻って行ったのだそうだけれども、私には戻ってゆく故郷もない。

ダダイズムの詩というのが流行《はや》っている。つまらない子供だましみたいな詩。言葉のあそび。血が流れていない。捨身で正直なことがいえない。ただ、やぶれかぶれだけ。だから私も作ってみようと眼をつぶって、蝙蝠傘《こうもり》と烏《からす》という詩をつくってみる。眼をつぶっていると、黒いものからぱっぱっと聯想《れんそう》がとぶ。おかしなことばかり考える。まず、第一に匂いの思い出が来る。それから水っぽい涙が鼻をならしに来る。わにに喰《こ》いつかれたような、声も出ない悲鳴が出て来る。私の乳房が千貫の重さで、うどん粉の山のようにのしかかっている。手の爪《つめ》に白い星が出ている。いい事があるのだそうだけれど信じない。シーツなぞ長いこと敷いたことのない敷蒲団に、私はなまぐさく寝ている。これが本当のエデンの園です。蒲団は芝居ののぼりでつくった、まことにしみじみとするカンヴァスベッド。

（2）　徳冨蘆花作「不如帰」の主人公、肺結核ゆえに離婚させられ悲痛な叫びを残して死んでいく。

感化院出の誰の誰
許して下さいという言葉を日にいくど
頂戴《ちょうだい》とか下さいとか
雨のなかに立って物乞《こ》う姿
不安な呻吟《しんぎん》
世の誰とも連絡がない。

感化院出の芙美子さん
人間ではない氷のかたまり
十九世紀の日本語の飴《あめ》
眼がまわりますね
道中があぶない？
何をおっしゃいますやら。

感化院は官立
帝国大学も官立さ

ただそれだけの違いだよ。

襖《ふすま》が一寸《すん》ほど開いた。若い男がのぞいている。だれ？　あわてて襖がしまる。ここは郵便局じゃございませんだ。

私と寝たいのならさっさと這入《はい》っていらっしゃい。

起きるなり、顔も洗わないで戸外へ出る。黄いろいペンキ車をひいて、意気な牛乳屋さんが通る。苦学生にしてはいやに清潔だ。西片町に出る。そろそろ暑い陽がのぼりはじめてきた。運送屋さんの前の共同水道で、顔を洗って、ついでに水をがぶがぶと飲んで満腹のほうえつ。ついでに、髪にも水をつけて手でなでつける。根津《ねづ》へ戻って恭次郎さんの家へ行ってみようかとも思うけれど、節ちゃんにまた泣きごとをいいそうなのでやめる。朝の新鮮な空気の中をただむしょうに歩く。大学の前へ行ってみる。果物屋ではリンゴにみがきをかけている男がいる。何年にも口にしたことのないリンゴの幻影が、現実ではぴかぴかと紅《あか》くまるい。柿もぶどうも、いちじくも、翠滴《すいてき》がしたたりそうな匂い。――さいやんかね、だっさ、さいやんかねえ、おんだぶってぶって、おんだ、らったんだりらああお……タゴールの詩だそうだけれど、意味も判《わか》らずに、折にふれては私はつまらない時に唄う。

高橋新吉はいい詩人だな。

岡本潤も素敵にいい詩人だな。

壺井《つぼい》繁治が黒いルパシカ姿で、うなぎの寝床のような下宿住い、これも善良ムヒな詩人。蜂《はち》みたいなだんだらジャケツを着た萩原恭次郎はフランス風の情熱の詩人。そしてみんなムルイに貧しいのは、私と御同様……。

根津のゴンゲン様の境内で休む。

ゴンゲン様は何様をおまつりしてあるのかしらない。ただあらたかな気がする。気がやすまる。鳩《はと》がいる。震災の時、ここで野宿をした事を思い出す。

根津のゴンゲン裏にかつぶしを売っている大きい店がある。ここの息子が根津なにがしとかいう活動役者だそうだ。まだ一度も見たことがないけれど、定めしよい男なのであろう。千駄木町へ曲る角に、小さい時計屋さんがある。恭ちゃんの家の前を通って医専の方へ坂を上ってゆく。夜になるとここはお化けの出る坂。

昼の霧　香ばしき昼の霧
わがははの肩のあたりの霧
爪は語らず
陽もまばゆくて昼の霧よ
五里霧中のなかに泳ぐ

女だるまのすすりなく霧。

ああさんたまりあ
裸馬の肌えに巻く霧
昼の霧はバットの銀紙
すさのおのみことの恋の霧
金もなき日の埃《ほこり》の綿
つむぎ車のくりごとよ
昼の霧　哀《かな》しき昼の霧。

急に四囲の草木が葉裏をかえしたような妙な空あいになり、霧のようなものが立ちこめてみえる。坂の途中の電信柱に凭《もた》れてみる。しんしんと四囲に湯茶の煮えるような音がする。真昼の妖怪《ようかい》かな。私はおなかが空《す》いたのよ。
急に体じゅうがふるえて来る。どうして生きていいのか腹が立って来る。声をたてて泣きたくなる。
八重垣町の八百屋《やおや》で唐もろこしを二本買って下宿へ帰る。ダットのいきおいで部屋へ行き、唐もろこしの皮をむく。しめった唐もろこしの茶色のひげの中から、ぞうげ色の粒々が行列して出て来る。焼きたいな。こつこつと焼いて醤油をつけて食べたい。

下宿の箱火鉢に紙屑《かみくず》を燃やして根気よく唐もろこしを焼く。


（九月×日）


ははより拾円の為替が来る。

ありがたや、かたじけなや。何も彼もなむあみだぶつの心持ちなり。

どしゃぶりの雨。下宿に五円入れる。昼飯が運ばれる。切り昆布に油揚げの煮たのに麩《ふ》のすまし汁。小さいお櫃《ひつ》に過分な御飯。雨を見ながら一人しずかに食事をする愉《たの》しさ。敵は幾万ありとてもわが仕事これより燃ゆると意気ごんでみる。食事のあと、静かに腹這い童話を書く。いくつでも出来そうな気がして仲々書けない。

どしゃぶりの雨は西むきの硝子《ガラス》窓の敷居の中にまでいっぱい吹きこんで川のようにたまる。

夜も下宿の飯。

コンニャクとコロッケととろろ昆布のすまし汁。のこりの飯は握り飯にしておく。夜ふけて、野村吉哉さんが尻からげで遊びに来る。全身ずぶぬれ。唇が馬鹿に紅い。中央公論に論文を書いたという。中央公論ってどんなのさ。千葉亀雄がおじさんだとかで、この人の紹介だそうだ。別にえらいとも思わないけれど、尊敬しなければ悪いのだと思って、感心してみせる。馬鹿に煙草《たばこ》を吸うひとだ。四畳半はもうもう。二階でマンドリンの音がしている。学生は金持ちでひま人ぞろいだ。吉原に行く学生もある。玉突きに行く学生もある。下宿で大事がられる学生は、いつも金だらいをさげて風呂《ふろ》に行っている。

野村さんと握り飯を分けあって食べる。三角の月とか星とかの詩を読んでくれたけれども、さっぱり判らない。詩を書くには泣くことも笑うことも正直でなければならない。貧乏してまで言葉の嘘《うそ》を書く必要はない。白秋が好きだといったら野村さんは笑った。白秋は溺れる詩人。人にうたわれる詩人だ。雀の好きな詩人。みみずくの家を持った詩人。九州の土から生れた詩人。

十二時ごろ、恭ちゃんのところへ行くといって野村さんまた尻からげで帰る。そっと襖を開けて廊下をうかがうあたり、うれしくなってしまう。馬鹿に脚の白いひとなり。

(十月×日)

渋谷の百軒店《ひゃっけんだな》のウーロン茶をのませる家で、詩の展覧会なり。

ドン・ザッキという面白い人物にあう。おかっぱで、椅子《いす》の間を踊り歩く。紙がないので、新聞紙に詩を書いて張る。

おそれながら申しあげます

わたしはただ息をしている女
百万円よりも五十銭しか知らない
牛めしは十銭
葱《ねぎ》と犬の肉がはいってるのね
小さくてだるまみたいで
よく泣いているおこりんぼ。

いいえもういいのよ
男なんかどうでもいいの
抱きあって寝るだけのこと
十五銭のコップ酒
皿においてるけど
馬鹿に尻だかで世間をごまかす
酔《よ》えばいい気持ち
千も万も唄いたくなるのよ。

いずくにか

わがふるさとはなきものか
葡萄《ぶどう》の棚下に寄りそいて
寄りそいて
一房の青き実をはみ
君と語らう　ひねもす
ひねもす……。

かえり十時。道玄坂の古本屋で、イバニエスのメイ・フラワア号を買う。四十銭也。駅の近くの居酒屋で赤松月船と酒を飲む。昆布巻き二つとコップ酒。馬鹿に勇ましくなる。下宿へ御きかん十二時。森とした玄関に大きい金庫が坐《すわ》っている。あの中に何かあるのだろう。洗面所へ行って水を飲む。冷々としている。こおろぎがないている。ふっとつまらなくなる。一日一日が無為なり。いったいどうなるのか判らぬ。一度、田舎へかえりたいと思う。下宿を出る必要がある。夜逃げをするには、逃げこむさきを考えねばならぬ。寝ころんで、メイ・フラワア号を読む。破船の酒場が馬鹿に気に入った。

(十月×日)
詩人は共喰いの共産党だ。持ってるものは平等につかう。借金もそれ相当なもの。手近な目的はただ食べる事に追われるばっかり。人命終熄の一歩手前でうろうろしているばかりなり。天才は一人もいない。自分だけが天才と思っているからよ。それ故、私たちはダダイスト。ただ何となく感じやすく、激しやすく、信念を口にしやすい。何もないくせに、まずここんところから出発してゆくより仕方がない。

風が吹くので、いろいろな男のことを考える。誰のところに逃げこんで行ったらいいのかと考える。だけど考える事は何もならない。勇気だけだ。何しろ、相手を驚かせる戦術なのだからはずかしい。またマンドリンがきこえて来る。籠《かご》の鳥の方がよっぽど羨《うらや》ましい。ああ狂人になりそうだ。

こんなに童話を書き、講談を書いても一銭にもならないなんて。インキだって金がかかるのよ。

昼から風の中を仕事さがしに歩く。

何もない。人があまっている。美人はざくざく。ただ若いだけではどうにもならない。神田の古本屋でイバニエスを売る。二十銭にうれる。四十銭が二十銭に下落してしまった。九段下の野々宮写真館のとなりの造花問屋で女工募集をしている。何しろ手さきが不器用だから……薔薇《ばら》もチューリップもまちがえて造りそうだ。日給八十銭は悪くない。不安の前には妙に嘔気《はきけ》が来る。嘔くものもない妙な不安な状態。やすくに神社はあらたか。まずていねいにおじぎをして一口坂の方へ歩く。

あまてらすおおみかみの頃には、こんなに人もあまってはいなかったのだろう。美人もうようよいなかったのだろう。あまてらすおおみかみさまは裸で岩戸からのぞいておいでになる。かがみや、たまや、みつるぎは、どこでおもとめになったのか不思議だ。にわとりはどこで生れたのだろう。ああ昔はよかったに違いない。

そのじせつになるとちゃんと秋の風が吹く。魚屋はみとれるほどの美しさ。しけであろうと嵐であろうと、魚は陸へどしどしあがって来る。胸に黄いろいあばらのついた軍服で、近衛の騎馬隊が、三角の旗を立てて風の中を走ってゆく。馬も食っている。騎馬隊の兵隊さんも食っているのだ。何処《どこ》かで琴の音がしている。豆腐屋では大鍋《なべ》いっぱい油をはって油揚げを揚げている。荷車いっぱいにおからをバケツで積みこんでいる人夫がいる。酒屋の店さきの水道の水は出っぱなしで、小僧が一升徳利を洗っている。味噌樽《みそだる》がずらりと並び、味の素や福神漬や、牛罐《ぎゅうかん》がずらりと並んで光っている。一口坂の停留場前の三好野では、豆大福が山のようだ。三好野へはいって一皿十銭のおこわと豆大福を二つ買って、たっぷりと二杯も茶をのんで、私は壁の鏡をのぞいている。

おたふくさまそっくりで、少しも深刻味がない。髪の毛はまるでかもじ屋の看板のように房々として、びんがたりないので、まげがほどけかけている。世紀がふくらむごとに、大量に人がふえてゆく。悲劇の巣は東京ばかりでもあるまい。田舎の女学校では、ピタゴラスの定理をならい、椿姫の歌をうたい、弓張月を読んだむすめが、いまはこんな姿で、悄然と生きている。大福の粉が唇いっぱいにふりかかり、まるで子守女のつまみぐいの図だ。

夜。また気をとりなおして童話の続きにかかる。風はますますひどくなって来た。酔っぱらいの学生が二階の廊下で女中をからかっている。時々声が小さくなる。誰かが二階から中庭へむけて小便をしていると見えて、女中がいけませんよッと叱っている。

罌粟《けし》は風に狂う
乾草《ほしくさ》の柩《ひつぎ》のなかに腹這う哀愁
頤《おとがい》の下に笑いを締め出して
じいと息を殺してみるのが人生
山の彼方には雲ばかり
気の毒なやせ馬の雲に乗って
幸福なんか来ると思うのがまちがい
地獄におちよ生きながら
地獄におちて這いまわる
罌粟の範囲で散りかかる
強迫善意のごうもん台

運命のなかでの交渉
刺《とげ》だらけの青春
男が悪いのではない
みんな女が不器用だからだ
やたらに自由なぞあるものか
勝手にいじめぬく好奇心の勧工場
安物の手本ばかりが並んでいる

夜が更《ふ》けて来るにつれて風もしずかになり、あたり一面平野の如《ごと》し。童話のなかの和製ハンネレ(3)が少しも動いてこない。第一、私はハンネレのような淋しい少女はきらい。それでも和製ハンネレを書かないことには、本屋さんはみとめてくれないのだ。一枚参拾銭の原稿料とはいい気なものだ。十枚書いてまず三円。十日は満足に食べられます。

えらい童話作家になろうとは思わぬ。死ぬまで詩を書いてのたれ死にするのが関の山。おかあさんごめんなさい。芙美子さんはこれきりなのよ。これきりで死んでしまうのよ。誰が悪いのでもない。なまける心はさらさらないのだけれど、どうにも一人だちの出来ぬ生れあわせです。貧乏は平気だけれど、死ぬのは痛いのよ。首をつるのも、汽車にひかれ

（3）　ノーベル賞受賞作家ハウプトマン(一八六二―一九四六)の戯曲「ハンネレの昇天」の主人公。

るのも、水に飛び込むのもみんな痛い。それでも死ぬ事を考えています。たった一度でいいから、おかあさんに、四、五十円も送れる身分にはなりたいと空想して泣く事もあります。

いろはという牛肉店の女中になろうかと思います。せめて、手紙の中へ、十円札の一枚も入れて送ってあげましょう。

下宿住いはこりごり。収入の道もないのに、小さいお櫃《ひつ》の御飯がたべたいばっかりに下宿住いをしたら、こういいん矢の如し。すぐ月日がたってゆくのには閉口頓首《とんしゅ》。

第一、何かものを書こうなぞとは妙なことです。でもね、私は小説というものを書いてみたいと思います。島田清次郎というひとも、あっというような長いものを書いたのだそうです。小説はむつかしいとは思いますけれど、馬がいななくような事を書けばいいのよ。一生懸命息はずませてね。

おかあさん元気ですか。もう、じき住所はかえます。また、誰かといっしょになろうと思います。仕方がないんですよ。靴がやぶけて水がずくずくとはいって来るような厭《いや》な気持ちなのです。小説を書いたところでひょっとしたら大した事ではないかもしれません。いつも、何だって、つっかえされてがっかりすることばかりですからね。一人でいると張合いがないのです。

自分で正しいと思う判断がまるきりつかない。自信がなくなると、人間はぼろくずのようになってしまう。はっきりと、これが恋だと思うような事をしたこともない。ただ、詩を書いている時だけが夢中の世界。

下宿住いというものは、人間を官吏型にしてしまう。びくびくと四囲をうかがう。大した人間にはなれない。月末には蒲団を干して、田舎から来た為替を取りに行く。たったそれだけで下宿の月日は過ぎて行くのでしょう。私のことじゃないのよ。ここにいる学生たちの事なの……。ハイネ型もいなければ、チエホフ型もいない。ただ、自分を見失ってゆくくんれんを受けるだけ。

童話を書きあげて夜更け銭湯へ行く。

◇

（十月×日）

宵《よい》あかり　宵の島々静かに眠る
海の底には魚の群落
ひそやかに語るひめごと
魚のささやき魚のやきもち。
遠いところから落日が見える
地の上は紙一重の夜の前ぶれ

人間は呻《うめ》きながら眠っている
宵の島々　宵あかり
兵隊は故郷をはなれ
学生は故郷へかえる。
人ごとならずとささやきながら
人々は呻きながら生きる
この世に平和があるものか
岩おこしのべとべとの感触だ
人生とは何でしょう……
拷問のつづきなのよ
人間はいじめられどおし。
いつかはこの島々も消えてゆくなり
牛と鶏《にわとり》だけが生きのこって
この二つの動物がまじりあう
羽根のはえた牛
とさかをもった牛
角のはえた鶏

尻尾のある鶏。
永遠なんぞというものがあるものか
永遠は耳のそばを吹く風なり
宵あかり　ただ島々は浮いている
乳母車のようにゆれている
考古学者もほろびてしまう……。

律法《おきて》なくば罪は死にたるものなり。ああアブラハムもダビデも如何《いか》にも遠い神である。小説とはどんな形で書くのかわからない。ただ、ひたすら空想するばかりだけでもないのだろう。罪を書く。描く。善は馬鹿馬鹿しいと鼻をかむ。悪徳だけに心をもやす……。月日がたてば忘れられ消えてゆく罪。じっと眼をすえていると、何のまとまりもなく頭が痛くなって来る。私の肉体は、だんだん焼かれる魚のようにこうふんして来る。誰かと夫婦にならなければ身のおさまりがつかなくなってしまう。

下宿屋は男の巣でありながら、まことに落書のエデンの園の如《ごと》く、森々とこの深夜を航海している。

小説を書きたいと思いながら、何も彼も邪魔っけでどうにもならない。雁が鳴いている。私は本当に詩人なのであろうか？　詩は印刷機械のようにいくつでも書ける。ただ、むやみに書けるというだけだ。一文にもならない。活字にもならない。そのくせ、何かをモウレツに書きたい。心がそのためにはじける。毎日火事をかかえて歩いているようなものだ。文字を並べて書く。形になっているのかどうかはぎもんだ。これが詩というものであろうか。――恋草を力車に七車、積みて恋うらく、わが心はも。昔のえらい額田《ぬかだ》なにがしという女のひとがうたった歌も出鱈目《でたらめ》なのであろうか……。私はかいこのように熱心に糸を吐《は》く。ただ、何のぎこうもなく、毎日毎日糸を吐く。胃のなかがからっぽになるまで糸を吐いて死ぬ。

一文にもならぬ事が、ふしあわせでもなければ、運の悪い者ときめてかかる事もない。希望のない航海のようなものだけれども、どこかに浮島がみえはしないかとあせるだけだ。オニイルの鯨取《くじらと》りの戯曲を読んで淋しくなった。

本を読めば、本がすべてを語ってくれる。人の言葉はとらえどころがないけれども、本の中に書かれた文字は、しっかりと人の心をとらえてはなさない。

もうじき冬が来る
空がそういった
もうじき冬が来る
山の樹《き》がそういった。

小雨《こさめ》が走っていいに来た
郵便屋さんがまるい帽子を被《かぶ》った。

夜がいいにきた
もうじき冬が来る
鼠《ねずみ》がいいに来た
天井裏で鼠が巣をつくりはじめた。
冬を背負って
人間が田舎《いなか》から沢山やって来る。

童謡をつくってみた。売れるかどうかは判《わか》らない。当てにする事は一切やめにして、ただ無茶苦茶に書く。書いてはつっかえされて私はまた書く。山のように書く。海のように書く。私の思いはそれだけだ。そのくせ、頭の中にはつまらぬ事も浮んで来る。あのひとも恋しい。このひともなつかしや。ナムアミダブツのおしゃか様。首をくって死ぬる決心がつけばそれでよろしい。その決心の前で、私は小説を一つだけ書きましょう。森田草平の煤煙のような小説を書いてみたい。

夜更《よふ》けて谷中の墓地の方へ散歩をする。

きらめくばかりの星屑《ほしくず》の光。なんの目的で歩いているのかはわからないけれども、それでも私は歩く。按摩《あんま》さんが二人、笛を吹いては大きく笑いながら行く。下界は地とすれすれに、もやが立ちこめて秋ふけた感じだ。

石屋の新しい石の白さが馬鹿に軽そうに見える。私は泣いた。行き場がなくて泣いた。石に凭《もた》れてみる。いつかは、私も墓石になるときが来る。何時《いつ》かは……。私はお化けになれるものだろうか……。お化けは何も食べる必要がないし、下宿代にせめられる心配もない。肉親に対する感情。恩返しをしなければならないというつまらぬ苛責《かしゃく》。みんな煙の如し。

雨戸の奥で、石屋さんの家族の声がしている。まだ無縁な、誰の墓石になるとも判らない、新しい石に囲まれて、石屋さんは平和に眠っている。朝になれば、また槌《つち》をふるって、コツコツと石を刻んで金に替えるのだ。

いずれの商売も同じことだ。

石に腰をかけていると、お尻がしんしんと冷《つめた》い。わざと孤独に身を沈めたかっこうでいると、涙があとからあとから溢れこぼれる。

平和に雨戸を閉ざした横町が奥深くつづいている。省線の音がする。匂《にお》いのいい花の香がただようている。私はいつもおなかが空いている。少しでも金があれば、私は尾道《おのみち》へかえってみたいのだ。

私は多摩川にいる野村さんと一緒になろうかと思う。

どうにも、独りではやりきれないのだ。

誰も通らない星あかりの昏《くら》い通りを、墓地の方へ歩いてみる。怖ろしい事物には、わざと突きすすんでふれてみたいような荒《すさ》びた気持ちだ。おかしくなければ、私は尻からげになって、四つん這《ば》いになって石道を歩きたい位だ。狂人みたいだというのは、こんな気持ちをさしていうのであろう……。

結局はいったい、自分は何を求めているのだろうと考えてみる。金がほしい。ほんのしばらくの落ちつき場所がほしい。

知らない路地から路地を抜けて歩く。まだ起きて賑《にぎや》かに話しあっている家もある。ひっそりと眠っている家もある。


（十月×日）

団子坂の友谷静栄さんの下宿へ行く。「二人」という同人雑誌を出す話をする。十円の金の工面も出来ない身分で、雑誌を出す事は不安なのだけれども、友谷さんが何とかしてくれるのに違いない。豊かな暮しむきでいる人の生活は不思議とも何ともいいようがない。

友谷さんに誘われて、二人で銭湯へ行く。二人の小さい裸体が朝の鏡に写っている。マイヨールの彫刻のような二人の姿が、二匹の猫がたわむれているようだ。何という事もなく、私は外国へ行きたくなった。バナナをいっぱい頭にのせたインド人のいる都でもいい。何処《どこ》か遠くへ行きたい。女の船乗りさんにはなれないものかな。外国船のナースみたいな職業というものはないかな。

詩を書いていたところで、一生うだつがあがらないし、第一飢えて干乾しになるより仕方がない。私が、栗島澄子ほどの美人であるならば、もっと倖せな生き方もあったであろう……。友谷さんもきれいな御婦人だ。このひとには全身に自信がみなぎっている。浅黒い肌ではあるけれども、その肌の色は野性の果物の匂いがしている。私の裸は金太郎そっくり。ただ、ぶくぶくと肥っている。お尻の大きいのは、下品なしょうこだ。うまいものを食べている訳ではないけれど、よくふとってゆく。ぶくぶくによく肥る。

友谷さんはかたねりの白粉《おしろい》を首筋につけている。浅黒い肌が雲のように淡く消えてゆく。久しく、白粉をつけた事がないので、私は男の子のように鏡の前に立って体操をしてみる。ふっと、このまま馳《はし》って電車道まで歩いたらおかしいだろうなと思う。

裸で道中なるものか……何かの唄《うた》にあったけれども、誰も好きだといってくれなければ、私はその男のひとの前で、裸で泣いてみようかと思う……。

風呂のかえり、友谷さんと、団子坂の菊そばに寄る。ざるそばの海苔《のり》の香が素敵。空もからりとして好晴なり。庭の大輪の白い菊の花が、そうめんのように、白い紙の首輪の上に開いている。不具者のような大輪の菊の花なり。――湯上りにそばを食べるなぞとは幸福至極。「二人」は五百部ばかりで、十八円位で出来る由《よし》なり。八頁で、紙は素晴しくいいのを使ってくれるそうだ。私は銘仙の羽織を質におく事を考える。四、五円は貸してくれるに違いない。

書く。ただそれだけ。捨身で書くのだ。西洋の詩人きどりではいかものなり。きどり、、、はおあずけ。食べたいときは食べたいと書き、惚《ほ》れている時は、惚れましたと書く。それでよいではございませんか。

空が美しいとか、皿がきれいだとか、「ああ」という感歎詞ばかりでごまかさない事だ。いまに私は本格的なダダイズムの詩を書きましょう。

帰りの坂道で五十里《いそり》幸太郎さんに遇《あ》う。この涼しいのに尻からげ。セルの着物に角帯。私は下宿にもどる気もしないので、動坂《どうざか》へ出て、千駄木町の方へ歩く。涼やかな往来を楽隊が行く。逢初《あいぞめ》から一高の方へ抜けてみる。帝大の銀杏《いちょう》が金色をしている。燕楽軒の横から曲ってみる。菊富士ホテルという所を探す。宇野浩二というひとが長らく泊っている由なり。小説家は詩人のようでないからちょっと怖ろしい。鬼のような事をいいだされてはこっちが怖い。そのくせ何となく逢《あ》ってみたい気もする。

小説を寝て書く人だそうだ。病人なのかな。寝て書くという事はむつかしい事だ。ホテルはすぐ判った。おっかなびっくりで這入《はい》って行くと、女中さんはきさくに案内してくれる。宇野さんは青っぽい蒲団《ふとん》の中に寝ていた。なるほど寝て書くひとに違いない。スペイン人のようにもみあげの長いひと。小説を書いている人は部屋のなかまで何となく満ちたりた感じだった。「話をするように書けばいいでしょう」と言った。仲々そうはいきませんねと心で私はこたえる。散らかった部屋。誰かがたずねて見えた由《よし》にて、早々に引きあげる。ああ、宇野浩二までに行くには前途はるかなりだ。宇野浩二とはいい名前なり。寝て書けるという事は大したものだと思う。話をするように書くという事が問題だ。あのね、私はねと書いてみた所でどうにもなるものではない。

作家の部屋というものは、なんとなく凄味《すごみ》があって気味が悪い。歩きながら、女子美術の生徒のむらさきの袴《はかま》の色の方が、ふくいくとしていると考える。小説とはつまらないものかも知れない。人々は活々と歩き、話し、暮している。街を歩いている方が、小説よりも面白い。

夕方、下宿へ戻る。

野村さん、日曜日には遊びにいらっしゃいという置手紙あり。がらんとした部屋の中に坐《すわ》ってみる。落ちつかない。寝ている宇野浩二の真似《まね》でもしてみようかと思うけれども、ふとっているので、すぐ、両肘がしびれて来るに違いない。夕飯ごろの下宿は賑やかだ。みんな金を払っているから、煮物の匂いも羨《うらや》ましい。

◇

（十二月×日）

朝から降り歇《や》まない雪のなかを、子供をおぶった芳ちゃんと出かける。積もるとみせかけて、牡丹《ぼたん》雪は案外なところで消えてゆく。寛永寺坂の途中で、恭次郎さんに逢《あ》う。友人のところに泊ったのだといって、見知らぬ二人連れの男のひとと並んで、寒い逢初《あいぞめ》の方へ降りて行った。

恭次郎さんはいい男だな。あのひとは嘘《うそ》をいわない。だけど、私は恭次郎さんの詩は一向に判《わか》らない。恭次郎さんを見ると、私はすぐ岡本さんのことを思い出す。私は岡本さんが好きだ。友谷さんの旦那さんだということがめざわりで仕方がない。だけど、男のひとというものは、私のような女は一向に眼中にはいれてくれない。

あんまり寒いので、坂の途中の寺の前のたいやき屋で、たいやきを拾銭買う。芳ちゃんと歩きながら食べる。のこりの二つを一つずつ分けて、二人ともあったかい奴《やつ》を八ツ口の間から肌へじかにつけてみる。

「おおあついッ」

芳ちゃんが笑った。私はたいやきを胃のあたりへ置いてみる。きいんと肌が熱くていい気持ちだ。かいいろを抱いているみたいだ。我慢のならない淋しさが胃のなかにこげつきそうになって来る。雪が降る寛永寺坂。登りつめると、うぐいすだにの駅にかかった陸橋。橋を越して合羽坂《かっぱざか》へ出て、頼んでおいた口入《くちいれ》所へ行く。稲毛の旅館の女中と、浅草の牛屋の女中の口が一番私にはむいている。

お芳さんは、子供づれで稲毛へ行くというし、私は浅草がいいときめた。何も遠い稲毛の旅館の女中にならなくてもいいはずだと思うのだけれど、お芳さんは、馬鹿に稲毛が気にいっている。子供が小児ぜんそくというので、海辺で働いている方が子供のためにいいというのだ。子供は私生児で、その父親は代議士なのだそうだけれども、それも本当なのか嘘なのか私には判らない。ぶきりょうなお芳さんに、そんな男があるとも思えなかったし、第一、それが本当ならば、何も稲毛まで行く事もあるまい。

私は三円の手数料を払って損をしたような気がした。保証人がいらないというのが何よりの仕合せだ。

浅草の古本屋で、文章倶楽部《クラブ》の古いのをみつけて買う。黄いろい色頁の広告に、十九歳の天才、島田清次郎著「地上」という広告が眼につく。十九歳という年頃は天才というにはふさわしい年頃かもしれない。――私だって天才位はいつも夢にみているのだけれども、この天才はひもじいという事にばかり気をとられて凡才に終りそうだ。

いったい、どこに行ったら平和に飯が食えるのだ。飢えていては何を愛する気にもなれない。第一、こう寒くては何も彼もちぢかんでしまう。単衣《ひとえ》の重ね着で、どろどろに汚れているメリンスの羽織というていたらくでは、尋常な勤め口もありようはずがない。

浅草へ行く。公園のなかで、うどんを一杯ずつ食べて、ついでに腹の上で冷《つめた》くなった、たいやきも出して食べる。うどん屋の天幕の裾《すそ》から、小雪まじりの冷い風が吹きぬけて来る。二ツの七輪《しちりん》から火《ひ》の粉《こ》がさかんに弾《は》ぜている。熾《さか》んな火勢だ。熱い茶を何杯も貰《もら》う。おぶいばんてんをほどいて、お芳さんは子供に乳をふくませ、おしめをあてかえてやっているけれど、ずっくりと濡《ぬ》れたおしめの匂《にお》いが何となく不快で仕方がなかった。女だけがびんぼうなくじを引いているといった姿なり。一生子供なンかほしくないと思う。子供は何度も可愛《かわい》いくしゃめをしている。

八銭で買った足袋《たび》にも穴があいている。私は若いのに、かさかさに乾いている。ずんぐりむっくりだ。今戸焼の狸みたいだ。どうせそんなものよ。ねえ、カンノン様。私はあんたなんか拝む気はないのよ。もっと苛《いじ》めて下さい。御利益《ごりやく》というものは金持ちに進上して下さい。

うどんのげっぷが出る。いやらしくて仕方がない。うどんに何の哲学があるのよ。天才はカステイラを食べているンでしょう？　うどんの人生。そのくせ、私は、高尚だとか、文学だとか、音楽や、絵画というものに無関心ではいられない。――ポオルとヴィルジニイなんて、可愛らしい小説じゃあないの――。オブロモフもこの世にはいます。オネーギン様、あらあらかしこだ。いっぺんでいいから私と恋を語るひとはないものかしら……。明日から牛屋の女中だなんて悲しい。牛殺しがいっぱいやって来る。地獄の鍋《なべ》に煮てやる役はさしずめ鬼娘。ああ味気ない人生でございます。

私は女優になりたい。

浅草は人の波、ゆくえも知らぬさすらい人の巷《ちまた》なりけり。

（十二月×日）

駒形《こまがた》のどじょう屋の近く、ホウリネス教会の隣りの隣り、ちもとという店。まず家の前を二、三度行ったり来たりして様子をうかがってみる。昨夜の塩の山が崩れてみじん。薄陽の射した板塀《いたべい》。他人様の家は怖い。牛という文字が、急に眼の中に寄って来て、犇《ひし》めくという文字に見えて来る。ああ私には絶好の機会というものがない。私は若い、若いから機会をつかみたいのだ。

ちもとの裏口からはいって行く。台所の若い男がくすりと笑った。逆毛をたてた大きい耳かくしの髪がおかしいのかも知れない。流行というものは私には少しも似合わないのだけれども、やっぱり当世の真似《まね》はしてみたくなる。

女中部屋からのぞいている顔。猿のように皺《しわ》だらけのお上《かみ》さんが、可もなし不可もなしといった顔つきで、「まア、働いてごらん」と至極あっさりしている。

持ちものは風呂敷《ふろしき》包み一つ。まず朝食に、丼《どんぶり》いっぱいの御飯にがんもどきの煮つけ一皿。ああ嬉しくて私は膝をつきそうにあわててしまう。

恋などとはたかのしれたものだ
散る思いまことにたやすく
一椀の飯に崩折れる乞食《こじき》の愉楽
洟水《はなみず》をすすり心を捨てきる
この飯食うさまの安らかさ
これも我身なり真実の我身よ
哀れすべてを忘れ切る飢えの行
尾を振りて食う今日の飯なり。
無宿者の歩みつく道
一面の広野と化した巷の風
ああ無情の風と歎《なげ》く我身なり。

脂《あぶら》の浮いた、どろどろに浸みついた牛肉の匂い。吐気が来そうだ。女中たちは全部そろえば八人になるのだそうだけれど、五人が通いで、ここに住み込んでいるのは三人。みなどの顔も大したことではない。耳かくしはおかしいということで、さっそく髪結さんに連れて行って貰う。いちょうがえしに結うのだそうだ。私はまだ桃割れの似合う若さだのに、いちょうがえしでなければならないときいてがっかりしてしまう。

かたねりの白粉《おしろい》も買わなければならない。何しろ、お風呂へ行って、首だけ白くつけるという不思議さ。一緒に風呂へ行った澄さんというのが、御園白粉が一番いいと教えてくれたけれど、もういちょうがえしに結って、金をみんな出してしまったので、白粉は二、三日借りる事にする。

夕方から女中部屋は大変なにぎわいなり。

赤ん坊に乳を呑ませている女もいる。みんな二十五、六にはなっていそうな女ばかり。私が肩あげをしているというので、こそこそと笑いものになる。お芳さんから借りた着物のゆきが長いので、その説明をしようと思ったけれどめんどう臭《くさ》くなってやめる。どんぐりの背くらべの身すぎ世すぎでいて、この仲間の意地の悪さに腹が立つ。

朝、私をみてくすりと笑った料理番はヨシツネさんといった。料理場へ火さげを持って火を取りに行くと、「お前さん、西洋まげより、その髪の方がずっといいよ」といってくれた。そして、「ほい、みかん食べな」といって小さいみかんを二つ投げてくれる。

ヨシツネさんは定九郎《さだくろう》(4)みたいな感じ、与市兵衛《よいちべえ》を殺しそうな凄味《すごみ》のある顔をしている。

二、三日は座敷へも出ないで使い奴《やっこ》だ。火を運ぶ。下足も取る。ビールや酒も運ぶ。十二時がかんばん。足がつっぱって来る程、へとへとに疲れてしまう。枯れすすきや、かごの鳥の唄《うた》が賑《にぎ》やかだ。ああ、これでは私の行末は牛の犇きと少しも変らない。

一行の詩一つ書く気力も失せそうだ。あんなに飯をたべたいと望みながら……。夕食は、丼《どんぶり》いっぱい山盛りの飯に、いかの煮つけ。ありがたやと食べながら、パンのみに生きるに非《あら》ずの思いが湧《わ》く。

誰も私の存在なぞ気にかけてくれる人もないだけに安楽な生活なり。ヨシツネさんは馬鹿に親切なり。

「お前さん、こんなとこ始めてかい？」

「ええ……」

「亭主はあるのかい？」

「いいえ」

「生れは何処《どこ》だ？」

「丹波《たんば》の山の中です」

「ほう、丹波たア何処だい？」

さア、私も知らない。黙って煮込場を出て行く。まず、一ケ月がせいぜいといった勤め場所なり。

夜、女中部屋へ落ちついたのが二時すぎ、私は呆《ぼ》んやりしてしまう。汚れた箱枕《はこまくら》をあてがわれて、それに生がわきの手拭《てぬぐい》をあてて横になる。女たちは、寝ながら、賑やかに正月

（4）「仮名手本忠臣蔵」中の悪人。お軽の父与市兵衛が娘の身売りの金を受け取っての帰途を襲い、殺して金を奪う。

のやりくり話をしている。

どの男から何をせしめて、この男から何を工面してもらって、ああ、こんなひとたちにも男のひとがいるのかと妙な気がして来る。お芳さんは今日は子供を連れて稲毛へ行ったかしら……。私はここにいられるだけいて、その上で、多摩川の野村さんのところへお嫁に行こうかと思う。考えてみたところで、あそこよりほかに行く当もない。


（十二月×日）

ヨシツネさんが話があるという。なんの話かと、ヨシツネさんについて、朝の街を歩く。泥んこに掘りかえされた駒形の通りから、ぶらぶらと公園の方へ行く。六区の中の旗の行列。立ちんぼうがぶらついているひょうたん池のところまで来ると、ヨシツネさんは、紙に包んだ薄皮まんじゅうを出して三つもくれた。

「お前いくつだ」

「二十歳……」

「ほう、若く見えるなア、俺は十七、八かと思った」

私が笑ったので、ヨシツネさんも頭をかいて笑った。筒っぽの厚司《あつし》を着て汚れた下駄をはいているところは大正の定九郎だ。

話があるといって、なかなか話がない。ああそうなのかと思う。まんざら嬉しくなくもないけれど、何となくあんまり好きな人でもない気がして来る。朝のせいか、すきすきと池のまわりは汚れて寒い。ヨシツネさんはうで玉子を四ツ買った。塩が固くっついているのが一ツ五銭。歯にしみとおるように冷《つめた》いうで玉子を、池を向いて食べる。枯れた藤棚の下に、ぼろを着た子供が二人でめんこをして遊んでいる。

「俺、いくつ位にみえる？」

背の高いヨシツネさんが、大きい唇に、玉子を頰ばりながら訊《き》いた。

「二十五ぐらい？」

「冗談いっちゃいけないよ。まだ検査前(5)だぜ……」

へえ、そうなのかと吃驚《びっくり》してしまう。男の年は少しも判らない。ああそんなに若いのかと、急に楽々した気持ちで、

「あんた生れは何処？」

と、訊いてみた。

「横浜だよ」

ああ海の見えるところだなと思う。

「どうして、あんな牛屋なンかにいるの？」

「不景気でどこにも一人前の口がないからよ。検査が済んだら、さきの事を考えるつも

（5）　徴兵検査の前の意。二〇歳になっていないということ。

りだ」

汚ない池の水の上に、放った玉子のからがきらきら反射している。別に話もない。物憂そうな楽隊の音がしている。石道は昨日の雪どけでべとついている。寒い。カンノン様を拝んで仲店へ出る。ヨシツネさんがふっと小さい声で、

「俺のとこへ来ないか?」

と、いった。

「何処?」

「松葉町に、おふくろと二階借りしてるンだよ。おふくろはよその家へ手伝いに出掛けていまいない」

私はヨシツネさんがあんまり若いので行く気がしない。子供のくせにとおかしくてたまらない。「どうだ?」と訊かれて、私は、「いやだわ」といった。ヨシツネさんはまた歩き出す。私も歩く。ただ、寒いのでやりきれない。歩いているのは平気だけれど、私は恋をするなら、もう、心の重たくなるような男がいい。ヨシツネさんの二階借りに行く気はさらさらないのだ。

仲店で、ヨシツネさんはつまみ細工の小さい簪《かんざし》を一つ買ってくれた。一足さきに私は店へかえる。

まだ、通いの人たちは来ていない。小さな簪が馬鹿に美しい。澄さんの鏡をかりて髪に

差してみる。変りばえもしない顔だちだけれども、首の白いのが妙に哀れに思える。何だか玉の井の女になったような寒々しい気になって来るけれども、何とない自信も湧《わ》いて来る。

馬がかんざしを差した
よろけながら荷をひく馬
一斗も汗を流して
ただ宿命にひかれてゆく馬

たづなに引かれてゆく馬
時々白い溜息《ためいき》を吐《は》いてみる
誰もみるものはない
時々激しい勢でいばりをたれ
尻っぺたにむちが来る
坂を登る駄馬

いったいどこまで歩くのだ

無意味に歩く
何も考えようがない。

退屈なので、鉛筆をなめながら詩を書く。女たちはあれこれとやりくり話をしている。誰かが私の簪をみて、

「あら、いいのを買ったじゃアないの」

と、いった。私はみんなにみせびらかしているような気がしてきた。

文章倶楽部《クラブ》を読む。生田春月選という欄に、投書の詩が沢山のっている。

夜。ヨシツネさんがまたみかんをくれた。だんだんこの店も師走《しわす》いっぱい忙《せ》わしい由《よし》なり。煮方の料理番が、私がヨシツネさんにみかんを貰っているのを見て冷かしている。漂いながら夢のかずかずだ。淋しい時は淋しい時。ヨシツネさんというのは、義経と書くのだそうだ。

ヨシツネさんは善良そのものに見えるけれど、どうにも話が合いそうにもない。私がこのひとの二階へ行って寝たところで、私の人生に大したこともなさそうだ。このひとと一緒になったところで、私はすぐ別れてしまうに違いない。ヨシツネさんは平和なひとだ。


(十二月×日)

歳末売出しの景気だけは馬鹿にそうぞうしい。――私はやっと客の前へ出るようになった。チップはかなりあるけれど、時々女たちに意地悪をされて取られてしまう事もある。ヨシツネさんがいった。

「お前、馬鹿に本を読むのが好きだな。あんまり読むと近眼になるよ」

私はおかしくて仕方がない。もう、とっくに近眼になっているのだもの。稲毛のお芳さんから手紙。思わしくないので、正月前に、また東京へ戻りたい由。子供は風邪ばかり引いて、百日咳《ぜき》のひどいのにかかっている。お芳さんは大工さんと夫婦になる由なり。どうにもくってゆけないので、連子でいいといわれたのを倖い、大工さんと一緒になって住むから、勉強するのだったら、一部屋位は貸して上げると景気のいい話だ。

私は、正月には野村さんのところへ行きたい。野村さんは、早く一緒になろうといってくれている。あのひとも貧乏な詩人。

ここで始めて紫めいせんを二反買う。金五円也。暮までには、裾《すそ》まわしと、羽織の裏が買えそうだ。

今日は髪結さんのかえり、ヨシツネさんに逢《あ》った。また話があるという。ヨシツネさんは突然「これはプラトニッククラブだよ」といった。私はおかしくなって、くすくす笑いこける。

「プラトニッククラブってなによ?」

「惚《ほ》れてるということだろう……」

私は何ということもなく、何も、野村さんでなくてもいいと思った。ヨシツネさんと一緒になってもいいような気がした。寒いのでミルクホールにはいる。大きなコップに牛乳を波々とついで貰う。ヨシツネさんは紅茶がいいという。今日は私が御馳走《ごちそう》する。ケシの実のついたアンパンを取って食べる。紫色のあんこが柔らかくて馬鹿にうまい。金二十銭也を払う。

ヨシツネさんは、月々五、六十円位にはなるのだそうだ。子供が出来てもやってゆけない事はないという。私は、お芳さんの汚ない子供を思い出してぞっとしてしまう。

「私は、お嫁さんになる気はないのよ。勉強したいのよ。ヨシツネさんはもっと若い、十七、八のお嫁さんがいいでしょう……」

ヨシツネさんは黙っていた。しばらくして、「何の勉強だ」と訊く。

何の勉強だといわれて私は困る。

「私は女学校の先生になりたいのよ」

ヨシツネさんは妙な顔をしていた。私も妙な気がした。何だか、罪を犯したようなやましい気になる。

夕方から雨。ヨシツネさんは馬鹿にていねいだ。プラトニックラブといった顔が、急に中学生のように見えて来る。

澄さんの客に呼ばれて、随分酒をのまされた。少しも酔《よ》わない。客は帝大の学生ばかり。ヨシツネさんと同じ位だけれど、馬鹿に子供子供してみえる。

「このひとは、本ばかり読んでいるのよ」と、澄さんがいった。

「何の本を読んでいるンだ？」

ずんぐりした、小さい学生が私に杯をさしながら尋ねた。私は「猿飛佐助よ」と大きい声でいった。みんなわアっと笑った。猿飛佐助がどうしておかしいのか私には判らない。酔ったまぎれに、紺屋高尾《こうやたかお》を唸《うな》ってみせる。みんな驚いている。

学生とはそんなものだ。あんまり酔ったので、女中部屋へ引っこんだのだけれど、苦しくてもどしそうになる。ヨシツネさんがのぞきに来たのを幸い、洗面器を持って来て貰った。酢《す》っぱいものがみんな出る。すべてを吐く。

「ヨシツネさん！」

「何だよ……」

「そこへつっ立ってないで、塩水でも持って来てよ」

ヨシツネさんはすぐ塩水をつくって来てくれた。帯をとくと、五拾銭玉がばらばらと畳にこぼれる。

「無理して飲む奴《やつ》はないよ」

「うん、プラトニッククラブだから飲んだのよ。あんた、そういったじゃないの……」

ヨシツネさんが急にかがみこんで、私の背中をいつまでもなでてくれた。

◇

(十二月×日)

火を燃やしたくなったので、から〳〵になった炭俵や、枯葉をあつめてどん〳〵燃やす。私はこうした条件のなかで生きる元気がない。少しもない。大切なものを探し出して燃やしてやりたくなる。部屋のなかへはいって、大切なものを探してみる。野村さんの詩の原稿を三枚ばかり持ち出して火の上にあぶってみる。焼けてしまえばこの詩は灰になるのだと思うと、憎さも憎しだけれども、何となく気おくれして、いけない事だと思い、またもとのところへしまう。

私は何も出来ない。勇気のない女になりさがってしまっている。今朝、私たちは命がけであらそった。そして、男はしたいだけの事をして街へ行ってしまった。あとかたづけをするのは私なのだ。障子は破れ、カーテンは引きちぎれ、皿も茶碗も満足なのはない。貧乏をするという事が、こんなに私たちの心身を食い荒してしまうのだ。残酷なほどむき出しになるのだ。私は男をこんなに憎いと思ったことはない。私は足蹴《あしげ》にされ、台所の揚げ板のなかに押しこめられた時は、このひとは本当に私を殺すのではないかと思った。私は子供のように声をあげて泣いた。何度も蹴られて痛いという事よりも、思いやりのない男の心が憎かった。

毎日のように、私は男の原稿を雑誌社に持って行った。少しも売れないのだ。何だかもう行きたくなくなったのよと冗談にいった事が、そんなに腹立たしいのだろうか……。私は、どんなに辛《つら》い時だってにこにこしている事なんかやめようと思う。どうしても行きたくない事も時にはある。わけのわからぬところへ使いに行くのはがまんがならないのだ。自分で行ってくればいいのだ。私はもう、そんな辛い使いにはあきあきした。

飯も食えないのに一人前の事をいうなッと怒った。飯が食えないといって、物乞《ものご》いのような気持ちには私はなれないのだ。

火を燃やしながら、私は今度こそ別れようと思う。そのくせ、一銭も持たないで家を飛び出した男の事を考えて無性に泣けて来る。どうしているかと哀れなのだ。

道の下の鯉の池が、石油色に光っている。大家さんの女中さんらしいのがかれすすきの唄《うた》をうたって横の道を通っている。大家さんは宮武骸骨さんという人なのだそうだ。家からずっと離れた丘の上に邸《やしき》があるので、ここの人たちを見た事がない。私の家は六畳一間に押入れに台所。土壁のないバラックで、昔は物置であったのかもしれない。私はここへ引越して来ると、新聞紙を板壁に二重に張った。蒲団《ふとん》は野村さんので充分だというので、下宿屋の払いの足しに売り払って、三円ばかし残しておいたので、私はカーテンや米を買ってお嫁入りして来たのだけれども……。火を燃やしながら、私はいろいろな事を考える。

もう、これが私の人生の終りなのかもしれない。私は死にたいと思う。もう、こんな風な生きかたがめんどうくさいのだ。独りでいるには淋しいし、二人になればもっと辛いのだと思うと、世の中が妙にはかなくなって来る。

夜、破れたカーテンを繕《つくろ》いながら、いろいろな空想をする。火の気のない凍るような夜ふけ。あしおとがするたび、きき耳をたてる。遠くで多摩川電車のごうごうという音がする。あんまり静かなので、耳の中がしんしんと鳴る。行末はどんなになるのか見当がつかない。どうにかなるだろうと思ってもみる。朝から飯をたべていないので、軀《からだ》じゅうが凄《すご》んで来る。虎のようにのそのそと這《は》いまわりたいような烈《はげ》しい気持ちになる。

部屋の中を綺麗《きれい》にかたづけて寝床を敷く。ここにも敷布のない寝床。寝巻きがないので裸で私はおやすみ。水へ飛びこむような冷たさ。こっぽりと着物を蒲団の上にかける。着物の匂《にお》いがする。時々、枕《まくら》もとで鯉がはねる。夜更《よふ》けの街道をトラックが地響きをたてて坂を降りて行く。

冒瀆《ぼうとく》はおつつしみ下され
私には愚痴や不平もないのだ
ああ百方手をつくしても
このとおりのていたらく

神様も笑うておいでじゃ
折も折なれば
私はまた巡礼に出まする

時は満てり神の国は近づけり
汝《なんじ》ら悔い改めて福音を信ぜよ
ああ女猿飛佐助のいでたちにて
空を飛び火口を渡り
血しぶきあげて私は闘う
福音は雷の音のようなものでしょうか
ちょっとおたずね申し上げまする。

どうにも空腹にたえられないので、私はまた冷《つめた》い着物に手を通して、七輪《しちりん》に火を熾《おこ》す。湯をわかして、竹の皮についたひとなめの味噌《みそ》を湯にといて飲む。シナそばが食べたくて仕方がない。十銭の金もないという事は奈落の底につきおちたも同じことだ。トントン葺《ぶ》きの屋根の上を、小石のようなものがぱらぱらと降っている。ここは丘の上の一軒家。変《へん》化《げ》が出ようともかまわぬ。鏡花《きょうか》もどきに池の鯉がさかんにはねている。味噌湯をする私の頭には、さだめし大きな耳でも生えていよう……。狂人になりそうだ。どうにもならぬと思いながら、夜更けの道を、あのひとがあんぱんをいっぱいかかえてかえりそうな気がして来る。かすかにあしおとがするので、私ははだしで外へ出て見る。雪かと思うほど、四囲は月の光《ひか》りで明るい。関節が痛いほど寒い。ぱったりと戸口で二人が逢《あ》えばどんなに嬉しかろう……。

遠いあしおとは何処《どこ》かで消えてしまった。硝子《ガラス》戸を閉ざして、また七輪のそばに坐《すわ》る。坐ってみたところで、寒いのだけれども、横になる気もしない。何か書いてみようと、机にむいてみるのだけれども膝小僧が破れるように寒くてどうにもならない。少し書きかけてやめる。かんぴょうでもいいから食べたい。

(十二月×日)

朝。思いがけなく母がまっかな顔をしてたずねて来る。探し探して来たのだといって小さい風呂敷《ふろしき》包みをふりわけにかついで、硝子戸のそとに立っていた。私はわっと声をあげた。ああ、何ということでございましょう。浜松で買ったという汽車のべんとうの食い残しの折《お》りが一ツ。うで玉子が七ツ。ネーブルが二ツ。まことにまことにこれこそ神の国の福音のような気がする。私へのネルの新しい腰巻きに包んだちりめんじゃこ。それに、母の着がえと髪の道具。顔も洗わないで、私は木の香のぷんと匂うべんとうを食べる。薄く切った紅《あか》いかまぼこ、梅干、きんぴらごぼう。糸ごんにゃくと肉の煮つけ、はりはり、じゅうおうむじんに味《あじわ》う。

田舎《いなか》も面白いことがない由《よし》なり。不景気は底をついとるぞなと母は歎《なげ》く。いくら持っているのと聞くと、六十銭より持っておらぬという。どうするつもりなのと叱ってみる。四、五日泊めて貰《もら》えれば、お父さんも商売の品物を持って来るという。

霜のきつい朝だったのだけれど、ぽかぽかとした陽が部屋いっぱいに射し込む。泊めたくても蒲団がないのよといってはみたものの、このまま何処へこのひとを追い出せるというのだろう……。三枚の座蒲団をつないで大きい蒲団を一枚ずつ分けて何とか工夫をして寝て貰うより仕方がない。

陽のあたる処《ところ》へ蒲団を引っぱって来て母に横になって貰う。母はもう部屋の様子で、私の貧しい事を察したとみえて、何もいわないで、水ばなをすすりながら羽織をぬいで、寝床の中へはいった。私は小さい火鉢に、昨日のどんど焼きの灰を入れて火を入れる。やがて、湯がしゅんしゅんとわく。茶の葉もないので、べんとうの梅干を入れて熱い湯を母へ飲ませる。

父は輪島塗りの安物を仕入れたので、それを東京で売るのだそうだ。東京には百貨店という便利なものがあるのを知らないのだ。夜店で並べて売ったところで、いくらも売れるものではない。私は困ってしまう。うで玉子を一つむいて食べる。あとは男へ食べさせてやりたい。

「東京も不景気かの？」

「とても不景気ですよ」

「どこも同じかのう……」

梅干をしゃぶりながら母が心細い顔つきをしている。今度の男さんは、どのような人柄で、何の商売かとも母は聞かない。非常に助かる。聞かれたところでどうしようもないのだ。母はからの茶筒に手拭《てぬぐい》をあて、暫《しばら》く眠った。口を開けて気持ちよさそうに眠っている。昼過ぎになって野村さん戻って来る。

母を引きあわせようとする間をすりぬけて、机へ向いて本を読み始める。母と私は台所の板の間に座蒲団を敷いて坐った。湯をわかしてうで玉子を四つにネーブルを二つ、机のそばへ持って行って、おみやげですよというと、ただ、ほしくないよッときつくいって、みむきもしない。私はかあっとして、うで玉子を男の頭にぶちつけてやりたい気になった。何というひねくれたひとであろうかとやりきれなくなって来る。まだこのひとは怒っているのだろうか……。このえこじな、がんこなところが私には不安なのだ。私の書きかけの詩の原稿がくしゃくしゃにまるめられて部屋のすみに放ってある。私はそれを拾ってしわをのばしているうちに、何とも切なくなってきて、誰にもきこえないように泣いた。どうしたらいいのか自分でもわからない。母は息をころしたように台所の七輪のそばにうずくまっている。泣くだけ泣くと、すぐからりと気持ちが晴れて、私はもうどうでもいいという思いにつきあたって気が軽くなった。母がしょんぼりしたかっこうで、私を見るので、私はにゅっと舌を出してみせた。涙がこぼれぬ要心のために、舌を出していると、こめかみと鼻の芯がじいんと痛くなる。

台所の土間へ降りて、縁の下にかくしてある風呂敷の中に、しわをのばした原稿をしまう。見られては悪いものばかりはいっている。長い間書きためた愚にもつかないものばかりだけれども、何となく捨てかねて持ち歩いている私の詩。これこそ一文にもならぬものだ。焼いてしまいたいと何度か思いながら、十年もたったさきへ行って、こんなこともあった、あんなこともあったと思うのも無駄ではないとも思える。

どうにもやりきれないので、外出をする支度をする。何処といって行くあてはないのだけれども、一応母を連れ出してよく話をしなければならぬ。私は粉炭《こなずみ》を火鉢の中に敷いて、火をこっぽりと埋めて、やかんをかけておいた。二つある玉子を母にもむいてやる。母は音もさせないで玉子をのみこむように食べた。

「ちょっと、そとへお母さんと出て来ます」

と、机のそばへ行ったのだけれど、男は相変らずみむきもしない。二人で外へ出た時は、腹の底から溜息《ためいき》が出た。私は何度も深呼吸をした。私がそんなに厭《いや》な女なのだろうかと思う。まるで自信がなくなってしまう。ごみくずのような気がして来る。ただ、私は若すぎるというだけだ。何も知らないのかも知れない。それでも自分には何の悪気もないのよとべんかいめいた気持ちにもなるのだ。

たまにささやかな金がはいって、五銭で豆腐を買い、三銭でめざしを買い、三銭でたくあんを買って、三色も御ちそうが出来たというと、つまらんことを自慢にすると小言が出るし、たまに風呂へ行って、よその女のように首へおしろいを塗って戻ると、君の首はいくびだから太くみえてみにくいのだという。どうしたらいいのか私にはわからない。この男と一生連れそってゆくうちには、はがねのようにきたえられて、泣きも笑いもしない女に訓練されそうな気がして来る。

私はふところへいれて来た玉子をむいて、母へもう一つ食べなさいと口のそばへ持って行ってやった。もうほしゅうないというので厭な気持ち。むりやり食べさせる。

私は歩きながら、ふっと、前に別れた男(6)のところへ行って十円程金をかりようかと思った。芝居をしていたひとなので、旅興行にでも出ていたらおしまいだと思ったけれども、運を天に任せて渋谷へ出て、それから市電で神田へ出てみる。街は賑《にぎ》やかで、何処も大売出し。明るい燈火が夜空にほてっている。停留所のそばには、団扇《うちわ》だいこを叩《たた》いてゆく人たちがいた。レディメイドの洋服屋が軒なみに並んでいる。母は茶色のコオールテンの上下十五円の服を手にして、お父さんにちょうどよかねと、いっとき眺めていた。金さえあれば何でも買えるのだ。金さえあればね。

私は洋服を見たり、賑やかな神保町《じんぼうちょう》の街通りを見たりして、仲々考えがさだまらなかった。やっとの思いで母を通りに待たせて、そのひとの家へ行ってみる。路地をはいると魚を焼く匂いがしていた。台所口からのぞくと、そのひとのお母さんがびっくりして私を見た。お母さんはあわてた様子でどもりながら、風呂へ行っているよといった。私はすうっとあきらめの風が吹いた。どうでもいいと思った。急いでさよならをして路地を出ようとすると、そのひとが手拭《てぬぐい》をさげて戻って来た。私は逢うなり十円貸して下さいといった。もやの深い路地の中に、男は当惑した様子で、家へ戻って行った。そしてすぐ何かいいながら五円札を持って来て、これだけしかないといって、私の手にくれるのだ。私は息が出来ないほど体が固くなっていた。罪を犯しているような気がした。あなたの平和をみだしに来たのではないのよ。美しいおくさんと仲良くお暮し下さいといいたかった。私はまるで雲助みたいな自分を感じる。芝居に出て来るごまのはいのような厭な厭な気がして来た。走って路地を出ると、洋服屋の前で母はしょんぼり私を待っていた。私の顔を見るなり母は、「何処か便所はなかとじゃろか？　どうしようかのう、冷えてしもて、足がつっぱって動けん」という。私は思いきって母をおぶい、近くの食堂まで行った。食堂の扉を開けると、むっとするほどゆげがこもって、石炭ストーヴがかっかっと燃えてあたたかい部屋

（6）　田辺若男（一八八九―一九六六）。俳優。新派、芸術座、新国劇、文学座等の舞台に立つ。『舞台生活五十年　俳優』がある。

だった。母を椅子《いす》にもおろさないで、私はすぐ、はばかりを借りて連れて行った。腰が曲らないというので、男便所の方で後むきに体をささえてやる。何という事もなく涙があふれて仕方がないのだ。涙がとまらないのだ。男たちの残酷さが身にこたえて来るような気がした。別に、どの人も悪いのではないのだけれども、こうした運命になる自分の身の越度《おちど》が、あまりに哀れにみじめったらしくてやりきれなくなるのだ。

私は今日から、ものを書く男なぞ好きになるのはやめようと心にきめる。俥夫でも大工でもいいのだ。そんな人と連れ添うべきだ。私も、もう、今日かぎり詩なぞ書くのはふっつりやめようときめる。私の詩を面白おかしく読まれてはたまらない。ダダイズムの詩と人はいう。私の詩がダダイズムの詩であってたまるものか。私は私という人間から煙を噴いているのです。イズムで文学があるものか！　ただ、人間の煙を噴く。私は煙を頭のてっぺんから噴いているのだ。

母をストーヴのそばの椅子に腰かけさせる。座蒲団を借りて、腰を高くして楽にしてやる。

「御飯に、よせなべに、酒を一本頂戴《ちょうだい》」

酒が十五銭、よせなべが二人前六十銭。飯が一皿五銭。私は熱い酒を母のチョコと私のチョコについだ。酒が泡を吹いている。盃《さかずき》がまた涙でくもってぼおっと見えなくなる。私はたてつづけに三、四杯飲む。酒が胸に焼けつくようだ。壁の鏡のそばで、学生が二人夕刊を読みながら、焼飯を食べている。母も眼をつぶって盃を口へ持って行っている。二本目の酒を註文して、また独りで飲む。心の中がもうろうとして来る。母はよせなべのつゆを皿盛りの御飯にかけてうまそうに食べている。

空腹に酒を飲んだせいか、馬鹿に御めいてい。私は下駄をぬいで椅子に坐った。両手の中に顔を伏せていると部屋のなかがシーソーのようにゆらゆらとゆれる。何も思う事はない。ただ、ゆらりゆらり体がゆれているきり。不ざまな卑《いや》しい女は私なのよ。ええ、そうなの……まことにそうなンです。蛆《うじ》が降りかかって来そうだ。

盃に浮いた泡をふっと吹く。煮えたぎった酒。おっかない酒。しどろもどろの酒。千万の思いがふうっと消えてなくなってゆく酒。背中をなでて貰いたい酒。若い女が酒を飲むのを、妙な顔で学生が見ている。世間から見ればおかしなものに違いない。だいぶあたたまったのか、母も椅子の上にちょこんと坐った。私はおかしくてたまらない。

「大丈夫かの？」

母は金の事を心配している様子。私は現在のここだけが安住の場所のような気がして仕方がない。何処へも行きたくはない。

〆《しめ》て壱円四銭の払いなり。四銭とはお新香だそうだ。京菜の漬けたのに、たくあんの水っぽいのが二切れついている。

あかね射す山々、サウロ[7]彼の殺されるをよしとせり。その日エルサレムに在る教会にむ

（7）　パウロのユダヤ名（ヘブライ語）。

かいて大いなる迫害おこる……。ああ、すべては今日より葬れ。今日よりすべてを葬るべし。

瀬田へ戻ったのが十時。湯気のたっている熱いシュウマイをまず主にささげむ。——野村さんはもう蒲団の中に寝ていた。机の横に、私の置いたままのかっこうで、玉子とネーブルがまだ生きている。私は部屋に立ったまま恐怖を感じる。足もとが震えて来る。壁の方をむいたまま動かない人を見てはもうろうとした酔《よ》いもさめ果てる。私は破れた行李《こうり》を出して、その中に座蒲団を敷き母をその中に坐らせる。早く夜明けが来ればいいのだ。七輪に木切れを焚《た》き部屋をあたためる。

新聞紙を折りたたんで、母の羽織の下に入れてやる。膝にも座蒲団をかけ、私も行李の蓋《ふた》の中へ坐る。まるで漂流船に乗っているようなかっこうだ。

七輪の生木がぱちぱちと弾《はじ》けて、何ともいえない優しい音だ。来年は私も二十一だ。はやく悪年よ去れ！　神様、いくらでも私をこらしめて下さい。もっとぶって、打ちのめして下さい。もっと、もっと、もっと……。私は手が寒いので、羽織の肩あげをぷりぷりと破って袖口《そでぐち》で手を包んだ。血へどを吐《は》いてくたばるまで神様、ぶちのめして下さい。

明日はカフエーでも探して、母を木賃宿《きちんやど》にでも連れて行こうと思う。あったかいシュウマイを風呂敷に包んで母の下腹に抱かせる。しんしんと寒いので、私は木切れを探しては燃やす。涙の出るほどけぶい時もある。駅の待合所にいるつもりになれば何でもないのだ。

寝ているひとは死人のように動かない。全身で起きていて、あのひとも辛いのに違いないと思う。辛いからなおさら動けないのだ。

（十二月×日）

夕焼のような赤い夜明け。炭がないので、私は下の鯉屋の庭さきから、木切れを盗んで来る。七輪にやかんをかけて湯をわかす。机のそばのネーブルを一つ取って来て、母へミカン汁をしぼってそれに熱い湯をさして飲ませる。

さて、私もいよいよ昇天しなければならぬ。駅の近くの荒物屋へ行って、米を一升買う。雨戸がまだ一枚しか開いていない。暗い土間にはいって行くと、台所の方で賑やかな子供たちのさわぐ声がして、味噌汁の香りが匂う。人々のだんらんとはかくも温《あたたか》く愉《たの》しそうなものかと羨《うらや》ましい気持ちなり。男のためにバットを二箱買う。福神漬を五十匁《もんめ》買う。帰ってみると、母は朝陽の射している濡《ぬ》れ縁のところで手鏡をたてて小さい丸髷《まるまげ》をなでつけていた。男は、べっとりと油ぎった顔色の悪さで、口を開けて眠っている。

◇

（一月×日）

侮辱拷問も……何も彼も。黙って笑っている私の顔。顔は笑っている。つまんで捨てるような、ごみくその、万事がうすのろの私だけれども、心のなかでは鬼のような事を考えている。あのひとを殺してしまいたいという事を考えている。私の小さい名誉なぞもう、ここまでにいたれば恢復の余地なしだ。

奇怪な悶絶しそうな生きかた！　そして一文の金もないのだ。

獰猛《どうもう》な、とどろくような思いが胸のなかに渦巻く。今夜の雪のように。雪よ降れッ。降りつもって、この街をうめつくして、ちっそくするほど降りつもるがいい。今夜も、この雪の夜も、どこかで子供を産んでいる女がいるに違いない。

雪というものはいやらしいものだ。そして、しみじみと悲しいものだ。泥んこの穴蔵のなかの道につらなる木賃宿《きちんやど》の屋根の上にも雪が降っている。荒《す》さんで眼のたまをぐりぐりぐりぐりと鳴らしてみたい凄《すご》んだ気持ちだ。

ただ、男のそばから逃げ出したという事だけがかっさい拍手。いったい、神様、私にどうしろとあなたはいうのよ。死ねばいいの？　生きてどうしようもない風に追いこむなんてつれないではございませんか！　追込み部屋の暗い六畳の部屋。まず、ごみ箱のような匂《にお》いがする。がいこつのようなよぼよぼの爺《じい》さんが一人と、四人の女。私だけが肩あげをして若い。ただ、若いというのは名ばかり。女の値打ちなぞ一向にありませんとね……。一升ばかり飲んで酔《よ》っぱらって、雪の街を裸で歩いてみたいものだ……。ええ飲まして下さるなら、一升でも二升でも飲んでみせます。

私は、じいっと台の上の豆らんぷを頼りに、自分の詩を読んでみる。みんな本当の、はらわたをつかみ出しそうな事を書いているのに一銭にもならない。どんな事を書けば金になるのだッ。もう、殴《なぐ》る事なンかしない優しい男はいないのだろうか？　下手くそな字で、何がどうしたとか書いたところで、誰もああそうなのといってくれる者は一人もない。

鯖《さば》のくさったのを食べてげろを吐《は》いたようなもンだ……。おっかさんは私に抱きついてすやすやおやすみだ。時々、雪風が硝子《ガラス》戸に叩《たた》きつけている。シナそば屋のチャルメラの音色がかすかにしている。ものを書いてみようなぞとは不思議せんばん。お前のようなうすのろに何が出来るのだ。

明日は場末のカフエーにでも住み込んで、まずたらふくおまんまを食べなければならぬ。まず食べる事。それから、いくばくかの金をつくる事。拷問！　拷問！　私にもそれ位の生きる権利はあろう……。

みんなしたり顔で生きている。

お爺さんが起きて、煙管《キセル》で煙草《たばこ》を吸いはじめた。寒くておちおち眠っていられないとこぼしている。問わずがたりのお爺さんの話。二日ほど前までは四谷《よつや》の喜よしという寄席の下足番をしていたのだそうだ。心がけが悪くて子供は一人もない由《よし》なり。時には養老院にはいる事も考えるけれど、何といってもしゃばの愉《たの》しみはこたえられぬ。一日や二日は食わいでも、しゃばの苦労は愉しみだと爺さんが面白い事をいう。もう、六十五歳だそうだ。私の半生はあんけんさつ続きで、芽の出ないずくめだと笑っていた。あんけんさつとは何なのか判《わか》らん。卑劣な生きかたとは違うらしい。さしずめ、私たちはさんりんぼうの続きをやっているというものだろう。毎日、心の中で助けてくれッ、助けてようと唄《うた》のように唸《うな》ってばかりいる。電気ブランを飲んでるような唸りかたなり。

「お爺さん、玉の井って知ってる?」

「ああ知ってるよ」

「前借さしてくれるかしら?」

「ああ、それゃアさしてくれるねえ」

「私のようなものにもさしてくれるかしら?」

「ああ、さしてくれるとも……お前さん行く気かい?」

「行ってもいいと思ってるのよ。死ぬよりはましだもン」

爺さんは両手で禿《は》げた頭を抱えこむようにさすりながら黙っていた。

(一月×日)

からりとした上天気。眼もくらむような光った雪景色。四十年配のいちょうがえしの女が、寝床に坐《すわ》ってバットを美味《おい》しそうに吸っている。敷布もない木綿《もめん》の敷蒲団《ぶとん》が垢光《あかびかり》に光っている。新聞紙を張った壁。飴色《あめいろ》の坊主《ぼうず》畳。天井はしみだらけ。樋《とい》を流れる雪解け。じいっと耳を澄ましていると、ととん、とんとん、ととんと初午《はつうま》のたいこのような雪解けの音がしている。皆は起き出してそれぞれ旅人の身づくろい。私は窓を開けて屋根の雪をつかんで顔を洗った。レートクリームをつけて、水紅を頬へ日の丸のようになすりつける。髪にはさか毛をたてて、まるでまんじゅうのような耳かくしにゆう。耳がかゆくて気持が悪い。

烏《からす》が啼《な》いている。省線がごうごうと響いている。朝の旭町《あさひまち》はまるでどろんこのびちゃびちゃな街だ。それでも、みんな生きていて、旅立ちを考えている貧しい街。

私のそばに寝た三十年配の女は、銀の時計を持っている。昔はいい暮しをしていたと昨夜も何度か話していたけれど、紫のべっちん足袋《たび》は泥だらけだ。

役にもたたぬ風呂敷《ふろしき》包みを私たちは三つも持っている。別にどうというあてもなく、多摩川を逃げ出して来て、この木賃宿だけが楽天地のパレルモなり。

洋々たり万里の輝《ひか》りだ。曖昧《あいまい》なものは何一つない。ただ、雪解けの泥々道を行く気持が心に重たい。痩《や》せた十字架の電信柱が陽に光っている。堕落するには都合のいい道づればかりだ。裸の生活はあきあきした。華族さんの自動車にでもぶちあたって、おお近うよれというようなしぎには到らぬものか。若いという事は淋しい事だ。若いという事は大した事でもないのだもの……。私の手はまんじゅうのようにふくれあがっている。短い指のつけ根にえくぼがある。女学校のころ、ディンプル・ハンドだと先生にいわれた。笑った手。私の手は今だに笑っている。

山出しの女中さんよろしくの姿では誰も相手にしようがあるまい。玉の井で前借もむつかしいに違いあるまい。

まず、おっかさんを宿へ残して、角筈《つのはず》を振り出しに朝の泥んこ道を、カフエーからカフエーへ歩いてみる。朝のカフエーの裏口は汚なくて哀《かな》しくなってしまう。勇気を出せ、勇気を出せと唸ってみたところでどうしようもない。金の星という店に勤める事にする。金の星とは名ばかり、地獄の星とでもいいたいような貧弱な店。まず、ここから花火をどおんと打ちあげる事につかまつる。お女郎屋が軒なみなので、客は相当ある由《よし》なり。台所で女の子が、私に塩せんべいを一枚くれた。ふっと涙があふれそうになる。ほてい屋で、十五銭の足袋を一足買う。

宿賃は一人三十五銭。当分は二人七十銭の先払いでこの宿が安住の場所。本郷バアでカキフライと、ホワイトライスを一人前取っておっかさんと私の昼飯とする。

夕方、金の星に御出勤。女は私を入れて三人。私が一番若い。ネフリュウドフはみつからぬものかと思う。心配なしに表情だけで「ねえ」といってみなければならぬとなれば、少々下ぶくれであっても、ひとかどの意地の悪さでチップをかせがねばならぬ。ああ、チップとは何でしょうかね。お乞食《こじき》さんと少しも変らない。全身全力で「ねえ」といわなければならぬ商売。ものを書いてたつきとなるなぞ、ああ遠い。もう眼がみえませぬと臭い便所の中で舌を出してやる。ものを書くなぞという希望なぞはない。何も出来っこはない。詩を書くなぞとは愚の骨頂だ。ボオドレエルが何だって？　ハイネのぶわぶわネクタイは飾りものなのよ。全く、あのひとたちは何で食べていたのかしら……。

ヌウザボン、ブウザベエだ。パルドン、ムッシュウ。ちょいとごめんなさいねという言葉だそうですね。

おかみさんに、羽織をかたにして二円借りる。一円五十銭をおっかさんにやって、電車道の富の湯へ行く。大きい鏡にうつったところはまず健康児。少しも大人らしくない、くりくりとした桃色の裸。首から上だけがお釜をかぶったようないでたち。女給さんがうようよとはいっている。しゃべっている。三助が忙《せ》わしそうに女の肩をぽんぽんと叩いている。滝のあるペンキ絵。白粉《おしろい》や産院の広告が眼につく。何日ぶりで湯にはいったのかとおかしくなる。

街は雪解けで仄明《ほのあか》るい街のネオンサインが間抜けてみえる。かりの名をまず淀君としようか。蝙蝠《こうもり》のお安さんとしようか……。左団次の桐一葉《きりひとは》の舞台が瞼《まぶた》に浮かぶ。ああ東京はいろんな事があったと思う……。辛《つら》いことばかりのくせに、辛い事は倖せな事にはみんな他愛なく忘れてしまう。どんどろ大師の弓ともじって、弓子さんという名にする。弓は固くてせめてもの慰めだ。はっしとまとを射て下さい。

わけのわからぬ客を相手に、二円の収入あり。まず大慶至極。泥んこ道の夜店の古本屋で、チエホフとトルストイの回想を五十銭で買う。大正十三年三月十八日印刷。ああいつになったら、私もこんな本がつくれるかしら……。

《誰でも物を書いた時は、始めと終りとを削らなければならないと思いますよ。そこで、我々小説家は、嘘《うそ》をいい勝ちですからね。そして短《みじ》かく書かなければいけません。出来るだけ短かく……》

チエホフがこんな事をいっている。

十一時頃客がちょっと途絶える。店の隅っこで本を読んでいると、勝美さんという大きい女が、「あんた近眼なのね」といった。もう一人はお信さん。子供が二人もあって、通いなのだそうだ。勝美さんは色が黒いので、オキシフルを綿につけては顔を拭いている。私は白粉《おしろい》をつけない事にする。顔をいじくる気はもうとうないのだ。勝美さんだけが住込みでいる。朝、塩せんべいをくれた女の子が、メリンスのちゃんちゃんこを着て店へ出て来た。痩《や》せた病身な子供だ。

明日は太宗寺にサーカスがあるから一緒に行こうと私にいう。ろくろ首のみせものもあるのだそうだ。

旭町へ戻ったのが二時。くたくたに疲れる。今夜も同じ顔ぶれ。

何だか少しも眠れないので、豆ランプを枕《まくら》もとに置いて読書。

（一月×日）

まア驚いた。トルストイという作家は、伯爵だったンだ。――いわゆるトルストイの無政府主義と呼ばれるものは、主要的にかつ基礎的に、我々スラヴの反国家主義を表現しているものであり、それは真実の国民的特徴であり、往時から我々の肉の中に沁《し》みこみ、漂浪的に散ろうとする我々の慾望でもあります。――ロシヤの歴史の雄なる作家トルストイが、伯爵さまであったとは今日の日まで私は知らなかった。伯爵さまでものたれ死にをするのだ。

おかあさん、ロシヤ人のトルストイは華族さんなんですよ。驚いたものだ。私は妙な気がして軀《からだ》じゅうがぞおっと寒くなった。

「えらい勉強だね」

銀時計のおばさんが髪をかきつけながら笑っている。

まことに御勉強ですとも……。トルストイが華族の出だって事は始めて知った事なンだもの、吃驚《びっくり》してしまう。私はトルストイの宗教的なくさみは判《わか》りたくないけれども、トルストイの芸術は美しく私の胸をかきたてる。あなたは、蔭《かげ》ではひそかに美味《うま》いものを食っていたンでしょう？　アンナ・カレニナ、復活、ああどうにもやりきれぬ巨《おお》きさ……。

しおしおとして金の星に御出勤。

別れた人なぞは杳《はる》かにごま粒ほどの思い出となり果てた。せめて三十円の金があれば、私は長いものを書いてみたいのだ。天から降って来ないものかしら……。一晩位は豚小舎《ごや》のような寝かたをしてもかまいません。三十円めぐんでくれる人はないものか……。

卓子《テーブル》を拭き、椅子《いす》の脚を拭く。ああ無意味な仕事なり。水を流し、ドアのシンチュウをみがく。やりきれなくなって来る。手が紫色にはれあがって来る。泣いているディンプル・ハンド。女の子が鳩笛《はとぶえ》を吹いている。お女郎が列をなして店の前を通っている。みんな蒼《あお》い顔をして首にだけ白粉《おしろい》を塗った妙ないでたち。島田にかのこの房のさがったような髪かたち。身丈《みたけ》の長い羽織なので、田舎《いなか》風に見える。暗い冬の荒れ模様の空の下を奇妙な列が行く。誰も何とも思わない。こうした行列を怪しむものは一人もないのだ。

今日はレースのかざりのあるエプロンを買う。女給さんのマークだ。金八十銭也。

東京の哀愁を歌うにふさわしい寒々とした日。足が冷《つめた》いので風呂をやめて、椅子に坐って読書。全く寒い。新しいエプロンののりの匂いが厭《いや》になる。

夜。
四、五人の職人風の男が私の番になる。
カツレツ、カキフライ、焼飯、それに十何本かの酒。げろを吐いて泣くのもおれば、怒ってからむのもいる。じいっと見ているると仲々面白い。一時間ほどして女郎屋へ出征との事だ。

ああ世の中は広いものだと思う。どんな女がこの男たちのあいてになるのかと気の毒になって来る。玉の井に行かなくてよかったと思う。在所から売られて来た娘の、今日の行列のさまざまが思い出されて来る。

勝美さんはもう、相当酔っぱらって歌をうたい始めた。客は二人。二人ともインバネスを着た相当ないでたち。お信さんは時々レコードをかけながらするめをしゃぶっている。今夜は商売繁昌《はんじょう》なので、やっと奥から火鉢が出る。

勝美さんの客は、私にも酒を差してくれた。美味《おい》しくも何ともない。五、六杯あける。少しも酔わない。年をとった眼鏡の男の方が、お前は十七かと尋ねる。笑いたくもないのに笑ってみせる。ここのところが自分でも何ともいやらしい。

夕飯を八時頃食べる。いかの煮つけを食べながら、あのひとはいまごろ、何を食べているのだろうかと哀れになって来る。欠点のない立派なひとにも考えられる。お互いの気まずさは別れて幾日もしないうちに消えてきれいになるものだ。惚々《ほれぼれ》とするような手紙でも書いて、ほんの少しの為替でも入れてやりたいような気がして来る。

一時のかんばん過ぎにも客があった。

勝美さんはすっかり酔っぱらって、何処《どこ》から私は来たのやら、何時《いつ》また何処へかえるやらと妙な唄をうたっている。狭い店の中は煙草《たばこ》の煙でもうもう。流しや花売りが何度も這《は》入《い》って来る。わあっと狂人のように叫びたくなって来る。勝美さんは酔って火鉢の中へ、焼飯をあけている。油のいぶる厭な匂いがする。

かえり二時半。

今夜はお爺さんはいないかわりに子供づれの夫婦者が寝ている。収入三円八十銭也。足袋がまっくろで気持ちが悪い。

豆ランプを引きよせて読書。ますます眠れない。

みんなが単純なことを書かなければならぬ。いかにして、ピータア・セミヨノヴィッチが、マリイ・イワノヴナと結婚したか、それだけで充分です。そしてまた、なぜ、心理的研究、様子、珍奇などと小見出しを書くのでしょう。みんな単なる偽りです。見出しは出来るだけ簡単に、あなたの心の浮かんだままがよく、外のものはいけません。括弧《かっこ》やイタリックや、ハイフンも出来るだけ少《すく》なく使うこと、みんな陳腐です。――なるほどね。私もそう思いますが、若い気持ちの中には、仲々そうはゆかない珍奇さに魅力を持つものです。でも、いまに何か私もチエホフの峠にかかりましょう。いまに……。

思いだけが渦をなして額の上を流れる。ごうごうと音をたてて流れて行く。そしてせんじつめるところは焦々《いらいら》として何も書けないということ。このままでは何も出来やしない。まさか、年を取ってからもカフエーの女給さんでいようとは思わない。何とか神様にお助けを願いたいものだ。ノートを出して何か書こうと鉛筆を握ってはみるけれども何一つとして言葉が浮かんで来ない。別れたひとの事が気にかかるだけだ。

さきの事は一切夢中。あのねえ、私はこんな事考えるのよというような小説でも書けないものかと思う……。

田舎へ帰りたくなったとおっかさんはいう。ごもっともな事です。私だって、田舎へ行って、久しぶりに、晴々とした田舎の空気を吸いたいのだけれども、こんなしがない小銭をかせいでいてはどうにもなるものではない。

(二月×日)

朝霧は船より白く
遠き涙の硝子《ガラス》石
酷い土中のなかの石
寒《かん》の花も凍るよと
つれなき肌の一色は
高き声して巷《ちまた》の風に
独りは歩くただ歩く。

汚水の底にどろどろと
この胃袋の衰弱を

笑いも出来ぬ人ばかり
おのが思いも肩掛けに
はかなき世なりと神に問う。

人の世は灰なりとこそ
こもれる息もうたかたの
そのうたかたの浮き沈み
男こいしと唄うなり
地獄のほむら音たてて
荒く息するかたりあい。

せめてと頼むひともなく
いつかと待てど甲斐《かい》もなく
うき世の豆の弾《は》ぜかえり
はかなきは土中の硝子
吹かれて光る土中の硝子。

善悪貴賤《きせん》、さまざまの音響のなかに私はひっそり閑と生きている一粒のアミーバアなり。母を田舎へ戻して二日。もう、何事もここまでで程よい生き方なりと心にきめる。死ぬのはどうしても厭！　それなのにどうしても生きてゆかなければならない人間の慾。——野村さんよりハガキが来る。表記に越した。どうやら活気のある生活をとり戻した。一度来られたし。先日の手紙ありがとう。金はたしかに受取った。

矢庭《やにわ》に、ただ心だけが走る。牛込の肴町《さかなまち》で市電を降りて、牛込の郵便局の方へ歩く。昼夜銀行の横を曲って、泡盛《あわもり》屋の前をはいった紅殻《べんがら》塗りの小さいアパート。二階の七番と教えられて扉を叩く。何もないがらんとした部屋なり。

何処かへ出掛けるところとみえてあのひとが帽子をかぶって立っていた。私はやみくもに笑った。あのひともにやにや笑った。とてもいいところへ引越したのねというと、詩集を一冊出したので、これからは大変景気がよくなるだろうという。それにしても、部屋の中はがらんとしている。野村さんは、これから食堂へ飯を食いに行くのだが、五十銭貸してくれという。一緒に戸外へ出る。

泡盛屋の前で、はんてん着のお爺さんが酔ってたおれている。縄のれんの中にはひしめくような人だかり。銭湯のような繁昌《はんじょう》ぶりだ。

飯田橋まで歩いて、松竹食堂というのにはいる。卓子は砂ぼこり。丼《どんぶり》飯にしじみ汁、鯖の煮つけで、また、夫婦のよりが戻ったような気になる。このひとといることは身のつまる事だと思いながら、私はまた陽気な気持ちになり、うんうんといい返事ばかりしてみせる。このひとといて泣く事ばかりだったという事はみんな忘れてしまう。

このごろは詩の稿料も幾分かよくなったよと野村さんの話なり。新潮社というところは詩一つについて六円もくれるのだそうだ。羨《うらや》ましい話だ。食堂を出て、また牛込まで歩く。郵便局のところで、野村さんは、とてもひげの濃いずんぐりした男のひとと丁寧なあいさつをした。佐々木俊郎というひとで、新潮社にいるひとだそうだ。ああそれで、あんなに丁寧なあいさつをしなければならなかったのかと思う。

私は心のうちでごおんと鐘の鳴るような淋しい気持ちになった。ものを書くということはみじめなものだと思った。一年に一度位六円の稿料を貰《もら》っては第一食べてはゆけないではないのというと、あのひとは、むっとしたそぶりで、風のなかへぺっぺっとつばきを吐いた。

アパートの前でさよならというと、あのひとは私なぞみむきもしないでさっさと二階へ上って行った。私はどうしたらいいのか途方にくれる。朝ぎりや、二人起きたる台所。多摩川にいた頃の二人の侘しい生活を思い出して、私は下駄をにぎったまま二階へ上って行く。扉を開けると、野村さんは、帽子をかぶったまま本を読んでいる。私は、本当にこの人が好きなのかきらいなのか自分でも判らなくなっている。じいっと坐っているとカフエーに帰りたくて仕方がない。「じゃア、帰ります。またそのうち来ます」というと、あのひとはそばにあったナイフを私に放りつける。小さいナイフは畳に突きささった。私はあと心のなかに溜息《ためいき》が出る。まだこのひとは、この厭な癖が抜けないのだ。瀬田の家でも、私は幾度かナイフを投げつけられた。このまま立ちあがると、野村さんは私の軀《からだ》を足で突き飛ばすに違いないので身動きもならない。寒々とした雨もよいの空がぼんやり眼にうつる。

誰かが扉をノックしている。私は立ちあがって、扉を開けた。見知らぬ若い男のひとが立っている。私はそのひとを救いの神のように思い、どうぞおはいり下さいといって、そっと下駄をつかんで廊下へ出て行った。野村さんが何かいって廊下へ出て来たけれども、私は急いで表へ出て行った。風邪をひきそうに頭の痛い気持ちだった。

横寺町の狭い通りを歩きながら、私は浅草のヨシツネさんの事をふっと思い浮べた。プラトニッククラブだよといったヨシツネさんの気持ちの方がいまの私にはありがたいのだ。独りでいると粗暴な女になる。

夜。

酔っぱらって唄をうたっているところへ、にゅっと野村さんが這入って来た。私は客の前で唄をうたっていた唇をそっとつぼめて、黙ってしまった。私の番ではなかったけれども、あのひとに金のない事は判りきっている。胸のなかが酢《す》っぱくなって来る。

勝美さんがほおづきを鳴らしながら酒を持って行った。私は腰から下がふわふわとして来る。そっと勝美さんを裏口へ呼んで、あのひとは私の知ってるひとで金がないのだからというと、勝美さんはのみこんで表へ出て行った。私はそのまま遊廓《ゆうかく》の方へ歩いて行く。畳屋の管《かん》さんに逢《あ》う。何処《どこ》へ行くンだというから、煙草《たばこ》買いに行くンだというと、管さんは、寿司《すし》をおごろうといって、屋台寿司に連れて行ってくれた。管さんは新内《しんない》のうまいひとだ。西洋洗濯屋の二階に、お妾《めかけ》さんを置いているという風評だった。

ゆっくり時間をとって、帰ってみると、まだ野村さんはいた。そばへ行って話す。酒を飲み、焼飯を食って、平和な表情だった。私は、どんな犠牲もかまわないと思った。

十時頃野村さん帰る。

土のなかへめりこんで行きそうな気がした。愛情なぞというものはありようがないのだと自分で気づく。

(一月×日)

朝、大久保まで使いに行く。家賃をとどけに行くのだ。いくらはいっているのか知らないけれど、ふくらんだ封筒を見ると、これだけあれば一、二ケ月は黙って暮らせるのだと思う。大久保の家主は大きい植木屋さん。帳面に受取りの判こを貰って、お茶を一杯よばれて帰る。

新宿の通りはがらんとしている。花屋のウインドウに三色すみれや、ヒヤシンスや、薔《ば》薇《ら》が咲き乱れている。花はいたって幸福だ。電車通りのムサシノ館はカリガリ博士。久しく活動もみないので、みたいなと思う。街を歩きながらうとうとした気持ちなり。平和な気配。森閑と眠りこけている遊廓のなかを通ってみる。どの家の軒にも造花の桜が咲いている。

裏町の黄色い空に
のこぎりの目立ての音がしている
売春の町にほのめく桜　二月の桜
水族館の水に浮く金魚色の女の写真
牛太郎が蒲団を乾している
はるばると思いをめぐらした薄陽に
二階の窓々に鏡が光る。

売春はいつも女のたそがれだ
念入りな化粧がなおさら
犠牲は美しいと思いこんでいる物語
鐙《あぶみ》のない馬　汗をかく裸馬

レースのたびに白い息を吐く
ああこの乗心地
騎手は眼を細めて股で締める
不思議な顔で
のぼせかえっている見物客
遊廓で馬の見立てだ。

雑貨屋で大学ノート二冊買う。四十銭也。小さいあみ目のある原稿用紙はみるのもぞっとしてしまう。あのひとを想い出すからだ。あのひとは小さいあみ目の中に、月が三角だと書き、星が直線だと書く。生きて血を噴くものにおめにかかりたいものだ。ふわふわと鼻をふくらませて第一に息を吸うこと。口にいっぱいうまいものを頬ばること第二。千松は厭で候《そうろう》。誰とでも寝るために女は生きている。今はそんな気がする。

ふっと気が変って、また牛込へ尋ねてゆく。野村さんは不在。神楽坂《かぐらざか》の通りをぶらぶら歩く。古本屋で立読み。このぐらいの事は書けると思いながら、古本屋の軒を出ると、もう寒々と心の中が凍るように淋しくなる。何も出来ないくせに、思う事だけは狂人のようだ。また本屋に立ち寄ってみる。手あたり次第にぱらぱらと頁をめくる。何となく気が軽くなる。そしてまた戸外へ出ると心細くなって来る。歩いていることがつまらなくなって来る。すべては手おくれになった手術のようで、死を待つばかりの心細さ……。

店へ戻ると、もう掃除は出来ていた。

医学生が三人で紅茶を飲んでいる。二階へあがって畳に腹這《はらば》いごろごろと転ぶ。口のなかからかいこの糸のようなものを際限もなく吐き出してみたくなる。悲しくもないのに涙があふれる。


（二月×日）


雨。風呂のかえり牛込へ行く。

襟《えり》おしろいをつけているので、如何《いか》にも女給らしいと野村さんが叱る。はい、私は女給さんなのだから仕方がないでしょうという。女給さんがどうして悪いのよ。何でもして働かなくちゃ、他人さまは食わしてくれないのだもの……。もう、私の働いている場所へ来ないで下さいねというと、野村さんは灰皿を取って、私の胸へ投げつけた。眼にも口にも灰がはいる。肺の骨がピシッと折れたような気がした。扉口へ逃げると、野村さんは私の頭の毛をつかんで畳へ放り出した。私は死んだ真似《まね》をしていようかと思った。眼が吊りあがって、猫にくいつかれた鼠《ねずみ》のような気がした。何か二人の間にはまちがい事があるのだと思いながら、男と女の引力がつながっている。腹の上を何度か足で蹴《け》られた。もう、金なぞビタ一文も持って来るものかと思う。

千葉亀雄さんが親類だというのだから、あのひとに話してみようかと思ったりする。私は動けないので、羽織を足へかけて海老《えび》のように曲って眠る。

夕方になって眼が覚める。あのひとはむこうむきで机へ向いている。何か書いている。金だらいの手拭《てぬぐい》を取ると手拭がかちかちに凍っている。呆《ぼ》んやりと裸電気を見ていると、お母さんのところへ帰りたくなった。

肺の骨がどうにも痛い。灰皿は破れたまま散らかっている。

早く店へ戻りたいとも思わない。このまま朝まで眠っていたいのだ。寒さで、軀《からだ》がぶるぶる震えている。風邪を引いたのか、馬鹿に頭の芯がずきずきと音をたてている。

そっと起きて髪を結いなおす。

その夜、起きられないので、財布を出して、あのひとに、カレーなんばんを二つ取って来て貰って二人で食べた。何も話がないので二人で仲よく寝てしまう。

(二月×日)

朝、まだ雨が降っている。みぞれのような雨。酒でも飲みたい日だ。寝床のなかで、いつまでもあれこれと考えている。野村さんは紅《あか》い唇をして眠っている。肺病やみの唇だ。肺病は馬の糞《ふん》を煮〆《にしめ》た汁がいいと誰かに聞いた事がある。このひとの気性の荒さは、肺病のせいなのだと思うとぞっとして来る。多摩川で一度血を吐いた事がある。一つしかない手拭を、私が熱湯で消毒したのを見て、野村さんはとても怒った事がある。

もう、これが最後で、本当にお別れだと思う。何処からか味噌汁の匂いがする。むらさきのさむる夢のゆくえかな。誰かの句をふっと思い出した。何となく、外国へ行ってみたくなる。インドのような暑い国へ行ってみたいのだ。タゴールという詩人もインドのひとだそうだ。

野村さんは、通いにして、また一緒に住めばいいといってくれたのだけれど、私は心のなかにそんな気のない事をはっきりと自覚している。私は殴られる相手として薄馬鹿な顔をしているのは沢山だ。楽天家ぶっているのには閉口。あなたが、殴りさえしなければ戻って来たいのよと嘘をいう。

店へ戻ったのがお昼。がんもどきの煮つけと冷飯。息をもつかずのどを通る。近所の薬屋で桜膏《さくらこう》を買って来てこめかみへ張る。胸の骨が痛いので、胸にも桜膏をいく枚も張りつける。

あわれこもりいのヒヤシンス
むらさきのはなびら
うす紅のべん
におう　におう

尼ぼとけの肩。

うなばらにただよう屍《しかばね》
根株のひげ根の波よせて
におう　におう
汐《しお》ざいの遠鳴り
波がしらみな北にむく。

伏せていこうはは
屍の炬燵《こたつ》
ほのかににおう
うつつ世のつかれ念仏
あくびまじりの或日《あるひ》の太陽。

自由に作曲が出来たら、こんな意味をうたいたい。

（三月×日）

うららかな好晴なり。ヨシツネさんを想い出して、公休日を幸い、ひとりで浅草へ行ってみる。なつかしいこまん堂。一銭じょうきに乗ってみたくなる。石油色の隅田川、みていると、みかんの皮、木裂《こっぱ》、猫のふやけたのも流れている。河向《むこ》うの大きい煙突からもくもくと煙が立っている。駒形橋《こまがたばし》のそばのホリネス教会。ああすこはやっぱり素通りで、ヨシツネさんには逢う気もなく、どじょう屋にはいって、真黒い下足の木札を握る。籐《とう》畳《だたみ》に並んだ長いちゃぶ台と、木綿の薄べったい座蒲団。やながわに酒を一本つけて貰う。隣りの鳥打帽子の番頭風な男がびっくりした顔をしている。若い女が真昼に酒を飲むなぞとは妙な事でございましょうか？　それにはそれなりの事情があるのでございます。久米《くめ》の平内《ひらない》様は縁切りのかみさんじゃなかったかしら……。酒を飲みながらふっとそんな事を思う。鳥打帽子の男、「いい気持ちそうだね」と笑いかける。私も笑う。

ささくれた角帯に、クリップで小さい万年筆の頭がのぞいている。その男もお酒を飲んでいる。店さきにずらりと自転車が並び、だんだん客がふえて来る。まるで天井にかげろうがまっているような煙草《たばこ》のもうもうとした煙。少しの酒にいい気持ちになって来る。どじょう鍋になまずのみそ椀、香のものに御飯、それに酒が一本で八拾銭。何が何だってとたんかの一つもきりたいようないい気持ちで戸外へ出る。広い道をふらふらと歩く。二天門の方へまわってみる。ごたごたと相変らずの人の波だ。裸の人形を売っている露店でしばらく人形を眺めてみる。やっぱりきりりょうのいいのから売れてゆく。昼間のネオンサインがうららかな昼の光《ひか》りに淡く光っている。鐘つき堂の所から公園のなかへぶらぶら歩く。誰一人知った人もない散歩でございます。少々は酔い心地。まことに、なつかしい浅草の匂い。淡嶋さまの、小さい池の上の橋のところに出て少し休む。鳩《はと》が群れている。線香屋さんの線香の匂いがする。ああ何処を向いても他国のお方だ。埃《ほこり》っぽい風が吹いている。あらゆる音がジンタのように聞えて来る。

池の石の上に、甲羅《こうら》の乾いた亀がもそもそと歩いている。いまにいいことがあるぞといってくれているのではないかと、にゅっと首をあげている亀の表情をじいっとあきずに眺めている。少しはねえ、いいことがあるように、私のことも考えて下さいなと亀に話しかけてみる。慾ばってはいかん。はい、承知いたしました。何が欲しい？　はい、お金がどっさりほしいです。毎日心配なく御飯がたべられるほどお金がほしいです。男はいらぬか？　はい、男はいりません。当分いりません。それは本当かね？　はい、本当の事でございます。男はやっかいなものです。辛くて一緒にはおられません。私は何をしたら一番いいでしょう？　それは知らん。あんまり薄情な事はいわないで下さい。——亀と話をしているのは面白い。一人で私はぶつくさと亀と話をしている。

足もとの小石を拾って、汚れた池へどぽんと投げる。亀の首が縮む。その縮みかたが何だかいやらしい。わあっと笑い出したくなって来る。

こんなに賑《にぎ》やかなところにいて、亀も私も到って孤独だ。かんのん様が何だよと呶鳴《どな》りたくなる。巨《おお》きなお堂のなかへ土足でがたがたと這入る。暗い奥に燈がいさり火のようにゆらゆらと光っている。

夕方新宿へ帰る。行くところもないので店へ戻る。二階で勝ちゃんが大きな声で浪花節《なにわぶし》を歌っている。電気もつけないで薄暗い所で歌をうたっている。ああれがけいせいけいこくといい、金さえあれば自由になるものか、わしもやっぱり人の子じゃア……。気持の悪い声なり。

疲れたので、毛布を出して横になる。

ああこれでは一生このままで終ってしまう。どうにもならぬ。ぱっとした事はないのだろうか……。何かがバクハツするような事はないのでしょうかね、神様……。毛布が馬鹿に人間臭い。

暗い戸外を、「別嬪《べっぴん》さん」と男がどこかの女を呼んでいる声がしている。今日は主人夫婦は子供を連れて成田さんにお参り。おかみさんのおふくろさんが留守番に来ている。コックの大さんという爺さんが、私たちにいりめしをつくってくれている。

勝ちゃんが階下からウイスキーを盗んで来た。私製ジョニオーカア。暗がりで二人でウイスキーをビンの口から飲みあう。一丈位も軀《からだ》がのびたような気がする。文明人のする事ではないでしょうけれど、まあ、この女たちを哀れにおぼしめして下さい。私は酔うと鼻血の出るような勇ましい気になる。

◇

（六月×日）

肥満《ふと》った月が消えた
悪魔にさらわれて行った
帽子を脱《ぬ》がずにみんな空を見た。
指をなめる者
パイプを咥《くわ》えるもの
声を挙げる子供たち
暗い空に風が唸《うな》る。

咽喉笛《のどぶえ》に孤独の咳《せき》が鳴る
鍛冶屋が火を燃やす
月は何処《どこ》かへ消えて行った。
匙のような霰《あられ》が降る
啀《いが》みあいが始まる。

賭《か》け金で月を探しに行く
何処かの煖炉《だんろ》に月が放り込まれた
人々はそういって騒ぐ。
そうして、何時《いつ》の間にか
人間どもは月も忘れて生きている。

こんで行く。

スチルネルの自我経。ヴォルテエルの哲学。ラブレエの恋文。みんな人生への断り状だ。生きていることが恥かしいのだ。労働は神聖なり、誰かがおだてて貧乏人にこんな美名をなすりつける。鼻もちもならぬほど、貧民を軽蔑し、無学文盲をあなどりたいために、いろんな規則ががんじがらめに製造される。貧民は生れながらの私生児のようなものに落ちこんで行く。

幸福の馬車は、いちはやくこうした徒輩の間を一目散に走り去ってゆく。みんな見送る。ただ、ぼんやりとわめき散らす。月が盗まれたような気がして来る。虚空《こくう》に浮いている幸福な金貨のような月の光《ひか》りは消えた。月さえも万人の所有物ではないのだ。――私は貴族は大嫌い。皮膚に弾力のない不具者だ。

今日も南天堂は酔《よ》いどれでいっぱい。辻潤《つじじゅん》の禿頭《はげあたま》に口紅がついている。浅草のオペラ館で、木村時子につけて貰《もら》った紅だと御自慢。集まるもの、宮島資夫《すけお》、五十里《いそり》幸太郎、片岡鉄兵、渡辺渡、壺井《つぼい》繁治、岡本潤。

五十里さん、俺の家には金の茶釜がいくつもあると呶鳴《どな》っている。

なにかはしらねど、心わあびて……渡辺渡が眼を細くして唄《うた》っている。私はお釈迦様の詩(8)を朗読する。人間、やぶれかぶれな気持ちになるというものは全く気持ちのいいものだ。やぶれかぶれの気持ちの中から、いろいろな光彩が弾《はじ》ける。黒いルパシカを着た壺井繁治と、角帯を締めた片岡鉄兵がにやにや笑っている。

辻潤訳のスチルネルがいくら売れたところで、世の中は大した変りばえもしない。日本というところはそういったところだ。がんじがらめの王国。——帰り、カゴ町の若月紫蘭邸へ寄る。東儀鉄笛の芝居の話あり。

岸輝子さん黒い服を着ている。私はこのひとの音声が好きだ。——俳優とは如何《いか》なるものであろうか……。私には何の自信もないのだけれども、ただ、こうして通って来るだけだ。そして、ヨカナアンを覚え、オフェリヤを猿真似《まね》のように私は朗読する。詩人にもなってみたい、俳優にもなってみたい、そして、絵描きにもなってみたい。

若い周囲には、魔法のように様々な本能が怖れ気もなくうごめいている。この、若い人たちの中から、どれだけの名優が生れて来るのかは判《わか》らないけれども、この座に坐《すわ》っている時だけは幸福の門の前に立っているような気がする。紫蘭邸を一歩外へ出ると、何とない自分の将来に対して幻滅を感じるのだけれども、朗読をしている間は倖せな思いがする。

今夜はストリンドベリイの稲妻についての講義あり。かえり十二時。白山《はくさん》まで長駆して歩いてかえる。帰り、カゴ町の広い草っぱらで蛍《ほたる》が飛んでいた。

炭屋の二階四畳半が当座の住居。部屋代は四円。自炊するのには一山二十銭の炭を買って燃料にはことかかない。蜜柑《みかん》箱の机に向ってまた仕事。童話をいくつ書けば、いったいものになるのか判らない。シンデレラめいたもの、イソップめいたもの。そのどれもこれもが一向に何の反響もない。

四囲がわあっと炭臭い。炭臭くてどうにもならない。――神様、神様というもの……。まるい、ふわふわ、三角のとげとげ、どんな形をしているのだ、貴方《あなた》は？　髯《ひげ》をはやして眼をつぶって、白い羽根をシダのように垂れさげているのですかね。もやもやの真空なのか？　神よ！　いったい、貴方は、本当に私のまわりにも立っているのかいって下さい。きっと、私のようなもののところには来ないのでしょう？　神様！　本当に貴方は人間のところに存在しているのですかどうですか？　神様よ。私には一向に見えない。そのくせ、私は見えない貴方に手を合わせる。誰も見ていないから、甘ったれ、涙を流して、じいっと、貴方に祈る。何とかして、このイソップが明日の糧になりますように。あの編輯者《へんしゅうしゃ》の咽喉《のど》もとを締めつけてやって下さい。パイプを咥えて気取って、二時間も、あの暗い狭い

（8）　六六頁の詩。友谷静枝と創刊した詩誌「二人」に掲載。

玄関に待たされる。下手くそな、自分の童話を巻頭に乗せて威張っているようなあの編輯者をこらしめて下さい。たまに買ってくれれば上前をはねてしまう。一日じゅうお椀のようなナイトキャップをかぶって、パイプを咥えているのがハイカラだと思っている男。

あまり無名なものの作品は載せたくないんだという。読者の子供が、無名も有名も知った事ではないはずだ。一生懸命に書いてみたンですけど駄目でしょうかと必死になる。私は何時間も待たされてなぶり者になってしまう。一枚三十銭でなくてもいい、二十銭でもいいから取って下さいと頼んでみる。では特別ですよとこの間も十枚で一円五十銭くれて、まアよく勉強するンだな。アンデルゼンでも読み給え。はい、アンデルゼンを読みます。玄関を出るなりわっと割れるような息をする。

あの編輯者メ、電車にはねられて死なないものかと思う。雑誌も送って来やしない。本屋で立読みをすると、私の童話が、いつの間にか彼の名前で、堂々と巻頭を飾っている。頭も尻尾も書きかえられて、私の水仙と王子がちゃんと絵入りで出ている。

次の原稿を持って行く時は、私は、そんなものは何も知らない顔で、にこにこと笑って行かなければならない。また二時間も待たされて、笑顔をつづけている事にくたびれてしまう。ああ、厭《いや》な仕事だと溜息《ためいき》が出る。神様！　これでも悪人をはびこらせておくのですか。

童話が厭になると詩を書く。だけど、詩もてんから売れやしない。見ておきましょうといって、みんなかすみのように忘れられてしまう。

神様よ。いったい、どうして生きてゆけばいいのか私は判らない。貴方は何処《どこ》に立っているんですか。

(六月×日)

朝、重い頭をふらふらさせて、本郷森川町の雑誌社へ行く。電車道でナイトキャップの男に会う。笑いたくもないのに丁寧に笑って挨拶《あいさつ》をする。その男は社へ行く道々も、詩集のようなものを読みながら歩いている。

玄関の暗い土間のところに、壁に凭《もた》れてまた待つ用意をする。小さい女の子が出て来て、厭な眼つきをして私を見ては引っこむ。

「赤い靴」という原稿を拡《ひろ》げて、私はいつまでも同じ行を読んでいる。もう、これ以上手を加えるところもないのだけれども、何時《いつ》までも壁を見て立っているわけにはゆかないのだ。

ああ、やっぱり芝居をしようと思う。

時計は十二時を打っている。二時間以上も待った。いろんな人の出入りに、邪魔にならぬように立っていることがつまらなくなって、戸外へ出る。何だって、あの男は冷酷無情なのかさっぱり判らない。無力なものをいじめるのが心持ちがいいのかも知れない。

歩いて根津権現裏《ねづごんげん》の萩原恭次郎のところへ行く。

節ちゃんは洗濯。坊やが飛びついて来る。

朝も昼も食べないので、軀《からだ》じゅうが空気が抜けたように力がない。坊やに押されると、すぐ尻餅をついてしまう。恭ちゃんのところも一銭もないのだという。恭ちゃんは前橋へ金策の由《よし》なり。

銀座の瀧山町まで歩く。昼夜銀行前の、時事新報社で出している、少年少女という雑誌は割合いいのだと聞いたので行ってみる。

係の人は誰もいないので、原稿をあずけて戸外へ出る。四囲いちめん食欲をそそる匂《にお》いが渦をなしている。木村屋の店さきでは、出来たてのアンパンが陳列の硝子《ガラス》をぼおっとくもらせている。紫色のあんのはいった甘いパン、いったい、何処のどなたさまの胃袋を満すのだろう……。

四丁目の通りには物々しくお巡りさんが幾人も立っている。誰か皇族さまのお通りだそうだ。皇族さまとはいったいどんな顔をしているのだろう。平民の顔よりも立派なのかな。ゆっくり歩いてカフエーライオンの前へ行く。ふっと見ると、往来ばたの天幕小屋に、広告受付所、都新聞というビラがさがって、そのそばに、小さく広告受付係の婦人募集と出ている。天幕の中には、卓子が一つに椅子《いす》が一つ。そばへ寄って行くと、中年の男のひとが、「広告ですか?」という。受付係に雇われたいのだというと、履歴書を出しなさいというので、履歴書の紙を買う金がないのだというと、その男のひとは、吃驚《びっくり》した顔で、「じゃア、これへ簡単に書いて下さい。明日から来てみて下さい」と親切にいってくれた。ざらざらの用紙に鉛筆で履歴を書いて渡す。

この辺はカフエーの女給募集の広告が多いのだそうだ。皇族がお通りだというので街は水を打ったように森閑となる。どの人もうつむいて動かない。巡査のサアベルが鳴る。人々の列の向《むこ》うをざわざわと自動車が通る。自動車の中の女の顔が面のように白い。ただそれだけの印象。さあっと民衆は息を吹きかえして歩きはじめる。ほっとする。

明日から来てごらんといわれて、急に私は元気になった。日給で八十銭だそうだけれども、私には過分な金だ。電車賃は別に支給してくれる由なり。その男のひとの眼尻のいぼが好人物に見える。

「明日早く参ります」といって歩きかけると、そのひとが天幕から出て来て、私に何もいわないで十銭玉を一つくれた。おじぎをするはずみに涙があふれた。神様がほんの少しばかりそばへ寄って来たような温《あたたか》い幸福を感じる。執念深い飢がいつもつきまとっている私から、明日から幸福になる前ぶれの風が吹いて来たような気がする。今朝、私は米屋で貰った糠《ぬか》を湯でといて食べた事がおかしくなって来る。軀を張って働くより道はないのだと思う。売れもせぬ原稿に執念深く未練を持つなんて馬鹿馬鹿しい事だ。「赤い靴」の原稿は、あのままでまた消えてゆくに違いないのだ。

あの皇族の婦人はいかなる星のもとに生れ合せたひとであろうか？　面のように白い顔が伏目になっていた。どのようなものを召上り、どのようなお考えを持たれ、たまには腹もおたてになるであろうか。あのような高貴の方も子供さんを生む。ただそれだけだ。人生とはそんなものだ。

夕方から雨。

傘がないので、明日の朝の事を考えると憂鬱《ゆううつ》になって来る。

夜更《よふけ》まで雨。どこかであやめの花を見たような紫色の色彩の思い出が瞼《まぶた》の中を流れる。


（六月×日）

前はライオンというカフエーで、その隣りは間口一間の小さいネクタイ屋さん。すだれのようにネクタイが狭い店いっぱいにさがっている。

今日で四日目だ。

三行広告受付で忙《いそ》がしい。一行が五十銭の広告料は高いと思うけれども、いろんな人が広告を頼みに来る。——芸妓《げいぎ》募集、年齢十五歳より三十歳まで、衣服相談、新宿十二社《じゅうにそう》何家という風に申込みの人の註文を三行に縮めて受付けるのだ。浅草、松葉町カフエードラゴン、というのが麗人求むなのだから、私は色々な事を空想しながら受付ける。

かんかんと陽の照る通りを、美しい女たちが行く。私はまだ洗いざらしたネルを着ている。暑くて仕方がないけれど、そのうち浴衣《ゆかた》の一反も買いたいと思う。

眼の前のカフエーライオンでは眼の覚めるような、派手なメリンスを着た女給さんが出たりはいったりしている。世の中には、美しい女たちもあるものだと思う。まるで人形のようだ。第一等の美人を募集するのに違いない。

こうした賑《にぎ》やかな通りは、およそ、文学というものに縁がない。金さえあれば、いかなる享楽もほしいままなのだ。その流れの音を私は天幕の中でじいっとみつめている。たまには乞食《こじき》も通る。神様らしきものは通らない。そのくせ、昼食時のサラリーマンの散歩姿は、みんな妻楊枝を咥えて歩いている。ズボンのポケットにちょっと手をつっこんで、カンカン帽子をあみだにかぶり、妻楊枝をガムのように噛《か》んでいる。

私は天幕の中で色々な空想をする。卓子のひき出しの中には、ギザギザの大きい五十銭銀貨が溜ってゆく。これを持って逃げ出したらどんな罪になるのだろう……。広告主はみんな受取を持って来るから、広告がいつまでたっても出ないとなれば呶鳴りこんで来るかもしれない。これだけの金があれば、どんな旅行だって出来る。外国にだって行けるかも知れない。これだけの金を持って何処かへ行く汽車に乗る。そして、それが罪になって、手をしばられてカンゴクへ行く。空想をしていると、頭がぼおっとして来る。この半分を母へ送ってやれば、どんないいひとがみつかったのかと田舎《いなか》では驚くかもしれない。あのひとたちを二人そろって呼びよせる事も出来る。

理想的な同人雑誌を出す事も出来るし、自費出版で美しい詩集を出す事も出来る。卓子の鍵をじいっとみつめていると、心がわくわくして来る。ひき出しをあけて金を数える。百円以上も貯《たま》っている。大したものだ。銀貨の重なった上に掌《てのひら》をぴたりとあててみる。気が遠くなるような誘惑にかられる。私以外にはここには誰もいない。四時になれば、あの眼尻にいぼのあるひとが金を取りに来る。

罪人になる奇蹟。

何という罪になり、どの位カンゴクにはいるものだろう……。

神様がこんな心を与えるのだ。神がね。

「朝から夜中まで」(9)の銀行員の気持ちにもなる。

プロシャのフレデリックは「誰でも、自分自身の方法で自分を救わなければならぬ」といったそうだ。ああ、誰かが金を持って、この天幕を訪れる。私は鉛筆をなめながら、註文主の代筆で三行の文章を綴る。みんな美しい奴隷を求める下心だ。その下心を三行に綴るのが私の仕事。もう、私の頭の中には詩も童謡も何もない。

長い小説を書きたいと想う事があっても、それはただ、思うだけだ。思うだけの一瞬がさあっと何処かへ逃げてゆく。

花柳病院の広告を頼みに来る医者もいる。まことに、芸妓募集、花柳病院とは充実したものだ。私は皮肉な笑いがこみあげて来る。あらゆるファウストは女に結婚を約束して、それからすぐ女を捨てる。三行広告にもいろいろな世相が動いている。それが証拠には、産婆《さんば》の広告も毎日やって来る。子供やりたしとか、貰いたしとか、いかようにも親切に相談とか。広告を書きながら、私は私生児を産みに行く女の唸り声を聞くような気がする。

そして、私は、毎日、いぼさんから八十銭の日給を頂戴《ちょうだい》してとことこ本郷まで歩いて帰るのだ。

感化院。養老院。狂人病院。警察。ヒミツタンテイ。ステッキガール。玉の井。根津あたりの素人淫売宿。あらゆる世相が都会の背景にある。

或《あ》る作家曰く、三万人の作家志望者の、一番どんじりにつくつもりなら、君、何か書いて来給え……。ああ、怖るべき魂だ。あの編輯者が、私を二時間も待たせる根性と少しも変りはない。

私は生涯、この歩道の天幕の広告取りで終る勇気はない。天幕の中は六月の太陽でむれるように暑い。ほこりを浴びて、私はせいぜい小っぽけな鉛筆をくすねるだけで生きている。

北海道の何処かの炭坑が爆発したのだそうだ。死傷者多数ある見込み……。銀座の鋪道《ほどう》はなまめかしくどろどろに暑い。太陽は縦横無尽だ。新聞には、株で大富豪になった鈴木

（9）　ドイツの劇作家ゲオルク・カイザー（一八七八―一九四五）の戯曲。築地小劇場で上演された。

某女の病気が出ている。たかが株でもうけた女の病気がどうであろうと、犯罪は私の身近にたたずんでいる。

株とは何なのか私は知らない。濡手《ぬれて》で粟《あわ》のつかみどりという幸運なのであろう。人間は生れた時から何かの影響に浮身をやつしている。

三万人の尻っぽについて小説を書いたところで、いったい、それが何であろう。運がむかなければどうにも身動きがならぬ。

夜、独りで浅草に行く。ジンタの音を聴くのは気持ちがいい。誰かが日本のモンマルトルだといった。私には、浅草ほど愉《たの》しいところはないのだ。八ツ目うなぎ屋の横町で、三十銭のちらし寿司《すし》をふんぱつする。茶をたらふく飲んで、店の金魚を暫《しばら》く眺めて、柳さく子のプロマイドをエハガキ屋でいっとき眺める。

どの路地にもしめった風が吹いている。

ふっと、詩を書きたくなる一瞬がある。歩きながら眼を細める。何処からも相手にされない才能、あの編輯者のことを考えるとぞおっとして来る。まんまと人の原稿をすり替えた男。この不快さは一生忘れないぞと思う。私にだって憎悪の顔がある。何時も笑っているのではありません。笑顔で窒息しそうになる気持ちを幸福な人間は知るまい。私は、そんな人間の前で笑っていると、胸の中では呼吸のとまりそうな窒息感におそわれる。

一つの不運がそうさせるのだ。

残酷な人の心。チエホフの、アルビオンの娘みたいなものだ。

寿司屋では茶柱が二本も立ったので、眼をつぶってその辻占をぐっと呑みこんでしまった。だから、お前はいやしいというのだ。ほんの少しの事にでもキタイを持ちたがる。たかが広告取りの女に、誰が何をしてくれるというのだねと、神様みたいなものがささやきかける。また、あの糠。いやな、日向《ひなた》臭い糠――。帰り合羽《かっぱ》坂《ざか》へ抜けて、逢初《あいぞめ》町の方へ出るところで、辻潤の細君だというこじまきよさんに逢《あ》う。

逢初の夜店で、ロシヤ人が油で揚げて白砂糖のついたロシヤパンを売っていた。二つ買う。

現実に戻ると、日給の八十銭は仲々ありがたい。

◇

（七月×日）

薄曇り四年にわたる東京の
隙間をもれて
思い出はこの空気の濁り
午後にやむ雨
蟬《せみ》の声網目の如《ごと》し

胸の轟《とどろ》き小止《おや》みめぐる血
西片町のとある垣根の野薔薇《いばら》
其処《そこ》ここに捉われる風

小さき詩人よ
所在《ありか》なくさまよう詩人
窮して舞う銭なしの詩人
寂寞《せきばく》の重さにひしがれ
彷徨《さまよ》うは旅の夢跡
何処《どこ》やらに琴のきこゆる
消える音　消える夢

西片町の静かなる朝
金魚屋のいこう軒
浸《し》み渡る円《えん》の水
赤い尾ひれのたまゆらの舞い

咽喉《のど》がかわく
真白な歯は水くぐる
歓《よろこ》びは枇杷《びわ》の果のしたたり
盗みて食う庭かげ
酢くしはめる舌は
英吉利《イギリス》語の如し

不愉快なバイブルの革表紙
しめって臭く犬の皮むけ
西片町の邸の匂い
枇杷の実はくさったまま
木もれびの下のキジ猫
森閑と静もれる西片町

金魚屋のバッカン帽子が咳く
詩人もしゃがむ
円にうつす水鏡

雲に浮く金魚の合唱
生死のほどはいまもわからぬ
ただこの姿あるうちに召しませ

西洋洗濯のペンキ車
白い陶の表札と呼鈴
時間のとどまる一瞬の朝
この家々が澄まして悪を憎む
ペンキ車は後追う詩人
どこやらでうその鳴き声
世に叫ぶ何ものも持たざる詩人
開闢《かいびゃく》とは今日のことなり
昨日はもうすでに消え
あるは今日のみ今の現実
明日が来るのか……
明日があるのか詩人は知らぬ

（七月×日）

斑《まだら》々に立つ斑々
人生の青さの彼方《かなた》
重く軽く生きる斑々
燈火によるかげろう
ただひきずられて生きる
忽然《こつぜん》と消えるも知らず
希望らしげな斑々の顔
悪念怨恨《えんこん》その日暮し
どうせ死ぬ日があるまでは
ムイシュキン様の憤怒《ふんぬ》絶望。

よりにもよって暗い顔
楽しい月日の人生なぞとは
あわあわとたわけたことだ
辛抱強くよくも飽きずに
Mボタンをはずしたり閉めたり

閃《ひらめ》き吹きあげる焰《ほのお》の息

斑々の辛抱強さの厚顔
頻《しき》りと雷同する斑々
時々はあじさいの地位名誉
下婢《かひ》が鍋尻《なべじり》を洗う容貌《きりょう》
軽く重く衝突する斑々
床の間には忠孝
欄間には洗心
壁間には欲張った風流
ああ私は下婢となって
毎日毎日鍋尻を洗うのだ
斑々の偽善！

自分が何故《なぜ》こんなところにいるのか判《わか》らない。ただ、何となく家庭らしさをあこがれて来たようなあいまいな気持ちばかり。五円のおてあてではどうにもならぬ。——旦那さまは大学の先生だという。何を教えているのかさっぱり判らない。英国へ行っていたけいれきはあるのだそうだ。毎朝パン食。牛乳が一本。ひげをそって、水色裏の蝙蝠傘《こうもり》を持って御出勤になる。大学までは、ほんの眼と鼻のところだのに、蝙蝠傘の装飾が入用なのだ。暑くても寒くても動じぬ人柄なり。歴史を語るのだそうだけれども、私は一度も講義を聴いたことはない。奥さんは年上で、もう五十位にはなっているのだろう。彫《ほり》の深い面のような顔、表札の陶に似た濃化粧だ。奥さんの姪が一人。赤茶色の艶《つや》のない髪を耳かくしに結って鏡ばかり見ている。額が馬鹿に広くて、眼の小さいところがメダカに似ている。三十を過ぎたひとだそうだけれども、声が美しい。この暑いのにいつも足袋《たび》をはいたかたくるしさ。私は、この民子さんの素足を見た事がない。

喜びにつけ、悲しみにつけ、私は私の人生に倦怠を感じはじめた。偶然から湧《わ》いて来る体験、そンなものにほとほと閉口頓首《とんしゅ》、男といっしょにいるのも厭《いや》、夜の酒場勤めも長続きするものではないとなれば、結局は女中にでもなるより仕方がないけれど、これも私の柄にはあわない。今日で三日になるけれど、何となく居辛《いづら》い。ここの雨戸の開閉がむずかしいように、何とも不馴《ふな》れなことばかりなり。

己惚《うぬぼ》れの強さがくじけてしまう。何とも楽なことではないけれども、楽をしようなぞとは思わぬかわりに、ほんの少々のひまがほしい。女中ふぜいが、深夜に到るまで本を読んでいるなぞとは使いづらいに違いない。こちらも気の引けることだけれども、今夜こそは早く電気を消して眠りにつこうと思いながら、暗いところではなおさらさえざえとして頭がはっきりして来る。越し方、行末のことがわずらわしく浮び、虚空《こくう》を飛び散る速さで、瞼《まぶた》のなかを様々な文字が飛んでゆく。

速くノートに書きとめておかなければ、この素速い文字は消えて忘れてしまうのだ。

仕方なく電気をつけ、ノートをたぐり寄せる。鉛筆を探しているひまに、さっきの光るような文字は綺麗《きれい》に忘れてしまって、そのひとかけらも思い出せない。また燈火を消す。するとまた、赤ん坊の泣き声のような初々《ういうい》しい文字が瞼に光る。段々疲れて来る。いつの間にかうとうとと夢をみる。天幕のなかで広告とりをしていた夢、浅草の亀。物柔らかな暮しというものは、私の人生からはすでに燃えつくしている。自己錯覚か、異様な狂気の連続。ただ、落ちぶれて行く無意味な一隅。ハムズンの飢のなかには、まだ、何かしらたくらみを持った希望がある。自分の生きかたが、無意味だと解った時の味気なさは下手な楽譜のように、ふぞろいな濁った諧音で、いつまでも耳の底に鳴っているのだ。

(七月×日)

暑いので、胸や背中にあせもが出来る。帯をしっかり結んでいるので、何とも暑い。蟬《せみ》がジンヤジンヤと啼《な》きたてている。台所で水を何杯も飲む。窓にかぶさっている八ツ手の葉が暑っくるしい。明日は一応ひまを取って、千駄木へ帰ろうと思う。

こうしていてはどうにもならないのだ。五円の収入では田舎《いなか》へ仕送りも出来ない。心の籠った美しい世界は何処にもない。自分で自分を卑《いや》しむ事ばかりだ。己惚れというものが、第一に自分を不遇のなかに追いこんでいるのだ。ものを書きたい気持ちなぞ何もなるものではないくせに、奇抜なことばかり考えては、自分で自分をあざけり笑うのみ。人にはいえないけれど、自分がおかしい。何もまともなものは書けもしないくせに、文字が頭の芯にいつも明滅しているという事はおかしい事なのだ。たかが田舎者のくせに、いったい文学とは何事なのでございましょうか？　神様よ。しばしば、異様な人生が私にはある。そして、それに流されている。何かをやってみる。そして、その何かがすぐ不成功に終る。自信がなくなる。

失敗は人をおじけさせてしまう。男にも、職業にも私はつまずいてばかりいる。別に、誰が悪いと恨むわけではないのだけれども、よくもこんなに、神様は私というとるにたらぬ女をおいじめになるものだ。神様というものは意地の悪いものだ。あなたは、戦慄《せんりつ》という事を感じた事はないのだろう……。

やかましい音をたててジョウサイ屋が路地口に来る。物売りの男を見るたびに、行商をしている義父の事を思い出す。たまには五十円位もぽんと送ってやれないものかと思う。隣家の垣根に、ひまわりが丈《たけ》高く後むきに咲いているのが見える。

来世は花に生まれて来たいような物哀《ものがな》しさになる。ひまわりの黄は、寛容な色彩。その色彩の輪のなかに、自然だけが何となない喜びをただよわせている。人間だけが悩み苦しむといういわれを妙な事だと思う。――奥さんは近いうち新潟へ帰京の由《よし》。早くこの家を出なければならぬ。

夕方、八重垣町の縫物屋へ奥さんの夏羽織の仕立物を取りに行く。戸外を歩いていると吻《ほっ》とする。どの往来も打水がしてある。今日は逢初《あいぞめ》の縁日だと、とある八百屋《やおや》の店先《さ》きで人が話しあっている。バナナがうまそうだし、水瓜《すいか》も出ている。久しく水瓜も食べた事がない。

ふっと、田舎へ帰りたい気がする。赤い袴《はかま》をはいた交換手らしい女が三、四人で私の前をはしゃぎながら行く。大正琴の音色がしている。季節らしさのこもった夕暮なり。金さえあれば旅行も出来よう、この季節らしさが口惜《くや》しくなって来る。いつまでも、仕事探しで、よろよろと、二十歳の私の青春は朽ちてゆくのかもしれない。漂うに任せての生活にも本当に厭になってしまう。自分らしい落ちつき場所というものは仲々みつからぬものだ。

人生というものはこんなに何かしらごちゃごちゃと寄り添っていながら、わざと濁った方へ、苦しい方へ、退屈な方へ流されて行ってしまっている。そして、人々は不用意に風邪を引く。何処で引いたのかは気がつかない。夜、メダカ女史が泣いていた。どのような原因なのかは知らないけれども、取りみだして泣いている。白いカバーのかかった座蒲団《ざぶとん》の重ねてある暗いところで泣いている。書斎は森閑としている。

台所で一人で食事。来る日も来る日も、なまぬるい味噌《みそ》汁と御飯。ぬか漬の胡瓜《きゅうり》を一本出してそっと食べる。ああ、たまにはジャムつきのパンが食べたい。

奥さんが、小さい声で叱っている声がする。恩を仇《あだ》で返されたようなものよという声がする。学者の家といえどもいろいろな事あり。──メダカ女史の見栄坊がねこそぎ失脚してしまった。その後は声をたてて泣く。女の泣き声が美しいのに心が波立つ。やぶれかぶれで、またぬか漬けの茄子《なす》を出して食べる。

酢っぱい汁が舌にあふれる。

凪《なぎ》に近い暑さ。風鈴が時々ものうく鳴る。明日はこの家を出たいものだ。何しろ、蚊が多いのはやりきれない。台所をかたづけて、水道で軀《からだ》を拭いていると、ひどい藪蚊《やぶか》にさされる。皮膚が弱いのですぐぷっとふくれる。浴衣《ゆかた》を水洗いして夜干しをして置く。いい月夜なり。写真のような白と黒の影で、狭い庭のそこここに白い人が立っているような錯覚がする。


（七月×日）

濁った水を走る、小さい魚の眼にも、澄んだ真夏の空が光っている。およそ、模範的だなぞという人間ぐらい厭なものはない。歩いている人間がみんなそうだ。二本の足をかわりばんこに動かして、まるで、目の前に希望がぶらさがっているような、あくせくした行進だ。

この世の中にどんな模範があるのだろう。人いじめで、いやらしくて、大嘘《うそ》つきで、自分ばかりをおたかく考えている人間。口に人類だの人道主義だなぞといって、あのメダカ女史をうまいことだましたに違いない。その恋人は一生足袋《たび》をはいて暮さなければ格が落ちるとでも教育されたのに違いない。女には反抗する姿勢がないのだ。すぐ、じめじめと泣き出す。

夜、上野の鈴本へ英子さんと行く。猫八の物真似《まね》、雷門助六のじげむの話面白し。ああすまじきものは宮づかえ、千駄木へ戻って、井戸で水を浴びる。

物干に出て涼んでいると、星が馬鹿に綺麗だ。地虫が啼いている。蚊が唸《うな》っている。夜《よ》更《ふ》けまで、何処《どこ》かで木魚を叩《たた》くような音がしている。長い月日を西片町で暮していたような気がする。英子さんは、二、三日して大阪へ戻る由《よし》なり。その後のことはまた考えればいいのだ。せめて、二、三日、黙ってぐっすり眠りたいものなり。

(七月×日)

昼近く、読売新聞に行き、清水さんに面会に行くが、とうとう詩を返される。帰り、恭ちゃんのところへ寄る。ここも、不如意《ふにょい》な暮しむきなり。節ちゃんと縁側で昼寝。氷水を十杯も飲みたい気持ちで眼が覚める。節ちゃんは子供を柱へくくりつけて洗濯。

何処へも行き場のない、行きくれた気持ちで縁側で足をぶらぶらさせていると、路地の外をものうい唄《うた》をうたってジンタが通る。籠《かご》の鳥でもちえある鳥は、人目しのんで逢《あ》いに来る。……何だかその唄が身につまされて心のなかが味気なくなって来る。庭のすみに、小さい朝鮮朝顔の桃色の花がいっぱい咲いている。久しぶりで、しみじみと花の咲いたのをみた。恭次郎さん仲々戻らない。財布をはたいて、釜あげうどんを二つとって節ちゃんと食べる。金は天下のまわりもの、いずれは、のろのろとした速度で、また金のはいる事もありましょう。

逢初の縁日は
香具師《やし》がいっぱい
粉だらけの白い朝鮮飴《あめ》
蛍売《ほたるう》りに虫売り
大道手品は喝采《かっさい》でいっぱい
カーチンメンドの冷し飴
臆病者《おくびょうもの》の散歩
カアバイトの臭い燈火
バナナ屋のねじり鉢巻

ええあの太いのがくさるのよ

ゴム管で聴く蓄音機
ホーマーの詩でもあるのかな
深山の薄雪草にも似た宵《よい》
綿の水を吸って絹糸草が青い
水中花はコップの中で一叢《ひとむら》
アルペンの高山植物らしく
男を売る店は一軒もない
乾いた海ほうずきの紅色
心臓が黙って歩いている

ああ五時間もすれば
またどんな人生がやって来るのだろう
不可能のなかに後退してゆく脚
少しずつ思いの色が変化する
ゴマ入りの飴玉をしゃぶる

縁には紐《ひも》のない玉手箱。

（七月×日）

英子さんが一緒に大阪へ行かないかという。大阪へ行く気はしないけれど、岡山へは帰りたい。久しぶりに、母にも逢いたいものなり。英子さんの旦那さんより十円かりる。岡山まで行きさえすれば、帰りは何とかなるだろう。昼、西片町に荷物を取りに行く。メダカ女史が荷物と、五十銭玉六つくれる。この本は、貴女《あなた》のではないでしょうといって、伊勢物語を出して来る。はい、私のですというと、いいえ、これはうちの本ですという。何だかシャクゼンとしないので、これは、私が夜店で買ったのだからと、台所にいつまでも立っていた。メダカ女史しらべて来るといって引っこんでいったけれど、暫《しばら》くして黙って、「勉強家ね」といって持って来る。本というものは女中風情《ふぜい》の読むものではないと思っていたのに違いない。ありましたかと尋ねると、メダカ女史は返事もしない。ああやれやれだ。昔男ありけりだ。大した事でもない。

夜、英子さんと、英子さんの子供と三人で東京駅へ行く。汽車へ乗る事も久しぶりだけれども、何となく東京へなごりおしい気持ちなり。別れた人が急になつかしくなって来る。八十銭のボイルの浴衣がお母さんへの土産《みやげ》。

プラットホームはひっそりとして、洋食の匂《にお》いがしている。見送りの人もまばら。ホームを涼しい風が吹いている。流暢《りゅうちょう》な東京言葉にもお別れ。横浜を過ぎる頃から車内がひっそりして来る。山北の鮎寿司《あゆずし》を英子さんが買う。半分ずつ食べる。英子さんの旦那さんは大工さんだが無類にいいひとなり。

何ものにもとらわれる事なく、何時《いつ》までも汽車旅をつづけていたいようなのんびりさだ。汽車に乗って、岡山へ帰るなぞとは昨日まで考えつかなかった事だけに愉《たの》しくて仕方がない。さきの事はさきの事で、また、何とか、人生のおもむきは変ってゆくであろう。譜面台のない人生が未来にはある。私はそう思う。自分の運命なンか少しも判ってはいないけれども、運命の神様が何とかお考えになっているのには違いない。ぞっとするような事も度々だけれど、この汽車に乗れる幸福はまことに有難いことだ。東京へ再び来る事があったら十円は身《み》を粉《こ》にしても返さなければならない。西片町はさよなら。

何事もおぼしめしのままなる人生だ。えらそうな事を考えてみたところで、運命には抗しがたい。昔男ありけりではないが、ああ、あんな事もあった、こんな事もあったと、暗い窓を見ていると、田園の灯がどんどん後へ消えてゆく。少しも眠れない。一つのささやかな遍歴の試みが、私をますます勇気づけてくれる。何でも捨身になって働くにかぎる。詩なぞはもうこんりんざい書くまい。詩を書きたい願望や情熱は、ここのところどうにもならない。大詩人になったところで、人は何とも思わぬ。狂人のようになれぬ以上は、このみじめな環境から這《は》い出すべしだと思う。夜の雲がはっきりみえる。

◇

（八月×日）

岡山の内山下へ着いたのが九時頃。橋本では、まだみんな起きて涼んでいた。一ケ月程前に、お義父《とう》さんもお母さんも尾道《おのみち》へ戻っているというので、私はがっかりする。一晩やっかいになって、明日の早い汽車で尾道へ行くことにする。橋本は、義父の姉の家なり。女学校へ行っている娘が二人。小さい時に逢《あ》ったきりだったので、久しぶりに会ったせいか、二人とも背の高い娘になっていた。

姉娘の清子と銭湯に行き、風呂《ふろ》から上って、銀行のそばの屋台でショウガ入りの冷し飴《あめ》を飲む。金がないという事が何としても辛《つら》い。尾道までの汽車賃を明日朝いい出す事にする。

何をして働いているのか、誰も尋ねてはくれない。それも助かる。岡山は静かな街だとおもう。どおんとしたなぎ。むし暑くて寝る気がしない。いつでも、屠殺される前の不安な状態が胸を締めつける。金の百円も持って帰ったのなら、こんな白々しい人たちではあるまいと思える。

女学校二年の光子が、二階で遅くまで英語の歌をうたっていた。トィンクル、トィンクル、リトルスター、ハオアイ、ワンダア、ホアツユウアール、ホエン、アップアバウト、インダスカイ。私もこの歌はならった事がある。何だか、遠い昔のことのような気がして来る。義父が岡山の鶴の卵という菓子を買って来てくれた事を思い出した。

朝。台所で朝飯をよばれたけれど、金の話をいい出しそびれる。折角来たのだから、友達を尋ねるといって戸外へ出る。

学校時代の友達に逢いに行ったところで、別にもてなして貰《もら》えるというあてもない。暑い街の反射に汗びっしょりになって、賑《にぎ》やかな街に出る。狭い商店街の通りには天幕がずっと張り渡されて、昏《くら》い涼しい影をつくっていた。どの店も奥深い感じなり。青木という西洋食器店を何となく探してみる。転落して無一文となり果てた級友の訪問ぐらい迷惑な事はあるまいと思える。

ふっと、青木というハイカラな西洋食器店をみつけた。暫《しばら》く陳列の前に立って、コオヒイ茶碗や、アヒルの灰皿や、スカートを拡《ひろ》げた西洋人形の辛子《からし》入れなぞを眺めている。緑のペンキ塗りの陳列のなかのぴかぴか光る金色、赤、コバルト、陶の涼しさ。メリンスの着物に白いエプロンをした美しい子供が店さきに出て来たので、中根慶子さんはいますかと聞いてみる。

子供はすぐ奥へはいって行った。私は陳列の硝子《ガラス》に顔をうつしてみる。水の底の昏い皿の上に私のむくんだ顔がのっている。髪はちぢれた耳かくし。おお暑い、暑いだ。水車の音が耳に来る。洗いざらした鳴戸ちぢみの飛白《かすり》。袂《たもと》はよれよれでござんす。帯は赤と白のナッセンのメリンス。洗うと毛羽だってむくむくと溶けてしまいそうな安物。足袋《たび》と下駄は英子さんに大阪の梅田駅で貰ったもの。

中根さん出て来るなり、ンまアといって驚く。尾道の学校を出て四年。一度も相逢うことなく今日に到る。紺飛白を着てきちんとした姿。何とも落ちぶれた姿の自分が、荷車にひかれた昆布のような気持ちなり。中根さん、地味な色のさめた柄の長いパラソルを持って出て来る。公園へ行こうという。

日本でも有名な公園の由《よし》なり。公園になぞ行く気はないのだけれども仕方なく、公園へついて行く。中根さんは無口なひとなり。まだかたづかない由にて、私に小説を書いているのかと聞く。小説の話なぞは、夢のような事なのでやめる。東京での様々を打明けたらこのひとは驚くであろう。

公園は暑くてつまらないところであった。

景色を眺める事に何の興味もない。若いせいかも知れないけれども、蟬《せみ》の焙《あぶ》られるようなそうぞうしさ。池のほとりを高等学校の生徒が灰色の服を着て下駄ばきで歩いている。みんなりりしく見える。中根さん、カインの末裔《まつえい》(10)を読んだかという。私は東京の生活が荒れているので、そんな静かなものは読んではいられない。

赤松の樹蔭《こかげ》に茶店がある。中根さんはそこへ這入《はい》る。水漬けになっているラムネを二本

(10)　有島武郎(一八七八―一九二三)の短編小説。

註文する。みぞれをかいてもらって、それへラムネをかけて飲む。舌の上がぴりぴりとしてその醍醐味《だいごみ》は蒼涼。蟬取りの少年が沢山遊んでいる。どおんと眠ったような公園の景色なり。

締め合わせられる、つなぐ、断れる。心がきれぎれで、ラムネのびんの玉を、からからとゆすぶっているだけ。尾道へ行く旅費。二円五十銭もあれば、羊かんも買って帰れる。きらきらと向《むこ》うは陽が射している。こちらは深い蔭になって、長い縁台に眼鏡をかけた男が口を開けて昼寝をしている。氷の旗のゆれる色彩。眼をこらして四囲をみているのだけれども、この景色も、汽車の中では忘れてしまうに違いない。袂の中へがまぐちを落して、ひそかに氷とラムネ代を勘定する。

中根さんも東京へ行きたいとぽつりぽつり話しているけれども、私はうわのそらで、銅貨を数える。昔は仲が良かったというだけで、意味もなく公園の景色なぞを眺めていなければならないつまらなさに哀《かな》しくなって来る。

氷とラムネ代を払って、四銭残る。みえ坊で嘘《うそ》つきで、ていさいのいいことばかりで、中根さんに旅費を借りる事を断念。——昼前に橋本へ帰り、勇気を出して、借銭を申し込んで二円五十銭おばさんより借りる。二人の女学生は急に軽蔑したような眼で私を見ている。この眼が一等いやなのだ。私はまるで犯罪人になったようなうらぶれた気持ちで昼の駅へ行く。

羊かんを買わないで、弁当を買う。三等の待合室で弁当を食べる。売店で青いバナナを二本買う。五銭也。

少しばかりの金が、こんなに勇気づけてくれる。公園でのびのびとラムネを飲めばよいものを、銭勘定をしながらびくびくして飲んだ事に腹立たしくなる。中根さんは別に厭《いや》な女でもないのに、吐気《はきけ》がする程厭に思えて来る。御馳走《ごちそう》をした上に、びくびくして、中根さんにへりくだってものをいっている自分にやりきれなくなっていた。小説はうれるの？　いいえ売れないのよ。どんなものを書いているの？　どんなものって、童話みたいなものよ。一々あやまって返事をしていたようなみじめさが話していながら、ああ駄目だ駄目だと中根さんに押されて来る。奴隷根性。いつもぺこぺこ。何とかして貰うつもりもないのに笑顔をつくってへりくだってみせる。

詩や小説を書くという事は、会社勤めのようなものじゃありませんのよと心の中でぶつくさいいわけしている。

尾道へ着いたのが夜。

むっと道のほてりが裾《すそ》の中へはいって来る。とんかん、とんかん鉄を打つ音がしている。汐臭《しおくさ》い匂《にお》いがする。

少しもなつかしくはないくせに、なつかしい空気を吸う。土堂の通りは知ったひとの顔ばかりなので、暗い線路添いを歩く。星がきらきら光っている。虫が四囲いちめん鳴きたてている。鉄道草の白い花がぼおっと線路添いに咲いている。神武天皇さんの社務所の裏で、小学校の高い石の段々を見上げる。右側は高い木橋。この高架橋を渡って、私ははだしで学校へ行った事を思いだす。線路添いの細い路地に出ると「ばんよりはいりゃせんかア」と魚屋が、平べったいたらいを頭に乗せて呼売りして歩いている。夜釣りの魚を晩選《ばんよ》りといって漁師町から女衆が売りに来るのだ。

持光寺の石段下に、母の二階借りの家をたずねる。ぴちょぴちょの外便所のそばに夕顔が仄々《ほのぼの》と咲いていた。母は二階の物干で行水《ぎょうずい》をしていた。尾道は水が不自由なので、にない桶一杯二銭で水を買うのだ。

二階へ上って行くと母は吃驚《びっくり》していた。

天井が低く、二階のひさしすれすれの堤の上を線路が走っている。黄いろい畳が熱い位ほてっている。見覚えのある蓋《ふた》のついた本箱がある。本箱の上に金光様《こんこう》がまつってある。行水から出て来ると、たらいの水に洗濯物を漬けながら、母は首でもくくりたいという。

義父は夜遊びに行って留守。ばくちに夢中で、この頃は仕事もそっちのけで、借銭ばかりで夜逃げでもしなければならぬという。

私は、帯をといて、はだかで熱い畳に腹這《はらば》う。上りの荷物列車が光りながら窓のさきを走っている。家がゆれる。

押入れも何もない汚ない部屋。

（八月×日）

愛する者よ。なんじらこの一事を忘るな。主の御前には一日は千年のごとく、千日は一日のごとし。壁に張りつけてある古い新聞紙にこんな宗教欄がある。愛する者よ。か、汚《お》穢《わい》にまみれ、いっこうにぱっとしない人生、搗《つ》き砕かれた心が、いま、この天井の低い部屋の中で眼をさます。一晩中、そして朝も、休みなく汽車が走っている。魚の町(11)という小説を書きたくなる。階下の親爺さんと義父は連れだって出たまま今朝も戻っては来ない。

朝日が北の壁ぎわにまで射し込んで暑い。線路の堤にいちめんの松葉ぼたんの花ざかり。煎《い》りつくように蟬が鳴きたてている。

昼過ぎの汽車で宮様が御通過になる由にて、線路添いの貧民窟の窓々は夜まで開けてはならぬ、というお達しが来る。干し物も引っこめるべし、汚れものを片づけるべし。母は物干台を片づけ、ぞうりをはいて屋根瓦の掃除をしている。宮様とはいったい何者なのか私たちは知らない。何も知らないけれども尊敬しなければならないのだ。昼頃から、線路の上を巡査が二人みまわっている。

障子を閉めて、はだかで、チエホフの退屈な話(12)を読む。あまり暑いので、梯子《はしご》段の板張

(11)「風琴と魚の町」として「改造」(一九三一年四月)に発表。尾道を舞台に芙美子の少女時代を題材にした名作。

りに寝転んで本を読む。風琴《ふうきん》と魚の町、ふっとこんな尾道の物語りを書いてみたくなる。

母は掃除を済ませて、白い風呂敷《ふろしき》包みの大きい荷物を背負って商売に出掛ける。

階下のおばさんが、辛子のはいったところてんを一杯ごちそうしてくれる。そろそろ、宮さんがお通りじゃンすでエ……近所の女衆が叫んでいる。

轟々《ごうごう》と地ひびきをたててお召列車が通る。障子の破れからのぞくと、窓さきの堤の上に巡査が列車に最敬礼をしている。巡査の肩に大きいトンボがとまっている。羽根が白く透けてふるえている。汽車の窓の中に白いカヴァがちらちらして、赧《あか》い顔の男が本を読んでいたのがすっと過ぎ去る。

真実な一つのフイルムが、線路をすっとかき消えて行く。巡査が頭を挙げる。すばやく障子の破れから私は頭を引っこめる。

忍耐づよい貧民。力が抜ける。それきりのために、まだ固く障子を閉めておく。負担になってもにこにこ笑って土下座している。ただ、それきりの生き方。何の違いが、一瞬の宮様にあるのだろう……。宮様は涼しい汽車で本を読んでいる。私は暑い部屋の中で、チエホフの退屈な話を読んでいるだけだ。

本箱の中に、古い私のノートあり。学生の頃の日記。大した事もなし。エルテルにのぼせあがっている感想。伊藤白蓮《びゃくれん》のかけおちをノラ(13)の如《ごと》しと書いている。

当分はこのままで必死に小説を書いてみようと思う。

夕方より雨。母が、油紙を頭からかぶって戻って来る。手籠《てかご》に、いちじくのはじけたのを土産《みやげ》に買って来てくれる。尾道では、いちじくの事をとうがきというなり。

義父帰らず。

母は警察へあげられたのではないかと心配している。雨で涼しいのでノートに少しばかり小説めいたものを書きつけてみるけれども、すぐ厭になってしまう。大した事もないのだ。伊勢物語読了。

ものを書いて暮すなぞという事はあきらめる方がいい。どうにもものにはならぬ。作曲家が耳のないのを忘れていて、音色を空想するだけ……。孤独に流されているだけでは、一字も言葉は生れて来ない。海辺の町へ戻って、まだ私は海を見ない。

夜更《よふ》けて義父が戻って来た。

クレップシャツの上に毛糸の腹巻きをしている風采《ふうさい》がどうもいやらしい。金もないくせに敷島をぷかぷかふかしていた。

東京は景気はどうかの。東京は不景気です。俺も今度こそ、何とかしようとは思うンじゃが、うまくゆかん……。

(12) ロシアの小説家、戯曲家チェーホフ(一八六〇―一九〇四)の小説。

(13) ノルウェーの劇作家イプセン(一八二八―一九〇六)の戯曲「人形の家」の女主人公。人形のような妻から自立した生き方を求めて家を出る。

あんまり暑いので、母と夜更けの浜へ涼みに行き、多度津《たどつ》通いの大阪商船の発着所の、石段のところで暫《しば》らく涼む。露店で氷まんじゅうや、冷し飴を売っている。暑いので腰巻一つで、海水へはいる。浮きあがる腰巻きのはじに青い燐《りん》がぴかぴか光る。思い切って重たい水の中へすっとおよいでみる。胸が締めつけられるようでいい気持ちだ。

暗い水の上に、小舟が蚊帳《かや》を吊って、ランプをとぼしているのが如何《いか》にも涼しそうだ。雨あがりのせいか、海辺はひっそりしている。

千光寺の灯が、山の上で木立《こだち》の中にちらちらゆれて光っている。

(八月×日)

風琴と魚の町少しはかどる。

小説というものはどんな風に書くものかは知らない。ただ、だらだらと愚にもつかぬ事をノートに書きながら自分で泣いているのだからいやらしくなって来る。蚊が多いので夜は一切書けない。第一、小説というものを書く感情は存在していないのだ。すぐ詩のようなうたいかたになってしまう。物事を解剖してゆく力がない。慇《あわれ》むがよい。ただ、それきりだ。観察が甘く、まるで童話的だ。

東京へ帰るには、二十円も工面しなければならぬという事が頭にちらつく。人よりに非《あら》ず、人に由るに非ず、イエス・キリスト及びこれを死人の中より甦《よみが》えらせ給いし父なる神に由りて使徒となれるパウロ。小説を書く筆者の琴線がたかなることなくしては、神は人のうわべをとり給わずである。自分にそのような才能があるとは思えない。書いても、書いても突き戻されていることに赤面しないあつかましさ。しりめつれつな心理の底をくぐる。小さい魚の影を追うようなものだ。まことしやかに活字が並ぶ。血へどを吐いたものはみるにも読むにもたえぬ。警察の眼も光る。無政府主義とは唄《うた》ではないのだ。それを願う願いは、この世の何処《どこ》かにあるのだけれども……。お伽《とぎ》の世界をねらう平和な獣だけの理想の天地。宮様がお通りになるからといって、一日じゅう障子を閉ざして息を殺していなければならぬ私は階級なのだ。そして、宮様は一瞬にして雲の彼方《かなた》に消えてゆく人である。どうして、そのような人を尊敬しなければ生きてゆけないのだろう。

警備の巡査も生きている。肩にとまったトンボも生きている。障子の中には、無作法なはだかで、チエホフをぶらさげている女が立っている。

尾道へ戻った事を後悔する。

ふるさとは遠くにありて想うものなり。たとい異土《いど》の乞食《かたい》となろうともふるさとは再び帰り来る処《ところ》に非ずの感を深くするなり。

死にたくもなし、生きたくもなしの無為徒然の気持ちで、今日もノートに風琴と魚の町のつづきを書く。

母も、もう一度、東京へ出て夜店を出したいという。義父と別れてさえくれれば、私はどんなに助かるだろうと思うけれども、母はこれもなりゆきの事故、いましばらく辛抱しなさいという。義父はまた今朝からばくちに出掛けてゆく。母だけが、軀《からだ》をすりへらしてこっぱみじんの働きぶりなり。

ただ、母も私も、長い苦痛の連続のみにすがって生きているようなものなり。せめて、私が男に生れていたならばと思う。母の働いた金はみんな父のばくちのもとでに消えてしまう。

夜は母と二人で、夜の浜辺へ出て、露店でうどんを食べて済ませる。家にいると借金取りがうるさいというので、また、暗い海水浴。

海水は汚れてどろどろ、葬式の匂《にお》いがする。そのうち、ええこともあろうぞ……母がふっとそんな事をいう。私はさんばしの方までおよぐ。燐が燃える。向島のドックで、人の呼んでいる声がしている。こんなことでは、何の運命もない。風琴と魚の町の原稿を東京へ持って行ったところで、ぱっと華咲くようないい日が来るとは信じられぬ。いまひといき、いまひといきと暗い冷《つめた》い水の方へおよいで行く。

やがて、石段に戻って、素肌にぬるい着物を着る。濡《ぬ》れたものをしぼっていると、うどんのげっぷが出て来る。肌がぴいんと斂《しま》って来た気がする。自然な温かい気持ちになり、モウレツに激しい恋をしてみたくなる。いろんな記憶の底に、男の思い出がちらちらとする。

家へ戻ると、階下はみんな出掛けて留守。階下のおばさんも、このごろは昆布巻きの内職をなまけて遊び歩いているとの事なり。

荒破屋《あばらや》同然の二階。裸電気の下で、母と私ははだかになって涼む。燈火の賑《にぎ》やかな上り列車が走って行く。羨《うらや》ましい。

どうしても東京へ行きたいのだけれども、いまがいま、二十円の金つくりは出来かねると母はしょげている。十円でも出来ればいいのだと思う。蚊いぶしを燃やして、小さい茶餉台《ちゃぶだい》にノートを拡げる。もう、あとを続けて書くより仕方がない。甘くてどうにも妙な小説だ。幻影だけでまとまりをつけようとするプロット。暑いせいかも知れない。たらふく食わないせいかも知れない。頭の上にさしせまった思いがあるせいかも知れない。風琴と魚の町というタイトルだけのものだ。生活の疲労に圧倒されて、かえって幻影だけがもやもやと眼の先をかすめるプロット。

どうして、いつまでも、こんな暮しなのかと思う。母はエンピツをなめながら帳面をつけている。別に大した金高でもないのに、帳面をつけているかっこうは大真面目なもの。粘土に足をとられて、身動きもならぬ暮しだ。――別れなさいよ。うん、別れようかのう。別れなさいよ。そして、二人で東京へ行って、二人で働けば、毎日飯が食べられる。飯を食う事も大切じゃが、義父《とう》さんを捨ててゆくわけにもゆくまい。別れなさいよ。もう、いい年をして、男なぞはいらないでしょう……。お前は小説を書いておってむごいこつい、う女子《おなご》じゃのう……。私は、黙ってしまう。心配も愉《たの》しみの一つで、今日まで連れ添って来た母と義父とのつながりを自分にあてはめて考えてみる。母は倖せな人なのだ。

一生懸命、ノートに私ははかない事を書きつけている。もう、誰も頼りにはならぬのだ。自分の事は自分で、うんうんと力まなければ生きてはゆけぬ。だが、東京で有名な詩人も、尾道では何のあとかたもない。それでよいのだと思う。私は尾道が好きだ。ばん、よりはいりゃんせんかのう……魚売りの声が路地にしている。釣りたてのぴちぴちした小魚を塩焼きにして食べたい。

その夜、義父たちは、階下の親爺さんもいっしょに警察へあげられた。夜更けてから、母は階下のおばさんと、何処かへひそかに出掛けて行った。

◇

(十一月×日)

百舌鳥《もず》が、けたたましく濠《ほり》の向《むこ》うで鳴いている。四谷見附《よつやみつけ》から、溜池《ためいけ》へ出て、溜池の裏の龍光堂という薬屋の前を通って、豊川いなり前の電車道へ出る。電車道の線路を越して、小間物屋の横から六本木の通りへ出て、池田屋干物店前で池田さんに声をかける。

池田さんがぱアと晴れやかな顔で出て来る。今日は珍《めず》らしく夜会巻きで仲々の美人なり。店さきには、たらこや、鮭《さけ》、棒だらなぞの美味《おい》しそうなものがぎっしり並んでいる。

二人は足袋《たび》屋の横町を曲って、酒井子爵邸の古色蒼然とした門の前を歩く。

今日は新富座で寿美蔵《すみぞう》の芝居がある由《よし》なり。いかにも江戸ッ子らしい池田さんの芝居ばなし。今日は寿美蔵が手拭《てぬぐい》を撒く日だから、どうしても、早い目に社を出て行くのだと大いに張りきっている。赤坂の聯隊《れんたい》が近いのだということで、会社へ着くころには、いつも喇叭《ラッパ》が鳴りひびいている。

小学新報社というのが私たちの勤めさき。旧館の二階の日本間に、机を八ツ程あわせて、私たちは毎日せっせと帯封書きだ。今日は、鹿児島と熊本を貰《もら》う。まだ時間が早いので、窓ぎわで池田さんと、宮本さんと三人で雑談。日給をなんとかして月給制度にして貰いたいと話しあう。日給八十銭ではなんとしてもやってゆけないのだ。四谷見附から市電の電車賃を倹約してみたところで、親子三人では仲々食べてはゆけない。池田さんは親がかりなので、働いた分がみんな小遣いの由なり。羨《うらやま》しい話だ。八時十分前、みんな集《あつま》る。私は例によって、一番暗い悪い席に坐《すわ》る。頭株の富田さんが指図をするので、窓ぎわの席へは仲々坐れない。

小学校便覧の活字も小さいので、眼の近い私には、人の二倍はかかってしまう。眼鏡を買いたくても、八十銭の日給では、その日に追われて眼鏡を買うどころのさわぎではない。

もうじき一の酉《とり》が来る。

富田さんは今日はいちょう返しに結っている。このひとは大島伯鶴《はっかく》というのが好きだとかで、飽きもせずに寄席の話ばかりしている。宛名を書くのがめんどう臭《くさ》くなって来る。ぼんやりとしてしまう。ふっと横の砂壁にちらちらと朝の陽が動いている。幻燈のようなり。池田さんも、富田さんも大島の羽織で、日給八十銭の女事務員には見えない。池田さんは眼は細いけれども芸者にしてみたいような美人なり。干物屋の娘のせいか、いつもにきびがどこかに出来ている。

何という事もなく、夫婦別れというものは仲々出来ぬものなのかと思う。夫婦というものが、妙なつながりのように考えられて来る。昨夜も義父と母は、あんなに憎々しく喧嘩《けんか》をしあっていたくせに、今朝は、案外けろりとしてしまっていた。義父と母が別れてさえくれたなら、私は母と二人きりで、身《み》を粉《こ》にしても働くつもりなのだけれども、私は、義父が本当はきらいなのだ。いつも弱気で、何一つ母の指図がなければ働けない義父の意気地のなさが腹立たしくなって来る。義父は独りになって、若い細君を持てば、結構、自分で働き出せる人なのであろう……。母の我執の強さが憎くなって来るのだ。

また琵琶《びわ》の音が聴える。別にこの仕事に厭気《いやけ》がさしているわけではないけれども、長く続けてゆける仕事ではないと思う。それにしても、このあたりの森閑とした邸《やしき》のかまえは、いかなる幸運な人々の住居ばかりなのかと不思議に思える。朝から琵琶を鳴らし、ピアノを叩《たた》いているひっそりした階級があるのだと思うと、生れながらの運命をつかんでいる人たちなのであろう。――昼から新聞の発送。

新聞の青インクが生かわきなので、帯封をするたびに、腕から手がいれずみのように青くなる。大正天皇と皇太子の写真が正面に出ている。大正天皇は少々気が変でいらっしゃるのだという事だけれども、こうしてみると立派な写真なり。胸いっぱいに、菊の花のようなクンショウ。刷りが悪いので、天皇さまも皇太子も顔じゅうにひげをはやしたような工合に見える。

のりをつけるもの、帯封を張るもの、県別に束ねるもの、戸外へ運び出すもの、四囲はほこりがもうもうとして、みな、たすきがけで、手拭《てぬぐい》の姉様かぶり。発送が手間取って、全部済んだのが五時過ぎ。そばを一杯ずつふるまわれて昏《くら》い街へ出る。池田さんは芝居に遅れたとぷりぷりして急いで戻って行った。

四谷の駅ではとっぷり暗くなったので、やぶれかぶれで、四谷から夜店を見ながら新宿まで歩く。

家へ帰る気がてんでしないのだ。家へ帰って、夫婦喧嘩をみせられるのはたまらない。二人とも貧乏で小心なのだけれども、悪人よりも始末が悪いと思わないわけにはゆかない。夜店を見て歩く。焼鳥の匂《にお》いがしている。夜霧のなかに、新宿まで続いた夜店の灯がきらきらと華やいで見える。旅館、写真館、うなぎ屋、骨つぎ、三味線屋、月賦《げっぷ》の丸二の家具屋、このあたりは、昔は女郎屋であったとかで、家並がどっしりしている。太宗寺にはサアカスがかかっていた。

行けども行けども賑《にぎ》やかな夜店のつづき、よくもこんなに売るものがあると思うほどなり。今日は東中野まで歩いて帰るつもりで、一杯八銭の牛丼を屋台で食べる。肉とおぼしきものは小さいのが一きれ、あとは玉葱《たまねぎ》ばかり。飯は宇都宮の吊天井だ。

角筈《つのはず》のほてい屋デパートは建築最中とみえて、夜でも工事場に明るい燈がついている。新宿駅の高い木橋を渡って、煙草《たばこ》専売局の横を鳴子《なるこ》坂《ざか》の方へ歩く。しゅうしゅうと音をたてて夜霧が流れているような気がする。南部修太郎という小説家の夜霧という小説をふっと思い出すなり。

家へ帰ったのが九時近く。義父は銭湯へ行って留守。台所で水をがぶがぶ飲む。母は火鉢でおからを煎《い》りつけていた。別に遅かったねというわけでもない。自分の事ばかり考えている人なり。鼻を鳴らしながらおからを煎っている。鍋《なべ》を覗《のぞ》くと、黒くいりついている。何をさせても下手な人なり。葱も飴色《あめいろ》になっている。強烈な母の我執が哀れになる。部屋の隅にごろりと横になる。谷底に沈んで行きそうな空虚な思いのみ。卑屈になって、何の生甲斐《いきがい》もない自分の身の置き場が、妙にふわふわとして浮きあがってゆく。胴体を荒縄でくくりあげて、空高く起重機で吊りさがりたいような疲れを感じる。お父さんとは別れようかのと母がぽつんという。私は黙っている。母は小さい声でこんななりゆきじゃからのうとつぶやくようにいう。私は、男などどうでもいいのだ。もっとすっきりした運命というものはないのかと思う。義父の仕入れた輪島塗りの膳《ぜん》が、もういくらも残ってはいない。

これがなくなれば、また、別のネタを仕入れるのだろう。次から次から商売を替えて、一つの商売に根気のないという事が、義父と母を焦々《いらいら》させているのであろう。十二円の家賃が始めから払えもしないで、毎日鼻つきあわせてごたごたしている。第一、まともに家なぞ借りたがるよりも、田舎《いなか》へ帰って、木賃宿《きちんやど》で自炊生活をして、二人で気楽に暮した方がよさそうに思える。折角、どうにか、私が私一人の暮しに落ちつきかけると、二人は押しかけて来て、いつまでも同じ事のくりかえしなのである。東京で別れたところで、お義父《とう》さんはさしずめその日から困るンじゃからのうと、また、ぽつりと母がいう。私は煎りついて臭くなってきた鍋を台所へ持って行った。母は呆気《あっけ》にとられている。何をさせても無駄づくりみたいな母の料理が気に入らない。私は火鉢のかっかと熾《おこ》った火に灰をかぶせて、瀬戸引きのやかんをかける。

「何を当てつけとるとな、お前の弁当のおかずをつくってやろうと思うて焚《た》いとるんじゃが……」

私はそんな真黒いおからのおかずなんかどうでもいいのだ。黙って寝転んで、袖《そで》の中へすっぽりと頭も顔もつっこんでいると、母は急に鼻を荒くすすりながら、わしたちが邪魔なら、今夜にでも荷造りをして帰るといい始めた。木綿《もめん》裏の袂《たもと》の中に秋の匂いがする。おおこの匂い。季節の匂い、慰めの匂い。袂の中で眼を開けると、真岡絣《もおかがすり》の四角い模様が灯に透いてみえる。お前はお父さんをどうして好かんとじゃろか？　と母が泣きながらいう。

あんたよりも二十歳も若い男をお父さんなぞといわせないでよとはんぱくする。母は呻《うな》ってつっぷしてしまう。お前じゃとてなりゆきというものがあろうがの……。男運が悪いのはお前も同じことじゃないかのという。

「お前は八つの時から、あの義父さんに養育されたンじゃ。十二年も世話になって、いまさらお父さんはきらいとはいえんとよ」

「いいや、私はそだてられちゃいないッ」

「女学校にも上がっつろがや……」

「女学校？　何をいうとるンな、学校は、私が帆布の工場に行きながら行ったンを忘れんさったか。夏休みには女中奉公にも出たり、行商にも出たりして、私は自分で自分の事はかせいだンよ。学校を出てからも、少しずつでも送っとるのは忘れてしもうたンかな？」

いわでもの事を、私は袂の中で呶鳴《どな》る。

「お前はむごい子じゃのう……」

「ああ、もう、こう、ごたごたするンじゃ、親子の縁を切って、あんたはお義父さんと何処《どこ》へでも行きなさいッ。私は、明日からインバイでも何でもして自分のことは自分で始末つけるもン」

　袂の中で涙が噴きあげる。父の下駄の音がしたので、私はぷいと裏口から川添の町を歩く。白い乳色のもやが立ちこめて、畑のあっちこっちにちらちらと人家の灯がまたたく。川添町といったところで、東京もここは郊外の郊外、大根畑の土の匂いが香ばしく匂う。

何処へ行くというあてもない。

東中野のボックスのような小さい駅へ出て、釣り堀の藪《やぶ》の道の方へ歩く。駅前の大きな酒屋だけが明るい燈火を夜霧の中に反射している。星がちかちかとまばたいている。辛抱強く。何事も辛抱強くだ。いざという時には、甲府行きの汽車にひかれて死ぬ事も賑やかな甘酢っぱい空想。だが、神様、いまのところはこのままでは死にきれぬ。


（十一月×日）

豪雨。土肌を洗い流す程の大雨なり。尻からげになって会社へ行く。池田さんは、紺《こん》飛白《がすり》のビロード襟《えり》のかかった雨ゴートを着て来る。仲々意気な雨ゴートなり。今日は弁当なし。昼は雨の中を、六本木まで出て、そば屋でそばを食べて、ふんだんにそばづゆを貰って飲む。どろりとしたそばづゆに、唐辛子《とうがらし》を浮かしてすする。

六本木の古本屋で、大杉栄の獄中記と、正木不如丘《まさきふじょきゅう》編輯《へんしゅう》の四谷文学という古雑誌と、藤村の浅草だよりという感想集三冊を八十銭で求める。獄中記はもうぼろぼろなり。

富田さん、麻布《あざぶ》のえち十という寄席へ行かないかとみんなを誘うけれど、私は雨なので断って早く家に帰る。沛然《はいぜん》とした雨が終日つづく。この雨があがれば、いよいよ冬の季節にはいるのであろう。足袋《たび》を洗い、火鉢にかざしてあぶる。義父も母も雨音をきいてつくねんとしている。

左右いずれとも決しがたき宿命
悲劇はただの笑い話なり
御返事を待つまでもなく
ただ今は響々の雨
雨量は桝《ます》ではかりがたく
ただ手をつかねてなりゆきを見るのみ。

犠牲は払っているわけではない
不可能の冬の薔薇《ばら》
孤独と神秘を頼みとする貧乏暮し
人は革命の書をつくり
私はあははと笑う
ただ、何事もおかしいのだ
真面目に苦しむ事の出来ぬ性分。

自分の運命を切りひらけといわれたところで
運命は食パンではないのです。
どこからナイフをあててよいのか
人生の狩猟は力のかぎり盛大に
鼻うごめかし
涙をすすり
つばを飲み
脚をふんばりだ。

秩序の目標は青《ブルウ》と黒《ブラック》
仮説の中でひっそりと鼠《ねずみ》を食う
その霊妙なる味と芳香
ああロマンスの仮説
誰にも黙殺されて自分の生血をすする
少しずつ少しずつの塩辛い血。

革命とは水っぽい艶々《つやつや》の羊かん
かんてん　かんてん　かんてんの泥
人間一人が孤独で戦う
群勢はいりません
家柄やお国柄では飯は食えぬ。

講談を書こうと思い始める。漱石調で水戸黄門。藤村調で唐犬ゴンベエ。鷗外調で佐倉ソウゴロ。はっしはっしと切り結ぶという陰惨ごとはどうにも性分にはあわないながら、売りものには花をそえて、変転自在でなければならぬ。芥川の影燈籠も一つの魅力なり。今夜からは、寒いので、親子三人どうしても一つの寝床にはいらねばならぬ。蒲団《ふとん》の後からぬっと脚をさしこむ気がしない。ああ、せめて二枚の蒲団よ、どこからか降って来ないものか。しんしんと冷える。母と義父はもう寝床で背中あわせに高いびきなり。

電気をひくくさげて、ペン先《さ》きにたっぷりとインキをふくませて、紙の上にタプタプとおとしてみる。いい考えも湧《わ》いて来そうな気がしていながら、仲々神霊は湧いて来ない。行きくれた、この貧しい老夫婦の寝姿を横にしては胸もつまってしまう。壁ぎわに電気を吊りかえて、小さい茶餉台《ちゃぶだい》に向《むか》う。

二、三頁も詩ばかり書きつらねて、講談は一行も書けない。トタン屋根にそうぞうしくあたる雨脚に、頭はこっぱみじんに破れそうなり。運命尽きぬオタアロオなり。

お前もわしも男運がないといった母の言葉を想い出して、ふっと「男運」という小説らしきものを書いてみたき気持ちがするけれども、それもものうく馬鹿馬鹿しく、やめてしまう。

根が雑草の私生子で、男運などとは口はばたきいいなり。伊勢物語ではないけれども、昔男ありけり、性猛々《たけだけ》しく、乞食《こじき》を笑いつつ乞食よりもおとれる貧しき生活をすとて、女に自殺せばやと誘う。女、いなとよと叫び、畳をにじりて、ともに添寝せばやと、せめてその事のみに心はぐらかさんものとたくらみ、紐《ひも》という紐、刃物という刃物とりあげてたくみたり……。

雨は少々響々の鳴りをひそめる。


（八月×日）

高架線の下をくぐる。響々と汽車が北へ走ってゆく。

息せき切って、あの汽車は何処へ行くのかしら、もう、私は厭だ。何も彼も厭だ。なまぬるい草いきれのこもった風が吹く。お母さんが腹が痛くなったという。堤に登って、暫《しばら》くやすみなさいといってみる。征露丸を飲みたいというけれど、大宮の町には遠い。

じりじりと陽が照る。

よくもこんなに日が照るものだと思う。何処かで山鳩《やまばと》が啼《な》いている。荷物に凭《もた》れて、暫く休む。今夜は大宮へ泊りたいのだけれども、我まんして帰れば帰れない事もないのだが、何しろ商売がないのには弱ってしまう。眼をつぶっていると、虹《にじ》のような疲れかたで、きりきりと額が暑い。手拭《てぬぐい》を顔へかぶる。お母さんは、少ししゃがんでいきんでみようかという。三日もぺんぴしているのだそうで、どうも頭が割れるようでのうという。

「おおげさな事をいうてるよ。少しそのへんでゆっくりしゃがんでなさい」

「うん、何か紙はないかの」

私は荷物の中から新聞紙を破ってお母さんへ渡した。よわりめに、たたりめ。幽霊みたいな運命の奴《やつ》にたたられどうしだ。いまに見よれ。そんな運命なんか叩き返してみせる。あんまりいじめるなよ、おい、ぞうもく野郎! 私は青い空に向って男のように雑言を吐《は》いてみる。私は、こんな生きかたは厭なんだよ。みずみずしい風が吹く。それもしみったれて少しずつ吹いている。

お母さんは裾《すそ》をくるりとまくって、草の中へしゃがんだ。握りこぶし程に小さい。死んじまいなよ。何で生きてるんだよ。何年生きたって同じことだよ。お前はどうだ? 生きていたい。死にたくはござらぬぞ……。少しは色気も吸いたいし、飯もぞんぶんに食いたいのです。

蟬《せみ》が啼きたてている。まあ、こんなに、畑や田んぼが広々としているというのに、誰も昼寝の最中で、行商人なぞはみむきもしない。草に寝転んでいると、軀《からだ》ごと土の中へ持ってゆかれそうだ。堤の上をまた荷物列車が通る。石材を乗せて走っている。材木も乗っている。東京は大工の書きいれ時だ。あんな石なんかを走らせて、あの石の上に誰が住むのだろう。

寝ながら口笛を吹く。

「まだかね？」

時々、お母さんへ声をかけてやる。人間がしゃがんでいるかっこうというものは、天子様でも淋しいかっこうなんだろう。皇后さまもあんな風におしゃがみなのかねえ。金の箸《はし》で挟《はさ》んで、羽二重の布に包んで、綺麗《きれい》な水へぽちゃりとやるのかもしれない。

俺とお前は枯れすすき、花の咲かない枯れすすき……。大きい声で唄《うた》う。全く惚々《ほれぼれ》するような声なり。おいたわしやのこの人なき真昼。窒息しそうだなぞといっても、こんなに沢山空気があっては陽気にならざるを得ない。ただ、空気だけが運命のおめぐみだ。

絶世の美人に生んでくれないのがあなたの失策さ……。何処にでもあるような女なんか、世の中はみむいてもくれないのさ。

「ああ、やっと出た」

「沢山かね？」

「沢山出たぞ」

お母さんは立ちあがって、ゆっくり裾をおろした。

「えらい見晴しがいいのう」

「こんなところへ、小舎《こや》をたてて住んだらいいね」

「うん。夜は淋しいぞ……」

用を達して気持ちがいいのか、母は私の横へ来て、セルロイドの歯のかけた櫛《くし》で髪をときつける。

大宮の町へ行って銭湯にはいりたくなった。下駄をぬぐと、鼻緒のところをのこして、象の足のように汚れた足。若い女の足とも思えぬ。爪《つめ》はのび放題。指のまたにごみがたまっている。私も用を達しに行く。股の中へすうすうと風がはいって来る。裸の脚はいい気持ちだ。ふとってふとって、まず、この両の腿《もも》で五貫匁《かんめ》というところかな。眼の下を自転車が走ってゆく。玄米パンのほやほや売りだ。私が股を拡《ひろ》げているのも気がつかないで、玉転がしのように往かんを走って行ってしまった。草が濡《ぬ》れてゆく。

また、背中を汽車が来る。地響きが足の裏にぶきみだ。

大宮の町へ出たのは三時。どおんと暑い。八百屋《やおや》の店先《さ》きに胡瓜《きゅうり》の山。美味《うま》そうなのを二本買って、母と二人で嚙《かじ》る。塩があればもっと美味いだろう。二人で、手分けして、両側を軒並みに声をかけて行く。

「クレップの襯衣《シャツ》と、すててこはいりませんか、お安くしときますけどね」

何処も返事もしてくれない。母が建具屋さんの店先きに腰を掛けている。何か買ってくれるらしい。三十軒も歩いた。やっと、製材所で見せてみなといわれる。ねじり鉢巻きの男が三人、汗を拭きながら寄って来る。私は手早く材木の上へ荷物をひろげた。おが屑《くず》の匂《にお》いが涼しい。

「大阪から仕入れてるんでとても安いんですよ。輸出の残りなンですよ」

「ねえさんは、美味そうにふとってるな。旦那もちかい？」

私は心のうちでえっへ、と笑う。何持ちなんだか、さっぱり自分で自分の生態がわからないですとね。上下三円五十銭を五十銭もまけさせられて、三組売る。ちょっと、神様に感謝する。犬も歩けば棒にあたるだ。また荷を背負って町角を曲る。お母さんは影もかたちも見えぬ。どうせ大宮の駅で逢《あ》えばいいのだ。

大宮は少しも面白くない町なり。

東京へ戻ったのが七時頃。雨が降っていた。

ざんざ降りのなかを金魚のようにゆられて川添いに戻る。今日は十五日。豆ローソクのお光《ひか》りをあげる。蛙《かえる》が啼《な》いている。炭がないので、近所の炭屋で一山二十銭の炭を買って来て飯を焚《た》く。隣りの駄菓子屋の二階の学生が大正琴をかきならしている。何処からともなく蕎麦《そば》のだしを煮出している匂いがする。胃袋がぶるぶる顫《ふる》えて仕方がない。この世の中に奇蹟はないのだ。皇族に生れて来なかったのが身のあやまり……。私は総理大臣にラブレターを出してみようかと思う。夜、ゴオゴリの鼻を読む。鼻が外套《がいとう》を着てさすらってゆく。そして、しょうことなく、だらしなく読者に媚《こび》を呈して、嘘《うそ》をとりまぜた考えが虚《こ》空《くう》に消えてゆく。

苦しめば苦しむほど、生甲斐のある何かだ。吻《ほっ》とする人生を得たいために、時には厭なこともやりかねない。このままな無頓着ではいられない。私にだって、そんな馬鹿馬鹿しい程の時がめぐって来るのだろうか……。このまま何でもなく通りすぎる貧窮のつづきかな。金さえあれば、もっと、どうにかなるのか、浅はかな世の中だ。——その癖、何を考えているのか。自分で自分がさっぱり判《わか》らない。正直で誠実で、人情深くて、それが貧乏人のけちな根性さね……。何もないから、せめて正直で、おずおずして、銭勘定ばかりしている。隣りの大学生は大正琴を弾きながら、親から金が送って来て、肉屋の女と恋をしている。結構な生れあわせだ。

上月の夜に小菜《こな》の汁に米の飯、べんけいさんは理想が小さい。ねえ、それなのに、私はべんけいさんの理想も途方もないぜいたくに思ってます。他人さまとは縁も由縁《ゆかり》もないのよ。私は私こっきりの生きかた。五貫匁もある重い腿をぶらさげて、時には男の事も考える。誰かいいひとはいないかしら、せめて、十日も満足に食わせてくれる男はいないものかと考える。だって、ねえ、こんなに貧乏して、軀《からだ》じゅうをのみに食わしているンじゃアやりきれない。全く。私は生れなきゃよかった部類の女なンだから……。私は馬と夫婦になったっていいと思う。全く邪魔っけな重たい軀なンて不用そのもの、鼻だけで歩きたい位のものだ。ゴオゴリもこんな気持ちで長ったらしい小説なんかでかきくどいたのに違いない。

茶碗つぎの中国人の夢
びいんびいんと弓を鳴らす
耳の奥で調子を取る慾
特別残酷な笑い事の夢
ただ食べる夢男の夢
静かに眠り夢をみる
何時《いつ》寝るともなく

走って行って追いかえされて
けろりとして烏《からす》のように啼く
太々しいくせに時には泣きたくなる
咬み傷一つ誰にもつけた事のない
よぼよぼの鼠のくりごと

畸形で、男と寝たがる意地ぎたなさ
その日その日が食ってゆければ
まず学者は論文を書く
そんなものなのだろうけれど

私は陳列を見ているといいのだ
みんな手に取ってみせる力が湧く

(八月×日)

下谷《したや》の根岸に風鈴を買いに行き、円い帽子入れに風鈴を詰めて貰って、大きなかさばった荷物を背負って歩く。薄い硝子《ガラス》の玉に、銀のメッキをしたのがダースで八十四銭。馬鹿馬鹿しい話なンだけど、これを草しのぶの下に吊して、色紙のタンザクをつけて売るにはね。汗びっしょりで、何とも気持ちが悪い。からりと晴れた空。まるで、コオボウ大師を背中にしょってるような暑さなり。

夜、一銭なしで、義父上京。

広島も岡山も商売は不景気な由なり。

私はこの人たちから離れて暮したいと思う。一緒に暮していると、べとべとにくさってしまいそうだ。心のなかでは、何時でも気紛《きまぐ》れな殺人を考えている。少しずつ犯人になった恐怖におそわれる。自分も死んでしまえばいいと思いながら、人間はこうした稀《ま》れな心理のなかには仲々飛び込めないものだと思う。穏《おだや》かに暮してゆくには、日々の最少の糧がなくては生きてゆけない。頻繁に心理的なしゃ、っ、く、りになやまされる。考える果ては金が欲しい事だ。金さえあれば、単純な生き方が何年かは続けられる。このさきざき、珍《めず》らしい事が起きようとは思わない。充分満足する心が与えられない。前の荷馬車屋で酔《よ》っぱらいの歌がきこえる。火《ひ》の粉《こ》のように爆発したくなる。もう一度、あの激しい大地震はやって来ないものだろうか。何処を歩いても、美味そうなパンが並んでいる。食べた事もないふわふわなパンの顔。白い肌、触れる事も出来ないパン。

夜更《よふ》けて、ハムズンの「飢え」を読む。まだまだこの飢えなんかは天国だ。考える事も自由に歩く事も出来る国の人の小説だ。進化《エヴォリュウション》と、革命という言葉が出て来る。私にはそんな忍耐もいまはない。泥々で渇望の渦のなかに、何も考えないで生きているだけだ。窒息から、かろうじて生きているだけだ。口惜《くや》しくなると、そこいらへ小刀で落書きをしたくなる生き方を神様よ御ぞんじですか……。ただ、こうして手をつかねて風鈴をしのぶ草にくくりつけている。馬鹿に涼しそうだといって買ってゆく人間の顔が眼に浮ぶ。いまに何とか人生を考えなければなるまい。

夜更けの川添の町を心を竦《すく》めて私は歩く。尻からげで、ただ、黙って歩いている。星なんぞは眼にもはいらない。星なんか、みんな私は私の眼から流してしまう。それきりだ。私が尻からげをして歩いているので、狂人女かと、歩く人が、そっとよけて通ってゆく。私はにやにや笑う。男が来ると、わざと、その方へすたすたと歩いてみる。男は大股に、私の方から逃げてゆく。心のなかでは、疾風怒濤《どとう》が吹きつけていながら、生きて境界のちがう差異が私には判って来る。自分以外の人間が動いていて、その人間たちが、みんな、それぞれに陰鬱《いんうつ》にみえる。

　私は、いつでも、売春的な、いやらしい自分の心のはずみに驚く。何も驚く事はないくせに、ちょっとした動機で、何時でも自分をやけくそに捨ててしまえる根ざしはあるものなり。暑いせいか、私はますます原始的になり、せめて、今夜だけでも平凡ではいられないと苛々《いらいら》して来る。迷惑は何処にもころがっていると思いながら、窓の燈を見ると、石を投げたくなるのはどうした事だろう。

　小さい制限のなかで生きているだけなのよ。そこから、出る事も引っこむ事も出来ない。イエス・キリストのたまわくだ。キリストがベツレヘム生れだなんて怪しいものだ。いったい、イエス・キリストなんて、大昔に生きていましたのかね。誰も見た人はないし、誰も助けられたものはない。おシャカ様にしたって怪しいものだ。

　太陽や月を神様にしている孤島の人種の方がはるかに現実的で、真実性があるのに、神様だなんて、たかが人間の形をしているだけの喜劇。この環境の息苦しさを誰一人怪しむものもない。

（八月×日）

今日はさんりんぼうで、商売に出ても、大した事もないと、お母さんも義父も朝寝。みいんみいんと暑くるしく蟬が啼きたてている。前の牛小舎では、荷車に山のように白い豆腐のおからが盛りあげて、蠅《はえ》がゴマのようにはじけている。おからが食べたくなる。葱を入れて油でいったら美味いな。

家にいるのが厭なので、また、荷物を背負って一人で出掛ける。別に大した事もないけれど、何時もさんりんぼうのような暮しで、今日のようないい天気をとりにがすのも変な話だと、大久保へ出て、浄水から、煙草《たばこ》専売局へ出て、新宿まで歩く。油照りのかあっとした天気だ。抜弁天《ぬけべんてん》へ出て、一軒一軒歩いてみるが、クレップの襯衣《シャツ》など買ってくれる家もない。

余丁《よちょう》町の方へ出て、暑い陽射しのなかに、ぶらぶら歩く。亀が這《は》っているような自分の影が何ともおかしい。三宅やす子さんの家の前を通る。偉い女の人に違いない。門前の石段にちょっと腰を降して休む。三宅さんは、朝飯も食べない女が、自分の門前に腰をかけているとも思うまい。門の中で、男の子供が遊んでいる。頭のでっかい子供だ。

若松町へ出て、また、わけもわからずに狭い路地の中を歩いてみる。腹がへって、どうにも歩けやしない、漠然とした考えにとらわれる。第一、暑いので、気が遠くなりそうだ。ところてんでも食べたいものだ。

背中は汗びっしょり、脚の方へ汗が滴《しずく》になって流れる。下宿屋をのぞいてみるが、学生はみんな帰省していてひどく閑散。

何のために、こんなところへまで歩いて来たのかさっぱり判らない。真実をいえば、商売をする事よりも、ただ、己れのセンチメンタルに引きずられて歩いていたい下心なのかも知れない。歩いて、いい事もないとなれば、それがまた、自分を悲しくやるせなくしていると、私は甘くなって、下駄を引きずりながら歩く。家にいて、親の顔なぞ見たくもないという、そんなわけというものなり。一つ蒲団《ふとん》に何時までも抱きあって寝ている親の姿はいやらしい。上品になりたくても上品にはなれない。親の厄介さがたまらない。何処かへ一人で行って、たった一人で暮したい。ああ、そんな事を考えて歩くと、また、べたべたと涙が溢れる。塩っぱい涙を舌のさきでなめているかと思うと、もう、けろりとして、また背中の荷物をゆすぶりあげて歩く。蝸牛《かたつむり》のような私のずんぐりむっくりした影。風呂《ふろ》へはいって、さっぱりと髪を洗う夢想。首筋から、胸へかけて、ぶつぶつとあせものかさぶたではどうにもなりません。

小石川の博文館に、いつか小説を持って行ったが、懸賞小説はいまやっていないと断わられてしまったが、島田清次郎は、どんな工合のいい頭をしているのかしら……。行商も駄目、書く事も駄目となれば、玉の井に軀を売り込むより仕方がないね。三好野で、三角の豆餅を一皿取って食べる。ぬるい茶がごくごくと咽喉《のど》を通る。

相変らずの下等な趣味。臆病《おくびょう》で、弱気で、そのくせ、何かのほどこしを待っているこの精神だ。ほどこしを受けたい一心で生きているようなものだ。ねえ、私は、ねえという小説を書きたし。ウエルテルの嘆きと少しも変らぬ、そんなものだ。快適な地すべりをして、ウエルテルの文字は流れている。甘い事この上なしの惚《ほ》れ文《ぶみ》なり。私はもっと、憎悪を持って、男の事を考える。嘘ばかりで、文学が生れている。みせかけの図々しさで、作者は語る。淫蕩《いんとう》で、仁慈のあるスタイルで、田舎者の読者をたぶらかす。厭じゃありませんか。いっその事、神田の職業紹介所まで行って、また、あの桃色カードの女になってみようかと思う。月三十円もあれば、また、静かに書きものは出来る。畳に腹ばって、二十枚八銭の原稿紙を書きつぶす快味。たまには電気ブランの一杯もかたむけて、野宿の夢を結ぶジオゲネス(14)の現実。面白くもないこの日常から、きりきりと結びあげたい気にもなる。

蒸気をシュッシュッと吐いて生きなければなりませんとも……。おてんとうさまよ。どうして、そんなに、じりじりと暑く照りつけて苦しめるのですか？　暑い。全く、暑くて悶死しそうだ。どっかに、巨《おお》きな水たまりはありませんかね。鯨《くじら》の如《ごと》く汐《しお》を噴いてみたい

(14)　ディオゲネス（前四一二？―前三二三）。古代ギリシャの哲学者。シノペ生まれ。乞食のような質素な生活を送り、大樽を住居としたことから「樽の中の哲人」として著名。

のですよ。

一銭の商売にもありつけず、夕方御きかん。

キャベツにソースをふりかけて、麦飯《むぎめし》にありつく。義父はしのぶ売りに出掛けて留守。お母さんは腰巻一枚で洗濯。私も裸になって、井戸水をかぶる。

少女画報から、原稿返っている。

舌を出して封を切る。

奇蹟の森なぞと気取った題をつけても、原稿は案外戻って来る。何も、奇蹟なぞありようがない。信心家の貧しい少女が、パレスチイナでの地を支配する物語なぞ、犬に食われてしまうのは必定、のぼせあがって、世界一の作文なぞに思った事も束《つか》の間《ま》。ああ、この心のほこりも蝶《ちょう》の如く雨の中にかきつけられてしまいましたである。

井戸水を浴びて、かっかっと火照《ほて》る軀で畳に腹這《はらば》い、多少なりとも先途の事を考える。燈をしたって、蛾《が》やかなぶんぶんが飛んで来る。何よりもうるさいのは蚊軍の責め苦なり。

古い文章倶楽部《クラブ》を出して読む。相馬泰三の新宿遊廓《ゆうかく》の物語り面白し。細君はとり子さんというのだそうだが、文章では美人らしい。

ああ、世の中は広いものだ。毎日、何とか、美味いものを食って、夫婦でのんびり夜店歩きの世界もある。

あれもこれも書きたい。山のように書きたい思いでありながら、私の書いたものなぞ、一枚だって売れやしない。それだけの事だ。名もなき女のいびつな片言。どんな道をたどれば花袋《かたい》になり、春月になれるものだろうか、写真屋のような小説がいいのだそうだ。あるものをあるがままに、おかしな世の中なり。たまには虹《にじ》も見えるという小説や詩は駄目なのかもしれない。食えないから虹を見るのだ。何もないから、天皇さんの馬車へ近よりたくもなろう。陳列箱にふかしたてのパンがある。誰の胃袋へはいるだろう。

裸でころがっているといい気持ちだ。蚊にさされても平気で、私はうとうと二十年もさきの事を空想する。それでも、まだ何ともならないで、行商のしつづけ。子供の五、六人も産んで、亭主はどんな男であろうか。働きもので、とにかく、毎日の御飯にことかかぬひとであれば倖《さいわい》なり。

あんまり蚊にさされるので、また、汗くさいちぢみに手を通して、畳に海老《えび》のようにまるまって紙に向《むか》う。何も書く事がないくせに、いろんな文字が頭にきらめきわたる。二銭銅貨という題で詩を書く。

青いカビのはえた二銭銅貨よ
牛小舎《ごや》の前でひらった二銭銅貨
大きくて重くてなめると甘い
蛇がまがりくねっている模様

明治三十四年生れの刻印
遠い昔だね
私はまだ生れてもいない。

ああとても倖せな手ざわり
何でも買える触感
うす皮まんじゅうも買える
大きな飴玉が四ツね
灰で磨いてぴかぴか光らせて
歴史のあかを落して
じいっと私は掌《てのひら》に置いて眺める

まるで金貨のようだ
ぴかぴか光る二銭銅貨
文ちんにしてみたり
裸のへその上にのせてみたり
仲良く遊んでくれる二銭銅貨よ。

《解説》

〈書くこと〉で拓かれた「私」の青春

今川英子

以前第一部第二部として出版した放浪記は、昭和四年《ママ》に改造社から出したもので、発禁にならない程度のものを選んだ。長い歳月が過ぎて、第三部放浪記を出版するにあたって無量なものがあるのを禁じ得ない。……私の作品が私の死後残るなどとは思わないけれども、此《この》放浪記だけは、時にふれて誰かの共感を呼ぶに足るものであるとは自信を持っている。だが、私は、自分の死後、私のどの作品をも出版する事はしないであろう。如何なるかたちにおいても私は自分の作品を出す勇気はない。生きているうちに、放浪記の最後まで書いて私の生きているうちに読んで貰いたいのだ。

（『放浪記　第三部』あとがき、昭和二四年一月、留女書店）

林芙美子のデビュー作「放浪記」は、昭和五年七月、改造社の「新鋭文学叢書」の一冊として刊行された。その後改稿、改編を重ね、初出の「女人芸術」連載から二〇年後、再び「日本小説」に連載、それが昭和二四年一月、『放浪記　第三部』として出版され、さらに翌年六月、全三部を収録した『放浪記』(中央公論社)が刊行された。その一年後、芙美子は四七歳で急逝する。「放浪記」は、林芙美子が終生、執着し続けた作品であった。

作家林芙美子の誕生

昭和三年七月、二四歳の芙美子は生田花世《いくたかよ》に連れられて、創刊間もない「女人芸術」の主宰者、長谷川時雨《しぐれ》を訪ねた。この頃の芙美子は、画家修業で長野から東京に来ていた手塚緑敏《りょくびん》とつましい世帯を持ち、売れない詩や童話を書いていた。この時に見せた詩「黍畑《きびばたけ》」が、「女人芸術」二号(昭和三年八月)に掲載される。「ああ二十五の女心の痛みかな」にはじまる詩には、行き場のない二五歳の女の魂の呻《うめ》きが迸《ほとばし》り出ている。

この詩に魅了された時雨の夫三上於菟吉《おときち》の前に次に差し出された原稿が、「歌日記」と題された日記体の散文であった。当時の三上は、大衆作家として円本ブームに乗った時代の寵児であり、その印税を妻時雨が主宰する「女人芸術」に出資していた。これを読んだ三上は、大胆率直で叩きつけるような躍動感漲《みなぎ》る清新な文体に未知の才能を見出し、早速、「女人芸術」への連載を薦めた。サブタイトル「放浪記」は三上が決めた。

こうして「女人芸術」四号(昭和三年一〇月)に、初めて「秋が来たんだ—放浪記」が掲載され、以後「女アパッシュ—放浪記」(昭和五年一〇月)まで、二〇回にわたり断続連載された。

連載の評判は高く、愛読者の女性の一人が「改造」編集者鈴木一意と親しかったことから、鈴木は芙美子に原稿を依頼することになった。鈴木が訪問した時には、着る浴衣さえも売りつくしていて、手拭で膝を覆い赤い水着姿で応対したという。この時の作品が「九州炭坑街放浪記」(「改造」昭和四年一〇月)で、翌五年七月、『放浪記』が「新鋭文学叢書」の一冊として刊行された際に、「放浪記以前―序にかえて」として冒頭に収められた。この初版『放浪記』は、「女人芸術」に連載した一六回のうち一〇回「酒屋の二階」と一五回「旅の古里」を除いた一四回分で、雑誌掲載順ではなく時間軸を考慮した構成となっている。

「新鋭文学叢書」は、定価三〇銭、新四六判、二五〇ページ内外で、井伏鱒二『なつかしき現実』、武田麟太郎『反逆の呂律』、黒島伝治『浮動する地価』、平林たい子『耕地』、窪川いね子(佐多稲子)『研究会挿話』、芹沢光治良『ブルジョア』、堀辰雄『不器用な天使』など、新進作家によるシリーズであった。

『放浪記』がわずか二ヶ月で四〇版を重ねるという好評に支えられ、昭和五年一一月には、『続放浪記』が「第二次新鋭文学叢書」の一冊として刊行された。内容は「女人芸術」連載六篇の他に、新たに七篇が加えられ、エピローグとして詩「黍畑」を含んだ「放浪記以後の認識」を付加したものである。これにより「放浪記」が林芙美子の自伝として読まれる体裁が整った。

原風景としての「放浪」

林芙美子は、戸籍上明治三六年一二月三一日生まれ、林キクの婚外子として届けられた。しかし芙美子は生年を明治三七年と語り、誕生日についても「放浪記」や「一人の生涯」「巴里の日記」では五月生まれと記している。また出生地についても下関市と述べていたが、その後の調査で門司《もじ》市生まれが有力となった。このような出生にまつわる混乱が、芙美子の人間形成やその作品世界に微妙な影響を与えていることは否めない。

実父宮田麻太郎は、愛媛県周桑《しゅうそう》郡出身の行商人で、キクよりも一四歳年下。剛腹《ごうふく》で商才にたけ、下関に日露戦争に因んで「軍人屋」という質物を扱う店を構え成功、のちに本店を石炭で賑わう若松に移した。芙美子はこの父のもとで裕福に暮らしたが、キクとともに入籍はされなかった。芙美子が行商人の娘として各地を転々とするのは、明治四三年旧正月、麻太郎が後に妻になる芸者を同居させたために、キクが二〇歳年下の店員沢井喜三郎と家を出てからである。小学校一年生のうちに長崎の勝山尋常小学校、佐世保の八幡女児尋常小学校、下関と転校。下関の名池尋常小学校では一戸を構えて古着を商っていたが倒産、大正三年、両親は再び行商にでることになり、芙美子は鹿児島市在住のキクの妹や祖母に預けられた。一〇月、鹿児島市山下尋常小学校五年に編入するが、ほとんど通学していない。この頃から大正五年六月、第二尾道《おのみち》尋常小学校五年に編入するまでの二年間の足跡は明らかではない。おそらく「九州炭坑街放浪記」(前出)で描かれる筑豊直方《のおがた》での行商と木賃宿の生活は、この頃を綴ったものであろう。それは後に「私は宿命的に放浪者である」「人生いたるところ木賃宿ばかりの思い出」とくり返す芙美子の原風景でもあった。

尾道での生活は大正五年から一一年四月初旬までである。両親は行商にでており、住まいは貸間を転々として、少なくとも七回は住所が変わっている。小学校の恩師、小林正雄のすすめと指導で市立尾道高等女学校に進学、五番で入ったという。当時の小学校を終えての進学率は九パーセント程度で、高等女学校進学は、芙美子のような環境では稀有なことであった。しかも夜は帆布織物工場でアルバイトをしながらであり、女学校の無理解に耐えながら、ともかくも卒業を果たした。その陰には生涯にわたって物心両面を支えた恩師今井篤三郎がいた。

女学校を卒業した芙美子は、忠海中学校の生徒であった恋愛相手の岡野軍一がすでに明治大学専門部に通っていたことから、すぐに追いかけて上京。大正一一年四月、芙美子の「放浪記」は、ここから始まる。

雑司《ぞうし》ヶ谷《がや》の風呂屋の下足番をふりだしに、様々な職に就きながら岡野の卒業を待つが、岡野は一年後、結婚を家族に反対され故郷で就職してしまう。裏切られた芙美子は東京に残り、職を転々としながら、「放浪記」の原型となる「歌日記」を綴りはじめた。

大正一二年九月、関東大震災、芙美子は難を逃れて一時、尾道に戻るが再び上京。翌年、俳優で詩人の田辺若男と同棲、萩原恭次郎、壺井繁治、高橋新吉、辻潤らのアナーキスト詩人たちと知り合った。しかし田辺には愛人がいたために二、三ヶ月で別れ、のちに詩人の野村吉哉と同棲する。世田谷太子堂の長屋の隣には結婚したばかりの壺井繁治・栄夫妻が住み、近所に住む平林たい子とは、詩や童話を出版社に売り歩いた。野村とは一年余りで別れ、一五年一二月、画学生手塚緑敏と同棲、芙美子の「放浪記」時代は、ここで終わる。

その間、大正一三年七月、友谷静栄と詩誌「二人」を創刊(三号まで)。その後は「文芸戦線」などに詩を発表していたが、昭和四年、念願の第一詩集『蒼馬を見たり』を南宋書院から出版する。辻潤が序文で、「あなたは詩をからだ全体で書いています。……あなたの詩には少しもこせついたところがなく、女らしいヒガミもなく、貧乏ではつらつとしているところがある」と述べているように、芙美子の詩は、思いのたけを体当たりでぶつけたような躍動感と率直さ、大胆さが特徴である。それは、周囲のダダイストやアナーキスト詩人たちとは一線を画するものでもあった。彼らとの交流によって芙美子の資質は開放されたが、芙美子の詩はイデオロギーや観念に影響されるような脆弱なものではなく、真実、どん底の生活から迸り出た叫びであり、ひとりの女の情念の直截な奔出であった。そしてそれは、「放浪記」の世界そのものでもあった。

「私」の生きた時代

『放浪記』の刊行後、印税で中国を旅し、昭和六年一月、初めて小説の体《てい》をなした新聞小説「春浅譜」を連載、芙美子自身はのちに失敗作であったと語った。四月、「改造」に発表の尾道の少女時代に材をとった「風琴と魚の町」は好評で迎えられた。さらに、一一月発表の夫緑敏との新婚生活をモデルにした「清貧の書」は高い評価を得た。これら自伝小説からの脱却を求める思い、またパリへの憧れから、同年一一月、半年間の欧州への旅に出る。

帰国後、昭和八年五月、『放浪記・続放浪記』として改造社文庫版が刊行され、合わせて六〇万部を超えるベストセラーとなった。この数字は驚異的で、このような広範な読者の獲得の背景には、第一次世界大戦後の不況の慢性化と女性の社会進出があった。

金融恐慌によって農民や労働者の生活は極度に逼迫《ひっぱく》、各地で工場ストライキや小作争議が起きていた。地方からは多くの若者たちが職を求めて上京したが、都会には失業者が溢れ、「大学は出たけれど」(小津安二郎監督の映画のタイトル)という言葉が流行した。

一方では職業婦人という言葉が使われはじめ、女性が各方面に進出していった時代でもあった。もちろん、この背景には女子教育の普及がある。高等女学校令が公布された明治三二年には三七校であった女学校が、四〇年には一三三校、大正一一年、芙美子が尾道高等女学校を卒業する頃には四六〇校にまで増えている。それでも実科女学校や各種学校を含めて全体にみる進学率は大正一四年で九・六パーセント程度であり、このうち就職する女性は五パーセントに過ぎなかった。しかも地方では職業が限られていたために、働く意欲のある娘たちは東京に出てきた。親元を離れて自活するためにはある程度の収入が必要で、そのためには高学歴でなければならず、したがって地方出身者には高女卒が多かった。「放浪記」の「私」もこの中の一人である。ちなみにこの頃の収入は、工場労働者(女工)が日給三〇銭、毎日働いて月九円、事務職では、教師が月給六七円、タイピスト四〇円、事務員三二円、交換手三六円前後である(村上信彦『大正期の職業婦人』一九八三年、ドメス出版による)。

「放浪記」の「私」は女学校卒の学歴であるが、不況による就職難のため事務職に就けるのは稀である。五年間に、女中、仲居、露天商、女工、派出婦、事務員、店員、内職、新聞記者、女給と転々とする。職業に対する貴賤感覚はなく、ひたすら食べるためにあらゆる職業を放浪する。これらの中で、最も手っ取り早い職業が女給であった。「私」は抵抗感も深刻な零落意識もなく女給になる。昭和四年の女給人口は五万人(それ以前の警察統計報告には「女給」の項目はない)であったが、五年後には一一万人近くに倍増している。『放浪記』が一面では女給小説として読まれた所以《ゆえん》でもある。しかし単なる女給小説に堕することなく、青春小説として長く読み継がれてきたその魅力はどこにあるのか。

それは、一つは「私」が、複雑な生い立ちや逆境ともいえる境遇にありながら、決してくじけることなく、艱難辛苦を明るく笑い飛ばし、意気軒昂にたくましくしたたかに生きていることであり、もう一つは「書く」ことによって作家となっていく成長物語でもあるからであろう。芙美子はのちにこのように語っている。

放浪記を書いた始めの気持ちは、何か書くという事が、一種の心の避難所のようなもので、書く事に慰められていた。私は、此《この》当時は、転々と職業を替えていたし、働く忙《せ》わしさでいっぱいであったから、机の前に坐って、ゆっくりものを書く時間はなかった。……作家になるなぞとは思いもよらない事だったが、とりとめもない心の独白を書いているうちに、私は次々に書きたい思いにかられ、書いている時が、私の賑やかな時間であった。男に捨てられた事も忘れたし、金のない事も、飢えている事も忘れた。二日位食べなくても、私は到って健康であった。

（『放浪記Ⅱ　林芙美子文庫』あとがき）

他国者と一緒になったという理由で故郷から追放された母は、「私」の実父とも別れて二〇歳年下の「小心」で「山ッ気」のある男と一緒になった。この養父と母とともに「木賃宿ばかり」の流浪の生活を送る「私」は、親の代からのアウトサイダーで、「宿命的」な放浪者であった。それは一面では、前近代的な家制度や封建的な女の生き方から解放されていたということでもある。すでに世間の道徳的規範から逸脱している母からは、家庭や家族の中で生きる日本の伝統的な女の幸せや良妻賢母的な生き方を、教えられることも強いられることもなかった。それは同時期に発表された宮本百合子の「伸子」や野上弥生子の「真知子」の主人公が、近代的な理知的な女性としての自己を生きるために、時代や男たちと、あるいは前近代的な封建思想を無意識に内面化してしまっている内なる自分と、闘う物語として描かれていることとは対極にあった。「私」は、自己実現を阻むような女の生き方の枷《かせ》はかけられず、奔放自由に生きることが許され、自分だけの歌をうたうことができたのである。もちろん、そこには経済的自立が根本にあることを忘れてはならない。男との同棲は対等な関係であり、男に頼ろうとか、庇護されようとか微塵《みじん》も考えず、どこまでも独りで飢えに耐えて生きた。それは世間的常識の枠組みを超えた孤立無援の生き方でもあったが、唯一の支えであり同志でありえたのが「母」の存在であった。

「私」と母は、筑豊の炭坑街を二人で行商しなければならなかった時代から、密接な共生関係を培ってきたが、それは「私」が成長してからもますます堅固なものとして結ばれていった。「どんなに私の思想の入れられないカクメイが来ようとも、千万人の人が私に矢をむけようとも、私は母の思想に生きるのです。……私のゼッタイのものが母」(『放浪記』)と、「私」は男に裏切られるたびに、都会の底辺で貧しい生活に打ちひしがれるたびに、母を求める。この関係に芙美子と母親キクのそれが投影されていることはいうまでもない。「何ものにもまして、私は母を強く愛してきた。母は私のお守りのようなものだと思っている。……私の「放浪記」は、別れている母へ送る手紙のようなものだと云えるであろう」(『決定版　放浪記』あとがき)と、芙美子は述べている。「放浪記」時代の芙美子母娘を知っている平林たい子は次のように記している。

……彼女とお母さんとは、愛情というよりももっと強い粘着力で密着し合っていた。それが母子の情の一とおりを越えて、一つの体と心を半分ずつ分け合ったシャム双生児のように血の通ったものに見えた。……とても親子の情といったなま温いものではない。その執着のしかたも、男性のそれに対してよりも、命懸けだとさえいえた。

(『林芙美子』昭和四四年七月、新潮社)

それは例えば同時代を生きた宮本百合子が、高い教養と知性に恵まれた強烈な個性を持った母親に強い肉親愛を持ちながら、超えるべき対象として厳しい批判の眼を向けていったことと対照的であった。「私」の前には、立ち塞がる壁も、超えるべき障害もなく、ひたすら文学に向かって天真爛漫に大胆不敵に向かうことができたのである。

しかし一方で、プロレタリア文学陣営の批評家から、作品に志や思想が欠けていることを理由に、「ルンペン的作品」「プロレタリア文学としては第二位」と評される。これに対し芙美子は、「私はプロレタリア文学というものに反抗をさえ持っている。ましてプロレタリア文学として旗をあげた事はない。……自分で産んで苦しんだところの思想こそ誰にも売り渡していない私自身の貞操だ」(「私の地平線」)と反論、「私の通って来た、貧しい世界を、郷愁を持った筆で、真面目に書いて行きたい」(同)と述べた。

改稿Ⅰ

『放浪記』によって芙美子は、一躍流行作家の仲間入りを果たしたが、昭和一〇年九月発表の「牡蠣」(「中央公論」)の成功は、その地位を不動のものとした。

昭和一二年六月からは、早くも『林芙美子選集』全七巻が改造社から刊行され、その第一回配本は、「第五巻　放浪記」であった。この時から、各章題は全て削除され(本書では、もとの章題の箇所に◇印をおいた)、正・続の区別が取り去られ、エピローグの「放浪記以後の認識」の後には、新たに、「追い書き」(「小さき境地」(昭和八年七月)と題して発表されていた随筆)が付け加えられた。芙美子三三歳、同書「あとがき」には次のように記している。

……私はこの放浪記をみるのが辛くて、暫く絶版にしておきました。……放浪記を、こんどこそはじめから書きなおしてみるつもりでしたけれど、読みかえしているうちに、噴出している文字の力は、これはこれなりに尊いものであり、生活の安定している現在の私が、変な風に手を加えてはいけないと思い、私は、この放浪記には、あまり手を入れませんでした。

しかし、実はこの時点でかなりの改稿が行われている。振り仮名がほとんどなくなり、文が追い込まれて改行が激減する。また極端な言い回しや、不必要と思われるオノマトペ（擬声語・擬態語）が削除されて、文章が整えられている。

「放浪記」の内容は、一章ごとは、ある程度の物語的な時間の流れや登場人物の統一はあるものの、いくつもの章がコラージュされた構成で、日記の基本的性格である時間軸に沿った配列には一貫性を欠いている。地方から上京してきた若い女性のサクセスストーリーとして読むほどには物語化されてもいない。また『放浪記』『続放浪記』は、それぞれ同じ「歌日記」から任意に抜き出したものから成立しているため、各部の全体の時間はくり返しになっている（のちの『放浪記　第三部』も同様）。

初刊本の文章形態は、句切れや体言止めが多く、直喩やオノマトペ、俗語、カタカナ表記、具体的具象的名詞の多用が目立ち、平易で直截な表現に特徴がみられた。また、センテンスごとに改行、余白をとっているために、日記の一日分が一つの散文詩の様相を呈していたともいえる。このような形式については、芙美子自身は「その当時の私は野性そのままで、文字を書くという事も、技巧やスタイルなぞは何も考えないのだ。泣きたい時、苦しい時、何処かへ飛んで行きたい時の気持ちを率直に披瀝する事が、せいいっぱいの私の文学であった」(『放浪記Ⅱ　林芙美子文庫』あとがき)と述べている。たしかに「歌日記」を書いた芙美子は、貧窮のどん底を這いまわる日々にあって、カフェのスタンドの陰で、あるいは台所のお櫃《ひつ》を机代わりに、時には下宿のささくれだった畳に腹ばいになって、その時々の己の発露としての叫びを、文字に連ねていくことだけで精一杯の暮らしであった。またそれは、逼迫した生活の中で芙美子自身の内部から迸るように吐き出された一回限りの肉声ともいうべきもので、自己のアイデンティティの証明でもあり、〈書くこと〉が〈生きること〉であった。それは読み手を意識しない、だからこそ媚《こび》をなさない自己の赤裸々な告白であったはずだ。しかしひとたび読者の存在を意識するや、文章に操作が加えられ、虚構化され物語化される。書き手の芙美子は、「日記」の持つ事実性とそれへの信頼性を最大限に利用して「芙美子」を仮構した。初刊本『放浪記』の「芙美子」はすでに実在の芙美子ではない。しかし読者は書き手の思惑通りに「放浪記」を、事実の日記として捉えノンフィクションとして読んだ。文章としては粗削りではあったが、思いのたけをぶつけた野放図な言葉の羅列はリズム感に充ち、書くことによってかろうじて踏みとどまっている若い女のぎりぎりの叫びは、新鮮な迫力と感動を与えた。

ところが思いがけず『放浪記』がベストセラーになり、小説家としての地位を確立していくにつれ、『放浪記』の「芙美子」と現実の芙美子との乖離《かいり》は徐々に拡がっていった。

世間は『放浪記』の芙美子が出世したと見た。流行作家の芙美子は、あくまでも「放浪記」の芙美子の延長上でなくてはならなかった。実名を用い、事実を記すという「日記」に備わる効果を最大限に利用したはずであったが、逆にそのことによって現実の芙美子は復讐されることになった。

芙美子と云う名前は少々わたしには苦手になって来た。甘くて根気がなくて淋しがりやで、私は一度、此名前《このなまえ》を此世の中からなくしてしまいたいと考えている。道を歩いている時、雑誌のポスターの中に、「林芙美子」と云う文字を見出す。いったい芙美子とは誰なのだろうかと考える。（『林芙美子選集　第五巻　放浪記』追い書き）

今や、自他共に小説家としての地位を認められた芙美子にとって、いつまでも「放浪記」の芙美子と評されることは心外であった。さらに彫琢を経ない粗野な表現、稚拙な文体が代表作として残ることにも耐えられなくなってきた。「芙美子」の『放浪記』を、「私」の『放浪記』として再び仮構するために、一度は文章を整える程度にとどめるのであるが、結局、『決定版』において徹底的に改稿するのである。

『選集』が昭和一二年一二月に刊行を終え、翌年七月からは、『林芙美子長篇小説集』全八巻（中央公論社）の刊行が始まる。この矢継ぎ早の各社からの出版は、当時、いかに芙美子が読まれていたかを物語っている。そして一四年一一月、『決定版 放浪記』（新潮社）が出版される。同書「はしがき」に、「『放浪記』は、幼い文字で、若い私の生活を物語っている作品だけれども、私はこれを私の作品の代表的なものにされているのは、いまは不服な気持である。……今度決定版として出版するにあたり、不満だった処を思いきり私は書きなおしてみた」と記すように、徹底的に加筆、削除、訂正による改稿が施される。

その一例を挙げてみよう。

初刊本「濁り酒」（章題が削除された『選集 第五巻』は振り仮名と改行が激減するが、ほぼ同様）

夜霧《よぎり》が白《しろ》い白《しろ》い。電信柱《でんしんばしら》の細《ほそ》っこい姿《すがた》が針《はり》のように影《かげ》を引《ひ》いて、のれんの外《そと》にたって、ゴウゴウ走《はし》って行《ゆ》く電車《でんしゃ》を見《み》ていると、なぜかうらやましくなって鼻《はな》の中《なか》がジンと熱《あつ》くなる。／蓄音器《ちくおんき》のこわれたゼンマイは、昨日《きのう》もかっぽれ今日《きょう》もかっぽれだ。／生《い》きる事《こと》が実際退屈《じっさいたいくつ》になった。／こんな処《ところ》で働《はた》いていると、荒《す》さんで、荒《す》さんで、私《わたし》は万引《まんびき》でもしたくなる。女馬賊《おんなばぞく》にでもなりたくなる。／インバイにでもなりたくなる。

若《わか》い姉《ねえ》さんなぜ泣《な》くの／薄情男《はくじょうおとこ》が恋《こいママ》しいの……

誰《だれ》も彼《かれ》も、誰《だれ》も彼《かれ》も、ワッハ！　ワッハ！　ああ地球《ちきゅう》よパンパンと真《ま》二つになれッ、私《わたし》を嘲笑《あざわら》っている顔《かお》が幾《いく》つもうようよしている。

決定版（章題なし、「濁り酒」の部分）

……夜霧が白い。電信柱の細いかげが針のような影を引いている。のれんの外に出て、走って行く電車を見ていると、なぜか電車に乗っているひとがうらやましくなってきて鼻の中が熱くなった。生きる事が実際退屈になった。こんな処で働いていると、荒《す》さんで、荒さんで、私は万引でもしたくなる。女馬賊にでもなりたくなる。

若い姉さんなぜ泣くの／薄情男が恋しいの……。

誰も彼も、誰も彼も、私を笑っている。

右のように、卑語、俗語が影を潜め、矛盾する語や支離滅裂と思われる表現は削除されて、論理的ともいえる文章に整えられている。この他にも「××」の伏せ字が少なくなり、「お母さん」が「母」に、「お父つぁん」が「お父さん」に書き替えられる。そして何よりも大きな改稿は、『決定版』において、「芙美ちゃん」「お芙美さん」「芙美子様」「フミコ」の大部分の実名が削除されたことである（「林さん」は残る）。これによって「私」の物語としての日記体小説への完成度は高まったが、行間から立ち上ってくる「芙美子」という八方破れのしたたかな女の強烈な熱気や体臭は半減することとなった。

戦後と第三部

この後、昭和一六年二月、新日本文学全集第一一巻（改造社）『林芙美子集』にも収められるが、文壇統制が厳しくなり、『放浪記』は発行禁止を受けることになる。

そして戦後、昭和二一年一〇月、『放浪記 前篇』（改造社）が出版され、続いて一二月には『続放浪記』が出る（いずれも改造社の初刊本の復刻だが、章題は削除）。

昭和二二年四月には万里閣の『林芙美子選集』に「放浪記」が収録され、九月には板垣直子の解説付きで一冊本として新潮文庫に収められた（『決定版』と同一）。さらに同年五月、「日本小説」創刊号に「肺が歌う―放浪記 第三部」が掲載され、一二回の断続連載後、二四年一月、『放浪記 第三部』（留女書店）として出版されることになる。

敗戦直後の「放浪記」の再刊について、芙美子は次のように語っていた。

「放浪記」は、云わば私の作品としては処女作のようなものですけれど、いま読んでみると、自分のものとしては非常に苦しいもので、何時の場合でも、放浪記は私にとって暗い影のようなものに思えます。……私の青春の嘔吐を見るような淋しいものを感じないではいられません。……昭和二十一年五月　（『林芙美子選集』自作に就て）

ところが敗戦によって夫や親兄弟を失い、貧窮の底で絶望的にならざるを得ない人々に、

「放浪記」は再び圧倒的な共感をもって迎えられ、版を重ねたのである。

「放浪記」を「青春の嘔吐」と語った芙美子であったが、わずかその二ヶ月後には、「真実をうったえたものがいけない筈はないと云うよろこびを知りました」「捨て身の「放浪記」時代の心に戻り」「人の心にふれてゆく作品を書きたい」(『放浪記』あとがき)と、再び「黄いろくなり、文字も消えかけて、……全く判読するにむずかしいほどぼろぼろになっている」(『放浪記Ⅱ　林芙美子文庫』あとがき)原稿を取り出し、「第三部」にとりかかる。戦後の混乱期を自棄や絶望にならず必死に生きる人々に向けて書かれたそれは、作家として功成り名遂げた「林芙美子」のサクセスストーリーとして、私小説的に描かれた。

『決定版』において可能な限り削除した実名が、『第三部』では検閲からの解放も相俟ってフルネームで登場する。それは「林芙美子」のみでなく、「夫」「男」が「野村吉哉」と実名で書かれ、南天堂に集まる詩人たちも、高橋新吉、岡本潤、壺井繁治、萩原恭次郎、辻潤、片岡鉄平等々。「私」が小説や童話の原稿を持って行っては返される出版社や新聞社も具体的に明記される。瀧山町の朝日新聞社、動坂の講談社、小石川の博文館、萬朝報、時事新報、少女画報等々。さらに詩誌「二人」や詩集『蒼馬を見たり』、小説「風琴と魚の町」など初期の作品の生成の様子が具体的に描かれる。

その結果、初刊本『放浪記』『続放浪記』では、文脈の飛躍と流露感に芙美子独特の詩情が溢れ、言葉そのものが生々しく生彩を放っていたのに比して、説明的に語られることによってかつての迫力を失うことになる。ここには、あの不如意と屈辱への鬱屈した呻きや、血しぶきをあげんばかりの凄まじい女の叫びはもう聞こえてこない。しかし一方で、作家として成熟した芙美子の冷徹な眼差しに裏打ちされた「私」の物語は、たくましく生き抜く普遍的な女の骨太の物語として、戦後を生きる不幸な女たちを確実に励まし、勇気づけていったのである。

昭和二四年二月、刊行中の『林芙美子文庫』(新潮社)に、『放浪記Ⅰ』(『決定版』と同一であるが、初めて「第一部」「第二部」と明記)が、一二月には、『放浪記Ⅱ』(第三部と「巴里の日記」)が収められる。後者には、留女書店版には掲載されなかった「新伊勢物語」(「日本小説」昭和二三年一〇月)と、のちに続く未発表部分も付加された。

こうして「一部」「二部」「三部」が揃い、昭和二五年六月に刊行された『放浪記』(中央公論社)に全三部が収録される。芙美子が終生をかけて取り組んだ「放浪記」がここにようやく完成したのである。本書はこれを底本とした。

時代や制度にからめとられない清新な感性と居直りにも似たしたたかさによって、飢えや貧困をはじきとばし、潑溂とたくましく生きた「私」の青春は、今も古びることなく時代を超えて私たちを魅了するのである。

林芙美子略年譜

一九〇三(明治三六) 〇歳　一二月三一日(戸籍上)、福岡県門司《もじ》市(現・北九州市門司区)大字小森江で、林キクの婚外子として生まれた(下関生誕説もあり)。本名フミコ。父の認知はなく、鹿児島郡東桜島村古里の林久吉(キクの弟)の姪として入籍。実父宮田麻太郎は愛媛県周桑郡(現・西条市)出身の行商人。桜島の古里温泉で久吉の営む温泉宿を手伝うキクと結ばれ、ともに各地を行商、芙美子出生の頃には門司にいた。

一九〇四(明治三七) 一歳　宮田は商才にたけ、下関で、「軍人屋」という質物を扱う店を構えた。三年後には石炭景気で賑わう若松市(現・北九州市若松区)本町に店を移し、長崎、佐世保、熊本にも支店を出す繁昌ぶりであった。

一九一〇(明治四三) 七歳　一月、宮田が芸者を家に入れたため、キクは芙美子を連れ、店員の沢井喜三郎とともに家を出て、長崎へ移った。沢井は岡山県児島郡の出身でキクより二〇歳年下。四月、長崎市勝山尋常小学校入学、一一月、佐世保市八幡女児尋常小学校に転校。

一九一一(明治四四) 八歳　一月、下関市名池尋常小学校へ転入。沢井は下関市関後地村で古着商を営み、生活は安定していた。

一九一四(大正三) 一一歳　沢井の店が倒産。両親が行商に出るため芙美子は鹿児島のキクの妹や祖母に預けられ、一〇月、鹿児島市山下尋常小学校五年に編入。芙美子の行跡はこの後一九一六年頃まで明らかではない。その間は養父沢井、母キクの行商に従って九州各地や筑豊の直方《のおがた》を中心とした炭坑街を転々としていたと思われる。

一九一六（大正五）一三歳　五月、一家は広島県尾道《おのみち》市に転居。六月、第二尾道尋常小学校五年に編入。

一九一七（大正六）一四歳　教師小林正雄が芙美子の文学や絵の才能を見出し、女学校進学をすすめ受験指導をする。因島《いんのしま》から忠海中学校に通学していた岡野軍一と親しくなる。岡野は『放浪記』の「島の男」のモデル。

一九一八（大正七）一五歳　四月、尾道市立高等女学校に入学。夜は帆布工場で、夏休みには手伝いとして働く。読書に熱中、国語教師森要人に文才を認められた。

一九一九（大正八）一六歳　国語教師今井篤三郎が赴任、芙美子の文才を育み生涯にわたり面倒をみる。校友会誌「真多満」に作文が載る。翌年夏、直方に行き、実父に会う。

一九二一（大正一〇）一八歳　秋沼陽子の筆名で「山陽日日新聞」「備後時事新聞」に短歌や詩が掲載される。五月、実父麻太郎の父の葬儀のため愛媛県周桑郡吉岡村新町を訪ねる。

一九二二（大正一一）一九歳　三月、県立尾道高等女学校卒業。四月、明治大学に通う岡野を頼り上京。小石川区雑司《ぞうし》ケ谷《がや》に住む。風呂屋の下足番や帯封書き、株屋の事務員などの職に就く。両親上京、道玄坂や神楽坂《かぐらざか》に露店を出す。

一九二三（大正一二）二〇歳　三月、大学を卒業した岡野は婚約を解消し、郷里因島に帰る。芙美子は不景気の中、東京に残り職を転々とする。九月、関東大震災で罹災。灘の酒荷船に便乗して大阪まで行き、尾道に帰る。再び上京、この頃から「歌日記」と題する日記を書きはじめ、これが後の『放浪記』の原型となる。

一九二四（大正一三）二一歳　三月、詩人で俳優の田辺若男と同棲、本郷区東片町南天堂書房二階に集まっていたアナーキスト詩人、萩原恭次郎、壺井繁治、岡本潤、高橋新吉、神戸雄一、辻潤、野村吉哉、平林たい子らを知る。七月、友谷静栄とリーフレット型の詩誌「二人」を神戸の援助により創刊。八月、「文芸戦線」に詩「女工の唄へる」を発表。この頃、宇野浩二に小説作法を教えられ、徳田秋声には金銭の援助を受けた。一二月、詩人野村吉哉と同棲。

一九二五（大正一四）二二歳　四月、野村吉哉と現・世田谷区太子堂の二軒長屋に住む。隣には壺井繁治・栄夫婦が住み、付近には平林たい子・飯田徳太郎が同棲、黒島伝治や前田河広一郎らもいた。たい子とともに詩、童話を売り込みに歩く。詩やコラム、童話が、「太平洋詩人」「女性詩人」「若草」「日本詩人」「少年少女美談」に載る。世田谷瀬田に移る。

一九二六（大正一五）二三歳　一月末、野村と別れ、新宿のカフェーの住み込み女給となる。一二月、本郷区追分町のたい子の下宿に同居、後、下谷《したや》茅町《かやちょう》に住む。詩が、「東京朝日新聞」「現代文芸」「マヴォ」「世界詩人」「文章倶楽部」等に、童話が、「少女号」や「少年少女美談」に掲載される。一二月、本郷区駒込蓬萊町に下宿していた洋画を勉強中の手塚緑敏《りょくびん》と同棲。緑敏は一九〇二年生まれ。長野県下高井郡平岡村の養蚕農家の次男。

一九二七（昭和二）二四歳　一月、現・杉並区高円寺の西武軌道車庫裏に転居。五月、現・杉

並区妙法寺境内に移る。「清貧の書」はこの頃の生活をモデルにしている。

一九二八（昭和三）二五歳　七月、緑敏とともに戸隠に滞在。八月、「女人芸術」二号に詩「黍《きび》畑《ばたけ》」を発表。一〇月、三上於菟吉の推薦で同誌に発表した「秋が来たんだ―放浪記」が好評を得て、一九三〇年一〇月まで断続連載。詩を「文芸戦線」に発表。短編が「東京朝日新聞」に掲載される。

一九二九（昭和四）二六歳　六月、松下文子の援助により第一詩集『蒼馬を見たり』（南宋書院）刊行。雑誌社から原稿依頼が来はじめ、一〇月、「九州炭坑街放浪記」（「改造」）を発表。

一九三〇（昭和五）二七歳　一月、婦人毎日新聞主催「婦人文化講演会」で生田花世、北村かね子、望月百合子らと台湾旅行。五月、豊多摩郡落合町上落合（現・新宿区上落合）に転居。七月、『放浪記』（新鋭文学叢書・改造社）刊行、ベストセラーとなる。八月から九月、満州、中国を旅行。途中、上海で内山完造の紹介で魯迅と会う。一一月、『続放浪記』（第二次新鋭文学叢書・同）刊行。

一九三一（昭和六）二八歳　一月から「春浅譜」（「東京朝日新聞」夕刊五日～二月二五日）連載。四月、「風琴と魚の町」（「改造」）発表。流行作家として多忙になる。一一月、「清貧の書」（「改造」）発表。同月、シベリヤ経由で渡欧。パリに滞在し、芝居、オペラ、音楽会、美術館に通う一方、原稿を日本に送り生活費を得た。また、国際大学都市日本館（薩摩屋敷）に滞在していた考古学者森本六爾、仏教学者田島隆純らの留学生と親しくした。

一九三二（昭和七）二九歳　一月末からロンドンに一ヶ月滞在。大阪毎日新聞特派員楠山義太郎と親しくする。二月末、再びパリに戻り、ホテル・フロリドールやダゲール二二番地に滞在。読売新聞特派員の松尾邦之助、留学生の渡辺一夫、今泉篤男、大屋久寿雄らと交友。仏語の語学学校にも通う。四月、パリに来ていたベルリン大学の留学生白井晟一に恋をする。円の大暴落のため経済的には苦しく、五月、改造社社長山本実彦から旅費を借りて帰途につく。途中、上海で魯迅を訪ね、六月一六日帰国。八月、淀橋区下落合の和洋式洋館に転居。

一九三三(昭和八)三〇歳　三月、『わたしの落書』(啓松堂)、五月、『清貧の書』(改造社)、『三等旅行記』(改造社)、八月、第二詩集『面影』(文学クオタリイ社)刊行。九月、共産党への資金寄付の疑いで中野警察署に九日間留置される。一一月、養父沢井喜三郎死去。母と同居。

一九三四(昭和九)三一歳　三月、『厨女雑記』(岡倉書房)、四月、『散文家の日記』(改造社)刊行。五月、北海道、樺太《からふと》へ旅行、旭川の松下文子を訪ねる。八月、『旅だより』(改造社)刊行。九月、読売新聞社主催の文士によるリレー飛行(青森・札幌・能代)に参加。この頃から油絵を描きはじめる。

一九三五(昭和一〇)三二歳　二月、『泣虫小僧』(改造社)、『人形聖書』(麗日社)刊行。五月、「放浪記」が映画化。八月、「文学的自叙伝」(「新潮」)発表。九月、『牡蠣』(改造社)刊行。一一月、『牡蠣』出版記念会に宇野浩二、佐藤春夫、長谷川時雨、吉屋信子、窪川稲子らが出席。

一九三六(昭和一一)三三歳　三月、『野麦の唄』(中央公論社)、四月、『文学的断章』(河出書房)刊行。五月、来日したジャン・コクトーに会う。九月、毎日新聞社主催〈国立公園早廻り競争〉に参加、途中実父と会う。一〇月、満州、中国に遊び、緑敏と合流。一一月、『愛情』

（改造社）、一二月、『稲妻』（有光社）刊行。この頃から連載、執筆依頼や単行本刊行が増える。

一九三七（昭和一二）三四歳 一月、『女の日記』（第一書房）、四月、『田舎がえり』（改造社）刊行。六月から『林芙美子選集』全七巻（改造社）刊行。八月、天草旅行。一〇月、『花の位置』（竹村書房）、『紅葉の懺悔』（版画荘）刊行。一一月、緑敏応召。一二月、南京陥落に際し、毎日新聞特派員「女流の一番乗り」として南京光華門に立った。

一九三八（昭和一三）三五歳 一月、帰国。三月、『氷河』（竹村書房）刊行。五月、「泣虫小僧」が映画化。七月、『林芙美子長篇小説集』全八巻（中央公論社）刊行はじまる。九月、内閣情報部による「ペン部隊」の一員として上海に向けて発ち、一〇月二七日、漢口陥落に従軍作家として一番乗りを果たした。帰国後、全国を報告講演。一二月、『戦線』（朝日新聞社）刊行。

一九三九（昭和一四）三六歳 一月、『北岸部隊』（中央公論社）、『生活詩集』（六芸社）、七月、『波濤』（朝日新聞社）刊行。同月、緑敏除隊。一一月、『決定版 放浪記』（新潮社）刊行。一二月、下落合四丁目（現・新宿区中井、林芙美子記念館）の家屋新築工事に着手。

一九四〇（昭和一五）三七歳 一月、北満州を旅行。同月、『一人の生涯』（創元社）、三月、『青春』（実業之日本社）、四月、『悪闘』（中央公論社）刊行。五月、文芸銃後運動講演で東海、近畿へ。八月、『女優記』（新潮社）刊行。一二月、小林秀雄らと朝鮮に講演旅行。『七つの燈』（むらさき出版部）、『魚介』（改造社）、『随筆』（秩父書房）刊行。

一九四一（昭和一六）三八歳 一月、『十年間』（新潮社）刊行。五月から六月にかけて、「婦人公論」の「扁舟紀行」取材のため四国一周旅行。七月、『啓吉の学校』（紀元社）刊行。八月、新居に移る。九月、大佛次郎、佐多稲子らと朝日新聞社の満州国戦地訪問に参加。一二月、『川歌』(新潮社)刊行。文壇統制が厳しくなり『放浪記』『泣虫小僧』『女優記』など発売禁止。

一九四二(昭和一七)三九歳　四月、江田島の海軍兵学校見学。八月、文芸銃後運動講演会で北海道に赴く。一〇月、陸軍報道部の徴用に応じ、南方視察に出発。シンガポール、ジャワ、スマトラなどに滞在。南方から寄稿した原稿は詩や随筆などで数少ない。

一九四三(昭和一八)四〇歳　五月、帰国。各地で報告講演。一二月、生後間もない男児を養子とし、泰《たい》と名付ける。

一九四四(昭和一九)四一歳　三月、緑敏と泰を林家に入籍。四月、信州上林温泉、八月、角間温泉へ疎開。疎開中は農耕、読書のほか、童話を書き、泰の乳のために山羊を飼った。

一九四五(昭和二〇)四二歳　八月一五日終戦。一〇月、疎開先から帰京。

一九四六(昭和二一)四三歳　ジャーナリズムの復活に伴い旺盛な執筆活動を再開。一月、「吹雪」(「人間」)、二月「雨」(「新潮」)発表。四月、『女の日記』(八雲書店)、八月、『旅情の海』(新潮社)等々、戦前の作品も次々に単行本化される。

一九四七(昭和二二)四四歳　一月、「河沙魚《かわはぜ》」(「人間」)発表。五月から「放浪記 第三部」(「日本小説」～一九四八年一〇月)、八月から「うず潮」(「毎日新聞」一日～一一月二四日)連載がはじまる。毎月のように単行本が刊行される。

一九四八(昭和二三)四五歳　熱海の「桃山荘」での滞在執筆が増える。二月、『うず潮』(新潮社)刊行。一一月、「晩菊」(「別冊文芸春秋」)発表。翌年、女流文学者賞を受賞する。一二月から『林芙美子文庫』全一〇巻(新潮社)刊行。この年も多くの短編を各方面に書き、多数の単行本が刊行された。

一九四九(昭和二四) 四六歳　一月、『放浪記 第三部』(留女書店)刊行。同月より、「茶色の目」(「婦人朝日」～一九五〇年九月)、「槿花」(「中部日本新聞」一八日～六月二二日)を連載。二月、「骨」(「中央公論」)、「水仙」(「小説新潮」)発表。単行本も続々と刊行。一一月から「浮雲」(「風雪」～一九五〇年八月、「文学界」一九五〇年九月～五一年四月)連載。

一九五〇(昭和二五) 四七歳　一月、「夜猿」(「改造」)発表。四月、泰が学習院初等科に入学。同月から五月にかけて「主婦の友」特派員として屋久島に赴く。途中、天草岡野屋泊。六月、全部三部収録の『放浪記』(中央公論社)、一一月、『茶色の眼』(朝日新聞社)、一二月、『新淀君』(読売新聞社)、『あはれ人妻』(六興出版社)刊行。この頃から心臓弁膜症が悪化、医者から静養を言い渡される。

一九五一(昭和二六)　一月から「漣波」(「中央公論」～七月)、「女家族」(「婦人公論」～八月)、「真珠母」(「主婦の友」～八月)、四月から「めし」(「朝日新聞」一日～七月六日)連載。同月、『浮雲』(六興出版社)刊行。六月二七日、「主婦之友」企画取材のため、銀座、深川で食事したあと帰宅、就床後まもなく苦悶しはじめ、翌二八日午前一時頃永眠。死因は心臓麻痺。七月一日、川端康成が葬儀委員長となり自宅にて告別式。戒名「純徳院芙蓉清美大姉」。墓所は中野区上高田の万昌院功運寺。

(作成＝今川英子)

〔編集付記〕

一、本書は、『林芙美子全集』(一九七七年、文泉堂出版)を底本とした。
一、明らかな誤記、誤植と思われる箇所については、既刊の諸本と校合のうえ、適宜訂正した。
一、本文中に、今日からみれば不適切と思われる表現があるが、原文の歴史性を考慮してそのままとした。
一、次頁の要領に従って表記替えをおこなった。

岩波文庫(緑帯)の表記について

近代日本文学の鑑賞が若い読者にとって少しでも容易となるよう、旧字・旧仮名で書かれた作品の表記の現代化をはかった。そのさい、原文の趣をできるだけ損なうことがないように配慮しながら、次の方針にのっとって表記がえをおこなった。

(一) 旧仮名づかいを現代仮名づかいに改める。ただし、原文が文語文であるときは旧仮名づかいのままとする。

(二) 「常用漢字表」に掲げられている漢字は新字体に改める。

(三) 漢字語のうち代名詞・副詞・接続詞など、使用頻度の高いものを一定の枠内で平仮名に改める。

(四) 平仮名を漢字に、あるいは漢字を別の漢字にかえることは、原則としておこなわない。

(五) 振り仮名を次のように使用する。

(イ) 読みにくい語、読み誤りやすい語には現代仮名づかいで振り仮名を付す。

(ロ) 送り仮名は原文どおりとし、その過不足は振り仮名によって処理する。

例、明に → 明《あきらか》に

(岩波文庫編集部)

放《ほう》浪《ろう》記《き》

2014年3月14日　第1刷発行
2023年6月26日　第5刷発行

作　者　林《はやし》芙美子《ふみこ》

発行者　坂本政謙

発行所　株式会社　岩波書店
〒101-8002 東京都千代田区一ツ橋2-5-5

案内 03-5210-4000　営業部 03-5210-4111
文庫編集部 03-5210-4051
https://www.iwanami.co.jp/

印刷・精興社　製本・松岳社

ISBN 978-4-00-311693-7　　Printed in Japan

読書子に寄す

――岩波文庫発刊に際して――

岩波茂雄

真理は万人によって求められることを自ら欲し、芸術は万人によって愛されることを自ら望む。かつては民を愚昧ならしめるために学芸が最も狭き堂宇に閉鎖されたことがあった。今や知識と美とを特権階級の独占より奪い返すことはつねに進取的なる民衆の切実なる要求である。岩波文庫はこの要求に応じそれに励まされて生まれた。それは生命ある不朽の書を少数者の書斎と研究室とより解放して街頭にくまなく立たしめ民衆に伍せしめるであろう。近時大量生産予約出版の流行を見る。その広告宣伝の狂態はしばらくおくも、後代にのこすと誇称する全集がその編集に万全の用意をなしたるか。千古の典籍の翻訳企図に敬虔の態度を欠かざりしか。さらに分売を許さず読者を繫縛して数十冊を強うるがごとき、はたしてその揚言する学芸解放のゆえんなりや。吾人は天下の名士の声に和してこれを推挙するに躊躇するものである。このときにあたって、岩波書店は自己の責務のいよいよ重大なるを思い、従来の方針の徹底を期するため、すでに十数年以前より志して来た計画を慎重審議この際断然実行することにした。吾人は範をかのレクラム文庫にとり、古今東西にわたって文芸・哲学・社会科学・自然科学等種類のいかんを問わず、いやしくも万人の必読すべき真に古典的価値ある書をきわめて簡易なる形式において逐次刊行し、あらゆる人間に須要なる生活向上の資料、生活批判の原理を提供せんと欲する。この文庫は予約出版の方法を排したるがゆえに、読者は自己の欲する時に自己の欲する書物を各個に自由に選択することができる。携帯に便にして価格の低きを最主とするがゆえに、外観を顧みざるも内容に至っては厳選最も力を尽くし、従来の岩波出版物の特色をますます発揮せしめようとする。この計画たるや世間の一時の投機的なるものと異なり、永遠の事業として吾人は微力を傾倒し、あらゆる犠牲を忍んで今後永久に継続発展せしめ、もって文庫の使命を遺憾なく果たさしめることを期する。芸術を愛し知識を求むる士の自ら進んでこの挙に参加し、希望と忠言とを寄せられることは吾人の熱望するところである。その性質上経済的には最も困難多きこの事業にあえて当たらんとする吾人の志を諒として、その達成のため世の読書子とのうるわしき共同を期待する。

昭和二年七月